ハヤカワ文庫JA
〈JA1294〉

未必のマクベス

早瀬　耕

早川書房
8055

目 次

２００９年時点の年間平均為替レート(売値)

１ＵＳドル	９４.５７円
１香港ドル	１２.５０円(マカオ・パタカも同率)
１タイ・バーツ	２.８１円
１,０００ベトナム・ドン	約５.５円

※ＪＲ東日本の初乗り料金(東京〜有楽町)は１３０円

未必のマクベス

i Night Flight - Late Summer

旅って何だろう？　と考える。

「自分の居場所から離れて、滞在あるいは移動中であること」と、杓子定規《しゃくしじょうぎ》に考えてみる。そう仮定すれば、旅を続けることは難しい。どんな場所だって、たとえそれが、飛行機の窮屈な座席だとしても、そこで長い時間を過ごしてしまえば、やがて自分の居場所になってしまうだろう。自分を取り囲む環境に対して、「ここは自分のいるべき場所ではない」と意地を張り続けることは、並大抵の意思の力ではできないと思う。

だから、多くの場合、旅はどこかで終わりを迎える。

仕事の都合で、ひと月に二、三回の出張を繰り返していると、ときとして「旅慣れているね」と言われる。それは矛盾した評価だと思う。ぼくは、初めての空港でパスポート・コントロールに手間取ることもないし、セキュリティ・チェックでまごつくこともない。英語が通じない街でも、なんとか食事をして、タクシーに乗ることができる。それを「旅慣れている」と評するのならばそうだろうし、そう言われて嫌な気分もしない。酒席で、そんなふうに言われれば、得意顔で旅先での失敗談を話したりしているのだろう。

けれども、「旅慣れた人」は、旅などしていない。大半の「旅慣れた人」は、旅に似た移動を繰り返しているだけだ。飛行機が離陸するとき、旅先での出来事を想像して心躍らせることも、帰国したときにほっとすることもなくなる。それは旅ではなく、ただの移動に変わってしまっている。それでも「旅慣れている」と評される人がいるならば、彼は、その移動が終わったときから旅を始めるのだろう。

たとえば、本来、王となるべきではなかった男が、何かの偶然で、臣下には許されない緋色の王衣を纏《まと》うことになったとしよう。初めのうち、それは彼にとって旅かもしれない。しかし、まがい物の王衣を長く着続けてしまい、その緋色が、王冠を狙う者たちとの血の謀略に由来するのを知るころには、王座はいつしか自分の居場所となり、偽物の王衣も本物の緋色に染まる。そこで、旅を終わらせることができれば、幸いと言うべきだろうか。旅の途上だったはずの王座で、本来、自分のいるべき場所を失い、どこにも帰ることができなくなってしまうことが、本当に幸せなのだろうか。

旅は自分の居場所に帰る道を知っている間に終わらせる方がいいと、ぼくは思う。

†

ぼくが、エコノミークラスのシートモニタでハリウッド映画を観終えたとき、着陸に向けたシートベルト着用サインを二十分後に点灯するアナウンスが流れた。イヤホーンを外して、窓側に目を向けると、三列シートの真ん中を空けて座る伴《ばん》は、小さな窓から退屈そうに夜空を眺めていた。午後八時、バンコクから香港《ホンコン》までのフライトは、大きな揺れもなく、順調に夜間飛行を続けていた。

「つまらなかっただろう?」

伴は、窓の外に話しかけたみたいだった。夜空しか見えない窓に、イヤホーンを外すぼくの姿が映ったのだろう。

「うん、二時間、窓の外を眺めていた方が有益だった」

「結末は秘密にしてください、なんていう話は、つまらないに決まっている」

「そんなものかな……」

九月のバンコクを発つとき、ぼくは、シートポケットの冊子に東京では公開前の映画を見つけて、窓側の席を伴に譲った。

「そんなもんだよ。世界中で上演され続けているシェイクスピアは、たいていの観客が結末を知っている。結末を明かせない話なんていうのは、『二回観ても、つまらない話ですよ』って喧伝しているのと同じだ」

ぼくと伴は、三十五歳を過ぎて配属された部署で同僚となってから、同じフライトで出張することが多い。飛行機が三列シートのときは、真ん中の座席を空けて、通路側と窓側の席を予約する。真ん中の座席は、万国共通に不人気だ。おかげで、半分くらいの割合で、ぼくと伴は、二人で三人分の座席を使い、エコノミークラスでの移動を少し楽に過ごせる。

「伴は、シェイクスピアを観るのか？」

「何かのときにひとつだけ戯曲を読んだけれど、つまらなかった。結末が分かっている話に、二時間も三時間も付き合うのは、時間の無駄だろう」

ぼくは、返す言葉を見つけられない。

「一般的なマーケティング論として、『世界で多くのチケットを売っているのは、大半の人が結末を知っている話だ』ということだ。それと、俺個人の趣味は違う」

伴の断定的な発言は、その話題の終わりを意味した。ぼくは、客室乗務員を呼んで、ダイエット・コークとラムのロックを注文する。チャイナドレス風の緋色の上着に着替えた彼女が、キューバリブレの材料を運んでくると、シートベルト着用のサインが点灯した。機体が旋回を始めて、伴の先にある窓に、きらめく香港の夜景が映る。ぼくは、客室乗務員が着陸時の安全確認を始める前に、プラスティックのカップのラムにダイエット・コークを注ぎ足して、氷の先を指で押さえてステアをしてから、シートテーブルをしまう。香港は、仕事ではなく、明朝の成田行きの便へのトランジットだ。ぼくは、飛行機の中でキューバリブレを飲む権利を持ち合わせている。

ところが、キューバリブレを飲み干しても、機体は旋回を続けたままだった。ぼくと伴に挟まれた空席のシートモニタは、いつもそうするように、フライトマップを映しているが、飛行機が高度を下げた記録もない。香港国際空港までの距離は、近くなったり遠ざかったりを、ゆっくりと繰り返している。

「香港国際空港でトラブルが発生したため、当機は、しばらく着陸の許可が下りない見込みです。当機の運航には支障がないので、乗客はシートベルトを着用したまま、そのまま待ってください。着陸態勢中のため、客室乗務員のサービスはありません」というような英語のアナウンスが流れる。もしかすると、トラブルの内容も伝えていたかもしれないけれど、ぼくの語学力では、そこまで聞き取れなかった。続けて、広東《カントン》語のアナウンスが流れる。キャセイ・パシフィックの客室乗務員の広東語は、いつ聞いてもリズム感がきれいだ。まるで、「今夜は空気が澄んでいるため、お客様は、しばらく香港の『百万ドルの夜景』をお楽しみください」と伝えているような優美さがある。

「雲呑麺《わんたんめん》で、サン・ミゲルを飲むのは、お預けだね」

伴が、香港でよく飲まれているフィリピン産ビールの名前を挙げる。ぼくたちが日本のエアラインを出張に使わないのは、経費節約を目的とした副部長の指示だったが、バンコクから東京に戻るのに直行便のないキャセイ・パシフィックを選んでいるのは、香港で気楽な夜を過ごすためだ。トランジットを理由に、香港市内の安ホテルに一泊して、早朝の便で東京に戻っても、旅費精算の際、副部長に不愉快な思いをさせなくて済む。名ばかりの管理職が、半日の時間を無駄にしたとしても、部の経費には何の影響もない。

「空港を出るのが十二時を過ぎるようだったら、ホテルをキャンセルしよう。雲呑麺を食べて、三、四時間、空港のソファで横になれば朝になる」

伴の提案に、ぼくは「そうだね」とうなずく。酔っ払って、深夜の安ホテルに転がり込むよりは、空港にいる方が安全だ。

「いいけど、空港の中の店は、禁煙なんだよな」

「香港の飲食店は、先々月から全面禁煙だよ」

北京《ペキン》オリンピックの準備が本格的になったころから、香港にも「禁煙」の流行語が押し寄せてきて、二〇〇九年七月に、香港政府は、とうとう、バーもナイトクラブもお構いなしに、飲食店の全面禁煙に踏み切った。もっとも、外食率が高い香港の飲食店が、その規制のおかげで売上げが落ちた印象も受けない。ただ、テラス席の床が灰皿に変わっただけだ。煙草を吸わない伴には分からないだろうが、前の客の吸い殻が残る灰皿で煙草をもみ消すよりも、床に落として靴底で火を消す方が、ずっと気持ちが好いし、火も確実に消せる。

ぼくと伴は、どちらかと言えば寛容な乗客だと思う。百万ドルの夜景の遊覧飛行をしたおかげで、到着が二時間遅れても、さして不満を感じない。ダイエット・コークがなくて、ペプシ・コーラでキューバリブレを作ることになっても、「まぁ、キューバリブレだな」と思うし、ラムがなければ白酒《ハッザウ》を代わりにして「チャイナ・リバティ」なる新種のカクテルを試してみる。

けれども、その夜の香港国際空港の管制官は、ぼくたちほど寛容ではなかったようだ。百万ドルの夜景の遊覧飛行は十五分も続かず、澳門《マカオ》国際空港へのダイバート（着陸地変更）を告げるアナウンスが流れる。もしかすると、空港のトラブルの他に、機体の不具合を告げるアナウンスがあったのかもしれない。機体は、副機長のアナウンスが流れる前から降下を始め、十分も経たないうちに、カジノのどぎつい電飾が窓の外を掠《かす》める。

「澳門は初めてだな」

「俺もだよ」

ぼくと伴のどちらが、そう話しかけたのかは覚えていない。

澳門国際空港は、思いの外、小さな空港だった。滑走路から駐機場まで十分とかからず、パスポート・コントロールに並ぶこともなく、十時前には到着ロビーでキャセイ・パシフィックの空港社員の説明を聞いていた。香港までのフェリーのチケットと、トランジットの乗客には香港国際空港までの機場快線《エアポート・エクスプレス》のチケットが配付されるらしい。彼の説明によれば、香港と澳門間のフェリーは深夜でも三十分置きに運航していて、香港の中環《セントラル》まで一時間程度で行けるとのことだった。

「中井《なかい》は、『深夜特急《しんやとっきゅう》』は読んだ?」

フェリーのチケットを配布する列に並びながら、伴が思い出したように言う。

「沢木《さわき》耕太《こうた》郎《ろう》の?」

「うん」

「学生のころに読んだな」

「あの話に出てきた澳門のカジノって、まだあるのかな」

伴は、そう言いながら、スーツケースに引っ掛けたバッグからｉＰａｄ《アイパッド》を取り出して、検索サイトを開いている。

「おっ、まだある。ホテルもまだあって、一番安いルーム・チャージなら、一泊八百香港ドルだ。そっちに変えないか?」

「八百香港ドルの部屋が取れるなら、それでいいよ」

伴は、早速、iPadでホテルの予約を始める。

「取れたよ。税・サービス込みで八三〇香港ドルだけど、まぁいいだろ?」

ぼくはうなずいて、グランド業務の社員に、澳門に泊まることに変更したいのだが、フェリーのチケットは明日でも使えるかと訊いた。

「デイタイムでしたら、澳門から香港国際空港に直行するフェリーがあるので、そちらを手配します」

ぼくたちは、澳門フェリーピアから香港国際空港までのオープン・チケットを受け取って、他の乗客よりひと足早く、キャセイ・パシフィックが用意したタクシーに乗り込んだ。タクシーの窓を開けると、東南アジア特有の纏わりつくような夜気も、バンコクに比べると清々《すがすが》しく感じられた。タクシーは、タイパ島と澳門半島を渡る長い橋を走り、橋の向こうには、ぎらぎらと輝く巨大な電飾の森が広がる。エコノミークラスの閉塞感から解放されたと思ったのに、伴の携帯電話の着信音がそれをさえぎる。

「佐竹《さたけ》本部長からだ」

「こんな時間に? 酔っ払っているな」

東京とは一時間の時差があるから、本部長の宴席もすでに終盤だ。酔っ払いからの電話だとしても、伴にそれを放っておく権利はない。

「伴です。お疲れさまです。……ええ、トランジットで香港にいるので、タクシーの中です」携帯電話のスピーカーから漏れる大きな声で、今回の出張の目的が果たされたことへの賞賛の言葉が聞こえる。

(副社長も、今回の君たちの商談を大絶賛だよ)

「ありがとうございます。中井部長代理が根回しを十分にしてくれたおかげです」業務上、伴はぼくの部下なので、仕事がらみの会話では役職付きで言う。ぼくは、「余計なことを言うな」と小声で彼に伝える。

(うん、うん。中井も一緒なのか?)

「ええ、同乗させてもらっています。いま、代わります」伴は、マイクを押さえて、携帯電話を差し出す。ぼくは、うんざりした意思表示のためにため息をついた。こういった電話を受け取らないために、出張先に着いた翌朝まで、会社から貸与された携帯電話の電源を入れ忘れる習慣を身につけたのだ。だいたい、直行便に乗っていれば、まだ機上にいるのだから、その電話の不要さは確認するまでもない。

「おめでとう、大成功だ」

「ありがとうございます。本部長のご指導のおかげです」国際電話の向こうは、どこかのクラブだ。会社宛の領収書を書く音が、そこかしこから聞こえる。

「謙遜はいらん。副社長も、中井はたいしたもんだって、いま話していたところだ」

「恐縮です」

和装の美女を横に座らせて、そんな野暮な話をする男が、どこにいるのだろう。

「こっちには、いつ着くんだ?」

「明日の午前中の便で香港を発つので、夕方には、本部長に直接ご報告に伺います」

「明日の夕方? 悪いな、明日は午後から外出だ。明後日は土曜日だし、一日くらい、香港でうまいものでも喰ってこい。伊沢《いざわ》副部長には、俺から香港で用件を頼んだことにしておく。自慢話の報告は、月曜日の朝で十分だ」

「恐れ入ります」

「それから、伴君にも伝えてほしいんだが、香港からはビジネスクラスを使え。もう少し早く電話が繋がれば、バンコクからのＡＮＡの便を用意するつもりだったんだ。とにかく、明日一日くらい、ゆっくりしたって、誰にも文句は言わせない」

「恐縮です」

「おぉ、こっちこそ、夜中に悪かったな」

ぼくは、伴に携帯電話を返し、「明日は香港で遊んで来い」という、上司のオプションを伝えた。

「中井は、本部長と仲が好いね」

「今夜の彼とはね。商談を成立させたのが子飼いの部下でなきゃ、彼の功績にならない」

タクシーは、橋を下り、巨大な電飾の森に突入して行く。

伴の予約したホテルは、ぎらつく街に取り残された老人たちの学校のような雰囲気だった。中世の騎士のマントを着たドアマンに案内されて入ったロビーは、きらびやかではあったが、豊かな時間の流れが澱《よど》んで、鈍い光を放つ宝石が沈んでいる光景を想像させる。直前の予約で八三〇香港ドルの部屋は、迷路のように入り組んだ通路の奥にあった。ぼくは、とりあえず、荷物からパソコンとパスポート、会社から貸与された携帯電話を部屋のセイフティ・ボックスに移して、伴と夕食をとるためにロビーに取って返す。グランドフロアにある餐廳《ツァンテェン》に入り、雲呑麵とマカオビールを注文する。驚いたことに、テーブルには灰皿らしきものが用意されていた。ぼくは、店員に、それが灰皿であることを確認する。

「ホテルのレストランで煙草を吸うのは、久しぶりだ」

「東京のホテルでだって、煙草は吸えるだろう」

伴は、レストランの外の回廊を歩く、派手な衣装の女の子たちを眺めながら言う。彼女たちは、例外なく胸を強調した服を着ていて、カジノやレストランから出てくる男性客に声をかけて、ときには腕を組んで商談をしている。ホテルの中なので、街娼《がいしょう》という言葉は当てはまらないだろうが、娼婦であることは間違いないだろう。レストランで煙草を吸えるのも驚いたが、ホテルの中で堂々と娼婦が客引きをしていることにも驚かされる。二十年くらいタイム・スリップしてしまったような感覚だ。

「役員のお供で行けば、テーブルに灰皿が用意されていたって、禁煙は禁煙だ」

「香港みたいに、テーブルの下に捨てればいい」

「東京のレストランに、そんな寛容さはないよ」

「きれいは汚い、汚いはきれい。寛容は不寛容、不寛容は寛容ってことか……」

伴の禅問答のような言葉に、ぼくは首をかしげる。その科白《せりふ》をどこかで聞いたことがある。そのときも、伴から聞いたのだろうか。

「それ、何?」

「何かの話の出だしだ。ここの雲呑麵は上《じょう》の部類だね。喰い終わったら、カジノに行こう」

「パスポートをセイフティ・ボックスに入れてきた」

「さっきから、カジノに入る客を見ているけれど、ここでは地元の人も入れるみたいだから、パスポートは不要だろう。カジノに入れないのは、あの薄着の女の子たちだけだ」

ぼくたちは、雲呑麵を食べ終えて、スーツのまま、カジノのセキュリティ・チェックをくぐった。悪くない夜になる予感がした。

木曜日の夜十一時過ぎだというのに、カジノのテーブルは、どこも客で埋まっていた。奥に、バカラかブラックジャックをやっているテーブルが見えるが、手前には見たことのないルールのテーブルがあり、そちらの方が賑わっている。

「あれが、大小《ダイシウ》ってやつかな」

ぼくは、伴と別れて、大小のテーブルの脇でゲームを眺めた。三つの賽《さい》が置かれた直径十センチ程の盆台がある。ディーラーが盆台をツボで覆うと、自動的に賽が振られ、客は、ディーラーがツボを取るまでに、賽の目を当てるテーブルの枠にチップを置く。手許にチップを持ち合わせていない客は、香港ドル札かパタカ札をテーブルに投げ入れる。ルーレットと同じで、ベットの方法は、オッズによっていくつかに分けられていて、一番簡単な賭け方は、三つの賽の目の合計が十一以上の「大《ダィ》」と、十以下の「小《シゥ》」のどちらかにベットするもので、オッズは二倍だ。ただし、三つの賽がぞろ目になったときは、ディーラーの取り分となるので、還元率は一に欠ける。その他にも、賽の目の合計が偶数・奇数、合計値、ひとつないし二つの賽の目そのものに賭ける等、的中時のオッズによって、いくつかの賭け方がある。直近の二十ゲームの結果が、ディーラーの横のデジタル・ボードに表示されている。

ぼくは、大小のルールを理解するまで、しばらく黙ってゲームを眺めてから、テーブルを離れて柱の脇にある灰皿で一服した。伴が、ぼくを見つけて近づいてくる。

「勝ったか？」

「まだ、ルールを確認しただけだよ。伴は？」

「俺は、ブラックジャックでとんとんだ。大小のルールは分かった？」

ぼくは、自分が理解した範囲のルールを伴に説明する。そして、適度に客が集まっているテーブルに加わり、「大」に百香港ドル札を置く。伴は、その横にブラックジャックで得たであろう二百パタカのチップを投げる。ディーラーがベルを鳴らして両手をテーブルの上で捌《さば》くと、賽を覆っていたツボが開けられ、賽の目の合計は十三となる。ぼくの賭けた香港ドル札は、ディーラーがブラックライトを当てて何かを確かめてから、テーブルにあるポストのような口に押し込んで、二枚の百パタカチップとなって返ってくる。その後、ゲームに参加したり見送ったりしながら、煙草を吸いたくなってテーブルを離れたときには、三枚の百パタカチップを持っていた。三十分程度の時間を潰せて、二百パタカつまり約二四〇〇円の駄賃をもらえるなら悪くない。

ぼくは、博打《ばくち》の才能がないことを自覚している。日本で過ごす休日にパチンコや競馬をすることもないし、株取引もやらない。宣伝に釣られて、ときどき宝くじを買ってみるけれど、三十八年の時間をかけて、期待値には程遠い金額しか戻ってきていない。もし、ぼくに欠片《かけら》でも博打の才能があるとすれば、博打に参加しない自制心を持っているということくらいだろう。だから、ぼくはカジノにいると、そこがソウルでもシンガポールでも、旅人になった気分になる。そこに、ぼくの居場所はなく、カジノから出ると、ほっとした気分になる。

伴は違う。伴が博打の結果に「とんとん」と言うときは、カジノにいた時間の逸失利益を差し引いている。彼の残業代の時給は五千円だから、どれくらいを賭けたかは分からないが、この三十分で二千五百円しか儲けなかったという意味だ。ぼくは、伴が大小のテーブルを離れたら、バーにでも誘おうと思いながら、彼が参加しているゲームを眺めた。

ふと、そのテーブルで、腰を丸めて座っている老女が気になり始める。襤褸《ぼろ》のような服を着ているが、不潔感はない。真夜中近くのカジノにいるなら、家でテレビでも見ていた方がいい。年金は目減りしないし、もう少しまともな服を買うこともできるだろう。けれども、ぼくが、その老女に惹かれたのは、彼女が襤褸のような服を着ているからではない。老女は、直近二十ゲームの結果が示されるデジタル・ボードには、ときどき目配せするだけで、新聞の折込み広告の切れ端のような紙片に、色鉛筆でゲームの結果を記録している。

最初、ぼくは、彼女が記録している何かが気になり、やがて、彼女がすべてのゲームの結果を記録しているわけではないことに気がつく。そのテーブルの最低ベットは、オッズが二倍の枠でも二百パタカが設定されており、一般客向けとしては高額のテーブルだ。彼女は、気が向いたときだけ、襤褸のどこかから五十パタカのチップを取り出して、他の客のチップの上に置く。それが、このカジノのルールに則《のっと》ったものなのかは分からないが、ディーラーが老女に文句を言うことはない。チップに上乗せされた客の中には、露骨に嫌な顔をする者もいるが、ゲームが終わってチップが戻ってくれば、彼女は、そんなことはお構いなしに、上乗せされた客から自分の取り分を、有無を言わさずに受け取る。ぼくは、大小に参加する振りをして、伴と老女がいるテーブルに近づいた。

だいたい、その老女は、カジノにいるのに、旅をしている雰囲気を全く感じさせない。まるで、何十年も前から、そこが彼女の居場所であるかのように、腰を丸めて座っている。カジノでゲームを続けていれば、確率的にそこを出ていかなくてはならないときが来るはずだし、大勝ちを続けていれば、カジノ側は難癖をつけて、彼女を追い返すことだろう。

ぼくは、手にしていた三枚の百パタカのチップと財布の中の香港ドル札を元手に、何度かゲームに参加して、老女のメモを覗き見た。漢数字を二色に分けて記しただけのメモの規則性を探る。ぼくは、彼女のメモとデジタル・ボードを眺めた。しばらくして、デジタル・ボードから、ときどき過去のゲームの結果が消えてしまう誤作動に気づく。彼女は、その誤作動からメモを書き始めて、二ゲーム後にチップを置く。メモの内容は分からなかったが、その規則性に間違いはなさそうだった。ぼくは、ベットを止めたまま、デジタル・ボードを眺めて、その誤作動が発生するのを待った。

「そろそろ、引き上げようか……もう一時過ぎだ」

伴の言葉を待っていたかのように、デジタル・ボードから六ゲーム前の結果が抜け落ちる。

「あと、三ゲームだけやってみよう」

ぼくは、百香港ドル札を二枚、「大」にベットして、数十秒後にそれを失う。次のゲームにはベットをしないで、老女の視線の先を追う。財布の中を確かめると、一万円札が三枚、百USドル札が二枚、それに、バンコクで遣い残したバーツしかない。日本円とUSドルは、チップの交換カウンターで両替しなくてはゲームに参加できない。その間に、老女が狙うゲームは終わってしまう。

「なぁ、チップをいくらか貸してくれないか？」

ぼくの言葉に、伴は驚いた表情を返す。伴とは長い付き合いだったが、金を借りるのは、それが初めてだった。

「いいよ」

伴は、黒色のチップを三枚、掌に見せる。二千パタカの高額チップだ。

「おまえ、こんなに稼いでいたのか？」

「ビギナーズ・ラックってやつだ。どうせ泡銭《あぶくぜに》だから、全部遣ってもいいよ」

ぼくは、三枚の黒色のチップを伴から受け取り、老女の視線の先に手を伸ばす。老女が、「小」の枠を眺めているのは確かだ。彼女は、自分のチップを置くべき場所に、他の客がチップを置くのを、黙って待っている。ぼくは、チップを置く場所を迷う振りをして、三つの賽の合計値が「十」から小さい値に向けて、チップを持った手をゆっくりと動かし、老女が襤褸のどこかからチップを取り出す気配を待った。合計値が「四」、オッズが六十倍の枠に手を伸ばすと、老女の右手が襤褸の中でチップを握る気配が伝わる。三つの賽の合計値が四になるのは、「一・一・二」の組み合わせしかない。「本当か……」と思いながら、ぼくは、六千パタカ分のチップを「四」に置いた。

「おまえにしては、大胆だな」

伴は、「酔っているのか？」とでも言いたげな表情だったが、それでも何かを察したのだろう。「小」に、二枚の千香港ドル札を放る。それと同時に、老女は、ぼくの置いた黒色のチップの上に、白い五十パタカのチップを重ねた。

「だいたい四四〇万円の儲けってところか」

ぼくは、チップを香港ドルに換金して、その場で、千香港ドル札を十枚、伴に返す。

「貸したのは、六千香港ドルだよ」

「あのとき、香港ドルを全然持っていなかったから、少しくらい色をつけなきゃ、罰《ばち》が当たる」

「じゃあ、雲呑麺とビールでも奢《おご》る」

そんな会話を交わしながらカジノを出ると、赤いワンピースを着た女の子が声をかけてくる。小柄で、胸元からは大きめの胸の谷間を覗かせている。

「コリヤン？　チュマ」

東洋人に声をかけるときの安全策だ。韓国人と中国人は、日本人に間違われることを嫌う。

「唔係《ンハイ》、日本人《ヤッブンイエン》」

ぼくの下手な広東語に、彼女は、嬉しそうに日本語を話し始める。

「わたし、日本語、少し話せる。わたしの部屋で、マッサージ、どう？」

彼女の言葉に釣られて、さらに二人の女の子が寄ってくる。カジノの中の盛況に比べれば、ホテルの回廊は、店もシャッターを下ろして、客も娼婦もまばらになっていた。ひとりは、背が高くて、亜麻色の長い髪を束ねている。もうひとりは、黒髪を肩の上で切り揃えていて、三人の中ではただひとり、シャネル・ライクの黒いパンツスーツを着ている。客の好みが被らないように、彼女たちはグループを組んでいるのかもしれない。

「これから飯を喰うところなんだ」

伴は、気のなさそうな英語で応える。

「あなたたち、ビジネスがうまく行った顔をしている。二対三で朝まで一緒にいて、六千パタカでいいよ」

黒髪のパンツスーツの女の子が、英語で会話に加わる。

「残念だけど、俺たち、ゲイだよ」

ぼくは、英語で会話に加わった女の子のどこかに惹かれたけれど、とりあえず、東京と香港では間違いなく通用する言い訳を、日本語を話せるという女の子に向かって言った。伴の雲呑麵好きに付き合ったら、すぐにシャワーを浴びて、ベッドに入りたい気分だった。ふと、澳門ではカジノでの博打を「ビジネス」と言うのだろうかと、不思議な気分になった。

「でも、マッサージ、疲れが取れるよ。男の人は癒される」

香港では通用する言い訳も、澳門では通用しないらしい。日本語を話す小柄な女の子が、伴の腕に絡み付いて粘る。三人とも、それなりに豊満な胸をしているけれど、残念ながら、エコノミークラスの座席で凝り固まった筋肉をほぐすには、腕が細すぎる。

「じゃあ、代わりに、そこの店でご飯をご馳走するよ。今夜は、疲れているんだ」

伴は、腕に纏わりつく女の子に、残念そうな表情を作ってみせ、ぼくたち五人は、夕食と同じ餐廳《ツァンテェン》に入ることになった。

「澳門では、カジノの博打を『ビジネス』って言うの？」

ぼくは、マカオビールを飲みながら、日本語を話せる女の子に尋ねる。彼女がそれを広東語に訳すと、残りの二人の女の子は、おかしそうにからからと笑う。

「そんなこと、あるわけないじゃない。カジノで仕事をするのはディーラーだけよ。どうして、そんなことを訊くの？」

黒髪の女の子が、英語でぼくに話しかける。

「さっき、君は、ぼくたちに『ビジネス』って言った」

ぼくが応えると、彼女は、「そんなこと、言った？」というようなことを広東語で応えて、またおかしそうに微笑む。でも、その表情のどこかに「あなたは注意深いのね」というような、忠告とも取れそうな言葉が見え隠れする。その表情を見て、ぼくが、彼女に惹かれたのは、高校生のころに好きだった女の子に似ているからだと気がつく。もっとも、ぼくが好きだった女の子は、すでに三十八歳になっているのだから、間違いなく彼女とは別人だ。

五つの雲呑麺と、追加のマカオビールが運ばれてきて、ぼくたちは、広東語と日本語と英語で、東京の雲呑には親指の先くらいしか具が入っていないことや、日本語では、蟹点心《かにてんしん》のことを「蟹の焼き売り」という意味の漢字を割り当てるとか、他愛のない会話をした。

「お腹いっぱいになったら、気が変わった？」

食事が片付くと、日本語を話す女の子が訊いてくる。まぁ、彼女たちも仕事だ。

「悪いけれど、本当に興味がないんだ」

「それなら、食事のお礼に、あなたの未来を教えてあげる」

黒髪の彼女が英語で言う。自分に興味を持っている男を見分ける技術は、商売道具なのだろう。彼女は、ぼくだけに話しかけてきた。

「それが本当の未来なら、雲呑麵とビールだけじゃ、安くないかな？」

「そう？　でも、きっと、これが最後じゃないから……次はお代を頂戴」

「そうするよ」

「あなたは、王になって、旅に出なくてはならない」

黒髪の彼女の言葉は唐突だった。

「王になって、旅に出る？」

「そう、あなたに、旅する力があるかどうかにかかわらず、あなたは、否応なく、王として旅を続けなくてはならない」

ぼくに近づいてきた目的は、その詩のような科白を告げるためだったのかと思わせるほど、彼女は、ぼくを見つめて言った。

「へぇ、俺は？」

伴が会話に割り込むと、黒髪の彼女は肩をすくめる。代わりに、一番口数が少ない広東語しかしゃべれない背の高い女の子が、伴に答える。

「あなたは、長く旅を続けすぎている。それは、あなたが一番よく知っているでしょう？」

広東語だったので、彼女の答えは定かではないが、たぶん、そんな意味だと思う。伴は、彼女の言葉に対して、肯定も否定もしなかった。

伴が五人分の会計を依頼する間に、彼女たち三人はテーブルを立ち、電飾の深い森の中に紛れ込んでしまった。ぼくは、声には出さずに、黒髪の彼女の言葉を繰り返す。

「否応なく、王として旅を続けなくてはならない」

カジノで、思わぬ大金を手にして、気分が高揚しているだけだ。そう自分に言い聞かせても、彼女の言葉は、疲れた身体に沁《し》み込んでいった。

ii Tokyo - a Long Time Ago

伴浩輔《ばんこうすけ》と初めて会ったのは、高校の入学式だった。

ぼくが入学した都立高校は、どの地方にもある旧制中学から続く所謂《いわゆる》ナンバー・スクールで、一九八〇年代後半の当時は、都内では中堅どころの高校だった。こういった高校に入学する生徒は、三つに大別できる。ひとつ目は、「御三家」と称されるような上位の私立高校に落ちて、滑り止めの学校に入学した生徒。二つ目は、中程度の私立高校に行くはずだったのに、都立高校の入学試験の日だけ正答率がよくなって、私立高校には入学金だけを納めた生徒。三つ目は、中学生ながらに、自分の実力を客観的に判断し、「まぁ、ナンバー・スクールだからいいや」と自己満足して、人並みの受験勉強で順当に入学した生徒。

伴は明らかにひとつ目のタイプで、ぼくは三つ目のタイプだった。

「バン、コウスケです。深沢《ふかさわ》中学から来ました。好きなことは旅行です。中学三年の夏休みは、周遊券を使って、北海道の国鉄に、ひとりですべて乗りました」

四十人の十五歳がお互いを値踏みする中、伴は、ぼくの二人後に自己紹介をした。自然と声の主を確かめたくなる、よく通る声だった。ぼくと伴の間には、鍋島《なべしま》という女子生徒がいたので、伴の声に惹かれて振り返ったとき、必然的に彼女と視線を合わせることになった。五十音順の出席番号で着席したときには気がつかなかったけれども、茶色がかったまっすぐな髪を、肩甲骨のあたりできれいに切り揃え、目鼻の輪郭がはっきりした女の子だった。何の変哲もないセーラー服が、まるで彼女のためにデザインされたように似合っていた。鍋島は、伴のよく通る声には惹かれなかったらしい。

「君は、シェイクスピアの四大悲劇は読んでいますか?」

当時の都立高校には、女性でも自立できる職業として教師を選んだ、国立大学の旧一期校を卒業した女性教師が残っていた。彼女は、そんな感じの英語科の初老の教師だった。伴は、教師の突拍子もない質問に怯《ひる》むことなく、それを否定する。彼女が女学生だったころには、旧制中学の男は、シェイクスピアの四大悲劇くらい読んでいるのが当然だったのかもしれないし、あるいは、読んでいなくても、女学生の前では、読んだことにしておくのがプロトコルだったのだろう。教師は、あからさまに落胆した表情を浮かべた。

「バンコーというのは、物語の中で、スコットランド王の始祖となる男の名前です」

ぼくも、伴と同様にシェイクスピアを読んだことがなかったし、いくつか知っている戯曲の名前のうち、どれが四大悲劇なのかも知らなかった。きっと、ひとつは『ロミオとジュリエット』だろうと思い、そこにスコットランド王が出てくるのかもしれないと想像した。

「ぼくは、姓がバンで、名前がコウスケです。ご期待に適《かな》わず、すみません」

「私は出席簿を見ながら言っているのだから、それくらい分かります」

鍋島は、伴を振り向いたままのぼくに「おっかしい」と小さな声で話しかけてきた。

入学式の自己紹介のおかげで、伴は、高校の三年間、ほとんどのクラスメイトから「バンコー」と呼ばれていた。元来、ぼくはクラスメイトをあだ名で呼ぶことが苦手だったうえに、伴がそのあだ名で呼ばれるのをよしとしているのかも確認できなかったので、ついに彼を「バンコー」と呼ぶことはなかった。ぼくと彼は、高校の三年間、とくに仲が好かったというこどもない。二年生に進級した後は、クラスも別々だった。何度か、部活の帰りが一緒になって、ビリヤードをしたくらいが、ぼくと伴の付き合いだった。

ぼくは、これまでの三十八年間を通して、友人と呼べるような相手がいない。クラスに溶け込めないということもないし、大学ではノートの貸し借りもしたし、誘われれば合コンや飲み会にも参加した。けれども、所属する団体や組織が変わった後も交遊を続ける友人はいなかった。

伴は、入学後、すぐに山岳部に入って、夏休みや冬休みが明けた始業式には、真っ黒な顔をして登校していた。その山岳部は、高校ながらに、冬は雪山に行き、夏はロック・クライミングをする本格的な部活動をしていた。ぼくは、中学から続けていた陸上部に入って、中距離走を専門にした。山岳部に比べると、陸上部は人気がなく、四百メートルの専用トラックがあるのに、部員は三年間を通して一ダースを前後する程度だった。当然、強くもなく、三年生の六月にあった国体都予選で、一五〇〇メートル走の十五位が、ぼくの最高の成績だ。

ぼくと伴に出席番号を挟まれた鍋島は、書道部に所属していたけれど、書道部自体が幽霊部のような存在だった。彼女を、その都立高校を選択した三つのタイプのどれに分類すればいいのか、ぼくは判断できなかった。定期試験の成績は、常に上位一割に入っていたけれど、ガリ勉タイプでもなかったし、教師からの受けが良いということもなかった。クラスメイトに溶け込むこともなく、かと言って、女子生徒の中でいじめられている様子もなかったと思う。前の席から順に配られる印刷物があって、後ろの席を振り返ると、彼女は微笑んでそれを受け取る。けれども、クラスの男子の評価は「鍋島って、無愛想だよな」というものだったので、ぼくは、それが不思議でならなかった。

彼女とは、高校の三年間、ずっと同じクラスだった。

「三年とも、同じクラスなんて、すごいと思わない？」

三年生に進級したとき、相変わらず、鍋島はぼくのひとつ後ろの出席番号で、彼女にしては興奮気味に話しかけてきた。

「クラスは五つしかなくて、クラス替えは二回なんだから、確率としては二十五分の一だよ。一年のときのクラスのひとりか二人は、三年間、同じクラスになる。それに、今回は、理系クラスと文系クラスに分かれたんだから、二十五分の一に作為性が加わるだろ」

ぼくは、無理に素っ気なく、彼女に応えた。本当は、それまでの二年間、ずっと鍋島のことが気になっていて、「三年間、同じクラスなんて、すごいよな」と彼女に言う準備をしていた。さらに、数学の成績が良かった彼女が、文系クラスを選択したのも意外だった。だから、鍋島がその科白《せりふ》をぼくに譲っていれば、「鍋島は、てっきり理系クラスだと思っていた」とも伝えるつもりだった。

「でも、ずっと、出席番号が並んでいるんだよ」

「中井と鍋島だからね」

「じゃあ、文B組の永沢《ながさわ》君とか、理D組の中野美香《なかのみか》ちゃんが、私たちの間に割り込まなくて、かつ、三年間、私たちが同じクラスになる確率はどれくらい？　しかも、教室の座席は六列なのに、私たちは一度も別の列になっていないんだよ」

ぼくは、そこまでは考えていなかった。鍋島がひとつ後ろの出席番号になるのは、当然だと思い込んでいた。彼女が頭の良さを発揮するのは、興味を持てたことに対してだけのようだった。だから、「そんなことを考えていたのか？」とおかしくなる。確率・統計の授業をちゃんと勉強していれば、その日以降、ぼくたちの関係は変わっていたかもしれないと反省した。

もっとも、ぼくと鍋島に、三年間、何もなかったかというと、そんなこともなかった。一年生のバレンタインズ・デイの放課後、彼女はトラックの脇にある陸上部の部室を訪ねてきて、ぼくを呼び出した。

「これ！」

困ったような顔をした彼女は、リボンがかかった小箱を片手で突き出す。

高校生になって最初のバレンタインズ・デイということで、その日、クラスの中は朝からどことなく落ち着かない雰囲気だった。鍋島がその手のイベントに興味があるようには思えなかったので、ぼくは、何も期待することなく、普段と同じように部室に向かい、トレーニング・ウェアに着替えている最中だった。部室から呼び出されたときはタイミングが悪く、上はワイシャツ、下は短パンという、ちぐはぐな格好になったところだった。

「えっ？　あっ、えーと……着替えてくるよ」

自分を呼び出したのが鍋島であったことの驚きとともに、それを片手で渡そうとしている彼女に、「鍋島らしいなぁ」と思った。ぼくは、ちゃんとした格好で受け取ろうと思って、部室の中に引き返そうとしたけれども、彼女がそれを制する。

「いいから、受け取って！」

「うん……」

「それから、これも……」

そのときの彼女は、終始、不機嫌で、いつもの大人びた口調がどこかに消えていた。二つ目に渡されたのは、彼女のスカートのポケットに入っていた不二家《ふじや》の板チョコレートで、近所の売店で、昼ご飯のついでに買ったみたいに、包装さえされていなかった。

「こっちは、出席番号が並んでいる単なる義理だから。じゃ、練習、がんばってね」

ぼくにお礼を言う隙も与えずに、鍋島は、踵《きびす》を返してトラックを横切って行ってしまった。トラックの中にある走り幅跳びの砂場にローファで入ったら、靴の中が気持ち悪くなったんじゃないかと思うけれど、後ろ姿の彼女は、そんなことは気にしていなかったようだ。そして、ぼくがちゃんとお礼をした相手は、リボンのかけられた小箱を鍋島に託した女子生徒の方だった。鍋島には、あからさまに「義理だから」と言われて、一ヶ月後の三月十四日に、袋入りのミルキー・キャンディを渡したのが、十六歳のぼくにできた精一杯のことだった。本当は、ピーターラビットを象《かたど》ったキャンディ・ボックスをソニープラザで買ってあったけれど、それは、陸上部の女子部員たちに渡してしまった。

「ピーターラビットって、ちゃんと跳べるのかな？」

そのキャンディを食べた走り高跳び専門の先輩が言う。

「さぁ、兎だから跳ぶだろうけど、背面跳びはしないと思いますよ」

「じゃ、だめじゃん」

彼女の言うとおり、ぼくは、高校生として「だめじゃん」な部類だったんだと思う。

†

伴は、高校三年の冬休み明けも、ゴーグルの痕《あと》を鮮明に残した顔で登校していた。そのときに、「余裕だね」と声をかけたのが、高校生の伴との最後の会話だったと思う。伴は、共通一次試験と大学入試では、高校入試の失敗をしっかりと挽回して、東北大学の工学部にストレートで入学した。鍋島は、その年のバレンタインズ・デイにも、近所の売店で買ってきた感じの板チョコレートを「はい、季節の贈り物」とだけ言って渡してくれて、東京郊外の女子大学の数学科に進学した。

「なんで、三年生に上がるとき、文系コースにしたの？」

大学入試で、登校が自由になった校舎で鍋島に会ったときに、ぼくは、合格のお祝いとともに、彼女に訊いた。

「何でだったかな……。忘れちゃった。中井は、浪人するの？」

「そうだよ。私立は受けなかったから」

「そっか。じゃあ、もう出席番号で並ぶこともなくなるね」

「浪人しなくても、女子大には行かない」

それが、鍋島との最後の会話だった。

けれども、ぼくは、それ以来、鍋島のことを忘れた日がほとんどない。彼女を思い出さなかったのは、インフルエンザで寝込んだときと、パソコン通信が繋がらないマチュ・ピチュに旅行したときの十数日くらいだと思う。予備校のパソコン室でログインIDを与えられて以来、大学でも、就職後も、ぼくのログイン・パスワードは、鍋島の名前にいくつかの数字や記号を組み合わせたものだった。ぼくは、毎朝、昼休みの後、会議の後、仕事が終わって自宅のパソコンを開けるとき、そのたびに〝fuyuka〟とキーボードに入力して、彼女を思い出す。「私の声って低くて男子みたいだよね」と言っていた不満そうな表情、不二家の板チョコレートをスカートのポケットから無造作に取り出したときの困惑した表情、彼女のためだけにデザインされたような何の変哲もないセーラー服のことを、ぼくは、パソコンに向かうたびに思い出す。

一学年に二百人の生徒がいて、クラスは五つ、二回のクラス替えで、中井と鍋島という高校生が同じクラスになり、かつ、何某《なにがし》という二人の生徒がそのクラスにはならず、六列のうちの別の列にならない確率は、いったいどれくらいだったのだろう。数学を専攻した鍋島だったら、すぐに答えてくれるかもしれない。けれども、二十年間、少なく見積もっても三万回以上、ネットワークに向かって彼女の名前を呼びかけても、誰かがそれに応えてくれることはなかった。

†

伴が、高校の入学式の後、シェイクスピアの四大悲劇を読んだかどうか、あるいは芝居を観たかどうか、ぼくには知る由《よし》もない。

ぼくは、志望大学の英語の入試問題にシェイクスピアの一節が頻出する傾向にあったので、予備校に通いながら、仕方なく代表作を読むことになった。戯曲を読んだことがなかったせいもあるだろうが、こんな退屈な話が、よく四百年間も残ったものだと感心した以外、得たものはなかった。ぼくが、商科大学に入学した年は、シェイクスピアではなく、ゲーテの『ファウスト』が英語の長文問題だったからだ。

四大悲劇に『ロミオとジュリエット』は含まれず、代わりに『マクベス』が入ることは、そのおかげで知った。『ロミオとジュリエット』は、どちらかと言えば、間抜けな男女の喜劇と評した方がいい。そうかと言って、ぼくは、『マクベス』のどこが悲劇なのか分からない。『マクベス』が悲劇なら、織田信長《おだのぶなが》に謀反《むほん》を企てた明智光秀《あけちみつひで》も悲劇になるのだろうか。だいたい、主人公のマクベスもバンクォーも職業軍人として、たくさんの兵を殺しているのだ。主君のひとりを殺したくらいで悩む必要はないし、どんな死に方をしようと当然の末路だ。マクベス夫人にしたところで、職業軍人の妻でありながら、夫の仕事に口出しをしたのだから、それなりの罰は受けていい。退屈な四大悲劇を、予備校に通うラッシュの電車の中で読まされ、あげく、それが何の役にも立たなかったぼくの方が、マクベスよりも、ずっと悲劇的だ。

ただ、初老の教師が高校に入学したばかりの十五歳の少年につけたあだ名としては、思慮が欠けていたと思う。スコットランド王の始祖になろうがなるまいが、バンクォーは戦友に裏切られてしまう。ぼくが、戯曲の中のバンクォーだったら、あまり好い気持ちはしない。

伴と再会したのは、大学を卒業して十一年が経ってからだった。

ぼくが就職先に選んだのは印刷会社の子会社で、通信システムを専門にしている企業だった。ぼくが就職活動をしたのは、すでにバブルと呼ばれた時期が終わって、新卒学生の就職が希望どおりに行かなくなったころだ。それでも、数社の採用面接で就職先が決まったのだから、当時の学生としては運が良かった方かもしれない。就職活動に苦労した知人には、二十数社を受けて、それでも希望した企業には入れず、大学院に進んだ学生もいた。ぼくが採用通知をもらった三社は、いずれも大手企業というわけではなかったけれど、その中から東《とう》証《しょう》一部上場の大手企業である「東亜《とうあ》印刷」の名前が付いた子会社を選んだ。とくに、印刷業界や通信業界に関する専攻だったわけでもないし、それに興味があったわけでもない。もちろん、就職活動時の面接では、「御社の将来性に惹かれています」とか「これからは、インターネットが重要な社会基盤になると考えています」とかの美辞麗句を並べた。正直なところ、印刷会社が通信業界に乗り込む戦略の意図を正確に理解していたとは言いがたい。ただ、両親や、そのころにはまだ健在だった祖父母が知っている企業名が付いた就職先を選んだだけだと思う。

同期入社は五十人程で、当時の全社員数の十パーセントに当たる数だったので、かなりの力の入れようだった。半分くらいは、ぼくと同じような理由で就職先を選び、残りの半分は、その企業の潜在能力に惹かれて、自分の専攻分野を活かせると確信して入社した理系の学生だった。その後の十一年で、親会社である東亜印刷の業績はよくて横ばいという中、その子会社の業績は常に右肩上がりだったので、後者の新入社員には先見の明があり、ぼくを含む前者の新入社員は、運が良かったということだろう。入社して六年目に「Jプロトコル」というカタカナ企業に名前を変え、八年目に東証二部に上場した。業界名も、通信業界とかコンピュータ関連業界とかという括りから、IT業界という横文字に変わり、その中では一流企業に成長していた。

親会社と子会社の業績が逆転するにつれ、親会社から多くの中間管理職と役員が転籍し、そのたびに役職の数が増え、子会社に採用されたプロパー社員は、主任、課長代理と昇格はするものの、役員へのステップを上から数えれば、常に変わらないか遠くなるという感じになってしまった。

ぼくは、入社十一年目で課長に昇格した。課長が、労働組合から脱退する最初の管理職だった。

新任課長研修で、自社のR&D部門の研究成果を商品化するというケース・スタディがあり、伴は、R&D部門の主任として、自身の研究成果を紹介するために、約三十人が集まる会議室の壇上に立っていた。三日間の研修が始まったときに渡されたスケジュール表で、伴の名前を見つけたときは、少なからず驚いた。中途入社したことも考えられるが、十年以上も同じ会社にいて、ぼくは、伴と同僚だったことを知らなかったわけだ。伴の研究成果は、TV会議の画像圧縮に関するもので、ぼくには、既存のTV会議設備との違いを理解できなかった。加えて、伴のプレゼンテーションも生彩を欠いていた。高校生の伴が、それと同じ内容を説明すれば、約三十人の新任課長の関心も、もっと高くなっていたと思う。

伴がぼくに気づいたのは、講義の壇上に立って、研修の出席者の名簿を見てからだろう。午前中の講義が終わると、すぐに、ぼくの席に近寄ってきた。

「久しぶり。同じ会社にいたとはね」

ぼくが、先に声をかけた。伴は、高校生のころの面影はなく、三十代らしい会社員になっていた。

「久しぶり。十年近くも同じ会社にいて、気がつかなかったっていうのも不思議だね」

「中井優一《なかいゆういち》なんて、どこにでもありそうな名前だからな」

ぼくたちは、親会社から間借りしている研修施設を出て、近所の定食屋で昼食をとることにした。

「まだ主任の俺が、新任課長にため口をきいちゃ駄目だな」

伴は、そう言って頭をかく。心にもない科白を言う笑顔を見て、やっと、高校の入学式の日から、伴は変わっていないと思った。

「昼休みに、そんなことを気にしなくてもいいだろう。それに、伴は浪人しなかったから、入社年次では俺の上だろ。平成五年入社か？」

「マスター卒だから、平成七年だよ」

「へぇ、すごいね」

「どうかな……。まだ、主任だよ。それより、中井の歳で、今年、課長になったってことは、一抜《いちぬ》けだろ？」

「二抜け……かな」

同期入社で、ぼくより先に課長になった社員がひとりいる。ぼくと同じ年に課長職になった同期は四人なので、そんなに悪い方ではない。それに、R&D部門に比べると、事務職の方が早く昇格する傾向があった。

「いまは、御殿場《ごてんば》の研究センタ？」

「そうだよ。東京に来るのは、一ヶ月ぶりだ。中井は？」

「この春、経企《けいき》に移った。それまでは、交通系ICカードの営業をやっていた」

「エリート・コースそのものだ」

「そうかもな……。面白くもないけどね」

「今夜、飲みに行かないか？　俺は、明日、御殿場に戻らないとならないんだ」

「いいよ」

「奥さんも一緒だけど、いいかな？」

「結婚しているんだ？」

「もう三十三歳だよ。中井は独身？」

　ぼくはうなずく。

「一度も？」

「興味もないし、相手がいない」

「そんなふうには見えないけどな」

「それより、奥さんも一緒なのに、勝手に同席していいのか？　もしかして、御殿場は単身赴任か？」

「構わない。単身赴任だけれど、積もる話がある夫婦ってわけでもないんだ」

　初対面の女性が一緒の酒席は気疲れしそうだったけれど、十五年ぶりに話す高校の同期と二人だけで飲むよりは、触媒役がいた方が気楽かもしれない。考えてみれば、ぼくは、伴と酒を飲むのは、それが初めてだった。高校のときも、酒を飲む奴はいたけれど、ぼくは、そういった場所に行かなかった（きっと、伴がいた山岳部はかなり飲んでいた）。

研修の後、伴に誘われた店は、ぼくたちが卒業した高校から渋谷《しぶや》まで歩いて出るときに見かけたバーだった。坂の途中の古びたビルの一階で、スナフキンの人形が〝Everything but the Girl〟と書かれたプレートを首から下げている。

「へぇ、まだ、残っていたんだ」

ぼくは初めて入る店だったが、伴は、何度か来たことがあったのだろう。店員が伴を見つけると、「久しぶり」と言っていた。伴の奥さんは、まだ来ていなかった。

「この店、中井も知っていた？」

「小川理恵《おがわりえ》と渋谷まで歩いて帰るときに、見かけた」

ぼくは、高校のころのガールフレンドの名前を言った。高校一年の冬に、鍋島にチョコレートの入った小箱を託した女の子だ。

「ふーん。一緒に入らなかったの？」

「高校生だったんだから、当然だろ」

大学に入ったら、一緒に行こうよと、ガールフレンドに言われていたけれど、ぼくが予備校に通った一年間のうちに、彼女は、大学のサークルの先輩へと付き合いを替えた。だから、その店のことは、高校を卒業して以来、思い出す機会がなかった。

「俺は、てっきり、中井は鍋島と付き合うのかと思っていた」

ぼくは、返事を思いつかずに、運ばれてきたビールを差し出して乾杯する。

「そう見えた？」

「出席番号の二つ後ろから見ていると、中井と鍋島は仲が好さそうだったよ」

「ふーん」

「だいたい、彼女が、わざわざ文系コースを選んだ理由が、中井の他に見つからない」

彼女のその選択から十五年が経ったいまは、そうだったらいいな、と思う。

「鍋島、いま、どうしているんだろうな……」

「香港大学の大学院にいたけどな。それ以降は、どうかな」

「香港大学？」

ぼくは、鍋島のことを、女子大学の数学科に進学したところまでしか知らなかったので、伴がその先を知っているのは意外だった。

「うん。三、四年前まで何度か数学誌に鍋島の論文が載っていた。暗号化方式の論文を書いていたけど、最近、名前が出なくなった」

「へぇ。あの鍋島が学者か……」

「論文が出なくなったってことは、どこかの企業に入ったんじゃないのかな。暗号化方式は、企業に入っちゃえば、門外不出だからな」

「そんなものか？」

「そりゃ、そうだろ。ＩＣカードだって、どんな暗号化をしているか、中身までは言わないだろ」

ぼくは、「まぁそうだね」と答えて、自分が売っていたICカードの暗号化方式も、その名称しか知らないことを思い出す。「最新の暗号化です」と、得意先に説明していたけれど、営業職には、その内容までは伏せられていた。説明されたところで、ぼくに理解できたかどうかは自信がない。

鍋島の話は、伴の奥さんが店に入ってきたことで終わった。ショートカットの小柄な女性で、落ち着いた雰囲気を持っている。

「奥さんの千絵《ちえ》。こっちは、高校のときの友だちの中井」

「はじめまして、中井です」

「こちらこそ、はじめまして。伴の家内の千絵です」

「全然、家にいない家内だけどね」

伴が茶化す。

「あのね、旦那さんを立ててあげているのに、その言い方はないでしょ」

「はいはい。中井とはさ、同じ会社にいるのに、今日まで、お互いにそれを知らなかった。で、研修所で偶然に会って、せっかくだから一緒に飲みに行こうって誘ったんだ」

伴が、ぼくを紹介する。単身赴任中の夫との久しぶりの夕食だというのに、彼女は不愉快な顔をひとつもしなかった。

「こうちゃんが、一度も、ビリヤードで勝てなかった相手だ」

「正確には『ナインボールでは』という条件つきだけどね。スヌーカーでは、何度か勝っている」

　ぼくは、自分が伴夫婦の話題になっていたことに驚かされる。そして、伴にナインボールで一度も負けなかったことを、そのときに初めて知った。ぼくたちが高校に入学したころ、ポール・ニューマンとトム・クルーズが共演した映画のおかげでビリヤードが流行《はや》って、伴以外の友人とも何ゲームもした。その中で、伴との勝敗が一方的だったのかどうか、ぼくは、高校当時も覚えていなかったと思う。

「こうちゃん、大学のときはビリヤードが強かったから、東京ってレベル高いんだなって思っていたんですよ」

　伴の奥さんが、新しく運ばれてきたビールグラスを持って、乾杯を求めながら言う。

「みんなが受験勉強を始めてから、大学デビューに備えてひとりで練習したんだよ。ビリヤードが強いと、女の子にもてそうだろ」

「相変わらず、こうちゃんは不純だなぁ」

「スポーツとか、ゲームを始める動機なんて、みんな、そんなもんだよ」

「高校だって、両親が勧める男子校よりは、共学がいいって理由で選んだんでしょ？」

「あれは失敗だった。実際、女子にもてたのは、隣の男子校の方だった。学園祭のときなんか、他の学校の女子生徒は、全然、来なかったもんな」

「そうだったかな……」

　高校生の伴なら、そんなことと関係なく女子にもてたような気もするが、夫婦の会話には、ぼくの知らないルールがあるのだろう。

「中井は、ちゃんと彼女がいたから、そういうことに疎《うと》かったんだ」

「こうちゃんが、気にしすぎなんじゃない」

ぼくは、伴夫婦の会話を聞きながら、久しぶりに美味しい酒を飲んだ気分だった。

†

三十三歳のその一年は、ぼくにとって、いくつかのことが変化した年だった。

四月に管理職になり、仕事の内容が変わった。その一年前までは、営業職として、大阪、博多《はかた》、札幌に頻繁に出張していたのに、本社のスタッフ部門に移ったことで、グランド業務に降格されたパイロットのようにストレスが溜まった。

伴と再会したことも、変化のひとつだったと思う。同じ会社ということを知ってから、伴が御殿場から東京に出張するたびに飲むようになった。その席で、ぼくは、高校生以来、〝Everything but the Girl〟だと疑わなかった店名を、伴に訂正された。

「あのなぁ、そんな長い名前のバーなんてあるわけないだろう」

「俺たちが高校生のころから、スナフキンがそう主張しているけど」

「だってさ、女の子と食事をして、いい雰囲気になったときに、『これからEverything but the Girlに行こうよ』なんて長い店名を言っていたら、しらけちゃうだろう」

「なるほど」

「この店は、俺たちが高校生のころから、Radio Daysっていう名前だよ。ちなみに、Everything but the Girlは、アコースティック・バンドの名前で、イギリスのハル大学の近所の雑貨屋から取った名前だ」

十五年以上も続いた誤解だったが、ぼくは、なんとなく〝Everything but the Girl〟の方が、いい店名だと思う。伴の言うとおりかもしれないけれど、「Everything but the Girlに行こうよ」って言っているうちにしらけてしまうような、気が短い女とはかかわらない方が得策だ。

七月には、母方の祖母と父方の祖父が相次いで他界した。社会人になって以来、家族と顔を合わせる機会が最も多かった一ヶ月だと思う。

それから、同じ七月に、営業職だったころに二年先輩だった島田由記子《しまだゆきこ》が離婚した。経営企画部に異動してから三ヶ月、月に一、二度、彼女から食事に誘われていたけれど、慣れない仕事に追われて、ぼくは、その半分以上を断っていた。新任課長研修が終わって、ひと月ぶりに彼女の誘いを断らなかったとき、唐突に離婚したことを知らされた。

「私、独身になっちゃったよ」

彼女の戯《おど》けたような口調は、決断の大きさを隠すために考えた末だったのだと思う。

「何か、あったんですか？」

「ずいぶん前から、彼には彼女がいたからね」

その話は、何度か聞いていた。仕事帰りの食事や居酒屋で、「男の人って、若くて可愛い女の子が好きなんだよなぁ」と、ときどき愚痴を聞かされた。

「旦那さんは、もったいないことをしましたね」

「三十四の女から二十九の女に鞍替えなんだから、男の人からみれば、賞賛ものでしょ」

「さぁ……、ぼくは、その彼女を見たことがないから……」

「じゃあ、もったいないかどうかなんて、分からないじゃない。君は無責任なことばかり言う」

彼女は、イカスミのパエリアを取り分けながら、口を尖らす。

「そっかな……。まぁ、一度も結婚したことがないぼくは、何も言えませんけれど」

「離婚を切り出したら……」

そう言いかけて、彼女はうつむきながら、パエリアを食べ始める。

「そんな話は、聞きたくない？」

「島田さんが、誰かにそれをしゃべって、すっきりするなら構いません」

「ねぇ、いつまで私に敬語を遣うの？　君は、もう同じ課の後輩社員でもないし、課長になったんだから、直属ではなくても私の上席だよ」

「仕事を教えてもらったことは、変わりません」

「なんだか、君より歳上なんだって思い知らされて、好い気分がしない」

「いきなり、島田って呼び捨てにするのも、どうかと思いますけど」

「だから、もう島田じゃないんだって」

そう言われて、目の前で一緒に食事をとっている彼女について、由記子という名前しか知らないことに気づく。

「ごめんなさい。名前、教えてください」

「敬語を遣っているうちは教えてあげない」

「じゃあ、明日、会社に行ったら、社内ネットで調べます」

「残念。会社では、名前、変えていないもん。そんなことしたら、社内やお客さんに、離婚しましたって触れ回っているみたいじゃない」

「そうですね」

ぼくは、彼女の次の言葉を待つ間、ムール貝の貝柱をきれいに削《そ》ぐことに苦戦していた。

「この会話を、彼に聞かせてやりたかった」

「どうしてですか？」

「まだ、敬語を遣うつもり？」

「そんなことを言われても、急に変われません」

彼女は、ワイングラスにため息を吹き込んでいる。

「離婚を切り出したら、『おまえだって、付き合っている奴がいるんだから、慰謝料はなしでいいよな』だってさ」

ぼくは、彼女の言っていることを、うまく理解できなかった。

「彼氏、いたんですか？」

ぼくの印象では、彼女は、恋愛や結婚よりも、仕事のキャリアを優先するタイプだ。少なくとも、ぼくといるときに、彼女が自分も浮気をしていることは、一度も話題にならなかった。彼女は、すぐに、ぼくの言葉を否定する。

「いるわけないでしょ。六年間も一緒に仕事をしたのに、そんなことも分からないの？」

「それなら、ぼくを怒る前に、ちゃんと慰謝料を取った方がいいですよ」

「そんな端《はし》た金《がね》、いらない」

「でも、もらえるものはもらっておけって、旧島田さんは、よく言っていたじゃないですか？」

「それは仕事の話でしょ。だいたい、旧島田さんって、そんな失礼な言い方……」

「じゃあ、なんて呼べばいいんですか？　元上司を由記子さんとか呼ぶ方が変ですよ」

彼女のワイングラスは、うまくいけば、ため息でスパークリング・ワインに変わるかもしれない。

「月に二、三度、男と泊まり歩いているんだから、って」

なんだか、泣き出しそうな声だった。

「それって、ぼくのことですか？　だったら、ホテルだって別のことの方が多かったし、同じホテルのときだって、ひとつの部屋に泊まったことなんてなかったじゃないですか。出張旅費の領収書を見せれば、すぐに証明できるんだから、変な誤解は解いてください」

「いちいち、旅費精算システムの過去分を印刷するなんて面倒くさい。君は、迷惑？」

「ぼくが迷惑とかじゃなくて、そんな誤解をされたままじゃ、島田さんだって悔しいですよね」

「別に……。それに、何度も言うけど、島田じゃないって」

「じゃあ、名前、教えてください。ぼくの旅費精算システムの過去分を印刷するから、慰謝料を取ったら、何か美味しいものでもご馳走してください」

「慰謝料、慰謝料って……。それって、『お金で慰めてね』って言っているのと同じよ」

「違約金と思えばいいじゃないですか」

「それは仕事の話でしょ。同じことばかり言わせないで」

次の会話が始まるまで、しばらく沈黙が続いた。ぼくは、パエリアを食べ終えて、ほうれん草のトルティージャを注文する。ついでに、ダイエット・コークがあるかどうかを店員に尋ね、置いていないと言うので、グラナダ産のダーク・ラムをロックで注文する。

「私にも、好きな相手がいたから、『まぁいいや』って思った」

「それで、島田さんが納得できるなら、ぼくは何も言いません」

「納得するわけないでしょう。『お金で慰められたくない』って言っているだけ」

経験的に、ダーク・ラムは、中米産以外、甘すぎる。

「トルティージャを食べたら、ルフトバルーンに行く？　あの店なら、ダイエット・コークで、キューバリブレを作ってくれるよ」

ぼくがラムに納得できない表情をしたのだろう。彼女は、出張先の札幌でよく行ったバーの名前を挙げる。

「これから、羽田に行っても、札幌行きの最終便に間に合いません」

「間に合ったら、札幌まで一緒に行ってくれるの？」

「泣きたそうな顔しているから……。ぼくでよければ、そうします」

「さっき、『私にも好きな相手がいる』って言ったばかりでしょ。聞いてなかった？」

「ちゃんと聞きました。それって、ぼくのことかなって思っています」

ぼくは、甘すぎるラムを飲み干した。

「分かっているんだったら、私のことを、お金で慰められる女だなんて思わないでよ」

「すみません」

「慰謝料なんかいらないから、私のそばにいて」

それから、ぼくは、多忙を理由に食事の誘いを断ることをやめた。けれども、彼女の名前を教えてもらうまでに、三ヶ月も時間がかかった。離婚したばかりの女性を、それにつけ込んで口説いているようで、自己嫌悪を感じていたのかもしれない。ぼくが「由記子」と呼べるようになって、彼女は、初めて「田嶋《たじま》由記子です」と自己紹介をした。わざわざ姓を聞かなくても、あまり変わらないような気がした。

経営企画部での仕事は、だいたい二、三年で、もとの事業部に戻るのが社内の慣例だったので、ぼくは三十五歳で事業部に戻ることになった。その間、伴はR&D部門から事業部に異動していた。毎月のように、伴と飲みに行くようになって、彼は自分がR&D部門に向いていないことを、何度か愚痴のようにこぼしていた。ぼくも、同じように思う。研究者としての彼は優秀かもしれないが、どちらかというと、客先で営業をやっている方が、彼の性格に合っている。ぼくが経営企画部の後に配属されたのは、海外展開をしている部署で、偶然に伴と組んで仕事をすることになった。

ぼくが、事業部に戻るのと入れ替わりに、課長に昇格した由記子は、総務部に異動になった。男女格差がないというのは表向きだけで、入社十五年目での管理職昇格は、女性社員として順調な昇進コースに乗ったことを意味していた。本社スタッフ部門への二、三年の一時的な異動先としても、総務部であれば、人事部に次いで、経営企画部と同列の評価だ。

iii Macau - Late Summer

「日本の方ですか？」

　金曜日の朝七時、声をかけてきたのは、東洋人の男だった。件を朝食に誘うと、雲呑麵《わんたんめん》を食べることになりかねないので、ぼくは、ホテルから二ブロック程歩いて、餐廳《ツアンテエン》で澳門《マカオ》名物だというポークチョップ・バーガーを食べているときだった。

「そうですが、何か？」

　ぼくのどこを見て、日本人だと判断したのだろう。中肉中背の彼は、ぼく自身と同じように、日本人にも、韓国人にも、中国人にも見える。唯一、否定できるとすれば、この街に住んでいるようには見えない。何かが、この街に馴染んでいないのだ。街が彼を拒んでいるのかもしれないし、彼が街を否定しているのかもしれない。歳も、ぼくと変わらないだろう。観光客にも見えないし、そうかと言って、彼のカジュアルな服装はビジネスで澳門を訪れている雰囲気もない。

「同席しても構いませんか？」

店の中のテーブルはいくつか空いていたが、断る理由が見つからず、「どうぞ」と前の席を指した。

「ありがとうございます」

彼の視線は、まっすぐにぼくを捉え、嫌味のない知性を感じさせた。

「どうして、私が日本人だと分かったんですか？」

「昨夕、カジノで、ご友人と日本語を話していらっしゃった」

彼の日本語は流暢《りゅうちょう》だが、頭の中に浮かんだ中国語か英語を訳した後の日本語だ。

「ああ……。あなたはどこから？」

「朝鮮半島からです。日本に、滞在したことがあります」

「そうですか。私は、ナカイです。ナカイ・ユウイチです」

「私は……そうですね。とりあえず、カイザー・リーと申します」

「とりあえず？」

彼は、カプチーノとエッグタルトを注文する。

「朝鮮語の発音だと、日本語の『イ』の方が近いのですが、日本の方は漢字のせいもあって『リ』と呼ぶことの方が多い。カイザーは、外国人向けに自称しているものです。だから、朝鮮語のことは気にせず、リーと呼んでください」

韓国語ではなく朝鮮語という呼び方を聞くのは初めてだった。

「よろしくお願いします、李さん。それで、私に用件があるということなんですよね。わざわざ話しかけられたのには？」

「ええ。あなたとは、気が合いそうだ。私は、落語以外では、話の枕が嫌いです」

たいした日本通だ、と思う。でも、ぼくと同世代の日本人は、そんな言葉は遣わない。

「私は、日本企業の香港現地法人の未公開株を持っています。それを持っている経緯は、お話しすると長くなるので割愛しますが、それをあなたに買い取ってほしい」

ぼくは、ダイエット・コークが入ったカップを置いて、彼に伝わるようにため息をついた。

「李さんが、いつごろ日本に滞在されていたか分かりませんが、それは日本では古典的な詐欺の手口です。使い古されて、最近では、ほとんど使われません」

昨夕のカジノで目星をつけていたということは、ぼくがどの程度の泡銭《あぶくぜに》を持っているかを把握したうえで、わざわざ朝の餐廳を訪れたのだろう。

「あなたの気持ちもよく分かります。私は、いま、父の都合で銀行口座を凍結されているのです。クレジットカードは使えるし、ホテルの中では部屋付けで済むので困ることはない。けれども、当座の現金、つまりタクシー代とか、カフェで遣う現金が必要なのです」

「それなら、その腕時計を質屋に持って行けばいい」

ＩＷＣの高級腕時計だ。ホテルの周りに溢れる質屋に持って行けば、五万パタカにはなるだろう。

「学生時代に留学した際、友人から贈られたものです。あなたにとっては、十万パタカ程度のＩＷＣかもしれないが、私にとってはそれ以上です」

「クレジットカードで時計を買って、質屋に持って行くのは？」

ぼくは、彼の話し相手をするのが煩《わずら》わしくなる。彼は、「あなたは旅行者で何も分かっていない」という感じで、首を横に振る。

「日本に、そういう金融商法があるのは知っています。この街でも、それは違法行為ではないでしょう。けれども、マナー違反なのです」

「日本でも、マナー違反であることは同じですよ」

「少し、話を変えましょう。あなたは、三十万香港ドル以上のキャッシュを、どうするつもりですか？」

「ガールフレンドに、お土産でも買うつもりです」

李は、ぼくが何も言わないうちから、カジノで儲けた金額を言った。彼にそう訊かれるまで、その金の遣い道を何も考えていなかったが、何気なく言葉にしてみて、それも悪くないと思う。バンコクへ出張する際は、タイ・シルク製品を土産にしてきたが、そろそろ、彼女もそれに飽きている。

「ルイ・ヴィトンのバッグ、カルティエのリング、フランク・ミュラーの腕時計……。そのどれも、価格の内訳の大半は所有欲を満たすために充てられています。私が、あなたにお売りできる未公開株は、その企業の発行済株式の三十パーセントに当たる。ある大企業の子会社で、残念ながら、いまは幽霊会社のようになってしまっているけれど、本来ならボードに対して発言権がある割合です。カルティエのリングをはめたガールフレンドを連れて歩くのと、たいして変わらない所有欲だと思いませんか？」

ぼくは、詐欺師らしい詐欺師に遭うのが初めてだったので、半ば感心して、彼の話を聞いた。これまでに遭ってきた詐欺師といえば、せいぜい人工着色した鉱物をアメジストだとかジェイドだと言って売りつけようとする程度のものだ。

「まぁ、いいでしょう。こんな短い会話で、四百万円以上の現金を動かすには無理がある。これが、私の連絡先です。気が変わったら、明日の夕方までに連絡をください。私の部屋でなら、身分を証明できるものと、株券の現物をご覧になってもらえる」

彼は、電話番号らしき数字の書かれた紙片を渡す。

「ありがとうございます。でも、明日には帰国するので、待つのは今夜までで結構です」

彼は、エッグタルトを紙ナプキンで包むと、カプチーノを飲み干して、席を立つ。一度、ぼくに背を向けた後、振り向いて、思い出したように付け足す。

「ナカイさん、私は、誰でもよかったわけではありません。あのカジノには、あなたと同じくらい儲けた南朝鮮人がたくさんいた。私が詐欺師だったとすれば、朝鮮語の方がずっとうまくしゃべれます」

「そうでしょうね」

「でも、あなたは、あの興奮気味のカジノで、冷静にあの老人の賭け方に気づいた。あのテーブルにいたあなたのご友人でさえ、あの老人を気にかけなかった」

「なるほど……」

「そして、あなたを選んだ決め手は、それを一回でやめてしまったことです」

「カモにするなら、中途半端に用心深い男がいいと？」

「いいえ。『安心して取引をするなら』という理由です。中途半端という言葉は、良い意味では遣わないと思いますが、私は石橋をたたいても渡らない男に興味がない」

彼は、片手を挙げると、朝の街に出て行ってしまう。ぼくは、食べかけだったポークチョップ・バーガーを食べて、彼が置いていったメモを眺める。放っておいてもよかったが、由記子への土産話のネタになりそうだと思って、それを上着のポケットに突っ込んだ。

由記子から携帯電話に連絡が入ったのは、ホテルの部屋に戻って、伴からの朝食の誘いを断った後だった。案の定、伴は、ホテルの近所の粥麺専家《ゾッミンジュンガ》に雲呑麺を食べに行くらしい。ぼくは、すでに朝食をとったことを彼に伝え、東京に戻るフライトの変更と、ホテルの延泊手続きの役割分担をした。セイフティ・ボックスからパソコンを取り出して、二人分のフライトの変更手続きを始めたところで、携帯電話が鳴る。画面に表示された番号は、本社の総務部のものだった。

「おはよう。いま、電話しても大丈夫？　香港の朝はどう？」

「おはよう。ひとりでホテルの部屋にいるから、電話は問題ないよ。それと、香港じゃなくて澳門にいるんだ」

ぼくは、昨夕のフライトの状況と、伴が沢木耕太郎の旅行記の話を始めたことを、彼女に話した。

「ふーん……」

彼女の「ふーん」には長い科白《せりふ》が続くような気がする。「そういう変更があるときは、訊かれる前に伝えてくれるものじゃない？」と、国際電話回線のどこかにこだましている。

「朝、電話しようと思ったんだけれど、時差のことを忘れていて、気がついたら、由記子は出社している時間だった。東京が昼休みになったら、電話しようと思っていたんだ」

「一般論を言うだけだから気にしなくていいけれど、人は嘘をつくと饒舌《じょうぜつ》になるのよ。もっとも、君が時差のことを覚えていたとしても、こっちは、急な人事異動のおかげで、早朝に呼び出されていたけれど」

（その言い訳をする癖が、人間の声帯をここまで進化させたっていう学説もあるよ）

ぼくは、心の中でつぶやいて、キャセイ・パシフィックのホームページでフライト変更の手続きを進める。

「総務部と人事異動は関係ないだろ」

「子会社の役員人事なの。新聞記事にはならなくても、ニュース・リリースのチェックで、てんやわんや」

「じゃあ、手短に言うけれど、東京に戻るフライトが、明朝の便になったんだ。成田には、土曜日の昼過ぎに着く。本部長に、一日くらい、香港で遊んでこいって言われた」

機種がボーイング777だったので、窓側と通路側の席を指定する。その間、会話が途切れて、ぼくは「もしもし」と由記子に呼びかけた。返ってきた声は、棘々しいものだった。

「それを真に受けて、澳門で遊んでいるの？」

「上司に『帰ってくるな』って言われて、金曜日の夕方に出社する必要はないだろう」

彼女のため息が、電話回線の中で増幅されて伝わってくる。

「呆れた。外に出て、携帯からかけ直すから、ちょっと、そのまま待っていて」

そう言うと、由記子は一方的に電話を切ってしまった。彼女との夕食の約束は、土曜日の夕方だったので、昼過ぎに成田に着けば、十分に間に合う。ぼくが、トランジットの際のトラブルを伝え漏らしていたことが原因ならば、彼女の口調が変わったタイミングに時差がありすぎた。ぼくは、彼女の棘のある口調にうんざりして、携帯電話をベッドに放り投げ、煙草に火を点ける。放り投げられた電話機は、すぐに着信を知らせる。聞き分けのない子どもみたいだ。由記子は、だいぶ急いで、十五階の総務部から外に出たのだろう。けれども、発信元は、局番が本社と同じである他は、見覚えのない番号だった。

「喂《ワェイ》」

広東語《カントン》で応じる。面倒な相手だったら、下手な広東語で逃げ切るつもりだった。

「おはようございます。井上《いのうえ》の秘書の小池《こいけ》と申します。中井部長代理の携帯電話でお間違いありませんか？」

（井上、井上……、ああ、副社長の名前か）

「中井です。おはようございます」

「移動でお疲れのところ申し訳ございません。いま、お電話しても構いませんか？」

「移動は慣れているから、どうぞ」

「井上から、中井部長代理と伴技術主任の帰国のフライトを手配するように、指示を受けています」

「ああ、それなら気にしなくていいです。自分で、キャセイのフライトを手配しました」

どうやら、昨夕の酔っ払った本部長のおかげで、副社長秘書は、金曜日の朝から余計な仕事を仰せつかったらしい。迷惑な話だ。ぼくに罪はないが、彼女は、ぼくに好い印象を持たなかっただろう。彼女の言葉の端々に棘を感じる。

「それでは、私が井上に報告できません」

「だろうね……」

「予約したキャセイ・パシフィックの便を、お教えいただけませんか？」

ぼくは、開いたままのキャセイのホームページで、予約確認ボタンを押した。

「キャセイ・パシフィックのキャンセルは、こちらで承《うけたまわ》ります。同じ時間帯のフライトが決まりましたら、またご連絡差し上げます」

「そうですか……」

（キャセイの客室乗務員の広東語が好きなんだけれどもね）

「ＡＮＡとＪＡＬでは、どちらか希望はありますか？　マイレージ・プログラムの会員とか……」

「キャセイのマルコポーロ・クラブのシルバー会員だけど」

嫌味ではなく事実だ。役員が、どんなエアラインで移動するのか知らないが、ぼくの担当エリアは、当面、香港を基点にキャセイ・パシフィックで移動するのが効率的だ。副社長秘書との不毛な会話の間、別の相手から着信が入っていることを、耳障りな信号音が知らせる。ビルの外に出た由記子か、雲呑麵に満足した件からだろう。

「えーと……。キャセイ・パシフィックとアライアンスが同じなのは、JALですね」

「そうですね」

「では、予約が取れましたら、またお電話します」

「小池さんも忙しいだろうから、メールでいいですよ。昼前には、会社のメールを確認するようにします」

「お気遣い、ありがとうございます。お言葉に甘えさせていただきます」

「こちらこそ、どういたしまして」

電話を切って、「お言葉に甘えさせていただきます」とつぶやく。先程の詐欺師を思い出して、もう一度、彼に遭うことがあれば、本物の日本人は、こういう変な敬語を遣うんだと伝えたかった。ぼくは、副社長秘書との会話に待たされていた発信者に切り替える。

「もうっ、かけ直すから、待っていてって言ったでしょっ」

由記子の苛立《いらだ》ちは、数分前より大きくなっている。

「ごめん、トイレに行きたくなっちゃったんだ。で、どうして、そんなに苛々しているの？

ぼくに非があれば、まずそれを教えてほしい」

「暢気《のんき》に澳門で遊んでいるから！」

「それなら、さっきも言ったけれど、本部長のせいだよ。役員の『そうした方がいい』っていうオプションは、中間管理職には立派なオーダーなんだ。まぁ、結果責任は、オプションを選択したこっちにあるけどさ」

「そんなことくらい、私だって課長になったんだから分かっている。どうして、佐竹本部長が、そんなオーダーを君に出したか、考えてみた？」

「酔っ払って、気前がよくなっていたんだろ」

「あほっ」

由記子は、金沢出身なので「馬鹿」とは罵《ののし》らない。

「私が、早朝に呼び出された子会社の役員人事は、君のものなの。優一は、月曜日の朝、Jプロトコル香港の代表取締役に出向する辞令を受けることになるのよ。伴さんは、技術担当副社長。今日の十七時に、君の上席部長に拒否することを直接伝えないかぎりね」

Jプロトコル香港は、ぼくが経営企画部に異動した年に、副社長の井上と本部長の佐竹が親会社から転籍してきて、海外進出の拠点ということを理由に設立した百パーセント出資の現地法人だ。明確な内規はないが、子会社の役員になるのは副部長職以上だ。三十八歳で副部長なら悪くないが、本社内で、課長、部長代理、副部長、部長、上席部長と、社員でも上下関係が分からなくなる駒を進めるのは、正直、煩わしい。その双六《すごろく》さえ、親会社の業績が傾けば、転籍者を受け入れて、また新しい役職が増えることだろう。子会社といっても代表取締役になるなら、いくらかすっきりする。

ぼくは、しばらく黙って、由記子の苛立ちを整理した。東京と香港で離れて生活することに対する不満だろうか。彼女の性格を考えれば、それは考えにくい。出張の繰り返しで、ぼくがどこにいるのかを電話で確認する関係より、香港に留まっている方がずっといい。

「子会社でも、代取《だいとり》になるなら悪くないんじゃないかな……」

「香港の事業なんて、とっくに失敗して、あんな子会社、もうペーパー・カンパニィ同然よ。でも、今回のバンコクの仕事のおかげで、副社長と本部長も名誉挽回。優一は邪魔者扱いで、潰れかけた子会社を押し付けられるだけっていう魂胆が、分からないの？」

由記子は、ビルから出て、どこで携帯電話を耳に当てているのだろう。彼女のそんな大きな声を聞くのは初めてだった。

「もう一回、ペーパー・カンパニィを復活させるつもりってこともあるだろ」

「ほんとに暢気っ！　そうだったら、登記簿上の社長の座を、井上副社長が君に譲るわけないでしょ。なんだかんだ言ったって、東亜の人たちから見れば孫会社よ。そんなところで業績を挙げるより、転籍先で儲けられれば十分じゃない？　君、経企《けいき》で何してたの？」

由記子の言うとおりだ。ぼくが経営企画部にいたころ、海外事業を始めるのに消極派が多く、仕方なく、子会社という形式をとったのだ。ぼくは、突然の休暇指示の意図を理解して、携帯電話を持ったまま、ベッドに身体を投げ出した。

「将棋の駒なんて、そんなものかもなぁ」

「ついでに、由記子も、その子会社に転籍願いを出さないか？　来年には由記子だって事業部に戻るんだろうし、そのときは、ある程度、希望が通る。毎日、美味しい飲茶《ヤムチャ》をご馳走するよ」

「それでいいの？」

繰り返された科白は、優しい口調に変わっていた。ぼくは、しばらく天井を眺める。電飾の森に佇《たたず》む、老人たちの学校のような古びたホテルの天井を。

「いまさら、どうしようもない」

「いまから、空港に行けば、なんとかなるよ。君の上席部長には、私から事情を説明する。木村《きむら》上席部長なら、分社時の転籍組だから、なんとかしてくれるかもしれない」

「上席部長だって、本部長たちの名誉欲に捲き込まれたら迷惑だよ」

ぼくは、言葉を切って、昨夕の黒髪の占い師の言葉を思い出した。

「あのさ……。昨夕、占い師に遭って、『あなたは王になって旅に出なきゃならない』って言われた」

「占い師？　王？　それが、いまの話と何か関係あるの？」

「きっと、由記子の言っていることの予言だったんだ。占い師が『子会社の社長になって、本社の出世ラインからは外れる』なんて言っても、現実的すぎて信憑性《しんぴょうせい》がない」

黒髪の彼女は、ぼくの旅する力の有無にかかわらず、王として旅を続けなくてはならない、と言った。それは同時に、その役目を失った子会社が、簡単には潰れないということだ。

「それでいいよ。業務上の秘密を漏らしてくれて、ありがとう」

「ううん、そんなことは、優一のためなら、どうでもいい。それより、いま、私にできることはない？」

「明日の夜、予定どおり、一緒に食事に行こう。それで十分なんだ。それより、課長が、長い時間、席を外して大丈夫？」

「うん、優一がこれでいいなら、席に戻る。夜に、また話せる？」

「うん、ありがとう。仕事、早めに片付くといいね」

ぼくは、電話を切って、そのまま、天井を眺めた。よく考えてみれば、大学を卒業したとき、出世競争には興味がなかった。由記子の下で仕事を始めてみたら、想像していたよりも楽しく、周囲もそれを認めてくれた。おかげで、同期の中では早くに管理職に昇格し、気づいたら、仕事の内容よりも、上司の評価の方が気になっていただけだ。各駅停車で、車窓の景色を楽しみながら、のんびりと旅をしようと思っていたのに、何かの手違いで急行列車に乗ってしまって、移動距離を稼ぐことが旅行の目的になったようなものだった。必要以上に移動距離を稼ぐ旅行は、身体に疲労を溜めるし、マイレージ・プログラムの会員ランクが上がる程度しか満足することもない。そんな旅行をやめるいい機会かもしれない。車窓を楽しむ旅に出直すのも悪くないだろう。

気になることがあるとすれば、黒髪の占い師が、ぼくの旅する力を疑っているような口調だったことだ。ぼくには、もう車窓を楽しみながら、のんびり旅を続ける力は残っていないのかもしれない。古びたホテルの天井から、上質なタイ・シルクのような微睡《まどろ》みが、ぼくに覆い被さってきた。

由記子との電話の後、そのままベッドで眠っていた。伴からの電話で起こされる。

「このホテルの延泊の手続きは、すんなり終わったよ。金曜日の夜だっていうのに、昨日と同じチャージだ。良心的なホテルだね」

伴は好意的に捉えているが、良心的というよりも、周囲のホテルに比べて人気がないのだろう。グランドフロアの回廊には、薄着の娼婦たちが歩き回っていたりして、家族連れやカップルには向かない。ぼくは、ベッドから起き上がって、つけっぱなしだったパソコンのメールボックスを開く。東京時間で、午後一時だった。二、三時間、寝ていたことになる。副社長秘書から、メールが届いている。

「こっちも、明日のフライトが確保できたみたいだ。出発が一時間遅れて、香港を十一時半、成田には十六時に着く」

由記子との夕食の約束には間に合うだろうが、副社長秘書は、断りもなく到着時間を遅らせて、それを詫びる一文もなかった。

「了解。で、昼飯は喰ったか？」

「朝の電話の後、寝ていた」

「じゃあ、出掛けないか？　朝飯に行ったら、いくつか地元の人で賑わっている粥麵専家があった」

伴は、昨夕から四食連続で雲呑麵を食べるつもりらしい。

「なぁ、せっかく澳門にいるんだ。晩飯は、ポルトガル料理を食べる前提で、昼飯はおまえの勧める店に行くことにしないか？」

「まぁ、そうだな。俺も、さすがに昼過ぎには雲呑麵に飽きているような気がする」

（だろうね……）

ぼくは、十分後にロビーで伴と待ち合わせることにして、三十五万香港ドル分の札束が入ったセイフティ・ボックスに、パソコンを入れた。

「香港と澳門の雲呑麵は、とんとんだね」

伴が、満足そうな表情で言う。ぼくは、牛もつ肉が入った麵を食べていた。

「今朝、飯を喰っていたら、詐欺師に声をかけられた。昨夕のカジノから、俺に目をつけていたらしい」

「へぇ……。それで、何だって？」

「三十万香港ドルで、未公開株を買わないか、って持ちかけてきた」

「何ていう会社の？」

伴にそう訊かれて、ぼくは、それくらいは聞いておくべきだったと反省した。

「日本企業の子会社で、香港にあるって言っていた」

自分でそう言葉にしてから、「来週の月曜日、自分は、日本企業の香港にある子会社の社長になる辞令を受けるのだ」と思う。そう考えてしまうと、詐欺師の言っていた未公開株の会社名が、どうにも気になり始める。

「ふーん。じゃあ、俺が代わりに引っ掛かってやろうかな」

「詐欺に？」

「ああ。だってさ、香港ドルで大金を持ち歩いたってしょうがないだろ。澳門に銀行口座を開設できるわけでもないし、日本の銀行に預けるわけにもいかない」

「なるほど」

「その詐欺師は、連絡先とかをくれなかったの？」

「くれたよ」

ぼくは、上着のポケットから、紙片を取り出す。

「カイザー・リー。ずいぶん大層な名前だ」

「俺もそう思ったけれど、詐欺師ってそんなものじゃないかな」

ぼくと伴は、しばらく後に、香港にある企業のボードの一員となるのだ。そのとき、もう一度、この街を訪れて、あの詐欺師に「こういう者です」って、ＣＥＯの肩書きを記した名刺を渡すのも、悪くないジョークだ。ぼくは、もう一度、彼に会いたい気持ちが膨らむのを抑えきれずに、携帯電話を取り出した。

「喂」

詐欺師の連絡先に電話をかけると、呼び出し音は三回で途切れた。

「你好《ネイホウ》、こんにちは。今朝、お会いしたナカイという者です。李さんの電話ですか？」

「そうです。こんにちは、ナカイさん」

「李さんに、もう一度お会いして、商談を進めるかどうかを決めたいんです」

「もちろん歓迎です。私はグランド・リスボアに滞在しています。フロントに、あなたの来訪を伝えておくので、お名前を言ってくれれば、部屋に通すように依頼します」

「ありがとうございます」

「こちらこそ。今夕は予定がない。ナカイさんの都合の好い時間を指定してください」

「その前に、二つ、お願いがあるんです」

「どうぞ」

「昨夕、カジノで一緒にいた友人を同行しても構いませんか？　二つ目は、その未公開株の会社名を事前に教えてもらうことはできますか？」

「分かりました。ご友人の同行は構いません。それで買い取ってもらえる株が増えるのなら、こちらとしては歓迎です。会社名は『株式会社エイチ・ケイ・プロトコル』です」

「HKプロトコル？　香港プロトコルということですか？」

「たぶん、そうでしょう。香港での登記は〝H.K.Protocol Corporation〟、中文では『香港通《ホンコン・ト》号規有限公司《ンホウクワイ・ヤオハンゴンシイ》』です」

李が、中文の綴りを一文字ずつ説明する間、ぼくは、出来すぎた話だと思う。ぼくと伴が勤める会社は「株式会社ジェイ・プロトコル」で、英語での商号は〝J.Protocol Corporation〟だ。これが詐欺だとすれば、昨日、今日に仕組まれたものではないかもしれない。

「お会いする前に、お詫びすることがあります」

「どうぞ」

「今朝、私はナカイさんに、日本企業の現地法人だと説明しましたが、現在は、私が持っている株式以外は、個人格の日本人が所有しているようです」

「了解しました。どうでしょう？　いま、私と友人は、あなたの滞在しているホテルのそばにいます。これから、お伺いすることは可能ですか？　十五分後には、ホテルのフロントに行けると思います」

「ＨＫプロトコルのことを調べないんですか？」

「あなたが本当に詐欺師なら、素人の私たちが二、三時間で調べられることは、手を打っているでしょう」

「おっしゃるとおりです。それなら、私に下手な準備をさせない方が得策だ。これからでも構いません。この電話を切ったら、フロントに来客を伝えます」

ぼくが、礼を言って電話を切ると、伴は、雲呑麺のスープを飲んでいるところだった。スープを飲み干している彼を見ると、夕食は、ポルトガル料理ではなく、この店の雲呑麺だなと、ぼくは半ば諦めた。

「HKプロトコルとは、驚きだね。本当に、その会社が存在するんだったら、Jプロトコルに商標権を売れる。Jプロトコル香港っていう現地法人があったけれど、中国で仕事をするならHKプロトコルの方が、ずっとやりやすい」

伴が言う。ぼくは、彼に「その決裁をするなら、それは、俺たちがすることになるんだよ」と伝えたい衝動に駆られる。翌週の発令のことを聞いたのが、由記子からでなければ、それを伴に伝えていただろう。

ぼくは、粥麵専家から李が滞在するホテルまで歩く間、昨夕からの出来すぎた経緯を整理した。バンコク発のフライトが香港から澳門にダイバートしたのは、偶然だったとしか思えない。李は、ぼくの勤務先を知っていただろうか。ぼくたちが宿泊するホテルに問い合わせれば分かるだろうし、詐欺師ならカジノの賽《さい》の目を操作することもできるかもしれないが、ぼくたちが澳門に来るのを待っていたとは考えにくい。香港と澳門は同じ中国の特別行政区だとしても、入国書類も、免税範囲で持込み可能な煙草の本数も違う。キャセイ・パシフィックのフライトの着陸地を変更させる程の手の込みようだとすれば、それで得られるのが三十万香港ドルでは、割に合わないだろう。

蓮を象《かたど》ったデザインだという高層ホテルのフロントで、カイザー・リーと商談の約束がある旨を告げると、フロントにいた長身の女性が、ぼくたちをセキュリティ・チェックのゲートに案内する。まっすぐな黒髪を、うなじから前に向かって長くしたヘアスタイルで、高級ホテルの従業員らしい美人だ。

「私たちは、カジノに入るわけではなくて、彼の部屋に行くものだと思っていました」

国際空港並みのX線検査を受けながら、ぼくは、フロントの女性に英語で言った。

「当ホテルのエグゼクティブ・フロアに入るお客様には、すべて、チェックを受けてもらっています」

彼女は、よく訓練された微笑みで、ぼくたちのセキュリティ・チェックが終わるのを、ゲートの横で待った。

「申し訳ありませんが、携帯電話は、こちらに預けていただくか、カメラ機能のレンズ部分にシールを貼ってもらえませんか？」

広東語で注意する警備員の言葉を、彼女が英語に訳す。携帯電話を渡すと、警備員はゲートのそばにあるロッカーにそれをしまい、代わりに鍵を伴に差し出す。

「お帰りの際に、鍵と携帯電話を交換します」

彼女は、そう言って、ぼくたちをエレベータ・ホールに案内する。李が滞在するフロアは、そのセキュリティ・チェックを受けた後でも、専用のICカードがなければ、エレベータの行き先を指定できなかった。

「サー、ナカイ先生《シインサン》をお連れしました」

両開きの重厚なドアの片方が開けられる。

「お待ちしておりました。ナカイさん」

「お邪魔します。こちらは、友人のバンです」

「はじめまして、李先生。バンです。バン・コウスケと言います。バンコーと呼んでください」

それを、ぼくは不思議な気持ちで聞いた。何度も件の自己紹介を聞いてきたが、くだけた会話をするために名前で呼んでくれと言うときでも、彼は「コウと呼んでください」と言っていた。ぼくと一緒にいるときに「バンコー」と名乗るのは、それが初めてだった。

「はじめまして、バンコーさん。カイザー・リーです。リーで構いません」

百坪以上はあるだろう、豪奢なスィートルームだった。ドアからリビングまでに、寝室らしき部屋のドアが二つあり、リビングには十人程度が集まって会議をできる楕円形のテーブルがある。床から天井まで続く一面の窓からは、マカオタワーと、その向こうに続くタイパ島を見渡せる。ぼくたちは、窓際のソファに案内された。

「コーヒーか何かをお飲みになりますか？」

「お気遣い、ありがとうございます。いま、粥麵専家で中国茶を飲んできたばかりなので不要です」

「分かりました。それでは、最初に、私の身分を証明するものを、ご覧になっていただかなくてはなりませんね」

李は、ソファから立ち上がり、ライティング・デスクの抽斗《ひきだし》から、パスポート・サイズの数冊の手帳を持ってくる。けれども、「パスポート・サイズの手帳」と思ったのは勘違いで、それらは数冊のパスポートだった。

日本国、中華人民共和国、中華民国、シンガポール共和国、タイ王国、カザフスタン共和国、ブルネイ・ダルサラーム国、カンボジア王国、そして香港特別行政区の永住身分証。

「どうぞ、中を確かめてもらっても構いません」

ぼくと伴は、呆気《あっけ》にとられながら、それらのパスポートを開いてみた。さまざまな名前（半分は、発音さえ分からない）、いくつか押印されたヴィザと入出国記録を眺める。共通しているのは、李と名乗る人物の顔写真、生年月日、性別、自著欄の癖あるアルファベットだけだった。ぼくも伴も、パスポートの真贋《しんがん》を見分けられない。ICチップの入ったパスポートで、それを読み取る機械があれば、多少の真贋は確認できる。しかし、ぼくたちはそれを売っているだけで、最終的なチェック方法を設定するのはクライアントの仕事であり、ぼくたちがそれを知ることはない。

「これが、李さんの身分を証明するものですか？」

日本で発行されたパスポートには、「村野周一（SHUICHI MURANO/MR）」という名前が記され、直近では、二〇〇八年二月、つまり去年、関西国際空港の出国スタンプが押印されている。それに対応するだろう入国スタンプは、十日後の成田空港のものだ。

「そうです。もちろん、どれも正規に発行されたパスポートではありません。しかし、正規のものと同じ効力を持っています」

ぼくは、何を答えればよいのか分からなかった。

「言葉がなくなるのも、当然です。でも、これが私の身分証明なのです。このうちのひとつだけをご覧になってもらったところで、私の身分証明にならないことが、逆にお分かりいただけたでしょう」

「そうですね……」

「ここにパスポートのない国が、私の母国です。私は国を追われています。日本語では……亡命者です」

「日本国籍の亡命者を挙げろ」という試験問題があったとしても、ぼくは、ひとりも名前を挙げられない。北朝鮮が、まだ社会主義者のユートピアであったころに、日航機《にっこう》をハイジャックして平壌《ピョンヤン》を目指した犯人を亡命者と言うのだろうか。いずれにしろ、そのハイジャック犯の名前を知らない。

「亡命者と言っても、命は亡くしていません。変な漢字を当てますね」

彼は、笑いながら、冗談を言う。

「李さんは、私たちにパスポートの提示を求めないんですか？」

「この取引で、私は、あなた方に何かをリクエストする立場にありません。それに……」

「それに？」

「あなた方は、複数の名前を使い分けている人ではないでしょう。ナカイさんはナカイさんだろうし、バンコーさんはバンさん以外の何者でもないはずです」

それから、彼は、ソファの間のローテーブルに用意されていた封筒から、HKプロトコルという企業の株券をぼくたちに差し出した。一株五千円、一式十株の株券だった。最早、いちいち偶然かどうかを疑うのも面倒だが、Jプロトコルの親会社が印刷したものだ。伴なら、株券に印刷されたホログラムで、その真贋を確認できるはずだ。

「ここに三千株、額面で一五〇〇万円分の株券があります。一株、二百香港ドルで、できるだけ多く現金化したい。すべて引き取ってもらえるなら、五十万香港ドルで構いません」

「一株、二百香港ドルなら、日本円で三千円にもならない。額面割れということになりますよ」

ぼくは、意外な気持ちで言った。

「ええ。私は、あなた方が想像するような詐欺師ではないし、先に申し上げたように、このHKプロトコルという会社は、いまは幽霊会社だ。正直なところ、これから株価が上がるとも思わないし、配当があるとも思えない。お売りしたいと言っておいて失礼ですが、来年には紙くずになっているかもしれない」

苦笑いを隠せなかった。紙くず一枚を二千香港ドルで売りつけるなら、立派な詐欺だ。

「二百香港ドルが最初の提示額ということは、李さんにとっては、それ以下の価値ということですよね。この手の取引には、値引き交渉がつきものだ」

株券のホログラムを確認していた伴が言葉を挟む。けれども、伴は、仕事でもプライベートでも、値引き交渉をしない。出張先のタクシーや土産物屋でふっかけられても、伴の対応は、相手の言い値を鵜呑《うの》みにするか、相手にしないかのどちらかしかない。もっとも、バンコクだろうがハノイだろうが、空港から市内までのタクシーでふっかけられたところで、日本円にして千円程度の正規料金に、五百円の上乗せがいいところだ。成田空港から都心までのタクシーの合法かつ組織的なふっかけに比べれば、罪が小さい。タクシーの運転手に欲がなくて、ふっかけられなければ、伴は五百円程度のチップを渡す。

「そういうことになるかもしれません。けれども、私は、値引き交渉というものが好きではありません。大小《ダイシウ》で、四にベットしたか、五にベットしたかの違いですよ」

李の言うとおりだ。詐欺師の屁理屈とはたいしたものだなと思い、ぼくは、その紙くず同然の株券を買ってもいい気分に変わっていく。電子化されていない株券なら、メモ帳くらいには使える。

「分かりました。値引き交渉は、李さんの言うとおり、時間の無駄だ。そもそも、私は、あなたを詐欺師だと思っているのだから、紙くずに二百香港ドルの価値を感じるかどうかだけを、考えればいいんですよね」

伴が李に面と向かって詐欺師と言うので、ぼくは申し訳ない気分になる。

「私が、紙くずと言ったのは譬《たと》え話で、それらは正規の株券です」

「ええ、分かります。ホテルに戻って、現金を取ってきていいですか？　どれくらい買うかは、その間に考えます」

伴は、そう言って立ち上がる。

「もちろん」

「友人が失礼なことを言って、申し訳ありません」

ぼくは、伴に続いて立ち上がり、李に非礼を詫びた。

「構いません。それに、私は、あなた方の交渉の仕方が嫌いではありません。平行線の値引き交渉に時間を使うより、ブラフをかけ合って即決していく方が、ずっと気持ち好い」

「では、後ほど。そうですね……」

ぼくは、伴がこの部屋に戻るつもりなのか否かを確かめるために、続く言葉を伴に譲った。

「三十分後には、またお邪魔したい。フロントの方に、そう伝えてもらえますか？」

伴がこの部屋に戻ってくるということは、株券のホログラムは本物だったということだ。

「分かりました。そのように、フロントに連絡します」

スィートルームを出ると、この部屋に案内したフロントの女性が、ドアの脇に立っていた。

どうやら、ぼくたちは、彼女の監視下でしか、このホテルの中を歩けないらしい。

「李先生は、このホテルに長く滞在しているの？」

エレベータの中で、伴が彼女に訊く。

「私は、お客様のことには興味がないので、分かりません」

彼女は、判で押したような答えを返す。

ホテルの外に出て、交差点の信号が変わるのを待っていると、熱気を帯びた海風が纏《まと》わりつく。

「で、どうする？」

ぼくは、伴に訊く。

「俺の元手は三百パタカだったからね。宴席で自慢話のネタになるなら、安い買い物だ」

「そういうことじゃなくてさ……。あんなにたくさんのパスポートを一度に見せられたんだぜ」

そう言ったぼくに、伴はまっすぐに視線を向ける。

「おまえ、彼を知らないのか？」

「伴の知り合い？」

伴は、肩をすくめて、呆れた顔をした。

「そんなわけないだろう。行方不明になっている、独裁者の長男だ」

そう言われて、ぼくは、李の本名を知った。李清明《イシンミン》。数年前、成田空港から、第三国の偽造パスポートで入国しようとして、入国管理局に拘束されたニュースを覚えている。カイザーと自称するだけのことはある、紛れもない本物の王子だった。

ぼくは、ホテルのセイフティ・ボックスから、三十五万香港ドルの札束を取り出して、部屋にあったホテルの紙袋に入れた。部屋を出る前に、パソコンのメールボックスを確かめる。総務部から、中国国内でパソコンを使用しないときは、電源を切ってセイフティ・ボックスに入れるように通達が出ているので、必然的にメールボックスを確認する頻度が下がる。いくつかの仕事関連のメールに混ざって、直属の上司にあたる副部長から、今日、香港に滞在することを了承する旨と、週明け、月曜日に発令がある旨のメールが届いている。

『伊沢です。出張、お疲れさま。

今回のバンコクの商談は、私からも祝福と労《ねぎら》いをしたい。先程、佐竹本部長の秘書より、中井部長代理に香港で急な用件を依頼したので、本夕の出社を見送ってほしい旨の電話があった。事後となるが、出張延長の承認をこのメールで済ませる。

また、今回の成功で、特進の異動が決まった。九月十四日（月）八：三〇より、人事部で発令がある。

前営業日（つまり本日）の日本時間午後三時以降に内示を伝えるのが本来の手続きだが、今回は、このような状況なので、発令当日の午前八時より私から内示、同八：三〇に人事部にて発令ということにしたい。了解であれば、簡単でいいので、折り返しのメールがほしい。

また、伴君にも、同様のメールを送っている。伴君も特進の発令がある。

これも、本来であれば、君から伴君に伝えるべきことだが、今回は例外ということで、私からメールを送った。

追伸（苦言）滞在が延びたのであれば、本部長からの直接の指示であっても、君から私に連絡するのが筋だろう』

副部長のメールには、発令の内容は記されていなかった。ぼくへの内示は、内規上、午後三時以降だろうが、伴の異動先は、本来、発令が決まった時点で、伴の上司であるぼくに伝えるべき内容だ。由記子の言うように、異動を辞退する隙を与えていない。ぼくは、月曜日の出社時間の件を了解した旨の返信を打ち、パソコンの電源を落とした。

ロビーで、伴と落ち合うと、早速、副部長からのメールが話題になった。

「特進って、中井は副部長になるってことか？」

「さぁ、そこまでは書いていなかったよ」

「俺宛のメールは、なんだか不機嫌そうな文面だったからさ。伊沢副部長が、玉突きで部長になるとは思えないし、中井が副部長になれば、彼は別の部署ってことだろ」

「そうかな……」

副部長のメールの文面が不機嫌なのは、自分の頭越しに人事が動いてしまったからだろう。彼は、仕事の結果よりも手続きに則《のっと》ったか否かを評価するタイプの管理職だ。

「それにしても、急だよな」

「晩飯のときにでも、俺の知っている範囲のことを話すよ。前営業日の午後三時を過ぎたら、内示を伝えてもいいのが、一応の内規だからな」

「了解、部長代理」

ぼくたちは、再びホテルを出て、通りを挟んだ高層ホテルを見上げた。そう言えば、李の部屋が何階にあるのか、案内されたエレベータには階数表示さえなかった。窓から見えた景色では、タイパ島に面した高層階だということしか分からなかった。

「伴は、いくら持ってきた？」

「昨夕儲けた十五万香港ドル。おまえは？」

「同じだよ。三十五万香港ドル、全部、持ってきた。帯封がついていない方は数えていないけど……」

新館のエントランスに入ると、先程と同じフロントの女性が、ぼくたちを待っていた。

「你好」

「いらっしゃいませ。お待ちしておりました」

「さっきから、ずっと？」

伴が、くだけた口調で話しかける。彼女は、何も答えずに、ぼくたちをセキュリティ・チェックへと誘導する。

「お手数をかけますが、もう一度、セキュリティ・チェックを通ってください」

ぼくたちは、言われるままに、札束の入った紙袋をトレイに載せ、自分たちはX線検査のゲートをくぐる。けれども、彼女が、そのゲートをくぐることはない。そこを通ってしまうと、アラームが鳴るようなものを身につけているのかもしれない。再び、何階に進むのか分からないエレベータで、李のいるフロアに向かった。

「ようこそ。ナカイさん、バンコーさん、あなた方は、本当に無駄な時間をかけない人たちですね」

李は、笑顔で、ぼくたちを部屋に迎え入れ、三十分前と同じソファに座った。

「二人で、五十万香港ドルを持ってきました」

伴が先手を打った。李は、とくに驚く様子もない。

「それは、私が所有するすべての株式を購入してくれるということですか？」

「この三十分間で、李さんが条件を変えていなければ、そうなります」

ぼくは、目の前にいる男が独裁政権の後継者のひとりだということを知ったおかげで、どういった言葉遣いをすればいいのか分からずに、会話に加わるのを躊躇《ちゅうちょ》してしまう。

「もちろん、変わっていません」

ぼくは、帯封のついた三つの千香港ドルの札束と、その隣にホテルの封筒に入れた五万香港ドルをローテーブルに置いた。伴も、帯封のついた札束はぼくの置いた札束の上に、ばらばらの千香港ドル札は裸のまま封筒の上に置く。テーブルの札束を見ながら、伴はあの後もカジノに行ったんだなと思う。ぼくだけが大勝ちしたのが、悔しかったのかもしれない。

「数えても構いませんか？」

「もちろん」

李は、帯封がついた札束には手を付けず、一度だけ、ばらばらの札を百枚数えた。そして、手許にあった大判の封筒から、三百枚の株券を取り出して、ぼくたちに差し出す。

「それを、あなた方でどう分けるかは、お任せします」

「ええ、分かりました」

伴が、それを受け取り、「念のため」と言って、通し番号がついている部分をめくる。

「帯封がかかった方は確認しないのですか？　一、二枚、抜き取っているかもしれない」

伴は、通し番号を数えた後、今度は、ホログラムがついている端をめくりながら、李には視線を向けずに言う。

「あなた方は、この三十分の間に、私が誰かをお知りになったでしょう？」

伴は、何も変わっていないが、ぼくは、やはりぎこちなくなっているのだろう。

「二、三千香港ドルで、この部屋を出て行けなくなるようなリスクを犯すとは思えない」

李を見ると、ぼくを向いて笑っていた。小馬鹿にしているわけでもないし、不遜さが潜んでいるわけでもない。この取引を楽しんでいるような、好感を持てる笑顔だ。

「なるほど」

ぼくは、できるかぎりの平静を装って、彼に応える。伴が、ホログラムの確認を終えるのと、ほとんど同時だった。

「間違いなく、三千株あります」

「では、取引成立ということで」

李は、ソファを立ち上がって握手を求める。苦労を知らない柔らかい掌だった。王子とは、こういう掌をしているのだろう。

「今日は、久しぶりに退屈しない日でした。また、澳門にいらっしゃる機会があったら、連絡をください。今度は、ご一緒に食事でもしましょう」

李が言う。

「ええ、是非。でも、あなたは、そんなことをしていいんですか？」

「ナカイさんが考えている程、不自由ではありません。今朝だって、餐廳で話をしていても、誰も、私たちに気づいていなかったでしょう？」

「そうでしたね」

「このホテルを出れば、あなた方と変わらない中年男ですよ。連絡先は、先程の携帯電話を解約しないでおくことにします」

　ぼくと伴は、彼に導かれて、ドアに向かう。

「ひとつ、訊いてもいいですか？」

伴が、廊下に出たところで、彼に話しかける。

「どうぞ」

「どうして、カイザーという名前を選んだのですか？　日本人はカエサルと呼ぶ方が多いのですが、カエサルは、息子のように信頼したブルートゥスにさえ裏切られますよ」

ドアノブに手をかけたまま、李が笑う。部屋の外で、ぼくたちを待っていたフロントの女性は、滞在客の会話には興味を持たないという意思表示なのだろう、数歩、エレベータ・ホールに向かって進んだ後、歩みを止めている。

「七月に生まれたからです。バンコーさんがお考えのとおり、大袈裟な名前ですね。私には、もう国家元首になる意思がない。この街で、亡命者として退屈な余生を送るだけです」

伴は、それを聞くと、エレベータ・ホールに向かう。

共和制ローマの終身独裁官ユリウス・カエサルは、李の言うとおり、七月（July）の語源であることに間違いない。同時に、いくつかの誤解はあるものの帝王切開手術（Cesarean Operation）の語源でもある。シェイクスピアの劇中で、三人の魔女が「女の股から生まれた者は、マクベスを殺すことはできない」と予言した、その例外に当たる男の出生の経緯だ。

三百枚の株式を、ホテルのセイフティ・ボックスに入れた後、ぼくと伴はセナド広場を中心とした観光名所を廻った。広場を少し離れると、そこには香港と同様に中国沿岸部の街並があり、世界遺産に登録された限られた地区だけが、突然、西ヨーロッパの風景に変わる。そのコントラストは不思議な感じを与える。

「言われてみると、亡命って変な漢字だよな」

伴は、聖ポール教会の焼け残った正面壁を見上げながら言う。ぼくも伴も、観光名所にはほとんど興味がないが、バンコクでも、王宮やいくつかの有名な寺院を廻っている。けれども、それは本社の幹部がバンコクを訪れたときのガイド役としての下見が目的だった。伴が自主的に訪れるのは、戦争や内戦の傷痕が残る場所だ。ホーチミン・シティの戦争博物館は、なんとか付き合えたが、二年前、プノンペンでキリング・フィールドを訪れたときは、最後まで付き合い切れずにひとりでホテルに引き返した。

「そうかもな……」

二百年前の火災により母屋を失い、残された正面壁は、青空を背に天に向かっている。九月の東南アジアの風も、そこを通り過ぎた後は、身体に絡み付くような湿気を吸い取られて、清々《すがすが》しい風に変わっていく。

「出国審査を受けずに国を出たからと言って、命を亡くすわけじゃないのにな」

「命じゃなくて、名前の『名《めい》』くらいで十分なのにね」

伴は的を射た当て字を思いつくな、と感心する。いずれにしても、ぼくは、亡命も亡名もしたことがない。

「そろそろ、晩飯を喰いに行かないか？」

「いいね。中井のお勧めのポルトガル料理屋に行こう」

ぼくは、夕食も雲呑麵になることを半ば覚悟していたので、伴の答えを意外に思いながら、客待ちをしていたタクシーの窓をノックした。

ガイドブックで目星をつけていたポルトガル料理屋は、澳門半島とタイパ島の間にある小さな湖を望み、繁華街から外れた場所にあった。予約がないにもかかわらず、老店員は、快くぼくたちを迎え入れ、窓際のテーブルに案内してくれる。テーブルには、コットンのクロスがかけられ、灰皿が置いてあった。ぼくは、それだけで素敵な料理屋だなぁと、幸せな気分になる。ハイネケンと、シーザーサラダ、シーフードのグリル、店の名物だというアフリカン・チキンを注文する。

「日本人が、中国で、オランダ産のビールを飲みながら、アフリカン・チキンなるポルトガル料理を食べる。グローバリズムだね」

ハイネケンで乾杯しながら、伴が笑う。ぼくは、ついでにホテルで仕入れたキューバ産の煙草に火を点ける。九月とは言え、ネクタイを外しただけのスーツ姿で観光地を歩きまわった後には、よく冷えたビールが美味しかった。それを、ほとんどひと息で飲み干してから、ポルトガル産の白ワインを注文する。付け合わせのグリーン・オリーブとよく合う、さっぱりした飲み口のワインだ。

「で、中井は、副部長に昇格か?」

ぼくは、亡命王子との謁見《えっけん》で、その話題をすっかり忘れていた。

「その話もあったね」

「もうずいぶん前に、東京では午後三時を回っている」

ぼくは、二人分のグラスに白ワインを注ぎ足す。

「総務部の島田課長と知り合いでさ、それによると、俺は香港の現地法人に出向して、そこの社長になる」

「Jプロトコル香港ってことか? その現地法人が話題になるのは、今日が初めてで、しかも二回目だね」

「一回目のときは、副部長からメールが届く前だったから黙っていた」

「なるほど。内規を守る部長代理としては、正しい判断だ」

木製のボウルに、山盛りのシーザーサラダが運ばれてくる。

「それで、伴はいやかもしれないけれど、技術担当副社長、所謂《いわゆる》CTOってやつだ」

「いやなことはないよ。いまだって、業務中は中井の部下だ。で、そのJプロトコル香港って、何をやっている会社なんだ？」

「数年前、井上副社長と佐竹本部長が天下りしてきたとき、海外事業戦略のために設立した会社だけれど、その後は鳴かず飛ばずで、いまはペーパー・カンパニィ同然だ。知ってのとおり、中国沿岸部の事業は、ひとつもうまく行かなかったからね」

ぼくは、サラダに続いて、これも山盛りで運ばれてきたブラック・タイガーとムール貝のグリルを、自分の皿に取り分ける。頭と胴体を切り分けて、胴体を殻がついたまま食べる。スパイスが香ばしく効いている。頭の中のみそも吸い取りたいところだが、寛容そうな老店員もそこまでは許してくれないだろう。

「いまは、何もやっていないってことか？」

「そう。島田課長によれば、バンコクの仕事は、副社長と本部長の予想よりうまく行きすぎた。二人にとっては、Jプロトコルに天下りしてから、初めてのお手柄だ。それで、俺が邪魔になる。もともと、海外事業を子会社でやることになったのは、本社内に海外進出の消極派が多かったからなんだけれど、本社でうまく行くなら、子会社は不要になる。言ってみれば、昇格という名目の左遷だ」

「で、俺が道連れになるってことか」

「まぁ、そうなるね。付き合わせて、申し訳ない」

「全然。毎日、香港で雲呑麵を喰える」

「決め手は、そこなのか？」

「そうだよ。まぁ、俺も中井も、一応は栄転だ。乾杯しなおそう」

伴は、ボトルに残ったワインをすべて注ぎ足して、グラスを持ち上げる。

「それにしても、発令まで、ずいぶん早いね」

「これも、島田課長の受け売りだけれど、内規上、辞令の拒否は、発令の前営業日の午後五時までに、上長に異議を申し立てなきゃならない。今日の突然の休暇は、俺たちにその隙を与えないためのものだろう、ってことだよ」

「ふーん。それで、副社長と本部長は、昨夕、あんなにご機嫌だったってわけか？」

「だろうね。クラブで女の子を横に座らせて悪巧みなんて、最高にうまい酒だろうな。『越《えち》後屋《ごや》、おまえも悪よのぅ』って感じだ。酒も進む」

「ところでさ、さっきから登場している総務部の島田課長って、何者？」

「俺の彼女」

「初耳だ」

「だろうね」

海老とムール貝が片付くと、若鶏を一羽ごとスパイスで煮込んだ大皿料理が出てくる。どういう経緯で、その料理が「アフリカン・チキン」と呼ばれるようになったのか分からない。店の壁に飾られたヨーロッパの古地図を眺めると、ポルトガルからアフリカ大陸までは、わずかな距離しかないのだと思う。ぼくの感覚では、アフリカ大陸は遠い場所のような気がするが、イベリア半島では、九州から朝鮮半島くらいの距離感なのかもしれない。

「どうぞ、手摑みで食べてください」

老店員は、大皿に驚いているぼくたちに、二人分の綿のエプロンを手渡す。手摑みでかぶりつくのが、この料理のテーブル・コードらしい。

「いつから、香港に？」

「そこまでは聞いていないよ」

ぼくは、エプロンを首にかけながら答える。海洋国らしく、エプロンには船舶用のアルファベットを表す信号旗が印刷されている。きっと、この店の名前の順に旗が並べられているのだろう。

「どうも、中途半端な情報ばかりだね。その調子じゃ、Jプロトコル香港には何人くらいの社員がいて、どれくらいの売上げがあるのかも聞かなかったんだろう？」

「で、その島田課長と結婚するの？　彼女との三日ぶりの電話で話す内容じゃなかっただけだ」

伴が唐突に訊いてくる。

「そんな話もなかった」

「海外赴任の辞令なんて、プロポーズの定番チャンスだよ。相変わらず、押しが弱い」

伴は、鶏肉を骨ごと摑んで、それを喰いちぎりながら言う。ぼくは何も言わなかった。

「まぁ、ペーパー・カンパニィってことだから、何もしなくていいってわけだ」

ぼくがそう言うと、伴は、二本目のワインを注文する。ぼくは、ソースにまみれた手をエプロンで拭って、お互いのグラスにそれを注いだ。高校球児が、ブリキの薬缶から水を飲むみたいに、白ワインが進む。

「けれども、俺たちは、もうひとつ、HKプロトコルという幽霊会社も、半分近く、手に入れている。『何もしなくていい』なんてことはないだろう」

「何か、あてでもあるのか？」

ぼくの問いに、伴は、しばらく地中海を中心に描かれた古地図を眺めていた。香港でのICカードの普及率は、東京とは比べ物にならない。交通系に限っても、ソニーが方式を提供する八達通《オクトパス・カード》が、MTR、香港島名物の二階建てトラム、機場快線《エアポート・エクスプレス》、バス、コンビニエンス・ストア、さらに九龍《カオルーン》半島と香港島を結ぶ伝統の天星小輪《スターフェリー》まで、共通で使える。正直なところ、まともな営業職なら、新規参入を試みることはないだろう。

「なぁ……」

古地図を眺めていた伴は、ワインを飲み干しながら、何かを思い出したように言う。

「バンコクで仕事を取ってこいって言われて、朝五時のスワンナプームに着いたとき、中井は、何かあてがあったのか？」

伴の言葉に、ぼくは勇気づけられる。由記子との電話では「それでいい」と言ったものの、やはり、自分はどこかで自信を失い心細くなっていた。

その朝のことは、よく覚えている。二年前の十一月だ。タイでは、その年の五月ごろから、前年の下院選挙に端を発するデモが断続的に発生していて、社会情勢が不安定な時期だった。

香港からのフライトは、予定より早くスワンナプーム国際空港に着陸した。二十四時間体制のハブ空港とは言え、行き来する客はまばらで、市内と空港を結ぶMRTの始発まで一時間以上あった。空港ビル内は全面禁煙で、ぼくは、タクシー乗り場の脇で煙草に火を点けた。国際空港には珍しく、タンクトップとショートパンツから見える肌のほとんどに入れ墨を入れた若者が数人、煙草を吸う自分を遠巻きに眺めている。早朝のせいか、警察官の姿は見当たらず、タクシーの配車係は中年女性で、あてにできそうもない。朝靄《あさもや》なのか、小雨なのか判断のつかない空気は蒸し暑くて、ぼくは上着を脱ぎたかったけれど、パスポートと両替したばかりの札を身体から離すのをためらって、シャツの中で湧き出す汗を我慢しながら、まずい煙草を吸った。

そのとき、ぼくが持っていたのは、英語で書かれた交通系ICカードのプレゼン資料だけで、MRTのシステム担当者のアポもなかったし、たとえ面会の約束を取り付けても、彼ないし彼女の語学レベルを知らなかった。ぼくが知っているタイ語も「こんにちは」くらいで、シャム文字さえ読めない。

バンコクのスワンナプーム国際空港だけでなく、ハノイのノイバイ国際空港でも、シンガポールのチャンギ国際空港でも、ジャカルタのスカルノ・ハッタ国際空港でも、状況は似たり寄ったりだった。「あて」なんて、何も持っていなかった。

「そうだね。何もなかったから、一応、飛行機の中で、ジョークを考えていた」

アフリカン・チキンの大皿には、ソースにまみれた骨が並び、三本目の白ワインも、ミネラル・ウォーターのように喉を通り過ぎた。

酔っ払ってホテルに戻り、シャワーを浴びている間に、由記子から電話が入った。ぼくは、コールバックをしないまま、ベッドに入る。明日の夕方には、彼女と一緒に食事をする約束だ。二人で三本のワインを空けた後に、彼女に適当な約束をして、それを忘れてしまうより、明日の夕方を待つ方がリスクを小さくできる。

翌日、土曜日の午後四時半に、ぼくと伴は、成田空港の到着ロビーで別れた。ひとりでバス乗り場に着いてから、携帯電話の電源を入れると、由記子からメールが届いている。

『出張、お疲れさま

今夜の食事ですが、急な用件で実家に行くことになったので、キャンセルにしてください。ごめんなさい。

明日（日曜日）の昼の便で、羽田に戻ります。優一の都合がよければ、明日の午後、一緒に食事をしたいです。

部屋まで気をつけて帰ってください。　　ゆきこ』

ぼくは、彼女の家族に不幸でもあったのかと心配になり、その場で彼女に電話をかけたけれど、電源が切れているアナウンスが返ってきただけだった。ぼくは、留守電に心配している旨を録音する。彼女から連絡が返ってきたのは、その日の深夜で、家族の不幸とかではなく、両親に伝えることがあっただけだという内容の短いメールだった。

『羽田に迎えに行こうか？』

自宅のパソコンから返信を送る。ぼくが事業部から異動になり、由記子が他の社員と出張していた時期は、よく、お互いの仕事の後、羽田空港で待ち合わせをして、滑走路を眺めながら食事をした。

『ありがとう。ANAの八八便で、一三：四五に羽田に着きます。優一の好きな第一ターミナルのロイヤルで、二時半に待ち合わせましょう。　ゆきこ』

iv Saigon - Late Summer

バンコクから澳門《マカオ》経由で東京に戻った翌週、由記子の事前情報どおりの内容で、ぼくと伴の人事異動が発令された。それは日経新聞の人事欄に掲載されて、父から短い電話がかかってきた。家族の用事は、すべて母か姉経由で連絡が来ていたし、父との会話は正月に実家に寄るときの挨拶くらいのものだった。父と電話で話すのは初めてだったかもしれない。彼はすでに退職をしているが、日経新聞の人事欄の影響は、父親とひとり息子に初めて電話で会話を交わさせる程なのだと感心した。「お祝いに来ないか」と言う父に、ぼくは「左遷みたいなものなんだ」と言うことができず、香港赴任までの多忙を理由に誘いを断った。

その言い訳は、あながち嘘でもない。着任は十月五日付で、海外転勤の異動で、発令から赴任まで二週間程の余裕しかないというのは異例だ。その二週間は、後任者への引継ぎ、中し訳程度の外国語会話学校での広東語《カントン》研修、香港での自分たちの社宅探しに充《あ》てられた。ぼくの後任は、高木《たかぎ》といい、同期入社の中では最初に管理職に昇格した男だった。取引先に転任の挨拶をするのに、後任の彼の紹介を兼ねなければならず、彼と一緒にタイ、シンガポール、ベトナムと廻るのが、その二週間の仕事の中では最も億劫《おっくう》だった。

シンガポールからホーチミン・シティに移動した午後だった。たぶん、高木は、ANAとアライアンスが同じエアラインを選んでいたのだろう。それまで、彼とフライトが一緒になることはなかったのだけれど、シンガポールからホーチミン・シティ経由のキャセイ・パシフィックの便がなく、仕方なく、ぼくは高木と同じシンガポール航空の同じ便で移動することになった。そのときになって、彼がビジネスクラスで移動していることを知る。

「中井は、ビジネスクラスじゃないのか？」

「副部長から、『ビジネスクラスを使うのは仕事を取れてからだ』って言われている」

「副部長って、伊沢さん？」

「そうだよ」

「管理職からはビジネスクラスを使えるんだから、気にする必要ないだろう。だいたい、伊沢さんなんて、副部長どまりなんだから、いちいち気を遣うだけ損だよ」

「まぁ、そうかもな。伴主任も一緒のことが多かったから」

「内規上、同行の上席がアッパークラスを使うときは、役職に関係なく、同じクラスを使える。知らないのか？」

高木の言うことは、もっともかもしれない。もうすぐ副部長に昇格する立場の彼は、ぼくのように上席の顔色を窺《うかが》いながら出張する必要もないのだろう。午後三時のタンソンニャット国際空港で、バゲージ・クレームのターンテーブルを眺めながら、高木は、呆れたような表情で腕を組んでいる。彼のスーツケースは、優先取扱のタグが付けられていたので、すでに空港職員から手渡されていた。

「別に、俺の荷物を待っていることはないよ。仕事は、明朝からだし」

「ん？　中井の昇格祝いをまだしていなかったと思ってさ。ハノイではそんなに時間がなさそうだから、今夜、飲みに行かないか？」

ぼくは、次にホーチミン・シティを訪れるのがいつになるのか分からなかったので、できれば、ひとりで過ごしたかった。けれども、彼の厚意を断る適当な理由が見つからない。

「そうだね。俺の好きな店でいいか？　ベトナム料理じゃないけど……」

「初対面の女の子が寄っ掛かってきたりする店じゃなければ構わない。それに、ベトナムは初めてだから、必然的に中井が紹介する店に行くことになる」

ぼくたちは、同じタクシーで市内に移動した。空港から市街地までの間、タクシーから街並を眺めていると、バンコクに比べて発展途上だなと思う。道路は舗装されているものの、基礎工事が粗かったのか、轍《わだち》がひどく、歩道の縁石もところどころ陥没している。

「話には聞いていたけれど、すごい数のスクーターだな」

高木は、タクシーのドアに頬杖をつきながら言う。ぼくは「そうだね」と気のない返事をした。一般的な事務仕事が終わる時間には、まだ早かったが、それでも道に溢れるようなスクーターが、ぼくたちを乗せたタクシーを我が物顔で追い越して行く。

「ああやって、カップルでスクーターに二人乗りしてさ、彼女に自分のヘルメットを貸して、風を浴びながら家まで送るのって、幸せだろうな」

高木は、何かを思い出すように言う。

「本人たちが、それに気づいているかどうかは、分からないけれど……」

「そんなもんだろ。いまが一番幸せな時間だなんて、考えてみようともしないんだ」

「今夜はビールを飲みに行こうって言っても、彼女が『無駄遣いはやめて貯金しようよ』とかって、大きな声で言い合っているんだろうな」

「で、家を買ったり、日本製の中古車を買ったりするときに、少しでも足しにしようって、あのスクーターを売っちゃうんだ。ひと月分のビール代くらいの値段でさ」

ぼくと同じように、高木も、スクーターの後ろに彼女を乗せて、ヘルメットも被らずに二人乗りをしたことはないだろう。けれども、タクシーの中から眺める二十歳前後のカップルたちの幸福は、それぞれの甘い記憶を思い出させる。ぼくの高木に対するイメージは、同期の中で最も早く昇進し、将来の役員候補というものだったので、タクシーの中の短い会話で、彼の印象が変わっていく。

スクーターの波をかき分けるようにして、タクシーはコロニアル調のホテルの車寄せに入る。高木がホテルにチェックインして荷物を置いてくるのを、ぼくはタクシーの中で待った。そのホテルから、ぼくが泊まるホテルまでは、二、三ブロックだったけれども、轍の多い道を、スーツケースを転がして歩くのが億劫だった。

「ずいぶん、古びたホテルに泊まるんだな」

サイゴン川に面するホテル・マジェスティックを見上げて、高木が言う。

「戦時中は、大和《やまと》ホテルだったからね」

「戦時中って、第二次世界大戦のことか？」

「ベトナム戦争中に、大和ホテルはないだろうな」

「忠告ってわけじゃないけどさ、安ホテルに泊まっていると、客に足下《あしもと》を見られるよ」

その意見には、ぼくも同感だ。出張先で、安ホテルに泊まって、インターネットが繋がらなかったり、繋がっても、接続料の領収書をもらったつもりがテレビの有料チャンネルの名目になっていたりでは仕事にならない。

「ホーチミン・シティでは、五つ星ホテルだし、案外と有名なホテルなんだ。インターコンチとかヒルトンに泊まっても、地元にお金が落ちないだろ。その分、泊まっているホテルを訊かれたときに受けがいい」

「なるほど」

言い訳をするが、常宿にしているそのホテルは、時間の流れに取り残されている。ホテルの廊下は、薄暗く、どこか青い光が混ざっていて、ベトナム戦争当時の海兵隊員の幽霊が出たとしても、それほど驚かない。

「屋上に、ブリーズ・スカイ・バーという店があるから、そこで晩飯にしよう。俺は、部屋に荷物を置いて、すぐに行く」

「了解。なんだったら、シャワーを浴びてきても、文句は言わないよ」

高木の厚意に甘えたかったが、ぼくは、荷物を置いて、冷蔵庫からダイエット・コークを持って、屋上に向かう。サイゴン川を見下ろすオープン・エアーのバーだ。東京ではなくってしまった黄昏《たそがれ》という時間帯が、まだそのバーには残っている。高木は、川に面したテーブルに座って、小鉢に盛られたオリーブをつまんでいた。

「先に飲んでいてもよかったのに」

「一応、中井のお祝いだからな」

ぼくは、333《バーバーバー》というベトナム産ビールを注文して、乾杯のグラスを差し出した。

「乾杯」

「素直に、おめでとうって言えないところがつらいな」

高木は、ぼくから視線を逸らして言う。

「やっぱり、そういうものなのか?」

「そういうものなのかって、中井は、気にしていないのか?」

「気にしているよ。面と向かって言われるのは初めてだけれど」

「そりゃ、済まないな」

空港からホテルまでのタクシーで、ぼくと高木は、くだけた会話ができるようになった。

「でも、そんな役員連中の下にいれば、遅かれ早かれ、同じなんじゃないかと思うようにしている」

「そうだなぁ……。俺も、いまの役員連中から見れば、所詮、子会社にしか入社できなかった奴なんだな、って思うことがあるよ。あいつら、Ｊプロトコルが成長したのは、親会社のおかげだとしか思っていないからな」

「まぁ、俺の場合、こんなに大きな会社になるとは思っていなかったから、何とも言えないけどね」

「それにしても、香港はないぜ。あの会社を整理しなかったのは、役員連中の遊興費と裏金の捻出の抜け穴だからだって噂があるくらいだ」

初耳だったが、ありそうな話だと思う。

「じゃあ、早い話が、俺はその金庫番ってことか……」

「そういうことだろうな。おまえ、井上副社長に恨みでも買ったのか？　秘書に手を出したとかさ」

「全く身に覚えがない」

「そうか。副社長の秘書には、手を出さない方がいいよ」

「なぁ、俺って、喰いやすそうに見えるのかな？」

「四十近い男には悪いが、喰えない奴には見えない」

ぼくは、高木の評価に笑って、運ばれてきたクラブハウス・サンドウィッチにかぶりつく。由記子にも、彼女がぼくの上司だったところに、同じようなことを言われた。もっとも、それは「中井君は、喰えない奴には到底見えないところが売りだね」というものだった。三十八歳にもなると、褒め言葉も変わってくる。

夕闇がホテルの下で蛇行するサイゴン川を覆い、夜の帳《とばり》というものが、言葉どおり、はっきりした境界として、ぼくたちの上を通り過ぎる。ホテルの前にリバー・クルーズの桟橋があって、観光船の電飾が灯る。対岸には何かが蠢《うごめ》いているような暗闇が広がり、それを眺めていると、いつも、引き込まれてしまいそうな不安を感じる。

ホーチミン・シティにMRTが開通するのは、当分先の話だろう。ぼくと伴は、バス会社にICカードの導入を勧めてみたが、その必要性を分かってもらえない。コンビニエンス・ストアの普及率も低く、夜十時を過ぎれば、観光客相手のドンコイ通りを除いて、街は静まり返ってしまう。インフレ率が激しいベトナムでは、ICカードにドンをチャージしても、すぐにその市場価値が下がってしまうのも一因だろう。地域ごとの営業効率を考えれば、この街で交通系ICカードの営業をしても、香港とは逆の意味で、全く入り込む余地がない。

それだけに、伴が、自分の道連れで香港に異動することが腑に落ちない。裏金の金庫番なら、ぼくだけで十分だろう。自分を「喰いやすい奴」だとも思っていないが、伴は、十中八九「喰えない奴」だ。伴のようなタイプを裏金の金庫番につけるのは、リスクが高い。

「この街じゃ、当分、仕事はなさそうだな」

川沿いの片側二車線の道路を走るボンネットが突き出たバスを眺めながら、高木が言う。

「市庁の事業計画課に、MRTの検討ワーキング・グループがあって、そこに定期的に顔を出すのが仕事だ。彼らによれば、十年後にMRTを作るらしい。ハノイも、どっこいどっこいだ。お土産は、本当は現金がいいんだろうけれど、下っ端にそんなことをしてもしょうがないから、『白い恋人』を持っていく」

正直なところ、ベトナムでの仕事の引継ぎは、これで終わったようなものだ。お土産は人形焼でも同じだと思うが、毎回同じものを持っていった方が、顔を覚えてもらいやすい。

「俺が上席なら、この街に来るのにビジネスクラスを使っていいとは言わないな」

「でも、ビジネスクラスで移動するんだろ？」

「たぶん……。なぁ、新入社員の研修でさ、二人の靴屋の営業が、未開の国にセールスに出掛けたときの話を覚えているか？」

高木は、苦笑いをしながら、古い話を始める。

「片方の営業は『たいへんです。この国には仕事がありません。誰も靴を履いていないのですから』って報告して、もう片方の営業は『たいへんです。この国は、ビッグ・マーケットです。まだ、誰も靴を履いていないのですから』って報告する話だろ」

「そう。いま、その話を思い出した」

二本ずつベトナム産ビールを飲み干して、高木はメニューを眺める。ぼくは、店員を呼んで、部屋から持ってきたダイエット・コークの三五〇ml缶を渡して、それでラム・コークを作ってくれるように頼む。このバーの店員は、キューバリブレというカクテル名を知らない。キューバリブレを注文しても、そんなものは置いていないと譲らない。

「私には、この『ミス・サイゴン』というカクテルをください」

高木が、流暢《りゅうちょう》な英語で注文する。

「ミス・サイゴンって、どんなカクテル？」

「知らないけれど、カクテル・メニューの先頭にある。それより、ベトナムでキューバリブレを飲む必要もないんじゃないか？」

「どうして？」

「キューバリブレって、アメリカ軍がハバナに傀儡《かいらい》政権を作ったときに言った〝Viva Cuba Libre（キューバの自由に万歳）〟っていうのが由来だろ」

高木に諭《さと》されて、キューバリブレを注文しても、店員が受け付けない理由を察する。

「なるほど。じゃあ、〝Fall of Saigon〟っていうカクテルはあるのかな」

もっとも、この街では「サイゴン陥落」ではなく「サイゴン解放」だ。伴と統一会堂を観光したとき、日本語を勉強中という女子大生のガイドに「サイゴン陥落」と何かで言ってしまい、注意されたことがあった。

「甘すぎだ。ウォッカ・ベースのカクテルだ」

高木は、運ばれてきたロングドリンクのカクテルをひと口飲んで、しまったという顔をしている。ぼくは、「悲劇の名前がついたカクテルが、そもそも美味しいわけはないよな」と思いながら、高木を眺める。その表情は、したたかさよりも、可愛げの方が勝っているのかもしれない。

「でさ、あの新入社員研修の話のとき、中井は、どっちのタイプの営業だと思った？」

高木は、甘すぎると言いながらも、ロングドリンクを飲んで言う。

「後者のように考えて営業に行けってことしか、覚えていない」

「ふーん。俺は、内心、自分は前者だなって思った」

「意外だね」

「この国じゃ、靴は売れないと報告だけしておけば、当分、仕事をしなくて済む。成果がなくても、あとから『それは宗教上の理由でした』とでもすれば、減点にもならない」

「なるほど」

ぼくは笑った。それまで、酒席をともにしたこともなかったし、何より、彼には同期トップという強固なイメージがあった。高木の発言は意外さとともに、自分が余裕のない仕事をしてきたことを思い知らされる。

「そこまで、考えていなかった」

「バンコクやシンガポールより、この街が好きになれそうだ」

「ミス・サイゴンに遭わなきゃいいけどな」

「こんな甘いカクテルは、もう頼まないよ」

香港を訪れた交通系ICカードの二人の営業マンが報告する。ひとりは「たいへんです。香港には仕事がありません。ほとんどの人がICカードを持っています」と報告する。もうひとりは「たいへんです。香港には仕事がありすぎます。ほとんどの人が、一世代前のICカードしか持っていません」と言う。ぼくは、前者の報告をして、しばらく、のんびり飲茶《ヤムチャ》を楽しめばいいのだ。

高木は、無難にギムレットを追加注文して、ぼくは、相変わらず、ラム・コークという名前のキューバリブレを飲んでから、チェックアウトした。ホテルのエントランスまで降りると、高木は、セオム（バイク・タクシー）の運転手と価格交渉を始める。

「ふっかけられるから、メーター付きのタクシーにしておけよ」

「そんなこともなさそうだ。東京のタクシーの初乗りは六ドルだから、それ以下にしてくれって言ったら『OK、OK』って快諾してくれた」

そりゃ、そうだろう。二、三ブロック先のホテルまで手ぶらの男を乗せるのに、セオムの運転手がどんなにふっかけても、せいぜい五万ドン、USドルに換算して二ドルくらいのものだ。セオムの運転手は、高木のおかげで、明日は仕事を休みにできるかもしれない。ぼくは、高木がスクーターの後ろにまたがって去っていくのを見送ってから、もう一度、ブリーズ・スカイ・バーに引き返す。ひとりで、キューバリブレを飲みながら、川沿いの道を行き交うスクーターを眺める。きっと、高木は、スクーターの後部座席で、カップルたちから幸福の欠片《かけら》を分けてもらいたかったのだろう。まだ、午後七時だ。混雑した通りには、スクーターに二人乗りしたカップルたちの余韻が残っている。

ぼくは、サイゴン川を渡ってくる夜風で酔いを冷ましながら、由記子のことを考えた。

†

二〇〇九年の九月は、特異な連休が出現した年だった。敬老の日と秋分の日が同じ週になり、二つの祝日に挟まれた一日の平日がある場合は、それを休日にするという法案がいつの間にか成立していて、九月の第四週が五日間の連休となった。おかげで、高木は、自分の後任との引継ぎを後回しにして、その連休をぼくと東南アジアでの引継ぎに充て、伴は、香港での社宅探しという名目で、HKプロトコルという幽霊企業の下調べに、Jプロトコルの経費を利用した。由記子は、突然、九月末でJプロトコルを退職する決断をして、その連休を残務整理に充てていた。

由記子から、退職の意思を伝えられたのは、澳門から戻った翌日の日曜日だった。

「出張、お疲れさま。たいへんだったね」

ぼくたちは、日曜日の午後の羽田空港で待ち合わせて、滑走路を見渡すカフェテリアに入った。傾いた陽差しがA滑走路に着陸する旅客機に反射し、滑走路の向こうには建設中の国際線ターミナルが見渡せる。実家のある金沢は、すでに残暑が終わって初秋なのかもしれない。由記子は、ブラウスの上に桜色の薄手のニットを羽織っていた。待ち合わせに現れた彼女を見つけると、ぼくは幸せな気分になる。彼女は、取り立てて美人でもないし、スタイルも至って普通だ。どちらかと言えば無愛想なことが多いし、化粧っ気もないので、同僚からは「他にも選択肢があるだろう」と言われる。それでも、ぼくを見つけて手を上げる彼女を見ると、ぼくたちが、お互いに恋人と呼べる存在でよかったと思う。

「そんなにたいへんなこともなかった。それより、由記子は実家で何かあったの?」

「うん……」

滑走路に面したカウンター席に座る前にそう訊いてしまったので、彼女は、戸惑ったような表情をしながら椅子の背もたれに手をかけている。

「まぁ、ぼくに話すことじゃなければ、それはそれでいいんだ。不愉快な思いをしているわけじゃないから、話の前に乾杯しよう」

由記子は、白ワインのハーフボトルを注文して、それが運ばれてくるまでの間、自分の話を保留した。

「優一は、大丈夫?」

「何が?」

「その……、今回の異動について」

「それなら、もういいよ。人事に楯突《たてつ》いたって、いいことはない」

「そうだね」

「伴とね、澳門でアフリカン・チキンっていう料理を食べながら……、ポルトガル料理って初めてだったけれど、美味しかったから、ぼくが香港に住むことになって、由記子が遊びに来てくれたら連れて行くよ。ちょっと行儀の悪い食べ方をしなきゃならないけど、その価値はあった」

「ポルトガル料理を食べながら、どうしたの?」

ぼくが話をはぐらかそうとしたのを、由記子はすぐにさえぎる。

「出世競争をするために、Jプロトコルに入社したんじゃなかったのを思い出した」

「私もそう。でも、企業に勤めていれば、否応なく、それに参加しなきゃならないでしょ。どんなに自分は出世競争には興味がないって言い聞かせても、同期入社や、大学の同窓会があれば、お互いに肩書きの値踏みをする。女なら、子どもや旦那の話で済むけれど、そんな席で、子どもの話をする中年男なんて、魅力を感じない」

それは、由記子の本音だろう。ぼくは、運ばれてきたハーフボトルからワインを注いで、とりあえずグラスを差し出した。

「まずは、バンコクの仕事の成功に乾杯しよう」

「うん」

滑走路から差し込む陽差しが、グラスの水滴にきらめいて、なかなか素敵な乾杯だった。

「ぼくは、由記子の部下になるまで、仕事を楽しんでいるとは言い難かった。由記子の部下になってみたら、仕事が面白くなって、なんとなく、同期では早めに昇格した。バンコクでの仕事だって、伴がいなければ、こんなにうまく行かなかったと思う」

「優一は、最初から優秀だったよ。私は、優一と仕事をしたいって、課長に申し出たんだもの。誤解しないでほしいけれど、そのときに、優一に男性としての魅力を感じていたわけじゃない。私なりに仕事ぶりを評価して、この若手となら新しい仕事ができるって判断した」

「初耳だ。まぁ、それはそれとして、そのチームがなくなるわけじゃない。香港でも伴と一緒だし、由記子は本社の総務にいて、ぼくたちの切り札になってくれる。今回の件だって、由記子がいなければ、ぼくたちは、何も知らずに澳門で遊び惚けていたわけだしさ。だから、これからも、うまく行くような気がするんだ」

「香港にあてでもあるの？」

「ないよ。でもね、伴が『バンコクに初めて着いたとき、あてなんかなかっただろう』って言う」

どうしてだろう、そのとき、香港にHKプロトコルという「あて」があることを由記子に話さなかった。由記子のグラスが空いたので、ぼくは、新しいワインを注いだ。

「そっか……。なんか、優一と話したら、安心した」

「それに、大学の同期会に出て、CEOの名刺を持っていたら、結構、クールだと思うよ」

会社の優劣なんて、いつ変わるか分からない。ぼくが「東亜印刷システムズ」に入社したとき、その社名を知っている大学の知人は、ほとんどいなかった。

「じゃあ、ひとつ、優一に謝っておかないと」

うつむき加減だった由記子が、やっと、ぼくをまっすぐに見る。

「何を？」

「私、Jプロトコルを辞めることにした」

「辞める？」

由記子との付き合いは、仕事上だけだった時期も含めれば八年以上だ。その間、彼女は、常に、日常のさまざまなことよりも仕事を優先してきたように思う。たとえば、取引先の都合で出張が延泊になれば、食事の約束を反古《ほご》にしたし、反対に、ぼくの仕事の都合で、二人の旅行のスケジュールが変わっても、ディスカウント・チケットのキャンセル・チャージを請求することもなかった。「リスクは、お互いさま。たまたま、優一が先に都合が悪くなっただけだよ」と、それを気にしない。

「だから、優一と伴さんは、新しい切り札を用意しておかないと。せっかく、切り札だなんて褒めてくれたのに、ごめんね」

「何かあったの？　もし……」

もし、ぼくが香港に赴任することで、由記子が仕事を辞めるのであれば、ぼくは、それに反対するつもりだった。仕事をしていない由記子を想像できず、この三年間続いた居心地の好い関係が壊れてしまいそうだった。由記子が、ぼくの言葉をさえぎる。

「違うの。元旦那が再婚することになって、そろそろ潮時かなって。それで、入社するときに父に口を利いてもらったから、両親に謝ってきた」

「再婚？　元旦那さんの再婚と、由記子の仕事は関係ないだろ」

「言っていなかったけれど、元旦那の彼女って、秘書室の子なんだ」

付き合い始めてから、由記子の離婚相手の話題は、ほとんどなかった。

「秘書室は総務部配下だから、フロアは別でも、ときどき、どうしても顔を合わせなきゃならないんだけれど、そろそろ、その気苦労も溜まってきた。私って、向こうからすれば、自分の部下と不倫して旦那を捨てた女なんだ」

「だから、その誤解は、ちゃんと片付けておけって……」

そう言ってしまってから後悔する。五年前の由記子にとって、結婚相手に理路整然とした説明をするより、ぼくというシェルターに逃げ込むのが、一番の救いだったのだ。「誰に何を言われてもいいけれど、あなたが私を分かってくれているなら、それだけでいい」と言う由記子を、ぼくは受け入れたのだから。

「ごめん。いまのは失言だった」

「謝ることないよ。優一だって、知らないところで、そういう目で見られていたんだもん」

「そういうわけじゃなくてさ」

「それでね、金曜日に、人事異動の件で、秘書室に用事があって、たまたま彼女と話さなきゃならなくて、『島田さんって、いつまで島田さんでいるつもりなんですか？』って言われちゃった」

「そんなの仕事中に言うことか……」

冷静に考えれば、元旦那の彼女の気持ちも分からなくもない。けれども、由記子が結婚前の旧姓に戻さなかったのは、会社の中だけだ。特定の取引先を相手にしていたのだから、簡単に名前を変えるわけにもいかなかった。

「女って、そういうもんよ。とくに彼女は初めての結婚で、新婦主賓が秘書室長じゃなくて総務部長の可能性もある。まぁ、秘書室の子って、他の女性社員をちょっと見下しているから、きつい言い方になっただけじゃないかな」

週の半分近くは、客先を飛び回っている営業職と違い、一日中、本社の中で過ごさなくてはならないスタッフ部門は、自分も経験している。しかも、ぼくたちが勤める企業では、入社当時からスタッフ部門にいた社員と違い、昇格の際に事業部からスタッフ部門に配属になるのはOJTの一環のようなもので、何をするにもお客さん扱いだ。それだけでもストレスを溜め込むのに、由記子は、そんな厄介な人間関係まで抱えていたのかと思うと、彼女のタフさに感心した。

「それなら、仕方ないか……」

「仕方ないかって、部長代理に承諾をもらうために、話したわけじゃないんだけれど……」

由記子は、笑顔になって、ぼくを役職で呼んで戯《おど》ける。

「ねぇ、もしかして、香港に一緒に行きたいから、辞めるって言い出したと思った？」

笑顔のまま、ぼくを覗き込むように顔を近づけて言う。

「そういうわけじゃないけど……」

「自惚《うぬぼ》れているなぁ」

ぼくは、返す言葉をなくして、ウィスキィのソーダ割りを追加注文した。

「少しは、期待したかも……」

「少しだけ？」

ぼくはうなずく。

「もうちょっと、自信を持ってもいいんじゃない？　でも、少しでも期待してくれたってことは、私が香港にいても迷惑じゃないってこと？」

「Jプロトコル香港に行く話は、まだ由記子から聞いただけだよ。それに、その辞令が本当だったとしても、香港に住む必要があるのかさえ知らない」

「じゃあ、明日の朝、発令されるまでに、答えを考えておいて」

「うん、そうする」

「まぁ、私は、優一がついてくるなって言っても、香港に行くつもりだけど」

「それなら、わざわざ、答える必要なんかない」

「ねぇ、抱きたいって言われてからベッドに入るのと、酔った振りをして、なんとなくベッドに潜り込むのと、結果は同じでも、女はどっちを喜ぶかくらい知っているでしょ」

由記子は、ワイングラスを空け、酔った振りをして、ぼくに身体を傾ける。

「じゃあ、抱きたい」

「じゃあは、余計」

†

そのときに撫でた由記子の髪の柔らかさは、サイゴン川を渡ってくる夜風に似ていた。サイゴン川を眺めていたぼくに、バーの店員が、テーブルの空いたグラスを指して、「もうダイエット・コークはなくなってしまいましたが、コカ・コーラでラム・コークをお飲みになりますか？」と尋ねる。ぼくは、それを断って、兵士たちの亡霊が歩いていそうな階下に降りることにした。

翌日、ぼくと高木は、市庁を訪れて、MRTのワーキング・グループと雑談としか言いようのない挨拶をした。それは三十分もかからず、ぼくたちは近所のカフェに入る。

「おまえなぁ、もうちょっと仕事しろよ」

高木は、ベトナム・コーヒーを飲みながら、呆れた顔をする。

「三年か四年後にRFP（業者への提案要求）を作り始めるころ、誰がキーマンになるのかも分からない。下手に上層部に取り入るよりは、若手職員と顔見知りになっておく方がいい」

「そうかもしれないけどさ……」

ハノイ行きの国内線までは、まだ時間があったので、ぼくは「観光したいところはないか？」と高木に尋ねる。

「統一会堂とか、戦争博物館とか……」

「ホーチミン・シティ駅に行ってみたいな」

ぼくは、しばらく、高木の言っている場所が分からなかった。

「ホーチミン・シティ駅？」

「ガ・ホーチミン・シティって言えばいいのか？　南北統一鉄道の南側の終着駅なんだけれど、ここから遠いのか？」

「ああ、サイゴン駅って言うんだよ。福岡市に福岡駅がないのと同じかなぁ。なぜか、ホーチミン・シティ駅とは言わない。ここからタクシーで十五分くらいだ」

この街の人々は、ベトナム革命の指導者であるホー・チ・ミンに敬意を持っていることは間違いなさそうだが、それが街の名前になることには抵抗があるらしい。フライトの行き先は「ホーチミン・シティ」でも、一般客が気にしない空港のスリー・レター・コードは「SGN（サイゴン）」のままだ。

「それなら、そこに行きたい」

「何もないよ。切符の自動販売機もないし、改札もなかったように思う」

「ちょうどいい。誰も靴を履いていない国で営業を始める証拠を、携帯のカメラで撮って、本社に送っておかないとな」

昨夕のバーと変わって、仕事熱心な男だと感心したのは、統一鉄道の駅に着くまでの間だけだった。

埃《ほこり》っぽい街をタクシーで移動してサイゴン駅に着くと、高木はまっすぐにツーリズム・デスクのオフィスに入ってしまう。ぼくは、統一鉄道の駅には興味がなかったし、もうホーチミン・シティで仕事を探す必要もないので駅舎の外に出た。日本で言うならばステテコ姿の中年男が、自転車の荷台に発泡スチロールの箱を括り付けて、椰子《やし》の実を売っている。サイゴン駅に発着する列車は、一時間に一、二本だ。中年男は、客を待つのを諦めて、木陰のベンチでのんびりしているところだったが、場違いなスーツ姿のぼくが近づいていくので、警戒心を露わにする。ぼくは、自転車の荷台の発泡スチロールの箱から、小振りの椰子の実を選んで一千ドン札を何枚か差し出す。彼は、スーツ姿の男がジュースを買いたいことを分かったのか、鉈《なた》で実の付け根を切り落として、ストローを差してくれる。ぼくは、彼が陣取っていた木陰のベンチに先に座り、椰子の実の中に蓄えられたジュースを飲んだ。バンコクでも、観光客が集まる場所で同じものを売っているが、ホーチミン・シティの椰子の実の方が、甘みがさっぱりしていて美味しい。

彼は、人懐っこくなって、早口のベトナム語で盛んに何かを話しかけてくる。ぼくは、いつも持ち歩いていた『らくらく旅のベトナム語』を市庁の若手職員に餞別《せんべつ》代わりに渡してしまったのを後悔する。

「バンコクのものより、ずっと美味しいよ」

とりあえず、英語で言ってみるものの、彼には通じず、ぼくたちは、木陰のベンチに黙って並んで座った。もっとも、その英語が伝わったところで、彼は喜んではくれないだろう。彼の商売敵《がたき》は、統一会堂とかの観光地の前で、リヤカーに椰子の実を積んだ男たちなのだから。ぼくは、ホーチミン・シティの青空を見上げながら、煙草を取り出して、彼に一本勧めてから、自分も咥《くわ》える。煙草を上着のポケットに戻そうとしたときに、携帯電話が着信を知らせる。

「高木だ」

「シン・チャオ《こんにちは》」

「駅の中で、仕事は見つかったか？」

ぼくは、ステテコ姿の男に、ライターを渡しながら、自分の口に咥えた煙草をパッケージに戻す。サイゴン駅の木陰で、南シナ海と日本を往復した電話を受け取るなんて、無粋な話だなぁと思う。

「中井は、どこにいるんだ？」

「駅舎の前で、ジュースを飲みながら、煙草を吸おうとしていた」

「はぁ？」

「駅の中のカフェは、東京のスタバ並みの値段なんだ」

「まぁ、いいや。ハノイの挨拶を一日ずらして明後日にできるか？」

「たぶん、問題ないよ。向こうにとっては、ウェルカムの訪問者ってわけじゃない。駅の中で、仕事のネタでも見つけたのか？」

ステテコ姿の男は、うまそうに煙草を吸い、煙を青空に向ける。ぼくは、椰子の実を膝の上に持って、他人が吐き出す煙の行方を追っている自分に同情した。

「仕事のネタなんか、見つかるわけないだろう。だいたい、中井と伴主任が二年も通った先で、俺が一日で仕事を見つけたら、それなりに問題だ」

「どんなことにも、ビギナーズ・ラックというのはある」

「そんなものが本当にあったら、別のことに使った方がいい。それより、電話代が高くつくから、駅の中に来ないか？」

ぼくは、南シナ海を介して日本と往復している電話回線を切断して、椰子の実を持ったまま、駅舎に向かう。立ち上がると、ステテコ姿の男が、「タム・ビエッ《さよなら》」と言いながら、どこか寂しそうな顔をしていた。

「何だ、それ？」

ツーリズム・デスクのオフィスの前に立っていた高木は、ぼくの手許《てもと》を指して言う。

「椰子の実だよ。中のジュースが美味しいんだ。嘘偽りのない果汁百パーセントだ」

「なんだかなぁ……。腹、壊したりしないのか？」

「そこのカフェで出す酸化防止剤入りのジュースよりは、ずっと安全だと思う。しかも、値段は四分の一もしない」

「スーツには、全く似合わない」

高木の感想に、反論の余地がない。

「それで、何があって、ハノイに行くのを延期するんだ？」

「ツーリズム・デスクで聞いたら、夕方のハノイ直行便の一等寝台のチケットが残っていたんだ。だから、ハノイに着くのは、明後日の朝になる。いま、仕事をずらすように調整するからって、デスクのおばちゃんに仮押さえしてもらっている」

今度は、ぼくが「なんだかなぁ……」と思う番だった。

「ハノイまで何時間かかると思っているんだ？」

「明後日の朝に着くって言っただろ。正確には、三十七時間だ」

高木は、「そんな簡単な計算もできないのか」と言いたげだ。

「そう、一日半以上だ。一等寝台だからって、早く着くわけでもない」

「当たり前だ。けれども、一等寝台は飛行機の半分以下の値段で、おまけにホテル代もかからない」

「だろうね。でも、南京虫《なんきんむし》とかに嚙まれるぞ」

「チケット代は半分以下で、地雷の残る森に飛行機が不時着するリスクもない。南京虫に嚙まれるくらい、しょうがないんじゃないか」

(四倍の値段で酸化防止剤入りのジュースを飲んで、後から発癌性物質が含まれていましたって言われるリスクを考えたら、腹を壊してもしょうがないんじゃないのか)

「そうかもしれないけどさ……」

「日本は、いま五連休だ。それなのに、俺たちは、もう二日も休日返上で働いている。東京からバンコクに移動した日曜日も含めれば、すでに三日も休日勤務をしていることになるんだ。そうかと言って、管理職じゃ、休日手当も請求できないだろ。一日くらい休む義務があると思わないか？」

「義務じゃなくて、権利だろ」

「休日をしっかり取るのを部下にアピールするのも、管理職の仕事だ」

ぼくは、客もまばらなサイゴン駅で、日本企業の中間管理職における課題を議論するのが馬鹿らしくなる。

「分かったよ。ハノイ市庁には、アポを一日ずらしてもらうように電話しておく」

ぼくがそう言うと、高木はツーリズム・デスクのオフィスに戻ってしまう。ハノイの役人にしてみれば、ぼくたちが行くのを一ヶ月先に延期したって、何も文句は言わないだろう。高木は、五分もかからずに戻ってきて、ぼくに、チケットを差し出す。

「あのなぁ……、俺も付き合うのか？」

「スーツ姿の男が、ひとりで統一鉄道の寝台にいたら、変だと思わないか？　それに一等寝台でも二人部屋だ。ひとりだと、荷物が心配で便所にも行けない」

「そう思うんだったら、そこらへんでジョギング・ウェアと南京錠でも買えよ。ついでに、殺虫剤と虫除けスプレイも買った方がいい。だいたい、スーツ姿の男が二人もいたら、公安かと思って、誰も近寄って来ないよ」

「それも、そうだな」

ぼくは、高木から受け取ったハノイ行きのチケットを持って、ツーリズム・デスクのオフィスに入る。腹の立つことに、十五パーセントのキャンセル・チャージがかかると言って譲らない。エアコンのよく効いたオフィスで、ぼくは、ジュースが半分残っている椰子の実を投げつけたい気分になった。

「悪いが、飛行機で移動するなら、パソコンと会社の携帯を持って行ってくれないか？　盗まれると、始末書やらで、後が厄介だ」

チケットの払い戻しを済ませて、ツーリズム・デスクから出ると、今度は、荷物を押し付けられる。

「なぁ……、キャンセル・チャージが発生した」

「もう出発の三時間前なんだから、全額取るよりは、ずっと良心的な対応だ。なんなら、俺が立て替えておくよ」

「立て替える？」

「こうしよう。俺たちは、視察も兼ねて、もともと統一鉄道でハノイまで移動する計画だった。でも、中井は、椰子の実ジュースで腹を壊してしまったんで、一日、寝込むことになった。それで仕方なく中井のチケットはキャンセルして、倍以上もする飛行機で移動して、しかもホテル代も二泊分余計にかけて、俺を追いかけることになった。そうすれば、話の筋も通るから、副部長も文句は言わない」

この短い時間に、よくそこまで都合の好いシナリオを考えつくものだと感心する。

「高木の飛行機のキャンセル・チャージは、どうするんだ？」

「オープン・チケットなんだから、そのうち使えばいい。幸い、俺は『誰も靴を履いていない国』に何度も積極的な営業をかける大役を仰せつかっている」

高木は、ホテルに荷物を取りに行くために、すでにタクシー乗り場に向かって歩き始めている。ぼくは、彼の後ろについて行きながら、半分残っていたジュースを飲み干して、空になった椰子の実を、木陰の自転車の脇に置いた。ステテコ姿の男は、今度は木陰のベンチから陽差しの中に出てくることもなく、手を挙げて笑顔で見送るだけだった。

高木は、ホテルに預けていたスーツケースから、パソコンと会社から貸与された携帯電話をぼくに渡すと、パジャマなのかジョギング・ウェアなのか判別できない格好に着替えてくる。

「高木、もしかして、鉄道オタクなのか？」

「他人から見ると、そうなのかもな。でも、好き好んでエコノミークラスの狭い座席で移動している中井も飛行機オタクだ。俺としては、快適な移動手段を選んでいるだけだ」

「おまえと組む部下には、その価値基準を押し付けない方がいいよ」

「まだ誰か決まっていないけれど、そいつが飛行機で移動したいようなら、俺が着くまでに用件を済ませておくように指示するけどね」

ぼくは、ため息とともに、セオムでサイゴン駅に引き返す高木を見送って、国内線のフライト変更と、ホーチミン・シティのホテルの延泊手続き、さらにハノイのホテルを一泊分キャンセルする。おかげで、サイゴン川を見渡すブリーズ・スカイ・バーで、のんびりできるのだと思うことにした。

翌日、国内線のチェックイン・カウンターに着いても、まだ腑に落ちない気分だったので、腹癒《はらい》せにビジネスクラスへのアップグレードを申し込むと、アオザイ姿の女性が気を遣って、「マイレージ・プログラムのマイルを利用することでアップグレードが可能です」と伝えてくれる。ぼくは、多くを考えないうちに、「それでお願いします」と答えてしまう。

セキュリティ・チェックを通って、スタンドでフォーを食べているうちに、「腹を壊していることになっているんだから、安静のためにビジネスクラスに変えたことにすればよかった」と気がつく。さらに、もうひと口、香菜《シャンツァイ》をよけながらフォーを食べて、もう副部長の顔色を窺いながら、フライトを選ぶ必要もないのだから、最初から経費でビジネスクラスに乗ればよかったのだと、高木ほど機転の利かない自分に嫌気が差す。

ビジネスクラスの窓から、統一鉄道の線路を探してみたけれども、結局、高木がどこらへんを走っているのか、ハノイまで分かることはなかった。

the Intermission - HK Phil. Rehearsal

Jプロトコル香港は、香港管弦樂團の上級サポータとなっていて、取引先がオーケストラやオペラに興味があるときは、優先的に良い席を手配できるようにしていた。その他、香港で公演があるときには、クーポンが送られてきたし、本番公演前のリハーサルに招待されることも多かった。Jプロトコル香港の社員は、そうやって送られてくるクーポンや招待チケットを、不公平がないように、順番を決めて使っていて、董事長となったぼくも、必然的にそのサークルに入ることになった。ぼくが最初に受け取ったのは、十一月初旬に香港文化中心で行われる、オペラのリハーサル公演の招待状だった。そこには『莎士比亜 麦克佩斯』と記されていたが、正直なところ、オペラには全く興味がなかったし、チケットを受け取った時点で、その中文の意味を調べもしなかった。けれども、秘書が「とてもラッキィです」と言うので、由記子を誘って出掛けることにした。

「やっぱり、ドレスとかを着た方がいいのかな……」

「一応、ジャケット・リクアイヤードだから、それなりの格好をすればいいんじゃないかな」

リハーサルと言っても、実際には、上客用の貸切り公演のようなものらしい。由記子は、友人の結婚式のときに買ったという三宅一生《みやけいっせい》のワンピースに、以前、ぼくがバンコク出張の土産に渡したジム・トムプソンのショールを羽織っていた。

「こうしてみると、優一は、香港の若手実業家って感じが板についてきたね」

ぼくは、バーカウンターからスパークリング・ワインを持ってきて、天星小輪《スターフェリー》が行き交う維多利亞港《ビクトリア・ハーバー》を眺めながら乾杯をした。由記子とは、現代劇を観たり、スティングやマドンナのコンサートに行ったりしたことはあったけれど、こういったフォーマルな場所に来るのは初めてだった。

演目は、ジュゼッペ・ヴェルディ作曲、フランチェスコ・マリーア・ピアーヴェ脚本、一八四七年にフィレンツェで初演を迎えた『マクベス』だった。

シェイクスピアの四大悲劇には、いずれもモチーフとなった人物がいて、マクベスも例外ではない。マクベスは、十一世紀にスコットランド王として在位した「マクベタット・マックフィンレック」をモデルとしている。マクベタットはゲール語なので、現代英語では「マクベス」だ。劇中のマクベスは、イングランドの宮中で演じられたこともあり、良き為政者《いせいしゃ》としては描かれていない。しかしながら、主君であるダンカン王を暗殺し、自らがスコットランド王となる下克上《げこくじょう》は、マクベスが実在した十一世紀には、それほど非難を受けることではなく、十七年という在位期間も、当時としては長期政権だ。それを考えれば、むしろ、良き為政者であったという解釈の方が正しいだろう。

四大悲劇のうち最後に書かれた『マクベス』は、全五幕（ヴェルディのマクベスは全四幕）から構成される。

第一幕では、三人の魔女の〝Fair is Foul, and Foul is Fair.〟という、韻《いん》を踏んだだけのような科白《せりふ》から始まり、反乱軍との戦いで勝利を収めたマクベス将軍とバンクォー将軍が陣営に戻るシーンとなる。マクベスは、バンクォーとともに荒野で三人の魔女と出逢い、「コーダーの領主、いずれは、王になるお方」と呼び止められる。そして、魔女たちはバンクォーに「マクベスより幸せなお方。王を生みはするが、王にはならぬお方」と予言する。マクベスは、その時点でグラミスの領主であり、魔女たちの言うことを真に受けなかったが、そこにスコットランド王ダンカンの使者が現れ、マクベスの武勲を讃えるとともに、ダンカン王がマクベスをコーダーの領主に据えることを告げる。同時に、マクベスの心の中に「自分は王になるのか」という野心が芽生えてしまう。

また、マクベス夫人も、夫からの手紙を受け取り、自分の夫が王になる興奮とともに、ダンカン王の暗殺をマクベスに持ちかける。

第二幕で、マクベスは、自城でダンカン王を暗殺するが、良心の呵責《かしやく》からか、暗殺に使った短剣を持ったまま、夫人の待つ寝室に戻ってしまう。夫人は、マクベスを叱責しながらも、暗殺の証拠となる短剣をマクベスから奪い、ダンカン王の死体がある客間に戻しにいく。マクベス夫妻の両手は、暗殺した王の血で赤く染まり、マクベスは「もう眠りはない。おまえは眠りを殺した」との幻聴を耳にするほど怯《おび》えてしまう。暗殺は、マクベス夫人の思惑どおりに成功し、マクベスはスコットランド王となる。

魔女の予言どおり、スコットランド王となったマクベスは、バンクォーに与えられた「王を生みはするが、王にはならぬお方」という予言も、いずれ現実となることを恐れながら、王座に座る。そして、第三幕で、マクベスは、バンクォーとその息子フリーアンスに、三人の暗殺者を差し向ける。彼らは、息子フリーアンスを取り逃がしてしまうものの、バンクォー暗殺の成功を、宴席のマクベスに報告する。しかし、マクベスは、そこでバンクォーの亡霊を見て取り乱し、マクベス夫人も次第に精神を病んでいく。平穏な精神を取り戻せないマクベスは、第四幕で再び三人の魔女を探し出し、二つの予言を告げられる。

「女の股から生まれたものは、マクベスを殺すことはできない」

「バーナムの森がダンシネーンの丘に向かって来るまでは、マクベスは決して滅びぬ」

いずれも、言い換えれば、自分が王で居続ける予言であることに、マクベスはひとときの安堵を手にする。森が動くことはないし、人はすべて女の股から生まれる。しかし、マクベスが、バンクォーの末裔に対する予言を魔女たちから引き出すと、八人の王と、最後に王冠を抱いたバンクォーの幻影を見せられる。一方、マクベス夫人の心の病は快方に向かうことはなく、夢遊病者となり、ダンカン王の血に染まった手を、深夜に洗い続ける。

第五幕で、マクベス夫人は、心の病から命を失くし、マクベスは、自らが追放した家臣の率いるイングランド軍に攻め込まれる。マクベスは、魔女たちの予言を信じて、最後まで城に立て籠るが、二つの予言は、外れることもなく、森は動き、帝王切開で産まれたかつての家臣が、マクベスを殺してしまう。

マクベスの話は、これだけだ。シェイクスピアの四大悲劇の中では、最も短い作品となる。この話のどこを悲劇と解釈するのかは、人それぞれだと思う。ぼくは、大学受験のときに、その戯曲を読んでいたおかげで、中文の字幕を追う必要もなく、科白を理解しているような振りをして、二時間そこそこのオペラを眺めていた。十八歳のときと同じく、どこにも悲劇性を感じないし、何の教訓もない話だと思う。

劇中のマクベスは、魔女たちに惑わされて、自分が信じたかった未来に隠された間違いを見抜けなかっただけの物語だ。

芝居が捌《は》けて、ぼくは、由記子をインターコンチネンタルのグランドフロアにあるラウンジに誘う。董事長としてひと月、インターコンチネンタルのレストランとバーには、かなりの接待費を払っていたので、ぼくたちは、そのラウンジで維多利亜港を最もきれいに見渡すテーブルに案内された。

「もっと、英語と広東《カントン》語を勉強しないとなぁ……。優一は、話の内容、分かった？」

由記子は、白ワインを傾けながら、反省の言葉を口にするが、夜景を眺める横顔は澄み切った笑顔だった。

「ずいぶん前に戯曲を読んでいたから、話の内容を知っていた」

「ふーん……。四大悲劇って、どれも悲劇的なヒロインがいるのかと思った」

由記子の言葉が、その夜、ぼくの得た唯一のことかもしれない。『オセロー』にはデズデモーナが、『ハムレット』にはオフェーリアが、『キング・リア』にはコーデリアがいる。それぞれに、名前もあり、何某《なにがし》夫人ではないし、悪妻あるいは悪女として描かれることもない。また、どの戯曲でも、看板女優がその役を演じる。

ただし、史実上のマクベス夫人には、当然のことながら「グロッホ」という名前があり、マクベスとの結婚以前に、夫を亡くしている。劇中でマクベス夫人は、夫にダンカン王の暗殺を唆《そそのか》す悪妻として描かれるが、実際には、ダンカンとマクベスの祖父マルカムⅡ世により（つまり、ダンカンとマクベスは従兄弟《いとこ》である）、前夫と一族を殺されており、マクベスに対して恨みがなかったかと言えば、そうではないだろうし、スコットランド王となったダンカンに対する仇討《あだう》ちは、取り立てて悪妻ということにもならない。もし史実でも、マクベス夫人が、マクベスを唆してダンカンを暗殺したのであれば、仇討ちにより心を病んだということになる。それなら、彼女は、間違いなく悲劇のヒロインだと思う。

「そう言われると、マクベス夫人は劇中で名前がないね」

「でしょ？　レディ・マクベスなんて、現代だったら、ちょっと失礼だよね」

「もし、ぼくがマクベスだったら、由記子は、レディ・ナカイじゃ不満？」

ぼくの言葉に、由記子が笑顔を向ける。

「仕事を成功させたのに、上司の謀略で左遷されて、それを素直に受け容れる人は、マクベスにはなれないよ。それに、私は、優一が王様にならなくても、何も不満はないもの」

「それも、そうか」

「むしろ、このままがいい。異動が出たときは、『どうして?』って憤慨したけれど、いまは、これでよかったんだと思っている。だから、優一は、マクベスになろうなんて思う必要はないよ」

由記子の言葉は、ぼくを優しい気分にしてくれる。けれども、すでに、ぼくの上着のポケットには、偽造パスポートと台北《タイペイ》から東京に向かう航空券が用意されていた。

香港での仕事は、初日の午前中でつまずいた。Ｊプロトコル香港の前社長である井上とは一度も顔を合わせずに、ぼくと伴は、香港島にある國際金融中心大楼《ゴッザイ・ガムヨン・ソンサンダイロウ》（ｉｆｃ）の第一期棟二十二階のオフィスに着任した。五人の女性スタッフが働いていて、そのうち日本語を話せるのは、森川佐和《もりかわさわ》という三十五歳の日本人女性と、陳霊《ツエンリン》という二十七歳の香港人女性の二人だった。ぼくたちの赴任した十月五日は、国慶節《ゴッヘンジッ》が終わったばかりだった。ぼくは、幹部用の個室で、森川佐和から「董事長《ドンシィジョン》」という肩書きの入った名刺を受け取る。

「森川佐和と申します。どうかよろしくお願いします」

「中井優一です。よろしく」

「Ｊプロトコルからは、当面、私が董事長の秘書を務めるように指示を受けていますが、ご希望がありましたら、陳を秘書にしても構いません」

ぼくは、彼女たちのどちらが秘書でも構わない。着任早々、女性社員を値踏みしたわけでもないし、彼女がそう言うからといって、二人の仕事の能力も知らないうちに、容姿だけで「陳小姐《シウヴェ》の方がいい」などと言ったら、禍根《かこん》を撒き散らすようなものだ。一般的な日本人男性の評価から行けば、陳は長身でスタイルもよく、顔立ちも整っている。森川は、素直さが顔立ちに滲んでいて、ぼくとしては、好感を持つタイプだった。

「分かりました。しばらく仕事をしてみて、スタイルが合わないようだったら、陳さんに代わってもらいます。森川さんも、私のやり方が合わなければ、遠慮せずに言ってください。この件は、お互いにフェアでいきましょう」

「あの……」

森川は、マホガニィの天板をあしらった机を挟んで、困惑した表情をぼくに向ける。

「何か？　言いにくいことがあるなら、あまり親しくならないうちに聞いた方がいい」

「これから仕事の説明をすることになるんですが、Jプロトコル香港で、たいした仕事はありません。Jプロトコルと東亜印刷の役員や重要なお客様が香港にいらっしゃるときに不愉快な思いをされないように準備をするのが、主な仕事です。レストランやナイトクラブの下見をして、東京からいらっしゃるお客様のご要望を叶えられるように、当社が予《あらかじ》め上客になっておくのです。つまり、董事長のお仕事は……」

「うん、私の仕事は、森川さんにしろ陳さんにしろ、秘書という肩書きの女性をエスコートして、有名レストランや、ナイトクラブで顔を売っておく、っていうことだよね」

「おっしゃるとおりです。そういうときには、年齢や容姿で女性を選ぶことも必要です」

彼女は、ぼくのことをJプロトコルの傀儡《かいらい》だとしか思っていないのだろう。そう思い始めると、徐々に不愉快な気分になってくる。

「レストランで上客になるには、混んでいる時間帯を避けて、店員と他の客から見て楽しそうに食事をして、足繁く通うことだよ。決して美女をエスコートするのが最善、最短の方法じゃない。私の仕事がレストランで食事をすることならば、それこそ相性のいい相手を選ぶ。もし、秘書を代わってもらうことになったら、それは、君と食事をしても楽しめないっていう理由だから、そう思っていてください」

ぼくは、意識的に口調をきつくした。

「そういう意味で、申し上げたのではなく……」

「私が、ここでの仕事に対して、誰かの操り人形であることのロイヤリティをテストしているなら、ちゃんと、それを傀儡師に伝えてくれて構わない。それ以外の仕事の説明は、昼食の後にしよう」

ぼくは、森川との会話を終わらせるために、パソコンのキーボードに手を置いて、セットアップを始める素振りをする。もっとも、彼女が、いまの会話をJプロトコルの傀儡師に伝える必要もなく、この部屋には複数のマイクが隠されていることだろう。

「いま、お茶をお持ちします」

「親会社や東亜印刷の大切なお客様をもてなすことが目的の会社なら、普洱茶《プォーレィ》を美味しくいれてほしい」

「申し訳ありません。いま、普洱茶は……」

「それなら、中環《セントラル》にも英記茶荘《インゲイツァゾン》の支店があるから、そこの上客になってきてくれ。日本人向けのガイドブックには必ず載っているし、日本のガイドブックがなければ、『英記茶荘』ですぐに検索できる」

「ご昼食は、どちらかを予約されますか?」

「自分で決める」

ぼくは、キーボードを打ち始めて、会話を切り上げた。思っていたより、不愉快な職場だと思いながら、別の幹部個室にいる件に、昼飯は飲茶《ヤムチャ》にしようとメールを送る。彼も、同じようなやりとりをしていたのだろうか、すぐに返信が届く。

『飲茶より、池記《チィーゲイ》にしないか。昨夕、香港に着いたばかりで、晩飯と今日の朝飯でしか雲呑《わんたん》麵《めん》を喰っていない』

『了解。十一時半になったら、このビルを出よう』

中環にある池記の支店は、観光客で満席だったので、ぼくたちは、しばらく街をぶらついてから、目についた粥麵専家《ゾッミンジュンガ》に入った。国慶節が終わると、香港も急に秋らしくなる。街の季節というのは、地球の自転軸の傾きや、大陸や海流を渡る風が決めるものでなく、その街に住む人々の気持ちが変えていくものだと思う。東京であれば、銀杏《いちょう》の葉が黄金色に変わるから秋が訪れるのではなく、銀杏の樹を見上げる気持ちが、夏を秋に変えていくのだ。海外出張がない部署で、観光でしか香港を訪れなかったころは、ぼくにとって、香港の秋は、日本発のフライトのディスカウント・チケットが高くなることでしか感じなかった。そのころは、国慶節の前後でそんなに街の雰囲気が変わることはなかったように思うけれど、いつか、香港も大陸に呑み込まれていくのだろう。

「午前中はどうだった？」

雲呑麵を食べながら、伴が訊いてくる。

「森川さんから、『秘書を、自分と陳さんのどちらかから選んでくれ』みたいなことを言われて、どっちでもいいから、不愉快だった」

ぼくは、混んだ店の相席のテーブルで、森川とのやりとりを簡単に説明する。幸い、周囲からは広東語《カントン》しか聞こえなかったので、日本語で会社の内情を話すのにためらう必要がなかった。

「董事長だと秘書がつくのか？　俺なら、迷わず陳さんだけどな。相変わらず、中井は女のどこを見ているのか分からない」

伴にそう言われると、素直に「森川さんの方が、ぼくの好みなんだ」と言っておけば、あの険悪な雰囲気は避けられたと反省する。ぼくは、彼女のどこかに惹かれていたからこそ、自分を傀儡扱いしている彼女に腹を立ててしまったのだろう。

「伴にだって、秘書がつくんじゃないのか？」

「そんな話はなかった。陳さんから、ナイトクラブの最新状況を収集してくれって、店のリストとチェック項目を渡されたよ」

「そっちの方が気楽そうだな」

「あとは、接待相手が取引先のときは、小姐にICレコーダを渡すから、その使い方を広東語で説明できるようにしてくれだってさ。初日からそんな話をされても、俺の方が気楽だと思うか？」

ぼくは、苦笑いをしてみせる。どっちもどっちだ。ふと、ぼくと伴が赴任する前は、女性ばかりのオフィスで、誰がその役目を引き受けていたのだろうと思う。前任の井上は、ほとんど東京のJプロトコルにいたはずだ。

「それより、社宅は見つかった？」

「エアポート・エクスプレスの青衣《チェンイ》駅の近くで、新築マンションの三十六階に部屋があったから、そこを申請する。家族用だから家賃がかなり高いけれど……」

「千絵さん、こっちに来てくれるって？　よかったね」

「うーん……、上司としての中井には言いにくいんだけれど、千絵は、やっぱり、いまの仕事を続けるってさ。御殿場《ごてんば》のときも単身赴任だったし、その後だって、出張ばかりだったから、千絵もひとりの方が気楽になっちゃったんじゃないかな。単身赴任手当はいらないから、夫婦で暮らすってことで決裁してくれ」

「決裁はするけれど、その出張続きもなくなったんだから、一緒に暮らせばいい」

「一緒に暮らして、毎晩、ナイトクラブから帰ってくるんじゃ、千絵も可哀想だよ」

それもそうだなと思う。仕事とはいえ、夫婦のどちらも気分の好い話ではないだろう。

「中井は？」

「高層マンションの上層階は家族向けしかないし、下層階は圧迫感があるだろ。かと言って、高層マンション以外の集合住宅は、築二十年でも新しい方なんだ。だから、しばらくホテル暮らしにする」

「毎日、高級レストランで食事をして、ホテル暮らしとは贅沢三昧《ざんまい》だな」

「一泊、八百香港ドルの部屋だ。たぶん、新築マンションの三十六階より安い」

「いっそのこと、ペニンシュラとかインターコンチとかに住んだらどうだ？」

「コンビニ袋にビールと屋台の揚げ物を入れて、ロビーを通る勇気がない」

「そりゃ、そうだね」

そんな会話をしながら、ぼくたちは、一時過ぎにオフィスのそれぞれの部屋に戻った。

森川は、普洱茶をティーポットにいれて、董事長室に入ってきた。ぼくは、董事長用の机の前に、折り畳み椅子を用意して、彼女から仕事の説明を受けることにした。残念なことに、普洱茶はそれほど美味しくない。たぶん、彼女は、訳も分からずに餅茶《ベンチャ》を買ったのだろう。そして、それを削《そ》ぐ方法を知らずにナイフで切り落として、かたまりのままティーポットに入れたに違いない。

「レストラン廻りの件は了解したので、他の仕事の話をしよう」

「分かりました」

昼休みにストレスを発散する方法を会得《えとく》しているのか、彼女は清々《すがすが》しい顔をしている。

「森川さんは、昼ご飯をどこで食べるの？」

「今日は、蓮香楼《リンホエンロウ》まで散歩して飲茶にしました。董事長は、どちらに行かれたんですか？」

彼女の選択は正解だと思う。昼休み時の蓮香楼は、店員がワゴンを押して厨房から出てくるときに、でき上がった料理の名前を大声で言うが、そのワゴンが自分のテーブルまでたどり着くか否かは、店員を呼び止める声の大きさにかかっている。そのうえ、ひとつの円卓にこれでもかというほど相席をさせられるので、食べたいものを運良く取ることができても、その蒸籠《せいろ》を置く場所がないことさえ普通の状況だし、袖や肘に隣の客の箸が当たって染みを作ったとしても、お互いさまのリスクだ。そんな喧噪の中で仕事のことを思い出していれば、お腹を空《す》かせたまま、あっと言う間もなく昼休みは終わってしまう。

「副董事長と一緒に、粥麵専家で雲呑麵を食べた。でも、蓮香楼の方がよかったな。今度、蓮香楼に行くときは誘ってくれ」

「領収書を切ってもらえませんが……」

「うん、知っている。秘書と昼ご飯を食べるのに、領収書をもらうような大人にはなりたくないって、入社したときに決めたんだ」

「相性の悪い秘書とでも、ですか？」

「まだ、そう言っていない。険悪な午前中の打合せの後、高級レストランに会社の名前で昼食を予約する社員よりは、蓮香楼で大声を張り上げてきたであろう社員の方を、ずっと高く評価している」

　ぼくは、森川との仕切り直しのために、あまり美味しくない普洱茶を飲んで、ポットから新しいお茶を注いだ。普洱茶の淹《い》れ方は、そのうち覚えてもらえばいい。

「毎月、ＨＫプロトコルという香港の企業に、当社から特許料の支払いが発生するので、董事長はその決裁をしてください」

　何の前触れもなく、森川は、仕事の話を始める。話の枕の下手な女性だと思う。

「ＨＫプロトコル？　その『ＨＫ』が香港を意味するなら、Ｊプロトコル香港の兄弟みたいな会社だね」

「中文の登記では『香港通号規有限公司《ホンコン・トンホウクワイ・ヤオハンゴンシィ》』なので、おっしゃるとおり『ＨＫ』は香港の意味だと思います。日本資本の企業と聞いていますが、香港に本社があります」

「ふーん。それで、その企業に何の特許料を支払っているの？」

「ＩＣチップの暗号化方式に関する特許です。ＨＫプロトコルとは、一ヶ月単位の契約なので、毎月、当社の法定代表者のサインが必要です」

「暗号化方式は、いつ、その解読方法が見つかるか分からないから、長期契約を結びたくないのは分かるけれど、当社が停止を申し出ないかぎり自動継続にすることは検討できないかな。そうすれば、印紙税だって節約できるし、私の仕事も減らせる」

「先方が決めた契約条件なので、それは困難かと思います。この特許技術の使用については、当社とＪプロトコルが独占的に使用できる権利を、その契約に入れています。当社が買い手だから交渉は当然とお考えかもしれませんが、先方は、当社より条件のいい取引先が見つかれば、すぐに、当社とは関係を切りたいというのが本音だと思います」

「なるほど……。で、特許料は、どれくらいなの？」

「香港ドル建てで月額五千万です。円だと約六億円になります。内規で、一千万香港ドル以上の決裁は、董事長しかできません」

「結構な額だ。そんなにすごい暗号化方式なのかな……」

「私には、その価値を判断できません。ただ、Ｊプロトコルからの指示なので……」

「それに異議を唱えるつもりは全くないんだけれど、早々に、ＨＫプロトコルに挨拶に行かないとね」

その要求に応えられないのを知ったうえで、森川に仕事を指示した。その取引先は、実体のない幽霊会社だ。

「これまで、先方が一方的に契約書を郵送してくるだけなので……」

「一方的に送られてきた契約書に、親会社の指示だからといって、無条件にサインするのが、Ｊプロトコル香港のビジネス・コード？」

森川は、自分で淹れた普洱茶に口をつけて、次の言葉を探している。

「董事長がおっしゃることも分かりますが、この契約に関して、当社が、これ以上の条件を引き出すのは困難です。もし、先方が臍《へそ》を曲げてしまったら……」

「だからこそ、ちゃんと挨拶をして、相手に不満がないか、自分で確認したい」

「それは……」

彼女は、いったい、どこまでHKプロトコルのことを知っているのだろう。年間で七十億円以上の金が、HKプロトコルから東亜印刷に還流して、政治家や役人に流れて行くことは、薄々気づいているだろう。だからこそ、新任の上司にそれを言い出せないでいる。

「まぁ、いいや。すぐにとは言わないから、私が挨拶にお邪魔したい旨を、今度の契約の折りにでも伝えてください。それから、最初と最新の契約書を見たいので、この打合せが終わったら、写しを持ってきてください」

「かしこまりました」

「次の仕事は？」

「仕事としては、これで終わりです。他は細々した決裁なので、副董事長でも可能なものがほとんどです。もし、副董事長の決裁範囲を超えるものがあれば、都度、ご説明します」

「退屈そうだね」

森川の茶器が空になったので、ぼくは、冷めた普洱茶を彼女の器に注いだ。

「問題なければ、董事長が各エアラインにお持ちのマイレージ・プログラムのアカウントとパスワードをお教えください。エアライン以外にも、ホテル等の優待プログラムがあればそちらもお願いします。それから、追々で構いませんので、飛行機の席とホテルの部屋にご希望があれば、それもお教えください」

「了解。とりあえず、いま思い出せるものを、森川さん宛にメールで送ります」

「ありがとうございます」

「ところで、私は、女性社員だからという理由で、さん付けで呼ぶのが嫌いなんだ。他の社員といるときは、ミズか小姐をつけるけれど、日本語のときは、森川でもいいかな？」

「もちろん、構いません」

「ありがとう」

「董事長なら、『おい』だけでも構いません」

「えーと……。森川さんはパートナーからそう呼ばれているの？」

「いいえ。私は独身です。冗談のつもりでした。こんな冗談しか言えないと、一緒にお食事をしても楽しめないって、評価されちゃいますね。普洱茶もなんだか美味しくないし……」

ぼくは、彼女の下手な冗談と困惑した表情に、苦笑いを隠さなかった。

「よかったら、夕ご飯に陸羽茶室《ロユーチャサッ》に行かないか？　午前中は、私も、初対面の森川さんに緊張を隠すのに精一杯で、気持ちが荒《すさ》んでいた。申し訳ない」

ついでに、美味しくない普洱茶の口直しもしたかった。

「いいえ、そんなことは……。董事長が、謝る必要は全くありません」

「じゃあ、席に戻ったら、契約書のコピーをお願いします」

Jプロトコル香港とHKプロトコルの契約書のコピーは、森川が退席してから十分程で届けられた。

ぼくは、契約書を読みながら、彼女との会話をお復習《さら》いする。HKプロトコルという企業を、森川から初めて聞いた素振りに不自然さはなかっただろうか。あるいは、彼女に不要なことをしゃべらせる誘導尋問をしていないだろうか。

†

　Jプロトコル香港とHKプロトコルの関係は、香港赴任前の伴の調査で、森川から説明を受けるまでもなく知っていた。契約書の内容までは調べられなかったが、HKプロトコルは年間、約六億三千万香港ドルの売上があり、そのうちの六億香港ドルは、Jプロトコル香港からの収入となる。残りの三千万香港ドルは、マニラと台北《タイペイ》にある企業からコンサルティング料として受け取っているが、実体がある取引ではないだろう。HKプロトコルは、Jプロトコル香港から得た収入を、東南アジア各国の私立大学に研究開発費という名目で提供するとともに、NPO団体にも寄付を行っている。簡単に言えば、約六億三千万香港ドルの領収書を掻き集めて、税金と株主への配当を払うことを避けている。

　HKプロトコルの発行済株式の三十パーセントをぼくと伴が手に入れたが、残りの七十パーセントは、李が教えてくれたように、個人が所有していた。彼は「個人格」とぼかした言い方をしたが、それはひとりの日本人で、たぶん、その本人から、株券を買い取ったのだろう。ぼくは、その日本人の名前を、ハノイから東京に戻る途中の香港で、伴から聞いた。

　二週間前、高木との引継ぎはハノイで無事に終わった。高木は東京直行便でハノイを発ち、ぼくは、赴任先の下調べがあるという理由で香港に向かった。

　伴とは、九龍《カオルーン》半島のインターコンチネンタルのロビーで落ち合った。トランジットで香港に立ち寄るときと違い、伴は、五つ星ホテルに部屋を取っていた。

「餐廳《ツァンテェン》で雲呑麵でも食べながらと言いたいところだが、外で話す内容でもないから、俺の部屋で飲もう」

伴にしては、珍しい提案だった。

「煙草、吸うけど……」

「飛行機の中だと思って我慢しろ。代わりに、ハバナクラブのシルバードライとダイエット・コークを買ってある」

ぼくは、キューバリブレのもてなしに負けて、伴の部屋で飲むことにした。

「HKプロトコルの株式の七十パーセントを持っているのは、俺たちの知り合いだったよ」

香港島の夜景を見渡す窓際のテーブルで、ぼくは、伴の次の言葉を待って、インターコンチネンタルの名前の入ったバースプーンでキューバリブレをステアした。

「井上由典だ」

「イノウエ・ヨシノリ……。悪いけれど、知らない名前だ」

伴は、小さなため息をついて、ぼくがノイバイ国際空港の免税店で買ってきたボウモアを、ストレートで口に運ぶ。

「全く……、中井は、出世競争に興味があるんだか、ないんだか、よく分からないな。Jプロトコルの代表取締役・副社長の井上由典だ」

「井上副社長なら知っている。意外な展開だね」

「けれども、仕組みは稚拙だ。ＨＫプロトコルは、もともと、井上由典が東亜印刷の常務だったときに設立した完全子会社だった。ちょうど、Ｊプロトコルが東証二部に上場した年だ。設立時の代表者は、東亜印刷の総務部長だ。井上は、ＨＫプロトコルの設立後、Ｊプロトコルに転籍している。それから何段階かに分けて、一時期、ＨＫプロトコルの全株式を取得した。実際に金銭授受があったかも怪しいが、ＨＫプロトコルを幽霊企業にしたってわけだ」

「東亜から追い出されたときの慰労金みたいなものか」

時計が八時を回り、『幻彩詠香江《シンフォニー・オブ・ライツ》』と呼ばれる維多利亞港《ビクトリア・ハーバー》の夜景ショーが始まる。維多利亞港を挟む香港島と九龍半島の高層ビルが協力してレーザー光線を夜空に放ち、ＦＭラジオでレーザー光線に合わせたサウンド・トラックを聞ける。いままで、そういったショーがあることは知っていたが、ショーを見渡せる場所で見るのは初めてだった。

「ラジオ、つけるか？」

「いらない」

「了解。ところで、慰労金とは、ちょっと違うな。井上は、Ｊプロトコルの副社長に収まると、ＨＫプロトコルの代表は他人に任せて、表向き、ＨＫプロトコルからは手を引いている。そして、Ｊプロトコル香港を設立して、今度は、そこの代表を兼務したのは、中井も知っているよな」

「うん。ちょうど、俺が経企《けいき》に異動したときだからな」

「Ｊプロトコル香港は、ＨＫプロトコルに特許使用料の名目で、毎年、六億香港ドルの金を払っている。そして、Ｊプロトコルは、その特許技術を使ってＩＣカードの独自技術を構築して、日本国内でシェアを伸ばしている」

「Ｊプロトコルが、直接、ＨＫプロトコルと取引しないのは？」

「なぁ、特許ひとつに、年間七十億円以上だ。それだけの金があれば、その特許を買い取った方がいい。それなりの理由があって、Ｊプロトコル香港を迂回している」

「ふーん……」

ぼくは、キューバリブレのグラスを持って、ベトナムで知った情報を話す。

「ホテル・マジェスティックのブリーズ・スカイ・バーで、後任の高木部長代理と飲んで、Ｊプロトコル香港は、東亜も含めた裏金の捻出元だという噂があるって聞いた。つまり、七十億円の金が、幽霊会社から東亜に落ちているってことか……」

「ビンゴ」

「ＨＫプロトコルには行ってみた？」

空港の免税店で、キューバ産のシガリロでも買ってくれればよかったなと思う。

「この五日間で、三回行ったよ。銅鑼湾《コーズウェイベイ》の雑居ビルにある。三回ともドアの前で、登録された番号に電話をかけてみたけれど、オフィスの中で電話が鳴っているだけだ。郵便受けは綺麗だったから、Ｊプロトコル香港の社員かアルバイトが、定期的にチラシや郵便物を片付けているんだろうな」

「どうして、その株式を李清明に売ったのかな？」

「李清明も言っていたけど配当金も付かない株を持っていたってしょうがないだろ。そうかと言って、東亜印刷やJプロトコルからすれば、七十億の金は、ちゃんと遣い道が決まった金だから、井上個人で遣えるわけでもない。まぁ、彼だって、少しは美味しい思いをしたくて、東亜印刷には言わずに、現金化したかったんだろうな」

「なるほどね。俺たちがカジノで稼いだ金くらいの額が、井上副社長の子会社転籍の慰労金だったってわけだ」

「まぁ、俺の想像だけどね。副社長は、カジノでおけらになったか何かで、李清明に詐欺紛いの取引を持ちかけたんだろうな」

「お金って、本当に廻っているものだね」

「同感。俺たちが稼いだ金は、Jプロトコル、Jプロトコル香港、HKプロトコルと廻り巡って、東亜印刷に還元される。その途中でカジノに落ちた金を、中井は、たまたま手にしたってことだ」

「李清明は、俺たちがJプロトコルの社員だってことを知っていたかな？」

「そこは、俺も疑問に思っている。偶然にしては出来すぎている。そうかと言って、井上か誰かの指示とも思えない」

　ぼくも、伴と同感だった。もしも、井上が、何かの理由でHKプロトコル株を買い戻す必要があったなら、李に、直接連絡を取ったことだろう。六百万円程度の額とは言え、ぼくと伴は、たまたま、その金をカジノで手にしただけだったのだ。それに、井上以外が、HKプロトコル株に興味を持っているとも考えられない。

「まぁ、これが、この五連休の成果だ。次期CEOとしては、ご満足できたかな？」

「十分」

ぼくは、冷蔵庫から新しいダイエット・コークを出して、キューバリブレを作る。

「で、どうする？」

ぼくが、新しいキューバリブレをひと口飲むのを待って、伴が訊いてくる。

「どうする、って？」

「誰が傀儡師かも分からないまま、香港でのんびり過ごすつもりなのか、ってことだよ」

「うーん……、何も思いつかないよ。サラリーマンなんて、多かれ少なかれ傀儡なんだから、気にしてもしょうがないだろ。ただ、Jプロトコル香港もHKプロトコルも、中途半端にしか手に入らないのが面白くないな。伴は何か思いついた？」

「何も思いつかないから、中井に訊いてみた」

「目の前を、七十億の金を背負ったカモがのこのこ歩いているのに、何も思いつかないなんて、俺たちちって甲斐性がないな……」

ぼくのつぶやきに、伴はボウモアのショットグラスを手にして笑う。

「違うと思うよ。少なくとも、俺は違う。金があろうがなかろうが、退屈はしたくない。だから、金を掻き集めただけで満足しそうもない中井とつるんでいる」

窓の外では、レーザー光線が一斉に夜空に放たれて、香港島の夜景ショーが終わりを告げた。下手なショーより、静かな香港の夜景の方が、ずっと素晴らしい。

†

赴任初日、ぼくは午後四時半で仕事を切り上げて、HKプロトコルとの契約書を抽斗《ひきだし》にしまい、帰り支度を始めた。伴が、董事長室に入ってきて「煙草をひと箱くれ」と言う。

「いいけど、なんで？」

「夜総会《イエゾンウィ》（香港のナイトクラブの呼称）で、煙草を吸ってみて店員の対応を見るのも、チェックリストに入っていた。封を切っていないと、それっぽくないから、吸いかけでいいよ」

「難儀《なんぎ》だね」

ぼくは、上着のポケットから煙草を出して、伴に放った。

「火を点けると、罰金五千香港ドルだから、煙草は口に差すだけで、注意されるのを待った方がいい」

「罰金も、経費だそうだ。で、董事長は、初日の夜にどこへ行くんだ？」

「これから森川と陸羽茶室に行く。歩いて行けるから、車は、伴が使っていいよ」

Jプロトコル香港では、黒塗りのBMWをウエットリースしていた。

「中井の部下になってから、いま初めて、直属の上司に不満を感じた」

「俺も、いま初めて、伴より早く出世しておいてよかったなって実感した」

ぼくは、伴と揃ってオフィスを出て、地下の車寄せで彼を見送った後、グランドフロアにあるスターバックスの前で森川と落ち合う。白地に緑のロゴが入った紙カップを持っている彼女の姿を見つけたとき、なんだかデートみたいだと思ってしまい、由記子に対する後ろめたさを感じた。

「お待たせしました」

「董事長のすぐあとにオフィスを出たので、そんなに待っていません。それより、初日から食事をご一緒できるとは思わなかったので、こんな格好ですけど、大丈夫ですか？」

森川は、芥子《からし》色のスカートに、黒のジャケットを羽織っている。

「陸羽茶室で、あまり気取った格好をする必要はないと思うよ」

「そうおっしゃってもらえると、安心します」

森川は、はにかんだ表情で、上着のポケットから折り畳んだ紙片を取り出す。そこには、香港市内の電話番号らしき数字だけが記されていた。

「何の電話番号？」

「HKプロトコルです。住所は、契約書でお分かりかと思いますので、電話番号だけをお伝えすればいいかと思って」

「食事中でもよかったのに」

「着任早々、好奇心だけで、火中の栗を拾うのも性急に過ぎませんか？」

小さな声だったけれど、はっきりとした口調で、森川が言う。はにかんだような表情はそのままでも、ボスと食事に行く秘書の口調ではなく、何かを忠告していた。ぼくは、彼女の忠告に礼を言うべきかどうか迷い、結局、何も言わずに、帰宅するビジネスマンをよけながら、皇后大道《クイーンズ・ロード》の裏手にある陸羽茶室まで、彼女と並んで歩いた。

「森川は、Jプロトコル香港に勤めて、どれくらいになるの？」

「今月で半年です。董事長は、香港での仕事は初めてと伺っていましたが、この街に詳しいですね」

「副董事長と一緒に、東南アジアを営業で廻っていたとき、香港経由のことが多かったんだ」

ぼくは、店員からメニューを受け取りながら、茉莉花茶《ムッレイファチャ》を頼む。

「森川は、半年前までは、何をしていたの？」

「大学院をオーバー・ドクターでやめた後、北欧を旅していました」

「日本には戻らなかったんだ？」

「うーん……、どこでもよかったんですけれど、とりあえず、大学が香港だったので、ここで仕事を探しただけです」

「日本人で、香港に留学する人は珍しいね。香港大学？」

「そうです。董事長は、そういうことをお調べにならないんですか？」

ぼくは、森川の質問に首をかしげた。

「董事長なら、社員のデータベースには、すべてアクセスできます」

「目的もなく、社員のことなんか調べないよ」

「それなら、ちゃんと調べた方がいいです」

「どうして？」

「年間七十億円ものお金を横流ししている会社なんですから、社員の経歴、家族構成、借金の有無、澳門への渡航頻度、つまりカジノへの興味度合いくらい知っておいた方が、ご自身の安全のためだと思います」

ぼくは、笑った。点心が運ばれてきて、店員が蒸籠の蓋を開けると、湯気がテーブルを覆う。

「私の安全って？」

「七十億円は、Jプロトコルには大きな額ではないかもしれませんが、社員個人にとっては、自分を見失ってもおかしくない額です。董事長は、その決裁をされるのですから、誰を信用して、誰を警戒すべきかは、お調べになった方がよくありませんか？」

「なるほどね。さっき、電話番号のメモをもらったときも迷ったんだけれど、私は、森川が忠告してくれていることに、礼を言うべきかな……」

「私を、秘書として信用できると判断したときに、美味しいお酒でもご馳走してください。もちろん、董事長のポケットマネーで」

「うん、そうする」

ぼくたちは、次々に運ばれて来る蒸籠に箸をのばし、口から湯気を吐きながら、しばらく黙って食事した。

「他に何か、お訊きになりたいことはありますか？」

「何もないよ」

「出がけに、『董事長はお疲れなので、おひとりでホテルに戻るそうです』と社員には伝えてきました」

相変わらず、森川には話の枕がない。

「いま、こうして森川と食事をしているけれど？」

「私の個人的な、董事長の歓迎会です」

彼女の伝えようとしている意図が、ぼくには分からなかった。困惑していると、森川は、上着の内ポケットからICレコーダを出して、それをテーブルの上に置く。

ぼくは、やっと、森川が伝えようとしたことを理解して、テーブルに置かれたICレコーダを手に取った。録音中を示すLEDは一時停止状態を示す黄色で、液晶画面のストップウォッチは数十秒だけ進んで止まっている。

「董事長と待ち合わせる前に録音を切っていますが、ご心配なら、内容をご確認ください」

「ありがとう」

ぼくは、録音内容を確認せずに、ICレコーダを森川に返した。

「どうしてですか？『親会社に指示されたら、ろくに内容も確認せずにサインをするのが、Jプロトコル香港のビジネス・コードか』とお叱りになったのは、董事長ですよ」

「あのさ、もし、君がいまも仕事中で、私との会話を傀儡師に伝えるのなら、二つ目のIC

レコーダは、別の場所に隠しているだろう」

今度は、森川が沈黙を作った。

「いまどきマイクなんて、ジャケットのボタンにだって仕込める。一緒に食事を取るとき、君はICレコーダを回していなきゃならないってことを教えてくれて感謝している。でも、そんなことは了解済みなんだ。それにさ、今日着任した董事長と、半年前に雇われた社員なんて、たいして変わらない」

「どういう意味?」

彼女は、今日初めて、つまり、ぼくと知り合ってから初めて、敬語を遣うのを忘れる。

「傀儡師が誰なのかを、私はまだ知らない。でも、彼ないし彼女が本気なら、董事長室で、私が森川をこの店に誘ったときに、案内されるテーブルは指定されていただろうし、天井のファンには指向性の高いマイクが、このテーブルに向けられていると思う」

「つまり、何もしゃべるなってことですか?」

「それも不自然じゃないかな」

「それなら、どうしろと?」

「森川は、自分の安全を考えていればいい。つまり、これから、私の言うことに従ってくれればいい」

「どんなこと?」

「今から、トイレに行って、ICレコーダの一時停止状態を解除する。この三十分くらいの空白は、君がＩＣレコーダの操作を誤ったことにすればいいんだ。もし、傀儡師がこの店にマイクを仕掛ける手間を惜しんでいれば、君は安全な場所に戻ることができる」

「傀儡師が、手間を惜しんでいなければ……」

「次の仕事を探すか、もう一度、旅に出ればいい。突然、君が解雇されれば、私としては、傀儡師の程度が分かって、それなりに有益な夜だったことになる」

「結構、クールですね」

「初めて、森川に褒めてもらった。それで、ＩＣレコーダのスイッチを入れる前に、ひとつ、お願いがあるんだけれど」

「何ですか？」

「さっき、森川は、この夕食は歓迎会だって言ってくれたけれど、割り勘にしようよ。私も、森川と知り合えたお祝いをしたい」

彼女は、やっと困惑や緊張が入り交じった表情をほぐして笑顔になる。

「それだったら、大閘蟹《ダイツァッハイ》（上海蟹）も頼みませんか？　いま、ちょうど旬なんです。でも、私ひとりだと、ちょっと高いなと思って、注文できずにいました」

「了解。雄と雌は、どっちがいい？」

「もちろん、両方です」

ぼくは、トイレに向かう森川の後ろ姿を見送った。その後ろ姿は、「あなたを信頼してもいいですか？」と問いかけているような気がする。

どうしてだろう？　そのとき、ぼくは、高校一年のバレンタインズ・デイに、陸上部のトラックを横切っていく鍋島の後ろ姿を思い出す。もちろん、森川は走ってトイレに向かったわけではないし、セーラー服も着ていない。もしかすると、あのとき、鍋島は「中井はリボン付きチョコレートに騙されるほど単純じゃないよね。私は、中井を信じてもいい？」と背中で、ぼくに問いかけていたのかもしれない。けれども、十五歳のぼくは、その言葉を聞くことができずに、リボンのついたチョコレートを選び、鍋島の傀儡師だった女の子をガールフレンドに選んでしまった。

　ぼくは、森川がテーブルに戻ってくる前に、大閘蟹と紹興酒を注文する。寂しい気分になって、注文を受ける店員に、日本語で問いかける。

「大人になると、昔のことなんて、都合のいい解釈をしたくなるもんだよね？」

「對唔住《ドィムジュ》、聽唔明《テンムメイ》？」

　予想どおり、陸羽茶室の店員が、ぼくに答えてくれることはなかった。

†

　着任して一週間、ぼくと伴は、おとなしく、それぞれの仕事をこなした。日曜日の夜に伴と食事に出掛けると、伴にしては珍しく、サン・ミゲルを頼むこともなく、普洱茶を飲みながら、皮蛋粥《ペィダンゾッ》をすすっている。

「毎晩、夜総会っていうのも疲れる。俺の日本語まで、香港訛《なま》りになってきそうだ」

「俺もたいして変わらないよ。満漢全席《まんかんぜんせき》なんて、月に一回もやれば十分だ。一昨日なんて、マッザカ牛のステーキだ。おかげで、この四日間で二キロも太ったよ」

「太ったのは、ホテルで、掃除も洗濯も人任せにしているからだ。反省した方がいい。俺は、寝室のひとつに、ルームランナーを注文した。来週からは、百万ドルの夜景を眺めながらジョギングをする」

「フィットネス・ジムがついたホテルに変えようかな……」

トランジットで立ち寄った香港の夜と違い、実際に暮らしてみると、食が進まない。

「ところで島田課長は、いつこっちに来るの？」

「来週こっちに来て、しばらくは同じホテルに滞在して、部屋探しをするってさ。ところで、もう課長じゃないし、実は島田でもない」

「それは、中井になるってこと？　それなら、俺のマンションを譲るよ。まだ、ろくに荷物も解いていない。ベッドは使っちゃったけど、女は連れ込んでいないから、シーツだけ替えれば気にならないだろ」

「結婚することになったら、まず、伴に報告するよ。いろいろあって、彼女、戸籍上は田嶋なんだ」

由記子は、九月末日付でJプロトコルを退職して、東京の部屋の荷物を金沢の実家に送ってから、香港に来ることになっていた。と言っても、彼女は観光ヴィザしか取れないので、しばらく、ぼくの生活振りを確かめたら、退職金でヨーロッパでも旅行しようかなと電話で言っていた。

「ところでさ、昼休みに銅鑼湾の粥麵専家に二回行ったんだけれど、水曜日に老人がオフィスに入っていった」

「HKプロトコルの？」

「じいさんがビルに入った後、間違い電話を装って電話をかけたら、早口の広東語が返ってきた」

秘書がいない件は、ぼくよりも長い昼休みを取れるらしい。ぼくは、昼休みも、森川とICレコーダを回しながら食事をしなくてはならない。昼休みに仕事をしたときは、代わりにアフターファイブの仕事は免除された。

「それより、河岸《かし》を変えないか。これ以上、食べる気力がない」

「同感。だけど、夜総会はやめよう」

「ペニンシュラのバーにしないか。一度、行ってみたかったんだ」

「いいね」

ペニンシュラまでは歩くと一ブロックもなかったが、歩いて入るホテルではなかったので、ぼくたちはタクシーを拾った。信号と一方通行だらけの尖沙咀《チムサーチョイ》を十分近く走って、そのホテルの車寄せにたどり着く。新館の最上階にフィリップ・スタルクがデザインした「フェリックス」というバーと、本館一階に「ザ・バー」という古いバーがある。ぼくたちは、後者を選んだ。

サイドカーを注文する伴の横で、ぼくは、ダイエット・コークでキューバリブレを注文すべきかどうか迷った末、自分の流儀を変えないことにした。

「ダイエット・コークで、クーバリブレを作ってもらえますか？」

店の雰囲気に合わせて、クーバリブレと言ってみる。

「少々お時間をいただきますが、ご用意します。ラムは、何になさいますか？」

五十代と思《おぼ》しきバーテンダは、顔色を変えることもなく、注文を受け付ける。

「適当なホワイト・ラムにしてください」

「私は、このカウンターの中で、お客様がご注文するカクテルを『作れない』と答えないように、前任者から命じられています。けれども、残念ながら『適当なホワイト・ラム』という酒は置いていません」

ぼくは、煙草を吸いたい気分になる。新館のフェリックスにしておけばよかった。三十八歳にもなって、バーで緊張を強いられることもあるんだなと思う。

伴が、ぼくの代わりに、彼に応えてくれる。

「ダイエット・コークで作るキューバリブレに、最適なラムを選んでください」

「かしこまりました」

バーテンダは、伴に笑顔を向けて、やっと仕事に取りかかった。ぼくたちの前に、古びたラベルのバカルディのボトルが置かれる。ぼくは、ロングドリンクをひと口飲んでみた。文句のつけようのないキューバリブレだった。

「こんな美味しいカクテルを、ハバナで飲めないのは皮肉だね」

バーテンダの目元だけで笑う仕草を見て、褒め言葉の真意が伝わったことを確認する。コカ・コーラはほぼ世界中で飲めるが、残念なことに、キューバはその例外となる三ヶ国のひとつだ（二〇〇九年時点）。

「せっかくですから、この新しいカクテルに名前をつけていただけませんか？」

「えっ？」

「ダイエット・コークで、クーバリブレを作ったとなると、明日から、私は新館のラディカルなバーに配置転換されることになります。ですから、新しいカクテルを作ったことにしましょう」

ぼくの完敗だった。

「今度、ここにお邪魔するまで、時間をください」

「お待ちしております」

「中井といると退屈しないね」

伴が笑って、グラスを差し出す。高そうなオールドファッションド・グラスだったので、触れるか触れないかのところで、ぼくたちは乾杯をした。

「で、そのじいさんが、HKプロトコルの実質唯一の社員なのかな？」

バーテンダが別の仕事を始めるのを待って、ぼくは、日本語に切り替えて、粥麵専家での会話を再開した。

「ただの掃除係だと思う。そのじいさんが仕事をするのは、ひと月置きなのか、毎週なのか、あるいは気が向いたときなのか分からなかったから、鎌をかけたんだ。ここらへんでオフィスの掃除人を探しているんだけどって」

「それで？」

「ふーん。取り込めそうだった？」

「毎週、水曜日の午後、掃除を任されているらしい」

「俺の勘では、行けそうだな。俺は、面が割れているから、中井がこれを使って、そのじいさんを取り込んでみてくれ」

伴は、そう言って、名刺の箱をカウンターに置く。名刺には「香港通号規有限公司　経理《ゲンレイ》島田優一」と印刷されている。

「なぁ……、さっき言い忘れたけれど、島田って、彼女の元旦那の名前なんだ。離婚したときに営業だったから、会社の中では名前を変えなかったんだよ」

伴は済まなそうな顔をするが、それを伝える前に話を切り上げた自分にも非がある。

「日本人の姓の中で、たぶん、俺の嫌いな三番目以内の姓だな」

「他意はなかったんだ」

「まぁ、いいけどさ……」

「で、残りの嫌いな姓の二つってなんだ？　後学のために聞いておく」

ぼくは、新しい名刺の詰まったセルロイドの箱を受け取って、まだ名無しのキューバリブレに似たカクテルを飲み干す。

「島田と縞田《しまだ》と志摩田《しまだ》だ。ひとつ目はアイランドの島で、二つ目はストライプの縞、三つ目は伊勢志摩《いせしま》の志摩だ」

「十二分に分かったよ。きっと、四つ目は、山冠に鳥の嶌田《しまだ》なんだということも分かった」

気不味い雰囲気で、伴がサイドカーを飲み干すのを待って、ぼくたちはバーを出た。ドアマンが、車寄せにタクシーを呼び寄せたけれど、ぼくは、その車を伴に譲って、自分のホテルまで歩いて帰ることにした。

翌週の水曜日、ぼくは、銅鑼湾にあるグランド・ハイアットのイタリアン・レストランで森川と昼食をとることになっていた。

「ワイン、召し上がりますか？」

彼女は、昼食にワインのハーフボトルを空ける程度では、午後の仕事に支障をきたさない体質だ。

「今日はやめておく。この十日間で、少し太ったんだ。森川は、遠慮せずに飲んでいいよ」

ぼくは、イタリア産のミネラル・ウォーターを注文する。ヒラメのソテーによく合う。

「来週の月曜日、十一月分のＨＫプロトコルとの契約書が届く予定です」

「そう」

「表敬訪問を申し込む意向にお変わりなければ、その契約書を返送するときに、文書を同封します。どうされますか？」

「一度は申し入れたい。日本語で文書を作るから、社員の誰かに、それと同じ内容の英文版を作ってもらえるかな？」

「私が英文で作成しますので、チェックだけしてください」

「チームで資料を作るのは当然としても、鑑《かがみ》まで部下に作らせるのが嫌いなんだ」

「分かりました」

ミネラル・ウォーターが注がれたグラスを持ちながら、森川は小さく笑う。

「何か？」

「董事長は、なかなか仕事のスタイルを変えないんですね」

「一回やってみて、失敗したら、次回からは、森川に書いてもらうことにする」

「批判したわけではないんです。私は、董事長のビジネス・コードが好きです」

このモンキー・ビジネスの会社で、素直な社員だなと感心する。

食事が終わって、ホテルの車寄せで社用車を呼んでいる森川に、ぼくは、散歩をしてからオフィスに戻ることを告げた。

「今朝、副董事長と、太平山《ビクトリア・ピーク》にでも行ってみようかって話したんだ。彼も、十日間、部屋に閉じ込められて、いい加減、運動不足みたいだしさ。夕方には戻る」

「かしこまりました」

森川は、車寄せに来た社用車の窓をノックして、トラムで帰社することを広東語で運転手に告げる。

「気にせず、君が車を使えばいい」

「二ブロック程歩くと、トラムの停車場があるんです。二階席で窓を開ければ、ＢＭＷのエアコンよりずっと気持ち好いんですよ」

「なぁ……、それを知っているんだったら、明日からはトラムで移動することにしないか？」

「残念ながら、ドアマンに社用車のナンバーを覚えてもらうのも仕事です。董事長はだいぶお疲れのようなので、今日だけ見逃してあげます」

（君は、ぼくの傀儡師か）

声にしないで苦言を呈した。

伴とは、時代廣場《タイムズ・スクエア》のレーン・クロフォードのエントランスで待ち合わせをした。

「森川嬢は、すんなり解放してくれた？」

先に来ていた伴が笑う。

「根は素直な性格なんだよ。二人で話していると、三十五歳にしては人生経験が足りないように思うくらいだ」

ぼくは、ビルの横にある喫煙所を指差して、煙草を吸いたいことを伴に伝える。

「俺も、そう思う。素直な子っていう歳でもないけど、それほど会社勤めの経験がないんじゃないかな」

「香港大学の大学院を出た後は、北欧を旅行していたって言うから、どっかのお嬢さんなんだろうな」

「まぁ、Jプロトコル香港の社員は、みんな、どこかのお嬢さんだよ。金に困っている奴は、雇わないようだ」

ぼくは、煙草の火を消して、腕時計を確かめる。一時五十分、そろそろ掃除人がHKプロトコルの雑居ビルに着く時間だった。

「あのじいさんだ」

伴が、ひとりの老人を指差す。新しいものではないが、清潔そうな服を着た、どこにでもいそうな老人だった。もし、スパイを雇うことになったら、彼のような、印象の薄い老人が最適なのだろう。伴は、目立たないように、彼よりも先に雑居ビルに入る。ぼくは、老人が雑居ビルの郵便受けを開けるのを待って、声をかけた。

「你好《ネイホウ》」

ぼくの呼びかけに、老人がいぶかしそうな表情で振り返る。下手な広東語を使っても、怪しまれるだけだろう。ぼくは、島田優一として名刺を差し出した。

「はじめまして。島田と言います。広東語は、ほとんど話せません」

老人は、不思議そうな顔で、ぼくを見つめる。もしかすると、自分を雇っている会社の名前も教えられていないのかもしれない。

「東京のHKプロトコルから、用件があって来ました。東京のオフィスで、ここのオフィスの鍵がどれか分からなくなってしまって、星期三《シエンケイサム》（水曜日）の午後に掃除の方が来ると聞いて、待っていました」

老人に、日本語が通じている様子はない。困惑した表情のままだ。伴は、この老人が雇われの掃除人であることを、よく聞き出せたなと感心する。

「怪しい者ではありません。HKプロトコルの業務経理です。今度、私の上司が香港に来るので、その前に、少し中を見ておきたいのです」

老人は無言のままだが、本当に困った振りをするなら、母国語で言う他に方法はない。ぼくは、日本語で押し通すことにした。

「三十分でいいんです。あなたの仕事を疑っているわけでもありません。ただ、少し確認したいだけなんです」

ぼくは、新しい名刺を出して、その裏面に〝only 30 minutes for me. 我欲半粒鐘〟と書いて、彼に渡す。

「三十分だけ、オフィスの中を確かめたいんです」

「半粒鐘《ブンレアツン》（三十分）？」

やっと、老人が口を開いてくれる。

「そうです。半粒鐘だけ、あなたが仕事を始めるのを待ってください。絶対に、あなたに迷惑はかけません」

「半粒鐘？」

ぼくがうなずくと、老人は、十以上の鍵を束ねた輪から、ひとつを外す。どうやら、こういった幽霊会社のオフィスをいくつも掃除して廻るのが、彼の仕事なのだろう。

「ありがとうございます。唔該《ンゴイ》」

ぼくは、彼に渡すために、百香港ドル札を五枚用意していたが、彼のシャツのポケットに煙草のパッケージを見つけたので、金を渡すのをやめて、半分以上残っている煙草をパッケージごと渡した。

「多謝《ドーゼイ》」

老人は、煙草を受け取って、古ぼけた鍵を差し出してくれる。ぼくは、もう一度、日本語と広東語で、彼に礼を言い、エレベータ・ホールに向かった。エレベータは一機しかなくて、上階への呼び出しボタンを押すと、すぐにドアが開いてしまう。

もし、ぼくが本当にHKプロトコルの社員であれば、そのオフィスがどこにあるのか、当然知っているだろう。伴に、オフィスのある階を聞いておくべきだった。そうではなくても、森川から受け取った契約書の住所を確認すべきだった。エレベータの扉が閉まり、ぼくは行き先を失った。G（グランドフロア）から始まるボタンは、13を飛ばして15まで続いている。携帯電話を取り出すが、エレベータの中には電波が届いていなかった。

「四《セイ》で行こう」

ひとり言を自分に言い聞かせて、4を押した。澳門のカジノで大勝ちをしたときの数字だ。

四階に止まって、扉が開くと、伴が退屈そうな顔をして、薄暗い廊下に立っていた。

「結構、すんなり行ったね」

ぼくは、腋に汗をかいているのを感じながら、伴に古びた鍵を渡した。

「俺は、この手の仕事に向かない」

「だからこそ、簡単に信じてもらえたんだろ」

伴は、さっさと同じドアが並ぶ廊下を歩いて行ってしまう。

部屋の中には、固定電話以外は何もないのかと思っていたが、意外にも、オフィスの体《てい》を成していた。壁にはキャビネットが並び、入り口から向かって正面の窓際には、上席用の両袖がついた机が置いてある。伴は、キャビネットのいくつかを開けて、無作為にファイルを広げて、そのうちの何ページかをめくっている。

ぼくは、いくつか事務机の抽斗を開けてみる。ボールペン、ステイプラ、ペーパーナイフ、小銭……、どの机にも、普通の会社員が持っているものしか見当たらない。全部を確かめても成果はなさそうなので、ぼくは、上席用の背もたれの高い椅子に座った。机の上には、斜めにデスクトップ・パソコンが置かれている。他の机にあるのと同じように、古い型のパソコンだったが、キーボードのいくつかのキーは掠《かす》れていて、それが実際に使われていたことを物語っている。抽斗に手をかけてみるが、すべて鍵がかかっていた。パソコンの電源を入れても、ログインまではできないだろう。下手に形跡を残してしまうよりは、手をつけない方が得策だ。ぼくは、キャビネットを開けている伴を眺めながら、何かに違和感を持つ。

「何だろう？」

ひとり言に、伴が振り返る。

「どうかした？」

「何か、違和感がある」

「誰もいないのに、机に埃がたまっていないことだろ？　でも、それは、さっきの掃除のじいさんがいるんだから、必要性に疑問はあっても、結果として不思議なことじゃない。何かのときに、すぐに使えるようにしているだけだ」

「そうだね……」

「あのじいさん、結構、几帳面だな。カレンダまで、ちゃんとめくっている」

伴は、キャビネットの扉のひとつにかけられたカレンダを指して言う。彼の言うとおり、二〇〇九年十月のカレンダになっており、中華圏らしく旧暦が併記されている。社員用の机に置かれた卓上カレンダも、二〇〇九年十月になっている。ただ、上席用の机にあるのは積み木カレンダ（キューブ・カレンダ）で、毎日、積み木の数字を合わせなくてはならないせいだろうか、〝MON・JUL・0・6（月曜日・七月六日）〟で止まっている。それが、ぼくが感じた違和感だろうか。答えは「違う」だ。ぼくは、カレンダが進んでいることを、伴に言われるまで気づかなかった。それなのに違和感が消えない。

「ちょっと、廊下で煙草を吸ってくる」

エレベータ・ホールに灰皿があったはずだ。

■積み木1

0	1	2	3	4	5

■積み木2

0	1	2	6	7	8
			↓		
			9		

「いってらっしゃい」

ぼくは、一旦、立ち上がってみたものの、煙草を老人に渡してしまったことに気づいて、もう一度、同じ椅子に座り直した。そのときに、引っかかっていた違和感が解ける。

「どうした？」

「なんでもない。エレベータ・ホールで顔を売るよりは、あと二十分くらい、煙草を我慢することにした。掃除のじいさんには、三十分だけ時間をくれって言ってきたんだ」

「賢明な判断だ。成果は何もなさそうだから、あと十分でいいよ」

「うん」

ぼくに違和感を訴えていたのは、6の積み木だ。

二つの立方体で、01から31までを表現するためには、一般的に十三面を必要とする。たまたま、アラビア数字の6と9が二次元点対称であったために、二つの数字を一面に集約することができ、積み木カレンダの矛盾が解決する。

それなのに、その机に置かれた積み木カレンダの6の下には、アンダーバーが記されている。エスカレータとか階段の出口の床に階数を示すときに、6と9を区別するためのアンダーバーだ。これでは、両方の積み木に必要な0・1・2を、点対称の6と9で節約した面に割り当てられない。つまり、この積み木カレンダは、積み木カレンダとして機能していない。

ぼくは、その6の積み木を手に取ってみる。掌に感じる重みから、中は空洞になっているのが想像できる。ぼくは、椅子に座ったまま、両の掌の中で積み木を転がす。少しいじると、積み木はコの字型に二つに分かれて、緩衝材の代わりなのか、くしゃくしゃにされたメモ用紙にUSBメモリがくるまれていた。ぼくは、メモ用紙を広げてみる。

『パスワードは、君がずっと使っているもの』

そこには、それしか書かれていなかった。けれども、そのUSBメモリは、誰かがぼくに宛てたものだろう。たいていの人は、積み木カレンダの6と9の対称性を気にしない。

「まっ、だいたい見たけど、成果なしだな。中井は？」

伴が、肩をすくめながら、こちらを向く。

「この机の抽斗には鍵がかかっていて、俺も成果なしだよ」

ぼくは、メモ用紙とUSBメモリを上着のポケットにしまい、コの字型に分かれた木片を、立方体の積み木に戻す。伴は、キャビネットの扉を順に閉めている。

「なぁ……、ってことは、さっきから、その座り心地の好さそうな椅子に座っていただけか？」

「一応、部下の仕事振りをチェックしていた」

「上司として、妥当な仕事だね」

「最近、董事長としての貫禄がついてきたのかな」

「どうも、香港に来てから、上司との仕事の分担に公平性がなくなったような気がする」

「きっと、伴の上司は、いままで部下がやるべき仕事に手を出しすぎていたんだよ」

ぼくは、積み木カレンダが〝MON・JUL・0・6〟に戻っていることを確認して、オフィスを出た。伴は、老人と鉢合わせしないように階段を使って地上に降りる。ぼくは、エレベータで地上に戻って、煙草を吹かして待っていた老人に鍵を返した。老人が掃除を終えた後に、HKプロトコルは再び幽霊会社に姿を戻すのだろう。

「昼過ぎに雲が出てきたから、太平山に上っても、楽しめなかったんじゃないですか？」

　ｉｆｃのオフィスに戻ると、森川が、普洱茶を淹れてくれる。

「男二人で行く場所じゃないってことは、行きましたか？　よく分かった」

「マダム・タッソーの蠟人形館には、浜崎《はまさき》あゆみもいるんですよ」

（そんなものがあるのか。さすがに大英帝国領だっただけのことはあるな。それに、いるんじゃなくて、人形があるだけだろ）

　ぼくは、首を振って、普洱茶を飲む。早く彼女にお茶の淹れ方を教えないと、これならティーバッグを買ってきた方がいい。彼女もそれを自覚しているようで、ぼくの秘書として働き始めて三日目から、彼女の机にはスターバックスの紙カップが置かれている。ぼくは、森川が部屋を出て行くのを待って、個人契約の携帯電話で、「太平山でマダム・タッソーの蠟人形館には行っていない。森川から訊かれるかも」と伴にメールを送る。返ってきたメールは、「心配無用」の四文字だけだった。

　ぼくは、終業時間きっかりにオフィスを出て、九龍半島のホテルに戻る。パソコンのネットワーク機能を切断して、積み木カレンダに隠されていたＵＳＢメモリを差し込んだ。

vi Macau - Mid Summer of 2005

中井優一さま
鍋島冬香《なべしまふゆか》です。おひさしぶり
私は、この手紙を二〇〇五年八月に、澳門《マカオ》の古いホテルの一室で書いています。中井が、この手紙を開けてくれたのはいつですか？　このUSBメモリを開いているってことは、もう物語は始まっちゃっているね。できれば、この手紙は、中井に届いてほしくなかった。どんな物語なのか、いまの私には分からないけれど、中井が、少しでも安全な場所にいてくれることを祈っています
最初に、私が鍋島冬香であることを証明しなきゃならないな、と思って、私と中井だけしか知らないことを探してみたんだけれど、どうしても見つからない。高一のときに渡したチ

ョコレートがペコちゃんとポコちゃんがキスをしている板チョコだったことは、陸上部の女子部員なら知っていそうだしね。中井は覚えている？　それを覚えていても、あのパッケージは、ソニプラだけのバレンタインズ・デイ限定バージョンだったことは知らなかったでしょ。それを、中井は、陸上部の女子部員とみんなで食べたんだよ。小川理恵ちゃんからもらったチョコレートは、ちゃんと家に持って帰ったくせに、いくら、私が義理だって言ったからって、ひどい奴だと思った。

高一の数Iの授業で、毎週、ひとりずつ、自分で問題を作って、それをみんなで解くときに、中井が「6と9が点対称ではなかったと仮定したときに、積み木カレンダは成立するか否かを証明せよ」という問題を出したことは、クラスのみんなが覚えているかもしれないものなぁ。高橋《たかはし》先生の評価は「それは数学の問題じゃない」ってCマイナスだったけれど、私としては、小学校以来の算数・数学で、初めて解けない問題だったからAプラスをあげていました。でも、そのことは、中井に伝えなかったから、私が鍋島冬香であることの証明にならないね。

あの問題のおかげで、私は、中井と一緒にいれば答えが見つかるかもしれないと思って、高三になるときに文系クラスを選んだんだよ。でも、高三になっても分からなかったし、その後、津田塾《つだじゅく》の数学科でも分からなかった。

ついでに、そのことが気になって、大学院にも進んだけれど、答えが見つからない。

なので、これを書いているのが、鍋島冬香であることを証明できません。手書きで書けて、もし、中井が私の癖字を覚えていてくれれば、それも可能かもしれないけれど、後で書くように、いまはキーボードしか使えない。中井に信じてほしいけれど、いま、中井がどんな状況なのかも分からないし、もしかすると、私と敵対する側にいるかもしれないものね。それでも、信じてください。この手紙は、鍋島冬香が中井優一宛に書いています

私は、津田塾の修士課程を修了した後、香港大学のドクター・コースに進みました。香港なら、アラビア数字を使わないので、もしかしたら、と期待したのです。香港大学には、積み木カレンダ問題を専攻する研究室なんかないので、どこでもいいやと思って、一番倍率が高かった暗号化論を選びました。頭の悪い人といると、退屈するだけだから。

自慢だけど、私、数学で解けない問題がほとんどないんだ。ミレニアム問題の七問のうち三問は、だいたいあては付いているんだけれど、一万ワードくらいの論文を書かなきゃならないから、面倒なだけなんです。二〇〇五年のいまは、ポアンカレ予想の証明論文が話題になっていて、目を通したけど、つまらないしスマートじゃない。まぁ、だいたい合っていそうだから、検証に一年も二年もかけていないで、早く懸賞金をあげればいいのに。

私の自慢話なんて、つまらないよね。でも、あとひとつだけ。

そんなこんなで、大学院の研究もつまらないので、自分で問題を作って時間を潰していました。暗号化方式とその効率的な復号方法の問題です。その組み合わせは、三つあって、このUSBメモリの別ファイルに、それぞれ入れてあります。各方式は、専門家に渡せば、そ

れなりの価値を分かってもらえると思います。

注意事項がひとつ、暗号化方式を人に伝えるときは、効率的な復号方法は伝えちゃだめです。そのことは、後で、もう少し詳しく書くつもりです
閑話休題《かんわきゅうだい》。中井は、エゴ・サーチってしたことがありますか？

インターネットで、自分の名前を検索することを、「エゴ・サーチ」と称するのです。私の場合は、自分の論文が出てくるだけでつまらないからあまりしません（それさえも、この後に書くことで、しなくなりましたが）。代わりに、ときどき「中井優一」を検索したけれど、中井って、見事に何もしていないね。どっかのシティ・マラソンに出るとか、ボランティア活動に参加するとかしてくれれば、近況が知れて嬉しかったのに、「死んじゃったのかな」って心配した。でも、死んだら、どこかで検索にひっかかるはずだし、いま流行の引籠《ひきこ》もりかなとも思っていました。

それで、退屈しのぎに、自分の名前を、いくつかの暗号化された状態で検索してみたら（そういうソフトを暇潰しに作ってみたのです）、今度は、あまりにたくさん出てきて驚きました。

あのさ、中井のパスワードって、パスワードになっていないよ。

私の名前と誕生日は、論文と一緒に提示するので、公知の情報です。なので、中井のパソコンの中身やメールの添付文書は、インターネットに公開しているようなものです。たまた

ま幸いに、中井が社会から注目されていないから、実害がないだけ。家族、友人の名前をキーワードにして、生年月日、社会保障ID、電話番号等を入力しておくと、それを組み合わせてパスワードを割り出すユーティリティなんて、いまどきフリーウェアでも出回っています。だから、私の名前と誕生日を、多少、順番を入れ替えたりしても、基本的に同じパスワードです。毎日、性懲《しょうこ》りもなく、しかも、会社でも自宅でも同じパスワードを使うなんて、愚《ぐ》の骨頂《こっちょう》。いますぐに変えた方がいいよ。ちなみに〝akuyuf〟とかの並べ替えも無駄です。

そうかと言って、〝yukiko〟なんてされると、腹立たしいけど……

由記子さんって、素敵な人だね。中井のパソコンに入っている写真も見てしまいました。よく、二人で出張に行くの？　伴君の写真もあったのには、びっくりでした。最近まで、景色の写真しかなかったので、中井はどんなおじさんになったのかなと思っていました。このメールを読むころには、結婚しているかな？　でも、しっかりした感じの女性だし、中井より年上だから、中井は負けちゃっていませんか？

高校生のころ、デジカメがあったら、私の写真も一枚くらい残していてくれた？

でも、私の名前を、いまは検索しないでください。中井には絶対に見られたくないものが流出してしまいました。

私は、香港大学でオーバー・ドクターとして生活をしていたけれど、インターネットで中井のことを見つけて、中井と同じ会社に入ってみようかなと思ったのです。二〇〇二年のことです。そのころは、中井には決まったガールフレンドがいないみたいだったしね。でも、日本企業って、なかなか中途採用をしてくれないので（思うんだけれど、先進国の中で、こんな偏《かたよ》った雇用をしているのって、日本だけだよ。年齢差別です）、ちょうど香港で採用募集をしていたHKプロトコルという企業に、暗号化方式の研究者ということで入社しました。Jプロトコルとは、兄弟関係にある会社だし、中井の担当の交通系ICカードとも関連するので、いつか一緒に仕事をできるかなと思ったのです。あわよくば、由記子さんみたいに、中井と一緒に出張できるかな、なんて思ったりもした。

恥ずかしい話だけれど、私は、それまで仕事というか、自分でお金を稼いだことがありませんでした。必要もなかったし、興味もなかったのです。HKプロトコルは、小さいけれど、ちゃんとした会社で、私の他に社員もいました。HKプロトコルとしては、私の暗号化方式を独占して、私が同様のものを他社で開発しなければ目的を果たせたので、契約金も含めて、かなりの収入がありました。中井の給与明細も勝手に見てしまったけれど、桁が違うので申し訳ないくらいの額です。また、ストック・オプションのようなものとして、HKプロトコルの株式の現物もつきました。生まれて初めて、組織に所属してみて、会社って悪くないなと思ったのです。

けれども、そこで、私は、とんでもないミスをしてしまった。会社の中って、チームみたいなもので、もっと信頼できるものだと思っていたのです。あるいは、入社して三年が経って、ちょっと慣れが出たのかもしれません。それで、何かの拍子に、私の暗号化方式に、秘密鍵を推測する方法があることをしゃべってしまいました。私としては、自分で解法を知らない暗号化方式を考えるなんて、馬鹿のすることと心の中では思っていたけれど（中井だって、そう思わない？　イギリスは、自国ではとっくに解析済みのエニグマを英連邦に売りつけていたように、自分で売った暗号化方式で自縛されるリスクを負うなんて馬鹿）、それを論文に書かないくらいの常識は持ち合わせていました。でも、会社の中でなら、許されると勘違いしてしまったのです

その後のことは、あまり書きたくないけれど……でも、話が繋がらないから、簡単に書きます。

ボーイフレンドと一緒にいるときの写真や、私の部屋に隠されたカメラで撮影された写真で、HKプロトコルからの脅迫が始まりました。時計もない部屋だったから、正確な期間は分からないけれど、一週間くらい、窓のない部屋に閉じ込められて、効率的な解法を提供することを強要されました。

でも、それを提示してしまえば、きっと殺されてしまうんだろうな、ということくらい、私でも想像がつきます。Jプロトコルは、すでにその暗号化を使って、ICカードに電子マネーを入れた商品を売っていたのです。アラン・チューリングだって、暗殺されちゃったものね。なので、私は閉じ込められた部屋の中で、中途半端に効率的な復号方法を考えました。HKプロトコルから、殺されないで出ていけるくらいの、中途半端な復号方法。思い返してみると、最初から、この遊び方を思いついておけばよかったなと思います。暗号化方式を考

えて、中途半端な復号方法を考えるというのは、そんな状況でなければ、結構、いい暇潰しになりそうです。

私は、その中途半端に効率的な復号方法を、HKプロトコルに提示して、なんとか隙を見つけて逃げ出しました。最初は、ペニンシュラに逃げ込んだけれど、現金がほとんどなかったので、澳門に来ました。ビクトリア・ハーバーの遊覧船にお金を渡して、澳門行きのフェリー埠頭に連れて行ってもらい、なんとか澳門に入境するという、私としては初めての冒険みたいなものでした。でも、そのときは必死だった。

そして、私が逃げ出したことを知ると、HKプロトコルは、私の写真をインターネットに流出させました。だから、中井だけは、私の名前でインターネットを検索しないでほしい。中井が見たいって言ってくれるなら、三次元でいくらでも見せるから。

澳門に着いて、手許《てもと》にあったのは、少しの現金と、ストック・オプションでもらった株券と、クレジットカードとキャッシュカードだけです。プラスティック・マネーを使うと、居場所が分かってしまうので、私にできたのは、株券を売ることだけでした。

私はその株券で、あるブローカーに、整形手術の手配と、偽造パスポートとエアラインのチケットを買ってもらって、クレジットカードとキャッシュカードは、私が出国した後に使うという条件で、別の人に小額で買ってもらいました。本当は、億単位のお金が入っているのに、それを証明する手段がなかったのです。私は、仕事をしたこともなかったくらいなので、お金に執着しない性格だと思っていたけれど、いざ、現金がなくなると、悔しいものだね。

というわけで、いまは、澳門のホテルの一室で、顔を包帯で覆われて過ごしています。指紋も、生体認証に使うポイントに傷をつけたので、絆創膏を巻いています。まだ、手術後の痛みがあるので、ここまでキーボードを打つのに、一週間かかりました。

このホテルには、売春をしている大陸の女の子たちがいて、彼女たちの一日の目標収入を上回るお金を用意すれば、男の人じゃなくても、世話をしてくれるのです。けれども、顔と指の包帯が取れたら、澳門を去るつもりです。香港に近すぎるし、ブローカーだって、ここの女の子たちだって、「金の切れ目が縁の切れ目」っていうのは、責めることのできない常識です

USBメモリに入っている六つのファイルは、それぞれ、ICカード情報に関する暗号化方式と復号方法を記したものです。

ul_16: 現在、Jプロトコルが使っている暗号化方式→ul_19：その復号化方式

ul_26: ul_16よりも強度の高い暗号化方式→ul_29：その復号化方式

ul_36: ul_26よりも強度の高い暗号化方式→ul_39：その復号化方式

Jプロトコルがul_16だけで大企業になったのは、中井も知ってのとおりで、これをひとつずつ、時間を置いて使えば、かなりの利益を生み出せると思います。

中井が使ってください。

暗号化された電子マネーの復号は、お札の偽造と一緒だと考えてください。一旦、復号されてしまえば、改竄《かいざん》が可能になり、あるはずのないお金を手に入れることができるし、あったはずのお金をなくすこともできます。

どんなふうに使うかは、中井に任せます。ICカードに不正チャージをしても構いません(これは上限額があるし、すぐにばれるから気をつけてね)。でも、できれば、これを使って、Jプロトコルを潰してほしいな

昨日、顔の包帯が取れた。

偽造パスポートの年齢を、三歳若くしたので、顔も少し若返りました:)

包帯が取れた後に写真を撮ったので、パスポートができるのは、二、三日後かなと思ってのんびりしていたら、今朝の朝刊に新しいパスポートとボーディング・チケットが挟まれていました。こういう人たちの仕事って速いね。領事館の十分の一の時間もかからないとは、驚きとともに、寂しくなりました。本当は、もっと、中井に手紙を書いていたかった。たとえ、届かない方がいい手紙でも、書くっていうことは、中井のそばに行けるようで、心が落ち着ける時間でした。

もう時間がないので、どうしても伝えなきゃならないことだけ、書きます。中井に、お願いが二つあります

■ひとつ目のお願い

これを中井が読んでくれているってことは、すでに悪夢のような物語が始まっています。どういう経緯かは分からないけれど、中井はHKプロトコルか、Jプロトコル香港に関係のある仕事に就いたから、このUSBメモリを手にしたのだと思います。東亜印刷を含めた四つの会社は、言ってみれば、お札の原盤を作るHKプロトコルと、原盤を管理するJプロトコル香港、造幣局の東亜印刷、Jプロトコルはお札を流通させる中央銀行という関係だと考えてください（釈迦に説法かな……）。けれども、私の不用意なひと言から、HKプロトコルは、原盤を複製する方法があることを知ってしまい、そのことを世間にひた隠しながら、消失した複製方法を血眼《ちまなこ》になって探している状況なのです。中井が、HKプロトコルかJプロトコル香港とかかわってしまったということは、気がついていなくても、悪夢のような物語に捲き込まれている可能性が大です。

だから、もう、誰も信じないでください。Jプロトコルの社員はもとより、気分を害するかもしれないけれど、伴君も、由記子さんもです。仮に、伴君や由記子さんが、どんなにお金を積まれても、中井の味方でいる強い心の持ち主だったとしても、Jプロトコルは、その気持ちを利用して、中井を脅迫する種を由記子さんたちに植え付けることくらい平気でします。強い気持ちは、中途半端な気持ちより、ずっとコントロールが容易《たやす》いのです。

中井が、Jプロトコルの実権を握るか、Jプロトコルを潰すまで、あるいは、三つの暗号化方式の復号方法を公表するまで、中井はひとりだと思ってください

■二つ目のお願い

もう、どこかで、中井とすれ違うことがあっても、中井は私に気づかないね。名前もなくしてしまうし、ちょっと若返ったし、私としては美人になったと思います。

でも、私を見つけてほしい。私から、中井に近づくことはしません。これから先、私の名前を騙《かた》って、中井に近付いてくる人が出てくると思います。Jプロトコルは、私が整形手術をして、誰かに助けを求めて逃亡していることを、そのうち摑むでしょう。私の中井への気持ちに気がついていなくても、中井が高校の同級生だったことは、簡単な検索で分かるはずなので、「高校のときに一緒だった鍋島だけれど、いま困っていて助けてほしい」と言ってくる女がいたら、Jプロトコルの回し者だと思ってください。そのとき、最初に書いたように、私は、二人だけが知っている秘密を作れなかったので、中井に、私を見つけてもらうしかないのです。

それで、すごく我が儘なことを言うけど、一回だけでいいので、由記子さんには内緒で、渋谷《しぶや》のEverything but the Girlに連れて行ってください。小川理恵ちゃんが、大学生になったら、「優一と一緒に行くんだ」って自慢しているのを聞かされて、すごく悔しかった。いま思い出しても悔しい。どうして、預かったチョコレートを中井に渡したことにして、私のチョコレートだけを渡さなかったんだろうって悔しくなるし、「義理」だなんて言わなければよかったって、いまでも後悔しています。中井は、私の気持ちを分かってくれるって、自信過剰だったんだね。でも、小川理恵ちゃんとは、Everything but the Girl に行かなかったみたいだから、是非、私をエスコートしてください

このUSBメモリは、私のことを世話してくれた子に、香港のある場所に届けてもらうことにします。

名前や、家族や、顔を捨てて、亡命することになるなんて、考えてもみなかった。でも、中井に対する気持ちは捨てなくて済むので、心って便利だなと思います。だから、中井も、どうか安全な場所までたどりついてください。そして、できれば、この手紙が中井に届かなければいいと願っています

(さよならって書くと泣きそうだから)　再見　17/08/2005　Fuyuka

†

長い手紙を、二回、読み終えて、USBメモリをパソコンから抜き取った。

ぼくが、次にやるべきことは、LANケーブルをパソコンに繋ぐ前に、二十年間使い慣れたパスワードを変えることなのだろう。けれども、ぼくは、それをせずに、パソコンのメモパッド機能で返信を書くことにした。

『ひさしぶり。手紙、読んだ。ぼくは、大丈夫です。

二つだけ、伝えておく。

ひとつ目。渋谷のバーは、Everything but the Girlじゃなくて、Radio Daysっていう名前だった。店の入り口にあるスナフキンの人形にかけられた〝Everything but the Girl〟のプレートは、店の名前じゃなくて、酔っ払ったお客さん向けの注意書きだよ。

二つ目。あのさ、君が依頼している事項って、よく数えると三つじゃないかな。
①誰も信じないこと、②君を見つけること、③君をRadio Daysにエスコートすること。
ひとつくらい、おまけしてあげるけどさ。
また、どこかで
19OCT2009 U1
p.s. 君とこんなに長い話をしたのは初めてだね』

ぼくは、テキスト・ファイルを使い慣れたパスワードで暗号化する。そのファイルを、自分宛のメールに添付して、インターネットに送り出す。

占い師が言ったように、王として旅に出るならば、その旅が終わったときに、使い慣れたパスワードを変えようと思う。

vii Macau - Autumn

「董事長《ドンシィジョン》、Jプロトコルのタカギ副部長からお電話です。お受けになりますか？」

十月最後の火曜日の午前十一時、隣室にいる森川から、内線電話がかかってくる。

「回してください」

ぼくは、新聞に目を通しているだけだったので、退屈から解放された気分になる。

「中井です」

「高木だ。久しぶり」

「副部長に昇格していたんだ。おめでとう」

「どういたしまして。それより、携帯電話、替えたのか？　中井にかけたつもりが、部下の女性社員にかかったんで慌てた」

突然の電話に、内心、どんな用件なのだろうと思いながら、ぼくは、煙草に火を点けた。

「香港で仕事をするのに、いつまでも日本経由のローミング・サービスを使うわけにもいかないだろう」

「それもそうだな。ところで、いま、煙草に火を点けなかったか？」

「点けたよ」

「香港は、喫煙事情が厳しくなったって聞いたけれど、そんなこともないのか？」

「董事長室を使うのは、俺ひとりだから、禁煙も喫煙もない」

しばらく、電話回線の中を沈黙が流れた。

「もしもし……」

「なぁ、わざわざ、俺に自慢をするために、煙草に火を点けたのか？」

「自慢？」

「だって、そうだろ。電話をかければ秘書が出て、中井が部屋にいるのを知っているくせに、『ただいま所在を確認します』と言う。つまり、おまえが話したくなければ、さっきの秘書は、しゃあしゃあと『中井は来客中です』とかって、俺に言うんだよな」

「どこの秘書だって、それは同じだろ」

「で、まぁ、運良く、中井が電話に出てもいいと思うと、社長室で踏ん反《ぞ》り返っている、おまえに電話が繋がる」

「踏ん反り返ってはいない」

椅子の背もたれに身体を預けているだけだ。

「Jプロトコルだって、役員室が与えられるのは常務からだ。それでも、執務室扱いで禁煙だ」

「ここは零細企業だし、秘書からも、俺が煙草を吸うのに文句を言われたことがない」

「当たり前だ。社長に『執務室内は禁煙です』なんて言う秘書がどこにいる？」

「だったら、そんなに非難することもないだろう」

「俺が言いたいのは、そんなことじゃない。おまえ、おめでとうって言いながら、『自分は、社長室で踏ん反り返って煙草を吸える立場だけどな』って自慢するために、煙草を吸っているだろ」

ぼくは、習慣的に煙草に火を点けただけで、こんなに非難を受けるとは思わなかったので、素直に反省した。

「悪かった。今度から、受話器を上げる前に煙草に火を点けるから、秘書に、すぐには取り次がないように言っておく」

「なぁ……、それ、全く反省になっていないよ。おまえが煙草に火を点ける間、俺を待たせるってことだろ。反省というのは、本社の高木から電話が入ったら、最優先に取り次いでくれって伝えることだ」

高木の言うことも、もっともだ。

「で、何か用件があったんじゃないのか？」

「あまりの失礼さに、忘れるところだった。いま、バンコクにいて、夕方に香港に着く。少し話す時間がほしい。時間はあるか？」

「うん。高木も知ってのとおり、董事長室で煙草を吸うのが、俺の仕事なんだ。夕方には、それにも飽きる」

「そうか、じゃあ、夕方にタイ・エアで香港に着く。待ち合わせの場所を決めてくれ」

「ホテルを手配させるから、そこのロビーにしよう。希望のホテルはある？」

「その『手配させる』っていう言い方が気に入らない。それに、秘書嬢は、突然、仕事が増えて、俺の印象が悪くなる」

「なぁ……、俺が『郷に入《い》れば郷に従え』で仕事をしていることを非難するのに、もう五分くらい、国際電話回線を占有している。それに、俺にかかってくる電話の内容は、全部、秘書がチェックしているから、高木は、もうとっくに印象を悪くしているよ」

再び、沈黙が流れた。電話回線から、ハブ空港特有の雰囲気が伝わり、それが懐かしくなる。香港に赴任して約一ヶ月、ぼくは出張をしなくなっていた。

「そういうことは、先に言えよ……。じゃあ、空港で待ち合わせよう」

「了解」

「いまのやりとりで、社長を空港に呼び出すなんて失礼な奴だって、君は思っているんだろうけれど、私と中井は同期入社なんだ。しかも、出世競争のトップを争っている。今夕のTG七六一便で香港に着くから、社長のために到着時間とフライト状況を調べてやってくれ。それと、君にボスを気遣う心があるなら、社長室の灰皿は片付けた方がいい」

「はぁ？」

「いまのは秘書嬢への伝言だ。たぶん、少し印象が好くなった」

「きっと、かえって悪くなったと思うよ」

「くだらないことを話したおかげで、妻に電話する時間がなくなった……と言えば、秘書嬢も少し同情するか？」

ぼくは、森川を呼んで、スピーカーで通話をしようかと思い始める。

「ところで、何の用件？」

「俺の副部長昇格祝いだ。電話代がもったいないから切るよ。秘書嬢も、こんな戯言《たわごと》を確認して、お疲れさま」

高木は一方的に電話を切ってしまう。しばらく経つと、森川が、茶器を持って部屋に入ってくる。

「董事長にお取り次ぎする前から、十分に印象が悪かったですと、お伝えください」

彼女は、ポットから茶器に湯を注いで、茶葉を洗う。ぼくが赴任して四週間、彼女は、茶藝教室にでも通ったのだろうか。先週から、オフィスの給湯室には、本格的に過ぎると言ってもいい茶藝道具が揃っていた。彼女は、一旦興味を持つと、労力を惜しまない性格らしい。

「悪い奴じゃないんだよ」

「本社の副部長の高木だけど、って電話をかけてきたんです。失礼だと思いませんか。Jプロトコル香港の本社はここです。当社に、高木という方がいるとは知りませんでした」

「そうだね……」

「タイ・エアの七六一便は、十八時十五分に到着予定です。いまのところオンタイムです。五時半に、お車を用意しました」

森川は、茶葉を洗った湯を茶盤に流す。

「ありがとう。でも、エアポート・エクスプレスで行くから、車は断ってください。空港で運転手がドアを開けているところなんか見られたら、またひと悶着《もんちゃく》だ」

森川はうつむいて笑う。

「そんな感じですね。お食事は、どこにされますか？」

「インターコンチの欣圖軒《ヤントーヒン》かな……。空いていなければ、シェラトンかシャングリ・ラのレストランを予約してください」

「かしこまりました。近所のリカーショップで一番安いシャンパンを、レストランに渡しておきますので、秘書嬢からの昇格祝いだとお伝えください」

「彼が飲みたいものを注文するから、そこまでしなくていい」

「ラベルに『JPHKは、あなたのブランチではありません』とでも書いておこうかな……」

森川は、ぼくに返事をしないまま、部屋を出て行ってしまう。どうやら、高木は、よっぽど森川の癪《しゃく》に障ったらしい。

†

　高木は、相変わらず、ビジネスクラスで移動しているのだろう。香港国際空港の到着ロビーで、高木の乗ったフライトが到着したことを告げるランプが点滅してから、二十分も経たないうちに、税関を通り抜けてきた。ぼくは、彼に機場快線《エアポート・エクスプレス》のチケットを渡す。

「社長のお車じゃないのか？」

「嫌味かって言われそうだから、断った」

「中井は帰国子女か？」

　ぼくは、高木の質問の意図が分からずに、首を横に振った。

「小学校から大学まで、全部、日本の公立だよ」

「だったら、『断った』って言っちゃったら、それが嫌味だろ。『プライベートでは使えないんだ』っていうのが、日本人が古来大切にしてきた細やかな気遣いだと思わないか」

　結果が同じなら、車を断らなければよかったと思う。社用車の中なら、煙草を吸えた。

「まっ、いずれにしても、断ったけどな」

　ぼくは、高木を振り返って、首をかしげた。

「東亜印刷とJプロトコルとは関係のない場所で、二人だけで話したい。もちろん、Jプロトコル香港とも関係ない場所だ」

「秘書嬢が、高木の昇格祝いにと、インターコンチの欣圖軒に予約を入れて、彼女のポケットマネーでシャンパンを用意してくれている」

「悪いけど、断ってくれ。ちょうど、インターコンチに泊まるから、中井との話が終わったら、シャンパンは、部屋に届けてもらえれば十分だ。日本語の通じない店で話したい」

電話での口調と違い、高木は、有無を言わせない雰囲気だ。

「何か、香港で食べたいものはあるか？」

「機内食で、トムヤムクンとホワイト・カレーを食べたばかりだ」

キャセイ・パシフィックのエコノミークラスでは考えられない食事だ。それこそ、嫌味だよと言いたいところだが、ぼくは、その言葉を呑み込んだ。

「じゃあ、ペニンシュラのザ・バーでいいか？」

「そのバーは、Jプロトコル香港が経費で使っている店か？」

「残念ながら、領収書をもらうことが、マナー違反になるバーなんだ。でも、他人に聞かれたくない話をするなら、香港では安全な場所だ」

「了解」

ザ・バーのカウンター席に落ち着いて、ぼくは「フェイク・リバティ」を注文する。

「フェイク・リバティってどんなカクテル？」

「この店のオリジナル・カクテル」

「じゃあ、私にも同じものをください」

バーテンダの仕事を眺めながら、高木が首をかしげる。

「このバーで、ダイエット・コーク入りのキューバリブレを注文できなかったから、新しいレシピのカクテルとして作ってもらった。その責任を取って、命名権をもらった」

「で、中井が考えたのは『偽物の自由』なのか」

「悪くないだろ？」

「うん。そういうとこは、気が合うんだけどなぁ……」

「それって、気が合わないって言っているのと変わらないよ」

「俺は、同僚からの電話を受けるときに、秘書に取り次がせたうえに、社長の椅子に踏ん反り返って、煙草まで吸ったりしない。しかも、それを無断で録音するような失礼な奴と気が合うと思うか？」

「それが左遷先の仕事なんだよ。あとで、香港で使っている携帯電話の番号を言うから、今度から、そっちにかけてくれ。個人契約の電話だから、秘書も通らないし、董事長室から出れば、録音もされない」

「了解。で、店が空《す》いているうちに、本題だ」

「あぁ、そうだったね。改めて、副部長昇格おめでとう」

ぼくは、フェイク・リバティのグラスを差し出して、乾杯を求める。高木は、呆れた表情で、グラスに手をかけている。

「なぁ……、自分の昇格祝いをしてもらうために、香港くんだりまで来る馬鹿が、どこにいると思う？」

「自分でそう言っただろ」

「電話の内容を録音しているからだ」

訳が分からずに、一旦、グラスを置いたぼくに、高木は、自分のグラスをこつんとぶつけて、フェイク・リバティを一口飲む。

「いいカクテルだ。俺が飲んだキューバリブレの中では、一番美味しい」

ぼくは、黙っていた。

「人事異動のホームページに載らずに、会社を辞める方法を知っているか？」

高木の唐突な質問に、ぼくは首をかしげた。

「懲戒免職でも受ければいいのか」

「馬鹿だな。懲戒免職を非公開でしているなら、秘密警察と同じだ。だいたい、Jプロトコルでは、設立以来、懲戒免職に至った例はない。一番悪かった例でも、四年前の諭旨《ゆし》免職だ。それも、『依願退職』とは書かれず、単に『退職』だ。ちなみに、在籍中の病死、事故死は、退職扱いで、訃報一覧にも、所属・役職と氏名が公表される」

「人知れず、会社を辞めるのは難しいってことか？」

「そのとおり。俺の知っているかぎり、社内に公表されずに会社を辞める方法は、失踪するか、自殺するかのどちらかしかない」

「詳しいね」

「管理職昇格後のスタッフ部門が人事部だった。中井は？」

「経企《けいき》だ」

「マラソンだったら、二番手で追っかけてくる奴がいなくなって、順位は落ちないけれど、タイムを出せなくなるって展開だな」

「それって、俺と変わらないくらいの自慢話に聞こえる」

「それが、自慢話じゃないから、香港に来たんだけどね」

　ぼくたちは、二杯目のフェイク・リバティを注文する。

「俺としては、あとどれくらい、後ろを気にせずに流せばいいのかなと思ったんだけどさ」

「俺の予想では、そんなことを気にしなくても、高木は役員になると思うよ。うまく行けば、Jプロトコル採用の初プロパー役員だ」

「ありがとう、と言っておくか……。でも、そんなことを考えていたら、Jプロトコル香港に出向した社員って、出向復帰の人事を見たことがないなって、ふと思ったんだ」

　ぼくは、高木の伝えたいことを、予想できないままでいた。

「居心地がいいから、出向復帰を希望しないんじゃないのか」

「暢気《のんき》な奴だな。それなら、退職なり転籍の人事が出るだろ。第一、中井、おまえの周りに、Jプロトコルから出向してきた社員とか役員っているのか？」

「伴の他は、現地採用の女性社員が五人いるだけだ」

「そのとおり。で、人事部のときの後輩に頼んで、大奥のPCをこっそり使わせてもらった。データベースのアクセス・ログを消す方法は知っていたんだが、プリンタのログを消す自信がなかったんで、汚いメモだけど、読んだら捨ててくれ。Jプロトコル香港でなく、ホテルのビジネス・センタで、シュレッダーに入れてくれ」

そう言って、高木は、三つ折にされたリーガル・パッドの一枚を、ぼくに渡す。

丸山隆　二〇〇四年五月　本社営業統括部、上席部長より出向　副薫事長。
二〇〇五年七月　カジノでの公金使い込みの内部告発後、香港市内の自宅で服毒自殺。
本人自殺のため、懲戒処分は不問。警察に届けるが不起訴処分。

鍋島冬香　二〇〇二年九月　HKプロトコルに採用　HKプロトコル・技術フェロー。

Jプロトコル香港の設立時より、技術経理を兼務。

二〇〇五年七月より無断欠勤。

技術部門の責任者となったが、成果を出せずに、精神疾患があった模様。

二〇〇六年七月、失籍扱。


張乗常（CHANG Ping-chang）　二〇〇四年九月、現地採用。一般事務。

二〇〇五年八月、香港市内の自宅で自殺未遂。

鍋島冬香との不倫関係にあり、恋人の失踪を苦に自殺を図ったと思われる。

別居中の夫人により発見され、病院に運ばれたが、多臓器不全で死亡。

鈴木典光　二〇〇五年八月　官公庁ＩＣＣ営業部、部長より出向　薫事。
二〇〇七年二月　香港市内の夜総会で知り合った女性に公金をつぎ込んで、
ＪＰ本社での聞き取り調査後に、都内のビルより飛び降り自殺。
本人自殺のため、懲戒処分を見送り。警察に届けるが不起訴処分。
村田肇　二〇〇七年三月　セキュリティＩＣＣ営業部、副部長より出向　薫事。
二〇〇八年四月　香港市内の自宅浴室にて死亡。
死亡時、体内より多量のアルコールを検出。
事故死、自殺の双方で調査するが、香港市警は事故死と判定。
死亡後、公金横領が発覚するが、本人死亡のため、懲戒処分を見送り。
警察に届けるが不起訴処分。
中井優一　二〇〇九年十月　交通系ＩＣＣ営業部　部代より副部長職に特進後、出向。
薫事長。
着任直後より、現地採用社員の陳霊（中国籍、香港永住権所有者）と男女関係を持つ。
ＴＢＤ
「高木……、董事の『董』に、連火《れんが》はいらない。これじゃあ、『くんじ』だ」

「なぁ……、俺が苦労して東京から持ってきたメモを見て、最初に話すことがそれか？」

「とりあえずさ……、誤字は誤字として指摘しておかないと」

ぼくは、しばらく、リーガル・パッドの一枚を眺めた。

「いま、いくらの金を動かしている？ 言わなくていいから、その紙の端にでも書いてくれ」

ぼくは、〝HKD50M ≒ JPY600M /month〟と走り書きした。

「そりゃ、人の何人かは殺《あや》めるよな。このメモの検索条件は、Jプロトコル香港に採用・転入の記録があるにもかかわらず、退職・転出の記録がなくて、かつ、在籍中になっていない者だ。つまり、人事情報には載らずに、会社を辞めた社員・役員ってわけだ。まぁ、二人目と三人目は関係なさそうだけどね」

「そうだね……、精神疾患のうえに不倫関係だったんだからね」

ぼくは、鍋島冬香の名前を見ながら、何もできなかった自分に寂しくなる。四年前、彼女は、ぼくのすぐそばまで来てくれていたのに、ぼくは、彼女に気づくこともしなかったのだ。

「問題は、そこじゃないだろう。検索条件を、ちゃんと聞いていなかったのか？」

「聞いたよ。簡単に言うと、Jプロトコル香港で自殺ないし失踪した奴ってことだろ」

「そこに、自分の名前があるんだぞ」

「見れば、分かる」

「TBDの意味を分かっているか？ 〝To Be Determined〟、つまり未定っていう意味だ」

「本社スタッフの略語くらい、いちいち説明してくれなくても、知っている」

ぼくと高木は、しばらく交わす言葉もなく、フェイク・リバティを飲んでいた。

「早く、香港から逃げろ。バンコクの出張中、ずっと考えていたけれど、それしか言えない」

高木は、ロングドリンクに残った氷を眺めながら言う。

「逃げて、どうする?」

「この取締役三人が、本当に自殺なんかしているわけないことくらい、おまえだって分かるだろ。いいか、Jプロトコルは、子会社の帳簿のインバランスが臨界点になると人を殺す。警察に届けても『死人に口なし』で、捜査に協力することもないだろうし、社内の処分も公表しない。ならば、逃げてしまえば、追っかけてもこないし、警察に捜索願を出すこともない。『公金横領が発覚しそうになったため失踪。本人不在のため懲戒処分見送り』で片が付く」

「事実を知った後じゃ、逃げても追っかけてくるだろう。俺が失踪すれば、当然、Jプロトコルは、どこかで事実を暴露されることに怯《おび》える」

「それなら、すでに三人も殺した奴らに、『自分の身に何かあったときは、弁護士が事実を公表するよう手配している。ついては、別の生《い》け贄《にえ》を香港に送ってくれ』と言ってみるのか? それで『はい、そうですね』って納得してくれると思うか?」

高木のシナリオを聞いて、そういう手もあるんだなと思う。相変わらず、都合のいいシナリオを作るときには、頭の回転が速い男だ。

「ひとつ、訊きたい」

「なんだ？」

「どうして、俺のために、こんなリスキィなことをする？　このメモだって、筆跡を見れば高木のものだって、分かる奴は分かるよ」

そう言いながら、ぼくは、鍋島の手紙を思い出していた。彼女は、顔を包帯に覆われて、ぼくに「Jプロトコルを潰してほしい」と訴えたのだ。ぼくと同じ職場になるかもしれないと、軽い思いつきで始めた仕事のために、いつまで逃げ続けなくてはならないのかも分からず、顔を変えて、亡命をしなくてはならない不安は、どれくらいのものだったろう。包帯に覆われた中で、泣くことはできたのだろうか。いつJプロトコル香港に寝返るか分からないブローカーにしか頼ることができずに、ホテルの部屋に閉じこもっていなければならなかった、その彼女の気持ちに対して、ぼくは逃げることしかできないのか。

「どうしてかなぁ……」

「同期入社といっても、一緒に飲んだのだって、ホーチミン・シティで一回しかない俺に、ここまでする必要を感じない」

二杯目のフェイク・リバティが、黙って、ぼくたちの前に置かれる。

「俺はさ、統一鉄道の終着駅で、スーツ姿に椰子《やし》の実を抱えて、キャンセル・チャージに文句を言っているような奴が、わりと好きなんだよ。喰えそうで喰えない」

「なんだ、それ？」

「一応、褒めてやっている」

「じゃあ、俺は、逃げない」

「このまま、その陳っていう女と心中するのを待つのか？　男らしくないとか、やり方が気に喰わないとか考える前に、まず逃げろ。ＴＢＤっていうことは、近々、手配するってことだ」

「ここで逃げたら、高木ともう飲めなくなるだろ」

　ぼくは、ロングドリンクを持ちながら笑った。鍋島は、安全な場所に行けるまでは、誰も信じてはならないと警告してくれた。高木から渡されたメモだって、「そろそろ、自殺が繰り返されるのにも、警察当局が疑問を持ち始めたから、今度は失踪にしよう」という、Ｊプロトコルのシナリオかもしれない。でも、ぼくは、そのときの高木を疑えなかった。だから、少し笑った。

「悠長なことを言っている場合じゃないって、分からないのか？　俺と飲みたいなら、まずは逃げて、落ち着いてから連絡しろ」

「事が片付いたら、連絡する。またブリーズ・スカイ・バーで飲もう。でも、逃げない。俺にも、いろいろ事情があるんだよ」

「殺されてもしょうがないほどの事情なんてあるか？」

「それがあるんだよ」

高木はうつむいて、褐色のロングドリンクを眺めている。しばらく、古いバーの中に沈黙が流れる。

「まぁ、だから、俺もこのメモを持ってきたのかもな……」

「俺を試すために？」

「そんな失礼なことをするのは、社長の椅子に踏ん反り返って、煙草を吸いながら電話を受ける奴だけだ」

「だから、踏ん反り返っていないって」

「もし逃げないんだったら、こんな仕組みは、中井で最後にしてくれ」

一瞬、ぼくも同じように思ったが、少し違うような気がする。

「なぁ……、それって、失礼じゃないか？」

「どうして？」

「このリストの下から二番目の村田何某《なにがし》っていう奴で最後にしてくれって言うのが、一応の礼儀だ」

「それもそうだな。失敬」

バーに、二人組の日本人客が入ってくる。

ぼくは、リーガル・パッドの一ページを畳んで、上着の内ポケットに入れる。日本人客のおかげで、この話は終わりだ。

「ペニンシュラって、中国にもあるのか？」

「ここも中国だよ」

「知っている。そんな意味で言ったわけじゃないくらい、理解しろよ」

「北京《ペキン》と上海《シャンハイ》にある。ついでに言っておくと、東京にもある」

ぼくが、そう言うと、高木は、バーテンダに美味しいカクテルをご馳走になった礼を、英語で言う。

「もし、あなたが、北京のペニンシュラのバーテンダと連絡を取る機会があったら、タカギという日本人が、フェイク・リバティというカクテルを、北京で飲みたがっていると伝えてください」

「公安部が顔をしかめます」

バーテンダは、真っ白な布巾でカクテル・グラスを磨きながら、高木に向けて小さく笑う。

「二つの帝国主義国に対する嫌味です。私は、安全な場所で踏ん反り返っている奴が嫌いなんです」

「それって、俺のこと？」

「そうもしていられないことは、今夜で十分に分かっただろ」

ぼくは、チェックアウトのために、両手の人差し指でぼってんを作った。

†

ぼくは、高木をインターコンチネンタル・ホテルまで送った足で、天星小輪《スターフェリー》で香港島に渡り、澳門《マカオ》行きフェリーピアまでifcのアーケードを歩いた。時刻は八時。まだ、香港と澳門を結ぶフェリーが、十五分間隔で運航している。火曜日の夜だというのに、フェリーの普通船室はカジノに行く客で混み合っていた。香港を出て十分もすると、きらめく夜景はどこかに消えて、進行方向右側の岸に、ところどころ家の光が見えるだけになる。カジノのぎらぎらとしたネオンが見えるまでの一時間少々は、フェリーのエンジン音だけが聞こえて、階下の普通船室から、カジノに向かう客の黒ずんだ欲望のかたまりが感じられた。

ぼくが、澳門に行こうと思ったのは、衝動的な思いつきだった。あるいは、自分のホテルに戻ると、すでに手配された暗殺者と鉢合わせしてしまいそうで、香港から逃げ出したかっただけかもしれない。ぼくは、アッパークラスのリクライニング・シートを倒して、自分がすべきことを整理する。鍋島の言うとおり、ぼくが安全な場所に行くためには、Jプロトコルの実権を握るか、Jプロトコルを潰すかのどちらかしかないのだろう。高木に啖呵《たんか》を切ってみたものの、実際には、何も思いつけなかった。鍋島からの手紙に書かれたひと言、ひと言が、気持ちの中に染み込んでいくのを感じるだけだ。

澳門に着いて、目指すホテルに向かうタクシーの中で、由記子に電話をする。

「こんばんは。いま、電話しても問題ない？」

「うん、こんばんは。電話は大丈夫。夕ご飯が終わって、自分の部屋にいるから」

由記子は、来週には香港に来る予定になっていて、すでに東京の部屋を引き払い、金沢の実家で過ごしている。

「今日は何かした？」

「無職のうえに上げ膳据え膳で、少し太っちゃったから、一日かけて金沢城と兼六園《けんろくえん》をくまなく散歩してみた。もう雪吊りの準備が始まっていたよ」

いつか、二人で雪の兼六園に行こうと話していたけれど、お互いに結婚をする意思がなく、由記子の両親がいる街に二人で旅行することを避けてきた。二人で行けば、由記子は実家に泊まることになるだろうし、夕食を外に食べに行くとなれば、彼女の両親との会食になってしまうだろう。そうかと言って、ひとりで夕食をとり、ビジネス・ホテルに泊まるほど、ぼくにとって金沢は魅力的な街でもない。仕事を辞めて、香港に行くことを、由記子は両親にどう説明しているのだろう。彼女の両親からすれば、ぼくが金沢まで由記子を迎えに行くのを当然と考えているかもしれない。

「どこか、移動中？」

「うん、澳門のタクシーの中」

「ねぇ、もしかして、カジノによく行っているの？」

「ううん、香港に来てから初めて澳門に来た。香港の夜に、少し飽きたんだ」

「優一は、賭け事に向かないよ」

「十分に自覚しているから、安心していい。ちょっとね……」

「ちょっと、どうしたの？」

自分で、そう言って、ぼくは、あの占い師に会うために、澳門を選んだのだと気づく。差し向けられた暗殺者に会いたくないだけならば、高木とバーで別れてから、そのままペニンシュラ・ホテルに部屋を取れば十分だった。いくら、Jプロトコルでも、アジア屈指の名門ホテルで、殺人を犯すことはないだろう。

「ん？　カジノの事前調査」

「優一は、電話でも嘘がつけないね。来週には、私がそっちに行くんだから、そのときに、私の知らない優一に会いたくない」

「分かっている。ぼくは、何も変わっていない」

「カジノに行くのを駄目とは言わないけれど、程々にね」

「了解。あのさ……」

「うん、何？」

「香港のホテルなんだけれど、この前、由記子に言ったホテルを変えようかなと思っているんだ」

「私は、香港に二回しか行ったことがないから、どこでもいいよ。できれば、日系のホテル・ニッコーがいいけれど、優一はあまり好きじゃないんでしょ？」

「どうもね……。新しいホテルが決まったら、また連絡する。そろそろ電話、切るね」

「その前に、早く私に会いたい、とかって言ってくれないの？」

「ん？　この一ヶ月、いつも、そう思っていた」

「一回の電話で、二回も嘘をつかなくてもいいのに……」

いったい、由記子は、ぼくのどこを見て、あるいは何を聞いて、それを見抜いてしまうのだろう。

「でも、いまはそう思っている」

「うん。ありがとう。またね」

由記子との電話を切るのを待っていたかのように、タクシーは、老人たちの学校のようなホテルの車寄せに滑り込む。ぼくは、フロントに行き、予約はないが一泊したい旨を告げる。緋色のジャケットを纏《まと》ったフロントの女性は、ルーム・チャージの先払いを条件に、部屋を用意してくれた。

ぼくは、部屋で一服してから、グランドフロアの回廊に向かう。

エレベータを降りて、娼婦たちにしか見えない境界線を越えると、何人かの女の子がすぐに声をかけてくる。ぼくは、彼女たちを適当にあしらいながら、黒髪の彼女を捜す。彼女たちは、いったいどれくらいの期間、このホテルで仕事を続けられるのだろう。もう、大陸に帰ってしまっているかもしれない。娼婦たちが散歩するあたりをひと廻りして、目当ての彼女がいないことを知ってから、ぼくは、英語が通じそうな女の子の誘いに足を止める。

「うーん、ストレートの黒髪で、英語がしゃべれる女の子を捜しているんだ。背丈は、ぼくより、少し低いくらいかな……」

商売敵《がたき》の女の子を紹介してくれ、というのも失礼だなと思いながら、他の手を思いつかなかった。ぼくは、髪の長さを手で示してみせる。

「それなら、ソフィかな」

ぼくの無礼さに、彼女は意外なほど無頓着に応えてくれる。

「まだ、いるかな?」

「さっきまでいたけれど、ここ三十分くらいは見かけないから、いまは仕事中かも……」

「予約って、できるの?」

「二百パタカで請け負ってあげる」

「了解」

ぼくは、財布から百香港ドル札を三枚出して、彼女に渡す。

「二百でいいよ」

「うん。百パタカはチップ。あそこの餐廳《ツアンテエン》で待っているって伝えてほしいんだ」

「多謝《ドーゼイ》」

商談が成立しなかったのを見計らってぼくに近づいてくる女の子に、彼女は、何かを言って立ち去ってしまう。ぼくに近づきかけた女の子は、「チュマ」とだけ笑顔を向けてすれ違っていく。彼女たちには、彼女たちのビジネス・コードがあるのだろう。ぼくは、餐廳に入って、マカオビールと雲呑麵を注文する。そう言えば、高木と食事をするつもりだったので、昼食以来、何も食べていなかった。雲呑麵《わんたんめん》を食べ終えて、小籠包《しょうろんぽう》をつまみに三本目のマカオビールを飲んでいると、ソフィと呼ばれる黒髪の女の子が、ぼくの前に立っていた。店に入ってくる客を見やすいテーブルに座ったつもりだったのに、ぼくは、彼女が目の前に立つまで、それに気づかなかった。

「やぁ……、你好《ネイホウ》」

「私をリザーブしてくれるなんて、どうしたの？」

ぼくは、テーブルの向こう側の席を彼女に勧めて、新しいグラスを頼む。

「何か食べる？」

「ごめんなさい。仕事が終わったばかりのときは、何も食べたくないの」

会ったばかりの知らない男の相手をした後なら、何でもいいから食べて気分を紛らわしたいか、何も食べたくないかのどちらかだろうと思う。そして、前者のタイプなら、この仕事は長続きしないのだろう。ぼくは自分の思いやりのなさを反省する。

「一時間でいいから、君と話をしたかったんだ」

「私の仕事、知っている？　いま、わりとプライムタイムなんだ」

「知っているよ。一時間、いくら？」

「さっきの子から、前金で百パタカもらったから、あと八百パタカ」

「了解」

ぼくは、自分のグラスにあったビールを飲み干して、彼女に連れられて、迷宮のようなホテルの一室に入った。良心的な女の子たちだなと思う。それほど広くない部屋は、ベッドメイクは終わっていたけれど、まだ前の客の気配が残っていて、好い気分がしない。彼女が、二つあるベッドのひとつを指差すので、ぼくは、そこに腰掛けた。彼女は、隣のベッドに腰を下ろす。

「そっちは仕事用。こっちは自分用」

彼女は、二つのベッドを交互に指差しながら笑う。

「なるほど。煙草、吸ってもいいかな？」

「どうぞ。私にも、一本もらえる？」

ぼくは、煙草を差し出して、部屋を見回す。

「アサシンなんて、どこにも隠れていないから、安心して」

「アサシン……、それって、ヒットマンのこと？」

「そう。だって、そんな顔で、部屋をじろじろ見ているから」

「普通、こういうときに心配するのは、警察とか、英語でなんていうのかな……つまり、もっとお金を要求する君のバディじゃないの？　日本語ではツツモタセって言うんだ」

「でも、あなたが、いま、心配しているのはアサシンでしょ」

「まぁ、そうなんだけれどね……。君の言ったとおり、旅に出なきゃならなくなった」

「あなたって、間抜けなの？」

「どうして？」

「だって、もうとっくに旅は始まっているのに、その自覚がないんだもの」

「王として？」

「そう、あなたには王としての自覚もない」

「王様のような暮らしはしているけれどね。ホテルに住んで、毎日、運転手付きの車で高級レストランに通っている」

「そんなのは、誰かのマリオネットでしょ。君の言う王とは違う」

「そう自覚したんで、君に会いに来た。私の言った王になるにはどうしたらいい？」

「あなたは、もうクラウンを手に入れたと思っていたけれど、違うの？」

ソフィの言う「王冠《クラウン》」とは、何のメタファだろう。ＨＫプロトコルの株式だろうか。それとも、彼女は、ぼくが鍋島から受け取ったＵＳＢメモリのことまで知っているのだろうか。

「本当の王はあなたなのだから、クラウンを失ったのに、王座に居座っている男を殺めればいいだけ」

彼女は、こともなげに、人を殺めればいいと言う。

「ぼくは、どこにでもいるオフィス・ワーカーで、人を殺したことなんかないんだ」

「私だって、そうよ。たいていの人は、人を殺したことなんかない。流れに任せているだけなのに自由を気取っている旅行者なら、それでいいかもしれない。でも、あなたが王として旅を続けるんだったら、あなたにできることはすべてしなきゃならない。そう思わない？」

ぼくは、「誰かを殺す」というのも、何かのメタファであればいいと思いながら、反対側のベッドに腰掛けるソフィを眺める。最初に彼女に会ったとき、彼女のどこが、ぼくに鍋島を思い出させたのだろう。鍋島の手紙には「少し若返った」と書いてあったけれど、ソフィは、三十八歳の女性が、どう整形手術をしても戻れない若さを持っている。

「あのさ、ソフィは、ナベシマ・フユカっていう、日本人を世話したことがある？」

ソフィは、小さく笑って、首を横に振る。

「仮に、あなたの言う日本人と仕事をしたことがあっても、それを言わないのが、この仕事の最低限のプロトコルよ。私は、あなたの名前を知らないけれど、あなたが名乗ったとして、それを誰かに伝えていたりすれば、あなたにとって迷惑な話でしょう」

「そうだね」

ぼくは、サイドテーブルにある灰皿で煙草の火を消して、うつむき加減にぼんやりした。ソフィの美しい脚が視界に入ってくる。細く、まっすぐな脚だ。

「まだ、時間があるけれど、私を抱く？」

「ううん……。君に魅力がないというわけじゃないけれど、そんな気分にならないんだ」

ぼんやりとした視界の中で、彼女の美しい膝頭《ひざがしら》が床に向かって落ちていき、ソフィが、ひざまずいてぼくを見上げる。

「何？」

「あなたは、大丈夫よ。きっと、旅を続けられる」

ソフィの両手がぼくの両耳に当てられる。キスをするのかなと思ったけれど、彼女はぼくを見つめるだけだった。

「パスポートと航空券を手配してくれるブローカーを紹介してほしいんだ」

「ごめんなさい。私は……、私に限らず、このホテルにいる女は、この街の底辺みたいな存在なの。この街では、一応、売春が正規の商売として成立しているけれど、それはちゃんと警察と合意ができている店の話で、私たちは、そのシンジケートにさえ載れない。だから、自分を手配しているブローカー以外と付き合うのって、とてもリスキィなの。あなたの望むブローカーが、大陸から女の子をここに連れてくるブローカーなら紹介できるけれど……」

「うん、ごめん」

ぼくは、彼女を取り巻く事情がなんとなく理解できて、無理を言ってしまったことを謝った。

「謝る必要はないけれど、私はパスポートを作るようなブローカーとは付き合えない。私は暗闇の底で蠢《うごめ》いているだけの存在なの。光は闇、闇は光なのよ」

ソフィの両手が耳に当てられているので、彼女の声は遠くから聞こえるような錯覚を持つ。

「どういう意味？」

「明るい場所にいるあなたには、暗闇は暗闇としてしか見えないけれど、暗闇からは、明るい場所がよく見えるっていうこと」

ソフィの顔がゆっくりと視界を覆って、短いキスをしてくれる。仕事用のキスではないことが、はっきりと伝わる優しいキスだった。彼女は、唇が触れるか触れないかのところで動きを止めたまま、小さな声で伝えてくれる。

「あの亡命王子なら、その手のブローカーは、いくらでも紹介してくれるよ。望むなら、王座に居座る偽の王を消し去るアサシンだって、手配してくれる」

げる。

そう言うと、ソフィは立ち上がり、「はい、お終《しま》い」というような表情をして、首をかし

「ありがとう」

「どういたしまして。私としては、割のいい仕事だった」

ぼくは、財布の中を確かめるけれど、八百香港ドルになる紙幣の組み合わせがなく、彼女に千香港ドル札を渡す。

「こういうところでは、おつりを出さないのが普通なんだけれど……」

「知っている。でも、持ち合わせがない」

「じゃあ、今度、私を選んでくれたときに、二百パタカ、おまけしてあげるね」

ぼくは、ベッドから立ち上がって、迷宮のような廊下へ続くドアに導かれる。

「エレベータまで送る？」

「ううん、ひとりで行ける。今夜は、ありがとう」

「こちらこそ」

ぼくは、複雑に曲がりくねる廊下を歩いて、ソフィの部屋に来たときとは、たぶん違うエレベータを見つける。グランドフロアまで降りて、そのまま、ホテルの外に出た。通りを挟んで聳《そび》え立つ、蓮を象《かたど》った高層ホテルを見上げて煙草に火を点ける。ソフィは、暗殺者さえ手配できると言う。けれども、ぼくは、彼女にブローカーを紹介してほしいと頼んだとき、それを自分自身の手で実行しようと思っていた。最初の気持ちに従おうと決めて、ぼくは、

名刺入れに畳んで入れてあった紙片を取り出して、携帯電話のボタンを押す。呼び出し音は七回続いた。

「喂《ワェイ》」

電話の向こうの短い声から、警戒心が伝わる。

「你好。ナカイです。先日、あなたから株式を買った者です」

「リーです。こんばんは」

「深夜に、突然、申し訳ありません。お願いしたいことがあって、電話しました。いま澳門にいます」

「ええ、構いません。それに、この街では、まだ深夜というには早い。どんなご依頼でしょう?」

「お会いして、お話ししたいのですが、今夜か明朝にでも、お時間をいただけますか?」

「一時間後に、私の滞在するホテルにお越しになることはできますか?」

相変わらず李の日本語は正確だ。

「可能です。ありがとうございます」

ぼくは、腕時計を確かめる。午後十一時半。李の言うとおり、この街の夜が折り返すまでには、まだ時間があるのかもしれない。

「では、フロントにそのように伝えるので、ナカイさんのお名前を言ってください」

「分かりました」

ぼくは、電話を切って、もう一度、李が暮らす高層ホテルを見上げる。

李との約束の時間まで、ぼくは、古いホテルの部屋で、ベッドに身体を預けて、天井を眺めていた。どうも、高木のように、うまいシナリオを考えられないなと、軽い劣等感を覚える。でも、ソフィが言うように、すでに旅が始まっているのならば、そろそろ、ぼくも王にならなくてはならない。

老人たちの学校のようなホテルから、高層ホテルに向かって通りを渡り、ぼくは、きらびやかなエントランスの天井を眺めた。約束の時間にはまだ十分少々の時間があったが、気がつくと、李と最初に会った日に、ぼくと伴を案内した女性が隣に立っていた。豪奢なスィートルームに長期滞在をすれば、専属のバトラーが配されるのかもしれない。彼女は、相変わらず背筋を伸ばして、ぼくの横に立っていた。

「ナカイ様、お待ちしておりました」

「你好」

ぼくは、前回と同じように、セキュリティ・チェックに案内されて、行き先の分からないエレベータに乗る。出迎えてくれた李はタキシードを着ていた。

「こんばんは、ナカイさん」

「こちらこそ、突然のお願いを快諾してもらって助かります」

ぼくを案内した女性を部屋の外に残して、タイパ島を見渡すリビングに通される。

「澳門は、お仕事ですか?」

「今月から香港で仕事をしています」

「そうですか。私は、退屈なパーティが終わったところなので、お会いできてよかった。少し、飲むのに付き合ってもらえませんか?」

「ええ」

李は、ミニバーというには贅沢すぎる棚から、日本製のウィスキィとショットグラスを手にする。

「ナカイさんは、どのようにして召し上がられますか?」

「ロックでお願いします」

北海道にある蒸留所の名前のウィスキィだ。差し出されたオールドファッションド・グラスの中で、氷を振ると、力強い香りを感じる。

「澳門では、スコッチ・ウィスキィは簡単に手に入るんですが、これはなかなか売っていないんです」

「あまり、需要が見込まれないからでしょうね。今度、日本に帰ることがあったら、お持ちします」

「お気遣い、ありがとうございます。十二年ものより、八年ものの方が、強さがあっていい」

言葉遣いは丁寧でも、他人から、何かをもらうことに抵抗を感じていない口調だった。

「ウィスキィの話はさておき、ナカイさんのご依頼を伺いましょう」

ぼくは、うなずいて、氷の冷たさが行き渡ったウィスキィをひと口飲んだ。

「私は香港にいることにして、私ではない私が日本に一時入国したい。パスポートと航空券を用意してくれるブローカーを紹介してもらえませんか？」

李は、ショットグラスに新しいウィスキィを注いで、ぼくを見つめた。

「ナカイさんは、そういった部類の人だとは思っていませんでした」

本当にそうだろうか。李は、ＨＫプロトコルを幽霊会社だと思っていたのだろうか。

「そういう事情ができました」

「その事情を伺っても構いませんか？」

「ある人物を殺します」

そんな言葉を、淀《よど》みなく言える自分に驚かされる。

「物騒ですね」

そして、鍋島がブローカーに渡したというＨＫプロトコルの株式は、偶然にカジノで見つけたぼくに譲られたものなのだろうか。

「自分でもそう思います。今度、李さんにお会いするときは、もっと和《なご》やかな話をできるものだと思っていました」

「失礼ですが、ナカイさんは、人を殺したことがありますか？」

「いいえ」

「それなら、多少の金はかかりますが、直接、殺人を依頼されても構いません。日本には、私の指示で動く者が、まだ何人かはいます。所謂《いわゆる》、鉄砲玉という存在です」

彼のまっすぐな視線をかわすために、ぼくは、タイパ島を見渡す窓を向く。そこには、ひと月前、偶然からここに立ち寄った自分と同じ姿が映っていた。

「仕事で、役所の高官や王族への仲介をブローカーに頼んだことはありますが、どれも合法的な範囲です。こういったことを依頼するのは初めてです」

「たいていの方はそうです。澳門には、日本人をカジノの高額テーブルに案内するブローカーが数多《あまた》いますが、まぁ、合法的な範囲です。イリーガルな依頼をする日本人は、ほとんど聞いたことがありません。まして、自らの手で殺人を犯したいという日本人は、他人から聞いた話も含めて、初めてです。なぜ、ナカイさん自身が、殺人をしなくてはならないのですか？」

「いま、私はある企業から殺されかけています」

ぼくは、ひと月前と何も変わらない外見の自分を眺めながら、言葉を続ける。

「黙って殺されるつもりもないし、遣り残していることもあります」

床から天井まで続く窓に映る自分の外見は、何も変わっていないけれど、自分が旅の途上にいることを思い知らされる。ぼくは、李に視線を戻して、しばらく沈黙に自らを委ねた。

「あなたは、私が最初に持った印象どおりの人ですね。法螺《ほら》吹きでも小心者でもなく、興味のなさそうな顔をしながら、必要とあらば、壊れかけた石橋を細心の注意を以《もっ》て渡ろうとする」

「褒めていただいたなら、ありがとうございます。でも、あなたが、最初にカジノで私に気づかれたとき、私は、あの金を必要としていたわけではないので、『必要とあらば』というのは余計かな」

もし、あの夜にカジノで勝たなければ、ぼくの旅は始まっていなかったのではないかと思う。それ以前に、旅が始まっていたのだとすれば、あの夜に、キャセイ・パシフィックの到着地を変えてしまうだけのシナリオ・ライターが、どこかに隠れているのだろう。

「分かりました。ナカイさんのパスポートとボーディング・チケットは、私が手配しましょう。ただ、いまは香港でお仕事をなさっているんですよね？」

「そうです」

「それならば、ナカイさんが、日本に一時入国する間、ナカイさんのパスポートだけが香港にあるのはリスキィです。香港で、普段どおりにお仕事をしながら、日本に一時入国したいというのであれば、私の勧めるとおり、殺人も第三者に任せた方がいい」

彼の言うとおりだなと思う。やはり、ぼくには向かないのかもしれない。

「日本に一時入国する具体的な日程は決まっていますか？」

「まだ、決まっていませんが、これから相手の予定を確認します」

「そうであれば、日程が決まった時点で、もう一度、連絡をください。そして、その間、ナカイさんは勤務先に休暇を申請してください。まずは、ナカイさん自身として第三国に行って、そこから、ナカイさんではない人物として日本に入国する方がいい。休暇は、短くても五日は必要です」

「分かりました。パスポート用の顔写真は、先にお渡しした方がいいですか？」

李は、ショットグラスを口に運ぶところだったが、手を止めて笑う。

「この部屋に来る間に、ナカイさんの写真は、何枚も撮られていますよ。パスポートに必要な情報は、ホテルに問い合わせれば分かります。付け加えるなら、指紋も虹彩《こうさい》も。取れていないのは、歯型と掌の静脈パターンくらいです。でも、日本のパスポートに、生体認証は不要です」

ぼくは、笑っていいものかどうか、判断ができなかった。

「ただ、サインが必要なので、ここに『詠』という字を、ボールペンと万年筆と鉛筆で、三回書いてください」

李が差し出したメモ用紙に、ぼくは「詠」の字をそれぞれの筆記具で記す。

「それで、費用はどれくらいかかりますか？」

「カジノにいるより退屈しないので、不要と言いたいところですが、それでは、ナカイさんが不安でしょう。三十万香港ドルでどうですか？　パスポートの受け取りのときに、二十万香港ドル。香港にお戻りになったときに、残金をお支払いください。いずれもキャッシュです」

三十万香港ドルは安くはないが、払えない額でもない。足下《あしもと》を見られたと思うが、ためらいを見せるのは得策ではない。

「結構です。それでお願いします」

「先程、もらった電話の番号は、ナカイさんのものですか？」

「そうです」

李は、ショットグラスのウィスキィを飲み干して、ソファから立ち上がる。

「では、日本に滞在する具体的な日程の連絡を待っています」

廊下に出るドアに手をかけた李が、ぼくを振り向く。

「ナカイさん、ひとつ忠告ですが、殺人事件というのは、得策ではありません」

「そうでしょうね」

「そういう意味ではありません。老衰や病死以外で人が死ねば、多かれ少なかれ警察が動きます。それは、どこの国でも同じです。そして、それが殺人事件となれば、警察は何年でも動き続けます。だから、殺人を犯しても、殺人事件は起こさない方がいい」

「分かりました」

ぼくは、笑った。

「何か、おかしかったのですか？」

「私を殺そうとしている人物も、同じことを考えているからです」

李は、「幸運を」と言って、ぼくを女性従業員に引継いだ。

†

翌朝、ぼくは、午前六時のフェリーで香港に戻り、そのまま、ｉｆｃのオフィスに出社した。

「どこかに、お泊まりだったんですか？」

ぼくよりも後に出社した森川が、お茶を注ぎながら言う。昨夕、澳門でホテルの部屋に戻ったときには、ランドリー・サービスが終わっていたので、ぼくは仕方なく同じシャツを着ていた。

「うん、少し遊びすぎた」

「いつもより早く出社されるときは、連絡をください。ボスより遅い時間に出社するようでは、秘書として失格です」

「ホテルに戻りたくなかっただけだから、気にしなくていいよ。たまには、そういう夜もあるんだ」

「そのお気遣いは不要です」

森川は、お茶を淹れながら、リーガル・パッドに走り書きをしている。

『私は、秘書であると同時に、あなたの監視役なのですから』

「了解。今度から、森川に連絡を入れるか、コーヒーショップで時間を潰してから出社する」

彼女は、お茶を机に置くと、リーガル・パッドを切り取って、それを丸めながら、ドアのところで立ち止まる。

「朝まで、本社の副部長とご一緒だったんですか?」

棘のある言い方だったので、ぼくは、笑って首を横に振った。

「あのさ、彼が『本社の』って言ったことは、何も悪気はなかったんだよ」

「悪気のない言葉の方が、ずっと、人を不愉快にさせます」

「そうかもしれないね」

「でも、おひとりで過ごしたということで、少し安心しました」

「そう?」

「ええ。私は、悪気のない『本社の副部長』が嫌いなんです」

森川は、ぼくに反論の隙を与えずに、部屋を出ていってしまう。ぼくは、彼女に「今度から、高木からの電話を取り次ぐときは、私への確認は不要だ」と伝える機会を逸してしまった。もっとも、彼女がすぐに部屋を出ていかなくても、ぼくに、それを伝えるだけの度胸はなかったと思う。ぼくは、ひとりになった部屋で、個人契約の携帯電話から、高木の個人契約の携帯電話にメールを送る。

『いまの個人契約の携帯電話は、十八五二××-×××-××××。秘書嬢は、高木をいたく嫌っているみたいなので、今度から、直接、携帯に電話をくれ。手間をかけて申し訳ないが、成田に着いたら電話をほしい。東京まで、よい旅を　中井』

それから、革張りの椅子に、踏ん反り返ってみた。天井に向けて、煙草の煙を吐き出すと、飾りファンの付け根に、小さなマイクを見つける。踏ん反り返ってみるのも悪くない。

高木からの電話は、夕方にかかってきた。ぼくは、仕事ではなく、陸羽茶室《ロユーチャサツ》で森川と夕食をとっているところだった。

「喂」

「高木だ。昨夕はご馳走さま。美味しいキューバリブレだった」

「どういたしまして。もう成田か？」

ぼくは、森川に頭を下げて、店の外に出る。

「とっくに東京について、仕事が終わったところだよ」

「教えてほしいことがあるんだ」

「もう、人事部のデータベースにアクセスするのはやめたい。現場を知らない間抜けなスタッフも、何度もやれば、さすがに怪しむ」

「うん。そのことには感謝しているし、もう、そうする必要もない」

「今夜は、素直だな。社長の椅子に踏ん反り返っていないだろ？　姿勢を正していると、人は素直になるもんなんだ」

「分かったから、その話はもうやめてくれ」

「で、教えてほしいことってなんだ？」

「井上副社長って、愛人とかいるのか？」

陸羽茶室の前の細い通りを、黒塗りのベンツがスピードを出して通り過ぎていく。

「ホーチミン・シティのバーで、副社長の秘書には手を出すなって言っただろ。おまえ、聞いていなかったのか？」

「それは聞いたような気がするけれど、秘書が愛人なのか？」

「じゃなきゃ、わざわざ、そんな警告をしないだろう」

「なるほど。池がつく名前だったな。フルネームを知っている？」

「小池さゆりだ。『さゆり』は全部、平仮名。二十九歳で、もうすぐ三十歳になる。ちょっとした美人だよ。あのおっさんにはもったいない」

「でも、付き合っているんだったら、それなりに、副社長にも魅力があるってことだろ」

「駒込《こまごめ》のマンションに社宅が用意されているし、『長』って名前のつく男が好きなだけだろ」

「織田信長とか？」

東シナ海の向こうで、高木が呆れているのが伝わる。

「おまえ、冗談を言う相手が欲しくて、国際電話をかけさせたのか？」

「高木のおかげで、秘書の機嫌が悪くてね」

ぼくは、携帯電話に向かって言うが、店内にいる森川は、機嫌好く、老酒《ロウザウ》で蒸した大閘蟹《ダイツアッハイ》を食べているに違いない。

「責任転嫁をするな。それは、俺のせいじゃない。教えてほしかったことはそれだけか？」

「うん」

「あのおっさんの愛人を取り込んだって、事態が好転するとは思えないよ。そもそも、経験的に、その手の女は、格下の奴には寝返らない」

　ぼくは、高木の言葉を整理した。間髪を容れずに他人の秘書のファースト・ネームを答えられて、もうすぐ歳が変わることを知っている。

「高木は、すでにトライしてみたのか？」

「あるわけないだろ。『君子、瓜田《かでん》に履《くつ》を納《い》れず』だ」

「それを言うなら、『君子、危うきに近寄らず』じゃないのか」

「それは、中井のための諺《ことわざ》だ。俺は、とりあえず、どんな瓜があるのかは調べに行く」

「はぁ？」

「中井は、瓜を調べているうちに、蔓《つる》に足を取られるタイプだから、瓜田には近づかない方がいい」

　高木が由記子のことを話しているのだと分かって、不愉快な気分になる。遠慮を知らないにも程がある。

「余計な忠告、ありがとう」

　自分の不用意なひと言から、後味の悪い電話になってしまったことを反省して、ぼくは、店の中に戻った。大間蟹が載っていた皿が、きれいに片付けられている。

「普通、少し残しておかないかな？」

　大間蟹が消えたテーブルクロスを眺めて、反省しかけた不愉快な気分がぶり返す。

「お電話が長くなりそうだったので、甜品《ティンバアン》を注文しておきました」

森川の棘のある口調は、電話の相手を察してのことだろう。ぼくは、「そういう夜もあるよな」と諦めた。

翌日の木曜日、ぼくは、昼食に伴を誘った。

「伴は、まだ、Jプロトコルの社員の予定表をハッキングできる？」

混み合った粥麵専家《ゾッミンジュンガ》で、雲呑麵をすする伴に訊く。

「できるよ。相手は誰？」

出張の合間の東京で、急いで決裁をとる会議をしたいとき、何度か伴に、決裁権者の予定表の改竄《かいざん》を依頼していた。何人もの秘書に、いちいち予定を調整してもらうより、先に空き時間を作ってしまう方が効率的に仕事をこなせる。

ぼくは、上着のポケットから、メモを伴に渡す。

「この二人が、東京にいて、かつ、同時に予定が入っていない夜をピックアップしてほしい。予定の改竄は不要」

「了解。すぐにできるけど、何に使うの？」

「ん？　たまには、俺にも秘密にしたいことがある」

「じゃあ、ここの雲呑麵は、中井の奢《おご》りで引き受けるよ」

「安いね。なんだったら、今夜の仕事を代わろうか？　俺は、森川とマンダリン・オリエンタルのPierre《ピエール》に行くことになっているんだけれど」

「香港でフランス料理を食べる趣味がない」

件のハッキング結果は、昼食後、すぐに届けられ、ビルのグランドフロアにあるスターバックスに誘われる。

「毎週水曜日に密会なのかな……。十一月二十五日だけは、揃って木曜日の午前中まで、予定を入れていない。こっちの女の方は、水曜日に有給まで取っている」

「うん、ありがとう。やっぱり、今度、何かご馳走するよ」

「じゃあ、澳門に行くことがあったら、ポルトガル料理でもご馳走してくれ」

「了解」

ぼくは、オフィスに戻る伴と別れて、高木に電話をする。

「シン・チャオ」

「今日は、ベトナムにいるのか？」

「東京だけれど、携帯電話のディスプレイに中井の名前を見たら、椰子の実を抱えていた格好を思い出した。で、何か用事か？　秘書嬢の機嫌が悪くて、冗談を言う相手が欲しいなら、切るぞ。会議中だ」

「じゃあ、イエスかノーだけで教えてくれ。小池さゆりって、十一月二十五日が三十歳の誕生日か？」

「ビンゴ。じゃないか、イエス」

「ありがとう。昨夕、電話で変なこと言って悪かったな」

しばらく会話が途切れて、ドアを開け閉めする音が聞こえる。きっと、会議室から廊下に出たのだろう。

「なぁ……、そんなことを気にする暇があるなら、早く、香港から逃げろ」

「ありがとう。仕事中に悪かったね」

高木は受話器に手を当ててしゃべったのだろう。くぐもった声の彼に礼を言って、ぼくは電話を切った。

†

李の電話は不在応答のアナウンスが流れたので、ぼくは、名前と、東京に滞在したい期間が決まったことを留守電に録音した。三十分程でコールバックがある。

「喂」

「リーの秘書をしている呉《ン》という者です。リーから、ナカイ様の言付けを確認するように指示を受けました」

流暢《りゅうちょう》な日本語は、どこかで聞いた声だなと思う。

「李先生《シインサン》に、東京に滞在したいのは、十一月二十五日、星期三《シェンケイサム》（水曜日）の夜と伝えてください。それで、話が通ると思います」

「かしこまりました。リーから、今回のご旅行について、いくつか質問があるのですが、私からお伺いしても構いませんか？　それとも、リーが直接お訊きした方がいいですか？」

（ご旅行……ね）

「呉小姐《シウツェ》からでも構いません」

「普段、お使いのエアラインと、あまりお使いにならないエアラインを教えてください。それから、香港・澳門以外の東南アジアで常宿があれば、それを教えてください」

彼女の会話が日本語なので気がつかなかったが、その声は、李の滞在するホテルで、部屋まで案内してくれる女性従業員のものだ。

「通常はキャセイを使います。その都合で、キャセイとアライアンスを組んでいるエアラインを使うことが多い。あまり使わないのは、ANAとKALかな。どちらも、エアミールが口に合わない。常宿は……、そうだな、ホーチミン・シティならマジェスティック、バンコクならデュシッ・タニを使います。ハノイとシンガポールは、とくに決めていません」

「上海か、釜山《プサン》、台北《タイペイ》では？　ホーチミン・シティもバンコクも、東京とは逆方向なので、時間が無駄です」

「上海と釜山は行ったことがありません。台北は、観光で行くだけですが、アンバサダ・ホテルを使うことにしています」

由記子が台湾を好きだったので、台北には何度か付き合いで行ったことがある。

「再確認ですが、日本での用件は、東京で間違いありませんか？」

「東京です。少なくとも、東京近郊です」

「かしこまりました。十一月二十五日ならば、遅くとも十日前までには、ご旅行の手配を終えます。手配が整いましたら、またこちらからご連絡します」

「分かりました」

「それと、リーからの伝言なんですが、香港のホテルはペニンシュラかシャングリ・ラが安心できるとのことです。その二つのホテルなら、リーが何とかあなたをお護りすることができます」

「ありがとう。そうします」

「では、また。再見《ゾイギン》」

最後だけ、広東語だった。

viii Yokohama - Late Autumn

　香港国際空港の到着ロビーで久しぶりに見る由記子は、ぼくがひと月の間に思い描いていたより、女性らしくなっているような気がした。彼女のスーツケースを引継いで、思ったことを伝えると、由記子は不満そうな顔をする。

「少し太ったからじゃない？　実家にいると、どうしても運動不足になるのよ」

「仕事を辞めて、ストレスが減ったせいだよ」

「優一は、全然変わらないね」

　由記子の言葉に、ぼくは笑ってみせる。暗殺者に怯《おび》えながら、自らも殺人を犯そうとしていることを、彼女に伝えられない。由記子にもそれを見抜けないということは、ぼくは、自分自身に対して、何も嘘をついていないのだろう。ぼくは、社用車が待つパーキング・レーンまで大きなスーツケースを引いて歩く。ぼくの姿に気がついて後部座席のドアを開ける運転手に、由記子は驚いた顔をしている。

「このBMW、ハイヤー？」

「Jプロトコル香港の社用車」

「公私混同じゃない？」

「リースだから、使わないともったいないんだよ」

運転手にスーツケースを預けて、後部座席に座ると、由記子から「ドアくらい、自分で閉めなさい」と注意される。ぼくは、そうだよなと思い、久しぶりに自分でドアを閉めた。

「この車で通勤しているの？」

「通勤では伴が使っている。フェリーの方が気持ち好いんだ」

「こんな生活をしていて、優一が変わっていないのが、不思議になる」

けれども、ぼくは、もう由記子の知らない場所を旅している。

†

森川に十一月二十五日を含む一週間の休暇を申請して、ぼくは、その夜にどこに行けばいいのかを考える。高木に、小池さゆりと井上の密会場所を訊けば、簡単に教えてもらえそうな気もするが、これ以上、彼を捲き込むのも申し訳ない。ぼくは、手許《てもと》のリーガル・パッドに『前任の董事長《ドンシィジョン》の情報って、どこかにファイリングされている？』と走り書きして、事務室で頬杖をつきながら、香港政府観光局のホームページを眺めている森川に渡す。彼女は、その場で、社員のデータベースにアクセスして、井上由典に関するデータを画面に表示する。

「董事長のPCからでも、アクセス可能ですよ」

「ここで見てもいいかな？」

自分のパソコンからデータベースにアクセスすれば、それなりのログが残る。

「どうぞ」

生年月日、Jプロトコル香港での経歴（と言っても、董事長になった辞令と、それを退いた辞令の二行だけだった）等の基本的な情報に続いて、東京都内に社宅を貸与していることが記されている。ぼくは、そのページを印刷する。

「気がつきませんでした。元董事長は、ほとんど香港にいることがなかったので、東京に社宅を用意していたんですが、解約するのを失念していました」

ぼくに椅子を譲って、隣に立っていた森川が言う。

「気にしなくていい。私が使う予定はないけれど、このまま経費で維持しても問題ない」

ぼくは、自分の唇に人差し指を当てて、これ以上、その話を続けたくない意思を森川に伝える。

「経費の履歴はないかな？」

森川は、ぼくの要求に、脇から腕を伸ばして、画面上の操作を二、三度繰り返して、リストを提示する。ぼくは、その画面の印刷を指定する。森川が、共用プリンタに出力されたデータベースのページを持ってきてくれた。

「ありがとう」

ぼくは、それを受け取って自室に戻り、椅子に踏ん反《ぞ》り返って、ファンの付け根の小型マイクを横目で眺めながら、その資料を読む。井上の現住所は神奈川県鎌倉《かまくら》市で、都内の社宅は豊島《としま》区駒込《こまごめ》になっている。おまけに、毎週水曜日には、横浜のグランド・インターコンチネンタル・ホテルのルーム・チャージを経費として計上している。

(ソフィ、ぼくの代わりに、王座に居座っている男は、やりたい放題だね)

ぼくは、澳門《マカオ》で今日も仕事を続けているだろう占い師に、声にしないで話しかけた。

†

李の秘書から連絡が入ったのは、十一月に入ってすぐの週だった。

「ご旅行の手配が整いました。リーが、直接、ナカイ様にお渡ししたいと申しているのですが、明日の夜、澳門にお越しいただけますか?」

翌日は、仕事の後、由記子とオペラに行く予定があった。

「申し訳ありません。明日の夜は予定があるので、日中でも構いませんか?」

「ええ、構いません。リーが、ナカイ様のお仕事を気にして、ビジネス・タイムを外しただけです。ナカイ様のご都合の良い時間を指定してください」

「一時半に、お邪魔することで構いませんか?」

「かしこまりました。では、明日、一時半にホテルのロビーにお越しください」

鍋島の手紙に書いてあったとおり、領事館よりもずっと仕事が速い。翌日、ぼくは、森川に早退を告げて、澳門を往復した。

「今回は、我が儘を引き受けてくださって、ありがとうございます」

その日は、リビングルームの会議卓に案内された。ぼくが礼を述べると、李は、茶封筒から、二冊のパスポートと、何枚かの航空券の引換証をテーブルに広げる。

「これはビジネスなので、虚礼は不要です」

ぼくは、二十万香港ドルが入った封筒を、黙ってテーブルに置いた。

「ナカイさん、こういった仕事では、出来映えを確かめてから、金を出した方がいい」

「そうかもしれません。けれども、私は、いままでブローカーとこうやって付き合ってきました。対価に値しないものを用意するブローカーには、これが手切れ金です」

「なるほど。ナカイさんらしい。では早速、旅程の説明を始めても構いませんか？」

「どうぞ」

「まず、日本に入国する際に経由する第三国は台湾にしました。日本人は、台湾人が日本語をしゃべれるのに違和感を持たないようだし、顔立ちもそれほど違わない。香港と台北《タイペイ》間のフライト、それに台北での滞在にかかる費用は、今回の三十万香港ドルには含みません。十一月二十三日に台北着、二十八日に台北発のキャセイの便を、ナカイさんご自身で、いつもと同じように手配してください。台北では、アンバサダをよくお使いになられるということなので、そちらにご宿泊してください。こちらも、ナカイさんが予約をしてください。ナカイさんが普段から使うエアラインとホテルを利用して、クレジットカードに履歴を残すのが目的です」

ぼくがうなずくのを待って、李は、最初のパスポートと航空券の引換証を差し出す。

「台北で一泊された後、二十四日に、こちらのパスポートを使って、チャイナ・エアで東京に移動してください。日本は、三連休なのですね。成田空港は、少し混んでいるかもしれません。このパスポートの高橋渉《たかはしわたる》という人物は、仙台に住んでいて、三連休の最初の土曜日に、成田空港から出国して、台北旅行をしたことになっています。首都圏在住者を探したのですが、ナカイさんと誕生日が同じで、海外旅行をしそうもない人物が見つかりませんでした。ビジネスクラスは乗務員が名前を覚えるので、窮屈かもしれませんが、エコノミークラスを確約済みです」

差し出された「高橋渉（WATARU TAKAHASHI/MR）」のパスポートを開くと、すでに、十一月二十一日付の日本の出国証印と台湾の入国証印が押印されて、台湾のイミグレーション・カードが挟まれている。

「成田空港からは、バスかタクシーで移動してください。JRにしてもケイセイにしても、駅はどうしても監視カメラが多い。それから、今回、クレジットカードは用意していませんので、台湾出国後の買い物は、すべて現金で支払ってください。キャッシュカードも履歴が残りますから、ある程度の現金を用意してください。東京のホテルは、ナカイさんの用件を済ませる場所が決まりましたら、またご連絡ください」

「分かりました。用件は、横浜のインターコンチネンタルなので、自分で手配します」

「いいえ、こちらで手配します。横浜のインターコンチネンタルで間違いありませんか？」

「はい」

「二十六日に、こちらのパスポートを使って、成田空港からANAで台北に戻ってください。このパスポートの余啓詠《ユ・カイウェン》という人物は、台中《タイジョン》在住で、日本語学校の教師ですが、前週の日曜日から観光で日本を訪れたことになっています。ただし、本人は、この期間、台中で教壇に立っています。台北到着後は、そのまま、アンバサダにお戻りください。そうですね、アンバサダには、気が向いたので鉄道で台湾一周旅行をしたとでもお伝えすればいいでしょう」

ぼくは、口を挟む必要もなく、李の説明を聞き続けた。

「それから、携帯電話は、台北まではお持ちになっても構いませんが、日本には持ち込まないでください。電源を入れた時点で、日本にいた形跡を作ってしまいます。東京にいる間に着信があって、誰も出ないとなると、電話をかけた方が不要な心配をしてしまうこともあるので、香港に忘れて行くことをお勧めします。日本に着いたら、安全な携帯電話を用意しますので、それをお使いください」

彼の説明を聞きながら、東京から台北まで使う中華民国外交部が発行したパスポートを開く。

「出国は外国人、入国は自国民の方が、その逆よりずっとチェックが甘いのです。入国審査書類も少ないし、パスポート・コントロールに並ぶ時間も比較的短いので、監視カメラに写る時間も短くて済む。台北では、アンバサダに二泊した後、観光が終わったナカイさん自身として、二十八日に香港にお戻りください。旅程は、ここまでです」

「ええ、承知しました」

「いずれのパスポートの人物も、ナカイさんと同じ生年月日です。年齢と生年月日は、何かがあると、警察や警備員が名前の次に訊いてくる。彼らは、それを淀《よど》みなく答えられるかどうかを見ています。高橋渉の生年月日を和暦で答えることは簡単だと思いますが、日本同様に台湾にも民国暦があります。台北のイミグレで訊かれる可能性は低いと思いますが、この余啓詠という人物は、民国暦六〇年という節目の年に生まれています。彼が民国暦六〇年に生まれたと覚えるより、この機会に、ナカイさんは台湾にとって、節目の年に生まれたんだと覚えてしまった方が間違いありません」

　ぼくがうなずいて顔を上げると、李は、天井のシャンデリアを眺めていた。

「お気持ちは、変わりありませんか？」

「ええ」

「二十四日に台北から出国する時点が、V1、つまり飛行機が離陸取り止めを不可とするポイントです。それまでなら、東京には行かずに台北で観光をされても、何も問題は起こらない。余ったパスポートは、両国の出国記録のデータベース操作も含めて、こちらで処分するので、ナカイさんに迷惑がかかることはありません」

「お気遣い、ありがとうございます。でも、その手配は不要です」

「そうですか……。ひとつ、私からのサービスを受けてくれませんか？」

「台北と東京の間、私の秘書が同行しても構いませんか？」

ぼくは、李の言葉に、部屋のドアの方を振り向いた。ドアの向こうで姿勢を正して立っているであろう、呉と名乗る女性を思い出す。

「ええ、呉の同行を許してもらいたいのです」

「構いませんが、どうしてですか？　先日も申したように、用件は、私自身で片付けます」

「もちろん、ナカイさんの邪魔をすることはしません。たまたま、彼女も東京で片付けたいことがあって、私に休暇を申請したのです。幸い、彼女は、ヒールの高い靴を履けば、ナカイさんより背が高い。前を歩くように指示するので、多少ですが、ナカイさんが監視ヴィデオに残る機会が減ります。日本は、ナカイさんが考えているより、ずっと多くのカメラが市民を監視しています。ドアの開け閉めも呉に任せてください。そうすれば、ナカイさんの指紋を残すことも減らせる。それに、東京と台北間は、それぞれ観光客として手配したのですが、中年男性ひとりの観光客は、イミグレで興味を持たれやすい。薬、売春……、私に言わせれば、同じ目的で観光に行く女性も、男性と同じくらいいるんですけどね」

「分かりました」

「快諾してもらえて、よかった。呉が同行できれば、横浜のホテルも呉が予約できるし、支払いも呉のクレジットカードを使える。その分だけ、ナカイさんは、日本にいた形跡を減らせる」

「どうぞ」

「いろいろ、ありがとうございます」

「いいえ、お気遣いは不要です。私も、呉に、ウィスキィを買って来てほしかったところなのです」

李は、ミニバーにある日本産ウィスキィのボトルを指して、笑顔を見せる。

「私が香港に戻ったら、是非、一緒に食事にいきましょう」

彼の気遣いに感謝して、心からそう思う。ぼくは、会議卓に並べられたパスポートと航空券の引換証を封筒に戻して立ち上がった。李が、ぼくの差し出した封筒の中身を確かめないので、不思議に思う。

「二十万香港ドルを確認しないんですか？」

「封筒の中身が足りなければ、それがナカイさんとの手切れ金です」

ぼくは、先に現金を数えるブローカーが嫌いだが、最後まで現金を確認しないのは、彼が初めてだった。李は、部屋のドアを開けて、廊下で待っていた秘書に、何かを告げる。

「呉蓮花と申します。リンファと呼んでください」

「よろしく、リンファ」

蓮花が差し出した右手を握ると、その掌は、李とは全く違うものだった。以前、ハノイで会った、兵役から戻ったばかりだという市役所の青年の掌を思い出した。あの青年は、兵役中に人を殺したことがあったのだろうか。ぼくは、李から受け取った封筒を上着のポケットに入れて、由記子と待ち合わせの香港《ホンコン》・文化中心《カルチュアル・センター》に向かった。

†

ぼくは、桃園《タオユアン》国際空港で、李が言っていたV1の意味を初めて理解する。

日本では月曜日が勤労感謝の日で、カウンター前は、三連休を四連休に延ばした日本人観光客で賑わっていた。海外旅行が終わりに近づいて、国際空港という観光客にとってのDMZ（非武装中立地帯）に戻ったときの安堵感と、休暇が終わる焦燥感が入り交じった雰囲気の中で、ぼくは、休日用ジャケットの内ポケットから「高橋渉」のパスポートを取り出すことをためらう。この見知らぬ男のパスポートで、航空券を受け取ってしまえば、否応なく、李のシナリオで東京と台北を往復しなくてはならない。もちろん、東京で何もせずに過ごすこともできるだろう。けれども、ぼくは、東京に着いてしまえば、自分が用件を片付けてしまう性格であることを自覚している。つい十分前に蓮花と落ち合ったときは、「君は、ホテルの制服を着ていなくても美人だね」と冗談を言う余裕があった。その彼女は、ぼくの躊躇《ちゅうちょ》を測っているかのように、黙って隣に立っている。

ぼくは、何のために、東京に行くのだろう。

つい二週間前に由記子と観たオペラの中で、ダンカン王の暗殺をためらうマクベスは、「この新しく輝かしい服でも十分ではないか。コーダーの領主として、皆から名声を受けている」と夫人に言う。由記子は、その科白《せりふ》を覚えていたわけではないだろうが、維多利亞港《ビクトリア・ハーバー》を見渡すインターコンチネンタル・ホテルのレストランで、「このままでいい」と言っていた。由記子に、高木から受け取ったメモを見せれば、彼女も事情を理解するだろう。香港の小さな会社の董事長のままではいられなくても、二人で香港を逃げ出すことだって、いまならできる。

立ちすくむぼくを、何人かの観光客が、迷惑そうに避けて、チェックイン・カウンターの列に繋がっていく。

ぼくは、自分の掌が、他人にどんな印象を与えているのかを知らない。二年間の徴兵義務があるベトナムの青年からすれば、「甘ちゃん」と覚えられているかもしれない。韓国やベトナムの青年は、徴兵に出るとき、どんな気分なのだろう。平時の徴兵義務とは言っても、その二年か三年の間に、国際情勢が変化して自国が捲き込まれない保証は何もない。そうなれば、個人の信仰や良心とは関係なく、生きた人間に銃を向ける可能性だってある。香港の小さな企業の董事長として握手をした高級レストランの支配人たちは、ぼくの掌を、金の稼ぎ方も知らないのに金離れだけはいいと評して、心の中では舌を出しているかもしれない。けれども、東京からこの台北に戻ったぼくの掌は、きっと、黙って隣に立っている蓮花のような掌になっていることだろう。

ふと、森川は、最初にぼくと握手をしたとき、ぼくの掌をどう感じたのだろうと思う。彼女は、ぼくが近いうちに自殺することになるのを知りながら、それでも、ぼくに「好奇心だけで、火中の栗を拾うのは性急だ」と警告を与えてくれたのだろうか。

森川のことを考え始めると、先週の金曜日の夜、ぼくがオフィスを出るときに見せた表情を思い出す。「よい休暇をお過ごしください」と、何の不思議もない言葉を口にしながら、彼女は、寂しそうな顔をしたような気がする。いま、自分が置かれた心細い状況を紛らわせるための思い過ごしかもしれない。あるいは、彼女が本当に寂しそうな顔をしていたとしても、それは秘書としてのボスに対する社交辞令のひとつかもしれない。けれども、一度、そう考えてしまうと、森川の声にしなかった言葉が気になって、ぼくは、その気持ちを抑えられなくなった。

「蓮花……、電話をかけてくるから、ちょっと待っていてくれ」

ぼくは、蓮花に声をかける。

「電話なら、私の携帯電話を使っても問題ありません。私は、澳門特別区の住民として、日本を観光することになっています」

「あそこに公衆電話がある。たいした用件じゃないから、すぐに戻る。荷物を見ていてくれないか」

そう言って、公衆電話に向かって歩き始めて、ぼくは、自分のオフィスの電話番号を知るために、上着の中の携帯電話を探す。

(その携帯電話を香港に置いてきたから、いま、公衆電話に向かって歩いているんだよな)

ぼくは、自分のちぐはぐな行為を笑った。なんとか、オフィスの代表電話だけでも思い出せないものかと、頭の中をかき回すけれども、香港の国際地域番号さえ覚束《おぼつか》ない。ぼくは、仕方なく、公衆電話の手前で折り返して、蓮花の隣に戻る。

「こんなことを言うと、不愉快になるかもしれませんが……」

蓮花は、手持ち無沙汰で戻ってきたぼくに、自分の携帯電話を差し出して言う。

「何？」

「これに、高橋さんの携帯電話に入っていた情報をスキャニングしています」

高橋さんって誰だっけ？　と思いながら、それが、いまの自分の偽名だと分かって、彼女の言うとおり、不愉快な気分になる。そう言えば、李の使っているフロアに入る際には、毎回、セキュリティ・チェックに携帯電話を預けていた。

「不愉快だけど、貸してくれるかな？」

ぼくは、彼女から携帯電話を受け取って、ぼくのアドレス・ブックと同じ順序で記録されている電話番号から、森川の個人契約の番号を探す。

「お邪魔だったら、少し離れた場所にいますが……」

発信ボタンを押そうとするぼくに、蓮花が言う。

「構わない。後から、『その会話を記録していました』って言われると、もう一度、不愉快な思いをしなきゃならない」

「申し訳ありません。ただ、リーが、高橋さんは携帯をお持ちではないので、電話番号を控えておいた方がいいと申していたものですから」

済まなそうな表情を作る蓮花には何も応えずに、ぼくは発信ボタンを押す。

「喂《ワェイ》」

電話の向こうで、見知らぬ発信番号に警戒する森川の表情が、目に浮かんだ。それが、この場所で「中井」と名乗れないことの警告になる。

「うーん……、私だけれど」

「董事長ですか?」

「うん」

「ちょっと待ってください。いま、オフィスの外に出ます」

森川は、他の社員の前で話す内容ではないことを察したのか、通話が保留音に変わる。それは、ぼくが高校生だったころのフィル・コリンズのヒット曲だった。一九八五年、フィル・コリンズが「世界で一番忙しい男」と称されていて、ビルボード誌のどこかに必ず名前が載っていたころだ。一九八五年といえば、三十五歳の森川は、まだ中学生になったばかりだろう。米国の刑事ドラマのサウンド・トラックとして流れた曲の本当の意味なんて、彼女に伝わるはずもないと思う。当時、高校生だったぼくにさえ、本当にそのヒット曲の気持ちを分かっていたかどうか怪しい。

(思い出した。ソニー・クロケット刑事だ)

「何かありましたか?」

保留音が切れて、森川の声が戻ってくる。時間からして、ビルのフロアごとに設けられた共用の喫煙所にいるのだろう。

「〝Take Me Home〟を保留音にしなきゃならないほど、君のボスは、残業をさせている?」

そのヒット曲が流れた刑事ドラマのシーンは、ニューヨークの空港の出発ロビーだった。オフィスの電話番号も思い出せないのに、不要なことだけは、よく思い出せる。

「そんなことを言うために、休暇中に電話をくれたんですか？　お気に召さないなら、保留音は替えておきます」

森川の不服そうな顔を思い出せたのが、そのときのぼくにとっては救いだった。

「伝え忘れたことがあって電話したら、懐かしいヒットナンバーだったから、つい……」

「それで、何を伝え忘れたんですか？」

「台北に来るときに、携帯電話を忘れちゃってさ。休暇中に何かあっても、戻ってから聞くから、電話をくれても無駄だってことを伝えたかった」

「分かりました」

「うん。つまらないことで、仕事の邪魔をして悪かった」

ぼくは、電話を切るために、森川が何かを言うのを待ったけれど、短い沈黙が流れた。

「私も、董事長に伝えたいことがあります」

「何？」

ぼくの問いかけに、再び沈黙が流れる。

「もしもし」

「あの……」

「うん、聞こえている」

「うまく言葉にできませんが、とにかく、董事長が休暇からお戻りになるのを待っています」

森川は、ぼくが自殺する日を知っているのかもしれない。彼女は、そのXデイを知らなくても、それが今週や来週ではないことを、確信とともに知っているのだ。それならば、ぼくは、東京で自分の用件を片付けよう。

「うん。来週の月曜日には、ちゃんと出社する。だから、森川も安全な場所にいてほしい」

「私はここにいます。ただ、董事長の休暇中は、他の社員と同じ時間に出社しているので、休暇を早く切り上げるようでしたら、事前に連絡をください」

「了解。でも、休暇を切り上げることはないな。そういう気分になったら、森川に電話する。そのときは何も話さずに、保留音を聞かせてほしい」

「分かりました」

「それじゃ、来週の月曜日に」

ぼくは、携帯電話を蓮花に返して、彼女の手を取って、チャイナ・エアのチェックイン・カウンターの列に並ぶ。蓮花は、少し驚いたような顔を隠し切れなかった様子だが、すぐに自分の配役に戻って、微笑みを返す。

「休暇は、終わってしまいましたね」

「永遠に続く休暇はないから、しょうがないよ」

ぼくは、蓮花からパスポートを受け取って、チェックイン・カウンターに見知らぬ男のパスポートと並べて置く。それが、帰る場所を失う旅の始まりであっても後悔はしないと、地上係員のチェックイン手続きの間、何度も自分に言い聞かせた。きっと、四年前の澳門国際空港で、鍋島も、ぼくと同じ気持ちになったことだろう。ぼくは、どこかにいる鍋島冬香を捜し出さなくてはならない。

†

成田空港からは、李の忠告どおりタクシーを使い、横浜に着いたのは午後十時過ぎだった。香港や台北に比べれば、横浜の夜は、もう十分に寒い。意外だったが、蓮花は日本を訪れるのは初めてだと言う。都心を蛇行して進む首都高速に、「マカオ・グランプリみたい」と英語でつぶやいている。

「横浜で、どこか観光したいところはある？」

ぼくは、約二ヶ月ぶりに日本の夜景を眺めながら、蓮花に訊く。

「いろいろありますけれど、今回は、短い滞在なのでお気遣いは不要です。高橋さんは、ホテルでゆっくり休んでください」

「そうだね」

横浜港に突き出したインターコンチネンタル・ホテルに、蓮花の名前でチェックインして、ぼくは荷物を降ろす。部屋は、ジュニア・スィートで、ベッドルームはひとつだったが、リビングのソファを使えば、一応、お互いのプライバシィは確保できた。

「ベッドルームは、蓮花が使っていいよ」

「でも……」

「部屋の中でくらい、仕事のことを忘れたい。ベッドルームを使う代わりに、その『高橋さん』って呼ぶのをやめてくれた方が、ずっと休める」

ぼくは、蓮花がうなずくのを確かめて、ベッドルームから毛布をソファに運ぶ。彼女は、ぼくに、ルームサービスのメニューを渡す。

「ナカイさんも、お腹、減りましたよね。横浜にはチャイナタウンがあるというので、そこに行きたいところですが、今夜は時間も遅いので、ルームサービスにしてください」

「じゃあ、サンドウィッチかな……」

「気が合いますね。私も、美味しいサンドウィッチを食べたいと思っていました」

ぼくたちは、日付が変わるころに、ベイブリッジを眺めながら、サンドウィッチとワインで乾杯した。ぼくは、二杯目からのワインを蓮花に譲って、桃園国際空港で買ったハバナクラブと冷蔵庫にあったダイエット・コークで、キューバリブレを作る。

「蓮花は、日本に来たことがないのに、どこで日本語を覚えたの？」

「以前のお客さんに教えてもらいました。私は、リーに雇われる前は、ナカイさんが澳門でお使いになるホテルで、娼婦をしていました」

「そうなんだ」

「日本語が話せると、仕事が増えるんです。英語は、リーに雇われてから学校に通いました」

　何を答えればいいのか分からない。蓮花から見れば、ぼくも、彼女の客だった日本人のひとりということだろう。

「あのホテルでの仕事は、どのくらい続けられるものなの？」

「長くて三年です。妊娠、感染症、警察、それに移民管理局と、いろいろリスクが付き纏《まと》うから、ある程度の収支がついたら、大陸に戻るのが一般的です」

　ということは、四年前に鍋島の世話をしたという娼婦が、ソフィである可能性は低い。

「いまでも、あのホテルの小姐《シウヴェ》たちと付き合いがある？」

「ありません。私のことを知っている小姐《シウヴェ》もいるかもしれないけれど、いまは、そのころとは名前も違うし……。リーに雇われる前に、私は、自分の国を捨てました」

「亡命？」

「私は、黒孩子《ヘイハイツ》（ひとりっ子政策で生じた無戸籍児）だったので、自分の意志で澳門に残ることを決めました。言ってみれば、生まれたときから亡命者みたいなものです」

「ぼくは、つい最近まで、亡命なんていう言葉とは無縁の生活をしていた。いまは、案外、身近なことなんだなって思っている」

「日本は、いい国だから、亡命なんて考えないのだと思います。安全で、清潔で、貧困もなくて、亡命する先に選ばれる国だと思います」

「香港や澳門と変わらないよ」

「そのお客さんも、同じことを言っていました。でも、実際に横浜まで来る間に、香港とも澳門とも、全然違う国だと思いました」

ぼくは、二杯目のキューバリブレを作る。

「どんなところが？」

「鉄道の駅や、長距離バスのターミナルに、物乞いがいません」

蓮花の言うとおりかもしれない。日本では、物乞いになる前に、浮浪者になることができる。どちらが、人間性のある生活かと問われても答えはないが、少なくとも、片手を切り落としたり、物乞いの胴元から乳飲《ちの》みが終わったばかりの子どもをリースしたりする必要がない分だけ、日本は豊かなのかもしれない。

「リーが私を雇ったのは、帰る場所がない女であることと、日本語を話せることが条件だったんです。だから、そのお客さんには、いまでも感謝しています」

「でも、そのお客さんだって、それなりに見返りを期待していたんじゃないのかな」

「ビジネスは、どれもトレードです。トレードをした時点では、お互いの利益が等価であることに納得しているはずです」

「そうだね」

ぼくはうなずく。

「けれども、後から考え直して、それが等価ではなかったときに、人は感情的になります。得るものが少なければ、当然かもしれませんが、多すぎても、結果は同じです」

「蓮花も、そう?」

彼女は、ぼくの問いに答えずに、グラスに残っていたワインを見つめている。たぶん、蓮花には、ビジネスの均衡が崩れた経験があるのだろう。ぼくは、缶の中に中途半端に残っていたダイエット・コークをグラスに移して、ラムを注がずに飲み干した。

「そろそろ、寝ようか。少し疲れた」

「ええ。シャワーを使ってもいいですか?」

「どうぞ。シャワーの後、リビングを通るときは、気をつけて。ぼくも、一応、男なんだ」

「よかった。安心しました」

蓮花は笑顔で言う。ぼくは、その意図が分からなかった。

「ナカイさんは、軽口をよく話す人だと思っていたのに、成田空港からずっと無口だったから、ここまで来て後悔しているのかと、心配だったんです」

「ありがとう」

ぼくは、ワインの空き瓶と、サンドウィッチの皿をワゴンに戻して、ソファの上で毛布にくるまった。この夜をひとりで過ごしていれば、ぼくは、ダイエット・コークがなくなった後もハバナクラブを飲み続けて、暗闇の中に引きずり込まれていたことだろう。浴室から聞こえるシャワーの音を聞いているうちに、ぼくは寝入ってしまい、蓮花がどんな姿で、リビングを横切ってベッドルームに向かったのかを確かめることもなかった。

朝食は、蓮花がホテルの近所でハンバーガを買ってきてくれた。彼女は、紙袋をテーブルに置くと、横浜を散歩したいと言って、部屋を出て行ってしまう。紙袋の中には、朝食と一緒に、携帯電話とメモが入っている。ぼくは、李が旅程を説明したときに、日本国内用の携帯電話も用意すると言っていたのを思い出す。

『ホテルの電話は使わないでください。すべて記録されます』

ぼくは、ハンバーガを食べて、シャワーを浴びる。午前十時になるのを待ってから、井上の自宅に電話をかける。

「東亜印刷で、以前、井上常務にお世話になった総務部の者です。元常務の奥様にお願いがあります」

井上の家族は、大学生の娘と夫人の二人だったが、運良く、電話に出たのは夫人だった。気の強そうな女性の声が返ってくる。

「私が、井上の家内です」

「事情があって、名前を言えません。それと、勤務中に抜け出してきたので用件だけをお伝えしたい。ご無礼をお許しください」

「どうぞ」

「東亜社内で、Jプロトコルでの井上氏の行動が問題になっています。いままでも、いくつかあって、何とか揉み消してきたようですが、そろそろ、東亜としても、井上氏を見限る決断をしそうです」

井上夫人が、ぼくより夫を信用しても結果は変わらないように、慎重に科白を続けた。

「Jプロトコルで、井上氏の秘書をされている女性との関係で、子会社の経費に不明点が多すぎるのが原因です。女性問題については、それほど問題視していないようですが、経費のインバランスは、東亜として見逃せなくなりました」

「それで、あなたの依頼というのは、何ですか？」

電話の向こうの声には動揺が感じられない。毎週、水曜日に、帰りが遅くなったり外泊が繰り返されたりすれば、このくらいでは動じないのだろう。

「私は、以前、経費の遣い道で、元常務に助けてもらったことがあります。詳しくは申し上げられませんが、子会社に使途不明金を付け替えてくださったことがあります。それで、今回は、その恩返しがしたい。そうかと言って、相手の女性に、これからお願いすることを話して感情的になられても、私自身の立場が危なくなる。身勝手は承知で、奥様にお願いしたいのです」

「それで？」

「井上氏は、Jプロトコル香港という子会社の経費で、その女性に部屋を用意して、さらに、毎週水曜日に、横浜のホテルの宿泊費を支払っています。つまり、今日も、たぶん、その横浜のホテルをお使いになる。それを、今夜で終わりにしてほしいのです。いまなら、間に合うかもしれない」

「私に依頼することかしら？　社内の問題であれば、そちらで片付けるのが筋でしょう」

「それが八方塞がりなので、お電話を差し上げました。Jプロトコル香港だけの話であれば、東亜の孫会社なので、何とか穏便に事が済みます。奥様がご存じか分かりませんが、井上氏はHKプロトコルという香港の企業の役員も兼任されていました。元は、東亜の完全子会社だったのですが、いまは、株式の半数近くが、ある香港人に渡っています。HKプロトコルでも、同様の経費流用があるとのことで、その香港人から、井上氏の背任行為に対する法的処置の要求がありました。井上氏を身内として匿《かくま》ったとなると、東亜の名前が国際的に取り沙汰されかねない」

そこまで話すと、彼女は沈黙を作った。

「今夜、井上氏と相手の女性は、横浜の同じホテルに現れるはずです。相手の女性とお二人でチェックインするとは思えません」

「まぁ、そうでしょうね。井上が、いくら間抜けでも、逢い引きの場所に手を取り合って行くほどではないでしょう」

罵倒の言葉だけは、すぐに返ってくる。ぼくは、うんざりした。

「そこで、奥様に、相手の女性に手を引くように伝えてほしいのです。ホテルのフロントに、奥様が名前を伝えれば、相手の女性が現れたときに合図を送るように手配します。どうか、ホテルの部屋に入る前に、その女性を止めてほしいのです」

「その女の顔なら、知っているから、そんな手配は不要よ。ついでに、胸の形も知っている」

予想外の返事に、ぼくは、言葉が詰まる。

「主人の携帯電話に写真が入っていたから」

「そうですか……」

「今夜の相手が、どの女か知らないけれど、あなた方が摑んでいる女が、ひとりだけだとすれば、ちょっと手抜きじゃないかしら？　あと二回も、そんな面倒なことを押し付けられるんじゃかなわないわ」

ぼくは、悪趣味で女好きの役員の対応に行き詰まってしまい、電話を中断して、シナリオ・ライターの高木を呼び出したくなる。

「経費のリストを見る限り、井上氏は、ひとりの女性に絞られたものだと思っていました」

「どういう意味？」

ぼくの当てずっぽうの言葉は、井上夫人の声に凄味を与えた。

「少なくともこの一年、井上氏が社宅として利用しているのは、一件のみです」

「月に一、二度の金曜日のホテル代は？」

「少なくとも、Jプロトコル関連には付けられていません」

何人かの女との浮気は許せても、それがひとりとなると不愉快なのかもしれない。しばらく沈黙が流れた。

「少し考えさせてもらっていい？」

「ええ」

「電話番号を教えてもらってもいいかしら？　私から折り返すわ」

ぼくは、携帯電話の番号を彼女に伝える。

「朝から、無礼な電話をかけて……」

電話を切ろうとすると、井上夫人がそれをさえぎった。

「携帯電話の番号を教えるなんて、あなたは不用心ね。もし、その間に、私が井上や東亜印刷に相談したら、あなたはどうするの？所属も名前も分かるわ」

「上席の指示に従って、香港の株主対応で、」

「その程度？」

「元常務が背任で訴えられることには心が痛みますが、物理的にはその程度です。私が背任行為をしているわけではありません」

「分かりました。あなたの依頼を受けましょう。横浜のホテルの具体的な名前を教えてくれるかしら？」

「グランド・インターコンチネンタルです」

すぐに返事がなかったので、ぼくは、同じ言葉を繰り返す。

「一度で十分よ。ひとつ、教訓をあげる。あなたは、結婚されている？」

「独身です」

「じゃあ、結婚して愛人を作っても、逢い引きでは、奥さんと使うよりも格下のホテルを使いなさい」

「そうですね……」

「そうよ。そういう用件のために、各ホテルチェーンは、グランドとかパークとか、いろんな冠を考えているんだから。その心遣いを無駄にすると、こういうことになる。ホテルのフロントには、私がそこに行くなんて、絶対に言わないこと。いい？」

「分かりました」

ぼくの返事を聞くか聞かないかのうちに、井上夫人は、一方的に電話を切ってしまった。

ぼくは、十五分もかからなかった電話に疲れ果てて、そのまま、ソファに横になった。井上夫人から得た教訓は二つだ。ぼくに気力が残っていれば、「浮気をするなら二人以上の女とすること」と、メモを残しただろう。

正午過ぎに、蓮花が部屋に戻ってくる。ぼくは、ソファに横になってぼんやりしていた。

「ナカイさんの用件は、何時からですか？」

「うーん、四時過ぎかな……」

「それなら、一緒に昼ご飯を食べに行きませんか？」

「そうだね」

ぼくたちは、ホテルからランドマークタワーまでのショッピング・モールを散歩して、地下街にある天婦羅屋に入る。その五百メートル程度の間にも、十以上の監視カメラを見つける。

「こうして見ると、日本って監視カメラが多いね」

「リーからそう聞いていましたが、チャイナタウンにもたくさんのカメラがありました」

監視カメラの映像と、交通系ICカード、電子マネー、クレジットカードの利用履歴を合わせれば、日本で秘密裏に何かを実行するのは、維多利亞港《ビクトリア・ハーバー》を挟んで建つインターコンチネンタルからifcまで、綱渡りで通勤するよりも難しそうだ。ふと、澳門のホテルにいるソフィなら、「その分だけ、闇は深くなるのよ」と言いそうだなと思う。

ぼくたちは、のんびりと昼食をとり、来るときとは別のフロアを散歩してホテルに戻った。

時計を見ると、午後三時を回っている。

「そろそろ、お客さんが来る時間だから、ぼくは、ティーラウンジで待つことにする」

「私も同席して構いませんか？」

「どうぞ」

平日の午後のティーラウンジは、客もまばらだった。手ぶらで出てきてしまったので、蓮花が一緒にいてくれた方が目立ちそうもない。彼女は、監視カメラの位置を確認したのだろうか、ぼくが勧めた港の眺めがいい席を譲ってくれた。ぼくは、頬杖をついて、蓮花の肩越しにフロントを訪れる客を眺めていた。蓮花の視線の先には観覧車がある。カジノの建設ラッシュ中の澳門にも、そう遠くない未来に、同じような巨大観覧車ができることだろう。

「お互いに、用件が片付いたら、あれに乗ろうか？」

「ええ」

蓮花は、嬉しそうな表情を見せる。彼女は、まだ三十歳前後の女性で、生まれ育った場所と澳門以外は、ほとんど知らないのかもしれない。

井上が、フロントに現れたのは午後三時半だった。ティーラウンジを眺めると、苛立《いらだ》った表情で煙草に火を点ける女性がいたので、それが井上夫人だと、なんとなく予想がついた。これから愛人が現れて、夫人と諍《いさか》いを終わらせるまでに、ぼくは用件を片付けなくてはならない。

「お客さんが来たみたいだから、ぼくは行くけれど、蓮花は？」

「ご一緒します」


部屋に戻り、井上に電話をかける。

「もしもし」

「いま、井上さんと同じホテルにいます。直接お話ししたいことがあるのですが、井上さんがいらっしゃる部屋番号を教えていただけませんか？」

「失礼な奴だな。名前くらい言ったらどうだ？」

「Jプロトコル香港の中井です」

電話の向こう側にいる井上が黙り込む。想像よりも落ち着いている自分に驚く。その沈黙が、あと五分続いても、ぼくは、次の言葉を井上に譲ることができるだろう。

「何の用だ？」

「私の質問に、答えていただけませんか？　用件は、お会いしてから直接お話しします」

二度目の沈黙の間、煙草に火を点ける。ぼくが密会場所を摑んでいるということだけでも、優位に立っているのがどちらかは伝わる。

「二二〇七号室だ」

「これから伺います」

ぼくは、部屋に備え付けのバスローブの紐を持って、蓮花には何も告げずに部屋を出た。

蓮花は、電話のやり取りを聞いていたはずだが、いつものホテルの従業員の仮面に戻って、そのことには、まるで興味がないかのような表情をしていた。

井上は、廊下で話し合うのは得策ではないと判断したのだろう。ぼくを素直に部屋に入れる。だらしなくネクタイを緩めた自分の上席を見て、ぼくは情けない気分になる。窓際のテーブルに置かれた赤ワインは、すでに栓が開いていた。

「何の用だ？　どうして、ここにいるのを知っている？」

怯えているのは、ぼくではなく、彼の方だった。

「一度に、複数の質問をされても、困ります。どちらから、答えればいいですか？」

「用件はなんだ？」

「ＨＫプロトコルの株式を譲ってもらいたい。額面くらいはお支払いします」

井上が高笑いする。

「ははっ。子会社の雇われ社長になったくらいで、欲を出したか？」

「ええ」

「のぼせるのも、そのくらいにしておけ。黙って帰るなら、今日のことは見逃してやる」

「立ち話もなんですから、座って取引をしませんか？」

「すぐに、この部屋を出ていくのが、おまえのためだと言っているんだ」

語気を荒らげても、井上の怯えが消えていないことを確かめて、ぼくは、彼の横をすり抜けて、彼の愛人が座るはずだった椅子に座った。井上が、ぼくの胸元に腕を伸ばしてきたので、彼の手首を摑んで商談を始める。

「HKプロトコルの存在意義は、市場価格が青天井の暗号化方式の特許権です。その復号方法が公《おおやけ》になってしまえば、金の還流もできなくなる」

「なんで、それを……」

「付け加えるなら、あなたの存在意義もね」

「伴か？」

(伴？　なぜ、ここで、その名前が出てくるのだろう？)

「伴がおまえに、あの復号方法をネタに俺を揺すろうとけしかけたんだな」

(伴は鍋島の失踪を知っているというのか……)

「想像は、あなたに任せますよ」

ぼくは、井上の手首を強く摑んだまま、テーブルの向こうの椅子を勧めた。勝手な想像が、彼に幾ばくかの落ち着きを与えたのだろう。井上は、ぼくと向き合って座る。

「どんな取引だ？　聞いてやろう」

「あなたのJプロトコルでの地位に、手を出すつもりはありません」

「それで、HKプロトコルで何をする？」

「あなたは、私の言うとおりに、東亜とJプロトコルの金庫番を続ければいいだけです。まぁ、この程度のお遊びなら、好きなだけ続ければいい」

ぼくは、部屋を見回して、ワインを指差した。香港に赴任してからワインの値段に詳しくなったが、ホテルのハウスワイン程度なら、豪遊というほどではない。森川なら、その二、三倍の値段のワインを経費で飲んでも、平気な顔をしている。

「そろそろ、いまの愛人にも飽きたでしょう。ご希望があれば、HKプロトコルで、都内に新しい社宅をご用意しても構いません。お得な話だと思いませんか？　HKプロトコルの株式は、その質《しち》みたいなものです」

井上は、ワイングラスを手に取る。ぼくの最初の指示が、自殺だとは考えてもみないのだろう。

「なるほど。俺に、おまえらと組めということか？」

ぼくは、「おまえら」のひとりでもなかったし、井上と組むことも考えていなかったが、うなずいてみせる。

「あなたの選択肢は、東亜の金庫番として用なしになるか、私の傀儡《かいらい》になるかのいずれかしか残されていません。金庫番が、用なしになった後、どうなるかくらい、ご自身でもお分かりでしょう」

ぼくは、立ち上がった。

「さて、そろそろ、彼女も来る時間だし、進退をお答えいただけませんか？」

彼の座る椅子に近づき、彼を見下ろす。

「分かったよ」

「では、HKプロトコルの代表者印と株式の保管場所を教えてください」

ぼくは、横浜港を背景にして窓に映る自分の姿を眺めた。井上にわずかばかりの注意力があれば、陽射しが傾きかけた窓に映る男が、上着から手袋とバスローブの紐を取り出すことに気がつけただろう。同時に、自分自身の冷静さに驚かされる。窓に映る自分の顔には、カジノで小銭をベットするときの緊張さえ漂っていなかった。

（窓に映っているのは、本当に、ぼくだろうか？）

それが自分自身であれば、人を殺すことの罪悪感の欠片《かけら》くらい持ち合わせているような気がする。ここにいるのは、パスポートに記された高橋何某《なにがし》という男で、ぼくは、まだ台北のホテルにいるんじゃないだろうか。けれども、窓に映る男が、バスローブの紐の両端を掌に巻き付けると、手袋越しにタオル地の感覚が確かに伝わっている。

（旅って何だろう？）

ふと、ソフィの言っていた「旅」のことを考える。数分後には、もう戻れない場所へ旅立っているかもしれないのに、ぼくは、旅支度を何もしていない。誰にも、別れの言葉を伝えてこなかった。由記子にさえ……。井上が質問に答えるまでに数秒もかからなかったはずなのに、ぼくは、その間に遠い場所に移動したような気がした。井上の声が遠くから聞こえて、窓に映る男と自分自身の乖離《かいり》が消える。

「さゆりの部屋だ」

(愛人の部屋じゃなくて、Jプロトコル香港の社宅だろ)

「そのことは、Jプロトコル本社もご存じですか?」

「東亜も本社も、俺が預かっていることしか知らない」

ぼくがそれを訊いたのは、東亜印刷本社やJプロトコル本社ではないことを確かめたかっただけだ。Jプロトコル香港とHKプロトコル間の契約書は、東亜印刷かJプロトコルが作成しているに違いないと思うが、彼らとしても無駄なリスクを自社内に置いておくのは避けたのだろう。HKプロトコルの実体がJプロトコル香港の社宅に保管されているなら、別の機会に、ぼく自身として東京に来れば、それを手に入れられる。

「ワイングラスを置いてください。あなたの役目は終わりです」

ぼくの唐突な要求に、彼は、ぼくを見上げて、ワイングラスを床に落としてしまう。ぼくは、彼を見つめて、バスローブの紐を彼の首に回し、そのまま、彼を椅子から引き上げる。井上は、抵抗らしい抵抗をする隙がなかったし、どの時点で息絶えたのか、ぼくは気がつかなかった。紐を引っ掛ける突起を探して、部屋を見回しているうちに、死んでしまったのだろう。殺人なんて、そんなものかと思う。井上の死体を持ち上げる腕は重たかったが、全身を持ち上げているわけでもないので、苦痛を感じるほどでもない。心の中に、何かどす黒いものが宿ることもない。

ぼくは、一旦、紐から手を離し、椅子ごと彼を持ち上げる。絨毯《じゅうたん》に、多少、椅子を引きずった跡を残してしまったが、仕方のない範囲だろう。ぼくは、バスローブの紐をベッドサイドのランプの取付け金具に引っ掛けて、椅子の脚を蹴り飛ばして、井上の身体ごとひっくり返す。室内を見回して、忘れ物がないことを確認する。床にグラスが落ちて、ワインが溢れてしまっている。拭き取るのも不自然なので、ぼくはそのままにして、バスルームに行き、バスローブを束ねている紐をひとつ、上着のポケットに入れて、部屋を出た。

自分の部屋に戻ると、蓮花はいなかった。時計を見ると、午後五時。三十分程度の時間で、ぼくは、善良な市民から、殺人を犯した人間に変わってしまったのだ。ソファに腰を下ろして、煙草に火を点ける。薄暗い部屋のチェストの脇に、自分で置いた紙袋が視界に入る。中身は、香港の仕立屋で作ったインターコンチネンタルのルームキーパー用の制服だ。ぼくは、煙を大きく吐き出して、天井を眺める。

(監視カメラに写らない場所を探して、これに着替えてから、井上の部屋に行く計画だったんだ。どうして、忘れたんだろう？　これじゃあ、廊下の監視カメラを調べれば、井上の部屋に客人がいたことが分かってしまう……)

両手が震えているのに気づく。

(せっかく、ここまでやったのに……。自殺なら、自殺と断定するだけの消去法の材料が必要なのに、各階の監視カメラを追っかければ、井上の部屋の客人は、この部屋から出て行った男だと、すぐに分かることだろう。今夜、誰かが井上の死体に気づいて、監視カメラの解析を始めれば、この部屋に警察官が来る可能性を消せない。いまから、蓮花に電話をかけて、このホテルをチェックアウトした方がいいだろうか。いや、そんなことをすれば、かえって目立つだけだ)

ぼくは、震えを止められない手で、煙草を灰皿まで運べない。絨毯に落ちた灰を靴底で隠して、火の点いた煙草を灰皿に置くのが精一杯だった。

(落ち着けよ。仮にその男が分かったって、この部屋に泊まっているのは高橋渉という男だ。ぼくが台北にいることは、台湾の入国管理局が証明してくれる。だから、落ち着いて、明朝、成田空港で余啓詠という、台中在住の日本語教師になればいいだけだ。そう、何をしたって、いくつかのリスクがあるのは、織り込み済みじゃないか)

今度は、煙草の灰を灰皿まで運ぶことができた。

(由記子……。君は、ぼくが秘密裏に帰国して殺人を犯したと知ったら、どんな顔をするんだろう? ぼくだって殺されそうな立場にあったんだから、それを証明できれば、そんなに刑期は長くない。「二、三年なら待っているから、自首しなさい」って言うんだろうな)

煙草の煙を吸い込んでも、喉に何の抵抗も感じない。

（でも、そうすれば、ニュースにもなるし、刑務所の面会に、名前も顔も変わった鍋島が来てくれるかもしれない。彼女は、何て言うだろう？　「私も刑務所に入ったら、また囚人番号が並ぶかな」くらいの冗談を言ってくれるかもしれない。馬鹿だな……、刑務所は男女別だ。君が女子大に行ったようにね）

鍋島のことを考え始めたときに、ドアの開く音がする。ぼくは、両手に残る震えが止まるほど驚かされるが、リビングに現れた影は蓮花だった。

「用件は、片付きましたか？」

彼女は、すっかり真っ暗になった部屋の入り口で、明かりも点けずに言う。

「片付いた、かなぁ……」

ぼくは、ぼんやりと言った。

「私の用件も終わりました。約束どおり、観覧車に行ってみませんか？」

ぼくは、うなずくこともできないで、影だけの蓮花を眺めた。ぼくたちは、別々の用件を片付けるために東京に来て、自分のことは自分で片付けると申し出たのは、ぼくの方だ。いまさら、彼女に泣きついても、どうしようもない。

「もう少し休んでからでいいかな……」

「ええ。分かりました」

蓮花は、暗い部屋の中を歩いて、ぼくの隣に腰を下ろす。ぼくの指の間で、燃え尽きようとしていた煙草を抜き取って、灰皿で揉み消している。

「ありがとう」

　ぼくがテーブルに置いた煙草のパッケージに手を伸ばそうとすると、彼女は、それをパッケージごと手にして、自分の口に一本を咥《くわ》えて火を点け、ぼくに渡してくれる。ぼくは、もう一度、「ありがとう」と言う。煙草一本分の沈黙が続いた。今度は、自分で煙草を消した。

「蓮花の用件って、何だったの？」

　ぼくは蓮花に訊く。お互いの用件に口を挟まないのは李との約束だったが、蓮花はぼくの用件を概《おおむ》ね知っているのだから、それほど罪のあることでもないだろう。

「あなたを護ることです」

「李先生《シィンサン》の指示？」

「いいえ」

　ぼくは、新しい煙草に火を点ける。いつの間にか、両手の震えが止まっていた。

「依頼人を明かさないことを条件に、私が直接依頼を受けています。それで、ナカイさんと一緒に東京に行けるように、リーに頼みました」

「件の依頼？」

　蓮花は、首を縦にも横にも振らなかった。

「ごめんなさい。依頼人を言わないことも、私の仕事です」

「そうだね」

「ホテルの監視ヴィデオに映ったナカイさんは消えています」

「ナカイさんは、このホテルの従業員の制服を用意されていましたが、それでも、死亡推定時刻に部屋に入った人物がいることは形跡が残ります。第一、大きなホテルでは、フロアごとのルームキーパーはお互いに名前も知っているから、見知らぬ従業員がいれば、かえって怪しまれます。セキュリティ確保のために、ホテルの従業員は、相互に監視するように教育されています。もし、声をかけられたら、どうするつもりだったんですか？」

「どういう意味？」

ぼくは、それもそうだなと思って、黙っていた。

「だから、あの紙袋は、私が使っているチェストの中に隠しておきました」

「どっちにしても、着替えるのを忘れたけどね」

「いいえ。昼食に行く前、ナカイさんは、それを忘れないように、わざわざ、あの紙袋をテーブルの上に置いていました。私が、忘れさせただけです」

「そうだったんだ……。でも、ヴィデオを操作するには、君がホテルのセキュリティ・ルームに行かなきゃならない」

「監視カメラの映像と言っても、ドアのルームナンバーが分かるほど鮮明ではありません。ナカイさんが不在だった時間帯だけ、他のフロアの映像をコピーして、ドアの開閉ログを消せば十分です」

「どうやって？」

しばらく、蓮花は黙っていた。

「方法はいくつかありますが、ナカイさんが知る必要はありません」

ぼくは、そんなことなら、先に言ってくれればいいのにな、と思う。それを察したのか、蓮花が言葉を続ける。

「私の仕事を言わないのも、提示された条件でした」

「それじゃあ、蓮花は契約違反だ」

「ビジネスのバランスが崩れていたからです」

「どうして？」

「ひとりで震えているナカイさんを見たからです。ナカイさんを護りたいと思っている人がいることを、あなたに知ってほしかった」

「そう……。ありがとう。君が、それを教えてくれたことも、ぼくを護ってくれたことも」

蓮花は、ソファから立ち上がると、部屋の明かりを点ける。そこにいたのは、ホテルの従業員の仮面を被った蓮花ではなく、ひとりの女性としての蓮花だった。

「ナカイさんを護ったのは、ビジネスです」

「そうだね。今度、依頼人に会ったら、ぼくが感謝していると伝えてほしい」

ぼくの言葉に、蓮花は寂しそうな顔をした。

「私から、依頼人に連絡する方法はありません」

ぼくは、香港に戻ったら伴に礼を言わないとなと思うだけで、蓮花とともに、横浜港を一望する観覧車に出掛けた。観覧車のゴンドラから、ホテルの地下駐車場に入って行く救急車と警察車両を眺める。ホテルの要望なのか、どちらもサイレンを消していた。

（ずいぶん、早くに発見されたな……）

そのときには落ち着きを取り戻していて、井上夫人が部屋に乗り込みでもしたのだろうと、冷静に考えることができた。

†

木曜日の午後、蓮花とぼくは、何事もなかったかのように、台北の桃園国際空港で別れた。ぼくは、李に支払う残金である十万香港ドルが入った封筒を蓮花に渡して、市内のアンバサダ・ホテルに向かった。二日半ぶりにホテルの部屋に入ると、電話のメッセージ受信ランプが点滅している。メッセージは由記子からのものだった。

ぼくは、セイフティ・ボックスに入れておいた自分自身のパスポートを眺めながら、香港のホテルにいるだろう由記子に電話する。

「三回も、ホテルに電話したのに、何をしていたの？」

「仕事が早く片付いて、台湾国鐵《こくてつ》の周遊券を見つけたから、台湾を一周してきた」

「ホテルの人は『不在です』としか言ってくれなくて、二日も不在だなんておかしいから、捜索願を出してくれって言っても、『不要です』なんて、断られるし」

「客のプライバシィを守るのは、彼らの仕事だからしょうがないよ。ホテルからしてみれば、由記子がぼくのガールフレンドであることを確認できない。それに、二日、不在にしたくらいで、捜索願は大袈裟だろう」

ぼくは、自分のパスポートのページをめくる。海外出張が多かったのと、赤い表紙が嫌いで、ぼくは五年間有効のパスポートを使っていた。そのヴィザのページもスペースがほとんどなくなっているので、あと二、三回、香港からどこかに行くことになれば、領事館で増補の手続きをしなくてはならない。そんな日常的なことが、とても幸福に感じられる。

「今度から、そういうことをするときは、ちゃんと連絡してよ」

「うん。心配かけて、ごめん」

ぼくは、パスポートを眺めながら、話題を変える。

「由記子は、そのうち、旅行に行くって言っていたけれど、どこに行くか決めた？」

「まだ、何も考えていない。私にとっては、香港でも十分に外国だし、こんな高級ホテルに泊まっていれば、しばらく旅行なんてしなくていい気分」

「そうだね」

「優一は、これからもときどき出張があるの？」

「うーん、分からない」

「今度、優一が出張するときは、一緒に行こうかな」

「旅費は、由記子の自腹だよ」

「当たり前でしょ。私の旅費まで経費で落とすって言われたら、旅行も楽しめなくなる」

ぼくたちが勤めていた企業の役員は、愛人宅の賃料まで経費にしていたんだよと言いたくなる。でも、それも終わったことだ。

「由記子は、いつも正しいね」

「優一は、董事長の仕事に慣れても、彼女の旅費を経費にするようなことをしちゃ駄目だよ」

「うん、分かっている」

電話を切って、静かな部屋でパスポートを閉じると、ぼくの二泊三日の亡命は終わったのだと実感する。

ix Hong Kong - Autumn

十一月最後の月曜日に、ぼくは、ｉｆｃの二十二階から、中環《セントラル》の街並を見下ろして、香港にも冬が来るのだろうかとぼんやり考えていた。東京にいたころからそうしていたように、休暇明けには、仕事を始める憂鬱さを紛らわすために、ぼくは、いつもより一時間早く出社する。森川は、その習慣を知っていたのか、ぼくより先に出社していた。

「おはようございます。電話でも申しましたが、早く出社するときは連絡をください」

朝の挨拶もそこそこに、普洱茶《プォーレイ》を淹《い》れながら、森川は苦言を口にする。こうやって休暇明けのひとりで過ごす時間を邪魔しているのだから、小言は不要ではないかと思う。

「休暇中に何かあった？」

「水曜日の夜に、Ｊプロトコルの井上副社長がお亡くなりになりました」

森川は、仕事とは全く関係のない交通事故のニュースを語るような口調で言い、一週間分の日本の新聞の中から、その記事が載った土曜日の朝刊を差し出す。黄色の付箋《ふせん》がつけられている。ぼくは、何も答えずに、その付箋のついた記事を読む。小さな訃報欄だった。

『井上由典　五十五歳、十一月二十五日死去。神奈川県鎌倉市。Jプロトコル代表取締役・副社長（現職）。昭和五十三年、東亜印刷入社。平成十三年まで東亜印刷常務取締役・執行役員。葬儀は親族のみで密葬』

「董事長《ドンシィジョン》が不在でしたので、当社からは、副董事長のご判断で、社名と董事長名で、それぞれ弔電のみを送るように手配中です」

「死因が書かれていないけれど……。副社長なら、社葬があるのかな」

「本日、副董事長が、Jプロトコルに問い合わせるそうです」

「そう……」

　死因を載せられない訃報もある。ぼくは、森川が部屋を出ていった後、木曜日からの新聞に目を通す。井上の死亡に関する記事は、土曜日の朝刊に載った訃報だけだった。死亡から新聞発表までの二日半、Jプロトコルの広報部は、事件性の揉み消しに追われたことだろう。もっとも、東亜印刷が圧力をかければ、新聞社も動きが鈍ったはずだ。メディアとキャリアの力関係は、結局のところ、キャリアに軍配が上がる。訃報が公表されれば、高木から連絡がありそうなものだと考えて、パソコンのメールボックスを開けたけれど、彼からのメールは来ていなかった。その他にも、すぐに読まなくてはならないメールは何もなかった。

　占い師のソフィが言うとおり、これが王としての旅の出来事であれば、ずいぶんとちっぽけな王だなと思う。王としてのぼくの旅は、三十二ページもある新聞のたった四行の記事にしかならない。ぼくは、ただ、自分の身を守るために、井上を殺したのだ。眠気が襲い、ぼくは、革張りの椅子に身体を預けたまま、浅い眠りを漂う。

夕方になって、個人契約の携帯電話に、伴から短いメールが届いた。

『午後六時に、HKプロトコル本社で待っている』

ぼくは、返信を出さずに、定時になってからオフィスを出た。ifcの近所には、子ども向けの土産物屋が少なく、中環の郵政総局内にある土産物コーナーに向かった。探していたものは、思いの外すぐに見つかって、それを五十五香港ドルで手に入れる。郵政総局の緑色のビニール袋を持って、中環から銅鑼湾《コーズウェイベイ》までラッシュのトラムに乗って向かった。混雑したトラムの中から、ネオンがきらめき始める皇后大道《クイーンズ・ロード》を眺める。朝から続く眠気が、身体から抜け切らずに、誰かの夢の中にいるような感覚だった。

HKプロトコルのオフィスがある雑居ビルに入り、四階まで上がる。エレベータを降りるまで、目指すオフィスが何番目のドアだったのかを思い出せなかったけれど、四階で明かりの点いている部屋はひとつしかなかった。ドアを開けると、伴は、窓を背にした上席用の椅子に座っていた。

「休暇は、どうだった?」

ドアを後ろ手で閉めるぼくに、伴が訊く。

「ん?　どうだろうな……」

「田嶋さんが、中井に連絡がつかないって、俺に電話をしてきた。出張だって偽っているなら、俺にくらい裏を合わせた方がいいよ。もう少しで、話が噛み合わなくなるところだった」

「悪いね」

　ぼくは、伴の座る席に一番近い、事務机の椅子に腰を下ろす。

「この部屋の盗聴器類は、全部、クレンジングした。で、何から話そうか？」

　伴は、机の上に並べたコンセント・プラグや、コードを外した電話機やらを指差して言う。

「今回の左遷人事で、どうして、伴が道連れになるのかなって、ずっと考えていた。Jプロトコル香港の金庫番なら、俺だけでも十分だろ」

「その理由は、井上から聞いた？」

　出張を偽ったことしか言っていないのに、伴は、ぼくが井上と会ったことを知っている。

　ぼくは、首を横に振った。

「聞かなかった。ただ、彼は、伴が俺を唆《そそのか》したって言っていた」

「何のために？」

「俺が、聞きたい」

　伴は、席を立つと、キャビネットのひとつを開けて、灰皿を持ってくる。

「伴は、このオフィスの鍵を最初から持っていたんだね。灰皿のありかも知っている」

「うん」

「株券のことも、伴と井上の計画？」

「井上は余計だよ。俺の計画だ」

「あの日、バンコクからのフライトが澳門《マカオ》に着くことを知っていた？」

伴が、首を横に振る。

「まさか……。いくら何でも、フライトの到着地を変更することなんかできない。だいたい、香港から澳門にダイバートするなんて、石垣島から台北《タイペイ》に変更するのと同じくらいの大事《おおごと》だよ。距離は近くても、違う行政地域だ」

ぼくたちは日本のパスポートを持っていたから、たいして気にも留めなかったが、香港に入境できても、澳門には入境できないパスポートもあるかもしれない。

「でも、香港に着いたら、中井を澳門に誘うつもりだった。バンコクを発つ前に、香港のホテルはキャンセルしていたんだ。だから、香港への到着が遅れると分かったときに、その計画は、一旦、日を改めようと諦めた。真夜中に、香港から澳門に行くフェリーに乗ろうって誘っても、不自然だしな。それで、空港で夜を明かそうって提案した」

ぼくは、伴の話の続きを待って、煙草に火を点ける。

「直接、澳門に着いたときは、俺も驚いたけどね」

「だろうね。俺が、カジノで株券を買う資金を得られなかったら、どうするつもりだったんだ？」

「俺が、大勝ちしたことにするつもりだった。おまえの博才《ばくさい》のなさは知っているし、そんなに興味も持たないだろうと思っていた。もともと、三十万香港ドルは持っていたんだ。関係ないけれど、あの夜、俺は、珍しくブラックジャックで負けた」

（それで、あのとき十五万香港ドルも持っていたのか……）

「なるほど。でも、何のために、俺に株券を買わせたんだ？」

「HKプロトコルの存在を教えるためだ」

「じゃあ、もう少し前から、件の計画を聞かないとね」

「そうだね。二年前、俺は、井上に直接呼ばれて、Jプロトコル香港への出向を指示された。副社長が、主任を呼び出すなんて何事かと思った。理由は、鍋島と同じ高校を卒業していたからだ」

「俺には、そんな話はなかったけれど」

「俺も疑問に感じたけれど、井上のかけた検索に、技術職か理系っていうキーワードを入れたからだろうな。井上は、中井も同じ高校を卒業しているのを知らなかった。だから、Jプロトコル香港に道連れを喰ったのは、俺じゃなくて、おまえの方だよ」

「井上の話って、どんなものだった？」

「Jプロトコル香港に出向して、鍋島とコンタクトを取ること。二〇〇五年に、鍋島がHKプロトコルから姿を消したことで、井上は何人かのブローカーに鍋島を捜させた。けれども、それから二年経っても成果はなくて、費用対効果が悪くなってきた。それで、俺を香港周辺で泳がせれば、鍋島から俺にコンタクトがあるんじゃないかと期待したわけだ」

「つまり、釣り糸の先の餌にさせられたわけだ」

「まぁ、そうだね。気に喰わない話だから、俺は、一旦、回答を保留した」

伴は、二年前の井上に持ち掛けられた話を始めた。

井上によれば、鍋島は、Jプロトコルが商品化しているICカードの暗号化方式の開発者で、Jプロトコル香港の関連企業の技術フェローだった。その彼女が、突然、失踪したという。井上としては、JプロトコルのICカード事業が軌道に乗り始めた時期で、技術フェローとしての鍋島を他社に移籍させるわけにはいかない。また、鍋島は、その関連企業の株式の一部を持っている。それで、彼女を捜し出してほしいというのが、井上から伴への依頼だった。

伴は、それだけで一介の主任が呼び出されるのはおかしいと感じ、自分で当時の鍋島のことを調べた。インターネットで「鍋島冬香」を検索すると悪趣味な画像が出てきて、他にもJプロトコル香港が鍋島を脅迫した痕跡を見つける。その時点で、伴は、HKプロトコルとJプロトコル香港の関係まで調べて、大方の金の流れと井上の役割を把握した。

「そのころには、中井と仕事をして、自分に必要なブローカーの探し方も、ブローカーとの付き合い方も教えてもらっていたしね」

「俺から？」

「そうだよ。表面に見えている事情の裏側を知りたければ、それを調べるブローカーを探す。相手の弱みを握ってから、単刀直入に交渉を進める。中井のビジネス・コードだ」

「まぁ、そうかもね」

そうは言ってみたものの、なんだか腑に落ちない。伴ならば、ぼくから教わらなくても、ブローカーとの付き合い方くらい、自分で習得するだろう。そして、ぼくよりも上手に、彼らと付き合うに違いない。

「それをネタに、井上に取引を持ち掛けた。『鍋島とコンタクトを取りたいなら、いまよりも確度の高い方法がある。でも、鍋島を捜し出す必要を教えてくれないかぎり、それは引き受けない』ってね。そこで初めて、鍋島が失踪する前に、現行の暗号化方式に復号方法があると、HKプロトコルの社員に漏らした話を聞かされた」

伴は、その話を聞いた時点で、井上に復号方法を開示させたと言う。けれども、伴によれば、その復号方法は、どうしても秘密にしなくてはならないほどのものではなかった。Jプロトコルのエカードには、RSA暗号化の派生方式を採用しており、秘密鍵と公開鍵がある。平文を暗号文に変換する際に公開鍵を用いるが、一旦、暗号化されたデータを平文《ひらぶん》に復号するには秘密鍵を必要とする。通常、秘密鍵は厳重に管理されて、外部に漏れることはないし、仮に公開鍵を手に入れたとしても、そこから秘密鍵を再生することは不可能に近い。

「どんな暗号だって、時間をかければ必ず解けるんだ。暗号化方式の優劣は、復号にどれだけ長い時間がかかるかによって決まる。ところが、井上が見せた復号方法、つまり秘密鍵の再生方法は、俺からしてみれば、たいしたものじゃなかった。それで、俺は、井上がその暗号化方式の脆弱《ぜいじゃく》性を東亜印刷に報告していないと想像した。東亜印刷かJプロトコルで、あの復号方法を検証すれば、それくらいは分かったはずなのに、井上は自分が用なしになるのに怯えて、単独で動いていた。だから、おおっぴらに鍋島を捜索できない。でも、俺は、鍋島ならもっとスマートな解答を持っていたはずだと踏んだ。だからこそ、鍋島が失踪した理由も想像がついた」

「それで？」

「もし、鍋島を見つけ出すことができれば、Jプロトコルをひっくり返すこともできる。だから、おまえを道連れにすることを提案した。中井部長代理なら高校で鍋島と付き合っていたから、彼を香港で泳がせれば、彼女からコンタクトを取ってくるはずだ、ってね」

「それなら、どうして、二年前の時点で、俺たちは香港に出向させられなかったんだ？」

「井上は、俺の話には半信半疑で、海外進出の緒《いとぐち》を摑もうとしている中井の能力を買っていたんだ。自分のミスを秘密裏に片付けたい気持ちと、海外進出による自分の成功を天秤にかけて、おまえに見切りをつけられるタイミングを待ったっていうわけだ」

中間管理職として役員から評価されるのは喜ばしいが、結局、ぼくは捨て駒に過ぎなかったのだ。

「Jプロトコルをひっくり返して、どうする？」

「調べてみたら、Jプロトコル香港はアペンディクスだ。入ることはできても、出ることはできない。井上から鍋島の話を聞いた時点で、俺はもうアペンディクスに入り込んでいた。無駄に足掻《あが》くなら、ひっくり返す方が早い」

「なるほどね。もしかして、人事のデータベースで、俺のレコードにTBDって記録されているのは、伴の仕業？」

ぼくの問いに、伴は驚いたようだった。

「中井は、どうしてそれを知っている？」

「左遷人事だと、余計な心配をしてくれる奴がいるってことだ」

「田嶋さん？　総務部も人事のデータベースにアクセスできるのか？　だから、井上を殺したんだ？」

「うん」

「それは、俺の役目だったんだけどね。俺は、井上に頼んで、中井の人事情報にあり得ない書き込みをした。副社長なら、適当な理由をつけて、データベースの操作を指示できる」

「何のために？」

「中井は、仕事のことは、何でも調べるのに、自分のこととなると、途端に興味を持たない。だから、おまえにHKプロトコルの存在を知らせる必要があった。頃合いを見計らって、Jプロトコル香港がアペンディクスで、中井はもうすぐ自殺することを教える。さらに、鍋島が逃げ続けている理由も、おまえに話せば……」

ぼくが、伴の想像を肯定したのは、最後の井上を殺した部分だけだった。けれども、伴の誤解を正さなかった。

「そうすれば、俺は、本気で鍋島を捜し出すことになると？」

「うん。このオフィスから、鍋島の痕跡を見つけ出して、何かのヒントくらいは得られるはずだとね」

　ぼくは、身体から抜け切らない眠気を追い払いながら、件の話を整理する。

「どうして、李清明がＨＫプロトコルの株式を持っていることが分かった？」

「香港のブローカーに、ＨＫプロトコルの株式を買い取る仲介の依頼をかけた。半分は、鍋島から連絡が入るかなって、期待したけどね」

　ぼくは、事務机に頬杖をついて、しばらく件を眺めた。古びた蛍光灯の下で見る彼は、なんだか老けたような気がする。

「そんな回りくどいことをしなくても、最初から俺を捲き込めばよかったんじゃないのか」

「最初の時点で、こんな不正を知ったら、中井は違う行動をとるだろう？　中井は、正攻法に過ぎるんだよ。新聞社かテレビ局に、Ｊプロトコルの不正を持ち込んだって、俺と井上が蜥蜴《とかげ》の尻尾《しっぽ》になるだけで、何も変わらない」

「まぁ、そうだな……。李清明は、この話をどこまで知っている？」

「分からない。ブローカーには、俺の名前を伏せて『バンクォー』という依頼人で仕事をさせた。それに応じてきた相手も『カイザー』としか名乗らなかった。彼と実際に会うまでは、どちらもシェイクスピアの戯曲の登場人物だなくらいしか考えていなかった。彼が李清明だと知ったのは、おまえと一緒に会ったときが初めてだった」

「じゃあ、李清明は、どうやって澳門で俺に声をかけてきたんだ？」

「澳門に着いたら、俺はあのホテルに『バンクォー』というサインでチェックインする。それで、俺の連れが中井だと連絡が行くことになっていた。最初、あの夜に俺たちに声をかけてきた娼婦が、カイザーの仲介役かと思って食事に誘った」

「本当にそうかもしれないね。彼女たちは、まっすぐ俺たちに近づいてきたし、戯曲の科白《せりふ》も言った。俺が王になるって言っただろ。『マクベス』で、三人の魔女が言う科白だ」

「李清明に確かめたけれど、あの娼婦たちは、何の関係もなさそうだった。でも、もし、中井の言うとおりだとしたら、俺は、いつ死ぬんだろうね」

伴が、皮肉っぽく笑う。

「どういう意味？」

「だって、マクベスは、バンクォーに三人の暗殺者を仕向けるだろ」

「まぁ、それはないな」

そう応えながら、ぼくは動揺した。ソフィに言われた「間抜けなの？」という言葉が、頭の中にこだまして、王として旅を続けることと、『マクベス』のあらすじが重なる。このまま旅を続ければ、ぼくは、伴を殺し、由記子を失うということなのだろうか。

「俺からも、訊いていいか？」

ぼくはうなずいた。

「この部屋で、何を見つけた？」

「何って？」

「この部屋に最初に来たとき、俺が調べていない方のキャビネットを開けて、中井は鍋島の写真を見つけるはずだった。でも、中井は、何もしないで、この椅子に座っていた。にもかかわらず、あの後、中井は、ひとりで李清明のホテルに行っているし、先週は台北に行くと言いながら横浜にいた。この部屋で、何を見つけたんだ？」

伴がそこまで知っているということは、李が、ぼくの依頼を伴に流しているということだろうか。

「自分が自殺することになるのを知ったら、誰だって、手を打つんじゃないのか？」

「それなら、なぜ、この話に鍋島が絡んでいることに、何も疑問を感じていない？」

ぼくは、伴の質問に答えなかった。

「インターネットに流出した鍋島の写真を消すことはできないのか？」

「一度、流出したものは無理だよ。消しても消しても、どこかから出てくる。香港大学の秀才だからな。暴露趣味の奴の他に、妬《ねた》みもあるんだろ。鍋島が戻らなければ、香港大学の准教授の席がひとつ空く」

「そんなものか……」

ぼくは、新しい煙草に火を点ける。

「で、まだ、俺の質問に答えていないよ」

「何の質問？」

「インターネットで鍋島を検索したって、それとＨＫプロトコルは結びつかないだろ。どうして、鍋島が絡んでいることに、疑問を感じていない？　あるいは、もうすでに、鍋島とコンタクトを取れたのか？」

「答えないとならないかな？」

「俺は、腹を割って話しているつもりだけれど……」

「一ヶ月遅れでね。それに、なぜ、俺が李清明に連絡を取ったことを知っている？　李清明と繫がっているのか？」

「中井の携帯電話に、GPS情報の発信ソフトをインストールした」

「何のために、俺の居場所を知る必要がある？」

「鍋島とコンタクトを取れたのか知りたいから。夜の十一時過ぎに李清明のホテルに行ったりしているから、てっきり、鍋島に会えたのかと思った」

「なぁ……、それなら、俺に直接訊けばいいだろう」

「だから、いま、こうやって訊いている」

ぼくは、ため息をついて、まだ半分も吸っていない煙草を揉み消した。

「そのことに腹を立てた？」

「どうかな……。ただ、この状況で、腹を割って話していると言われても、『はい、そうですか』とは言えない」

「まぁ、そうだな。でも、いま話したことがすべてだ」

ぼくは、拭い切れない眠気の中で、何かに怒りをぶつけたい気分だった。

「鍋島とコンタクトを取れたかっていう質問に対しては、分からないとしか言いようがない。

四年前の鍋島からのメッセージを受け取っただけだ」

「どんなメッセージ？」

「個人的な思い出話だよ。誰にも話したくない」

「そっか……」

ぼくは、煙草を吸いながら、この前、伴が扉を開けなかったキャビネットを眺めた。伴が、そのぼくを眺めているのを感じる。

「こういうときは、煙草を吸う習慣のある中井が羨ましい」

「同情するけれど、もう二本しか残っていない」

「それで、井上を殺して、どうするつもりなんだ？」

「考えていない。俺は、鍋島を捜し出すまでは、自殺なんかできないって思っている」

「中井はそれだけで人を殺すのか？」

「伴だって、同じじゃないのか？　アペンディクスに入り込んでしまったら、足掻いて体力を消耗するより、ひっくり返すか、行き止まりの壁を壊すのが合理的だ」

伴は、黙って立ち上がると、古ぼけた鍵を、ぼくの座る机に置く。

「このオフィスの鍵だ。二つあるから、ひとつは中井が持っておけよ」

「ありがとう」

「俺は、中井と違うよ。いまは話せない事情がある」

ぼくも伴も、もう三十八だ。誰にも話したくないことのひとつや二つはあるのだろう。

「もし、メッセージ以外に、鍋島から受け取ったものがあって、俺と共有してもいいときがきたら、それを見せてほしい」

「うん。考えておく」

伴は、その返事で、ぼくがすでに何かを受け取っていると察したことだろう。

「先に帰る。煙草の火が消えたのを確かめてから、鍵を閉めてくれ。吸い殻は、あのじいさんが水曜日に掃除する」

「了解」

伴は、オフィスのドアを開けると、背中を向けたままで話を続ける。

「明日から木曜日か金曜日まで、井上の引継ぎ関係で東京に出張なんだ。香港に戻ったら、また話す時間を作れないか？」

「いいよ。その前に、頼みがある」

「何？」

伴は、ドアを半開きのまま、振り返った。

「このオフィスにある鍋島の写真は、すぐに片付けてくれ。見たくもない」

「分かった。嫌な気分にさせて悪かったね」

ドアが閉められてから、ぼくは、伴が戻ってこないことを確かめて、伴が座っていた上席用の机に移り、郵政総局の土産物コーナーで買った積み木カレンダを取り出す。それは、想像したとおり、その机にある カレンダの積み木と、ほぼ同じ大きさだった。規格はなくても、製造元が限られているのだろう。ぼくは、そのカレンダの積み木を手に取り、アンダーバーのついた6の面を探す。けれども、数字が記された二つの積み木は、ひと月の間に、どこにでもある積み木に置き換えられていた。誰かが、それは十中八九、伴だろうが、すでに、中が空洞になった積み木に気がついたのだろう。ぼくは、買ってきたカレンダの積み木を掌の上で転がしながら、パッケージに残っていた二本の煙草を吸った。

「ストレートに、積み木の中身を渡してくれって言えばいいだろう」

ぼくは、ひとり言をつぶやいて、郵政総局のビニール袋に積み木カレンダを戻してから、その古いオフィスをあとにする。ビルを出て、銅鑼湾の粥麵専家《ゾッミンジュンガ》でサン・ミゲルの瓶ビールを飲みながら、鍋島が香港に残した痕跡が、ひとつずつ消されていくのを寂しく思った。

†

伴が東京に出張した一週間、ぼくは、常に眠気に苛《さいな》まれていた。由記子と食事を取っているときでさえ、ときどき微睡《まどろ》んでいて、彼女から不満と注意を受けるほどだ。喪に服しているのか、Jプロトコル香港の社内は静かで、森川と高級レストランに行くこともなかった。

ぼくは、董事長室の椅子で、浅い眠りの中を漂っていた。

「お身体、大丈夫ですか？　最近、よくうとうとしていらっしゃいます」

午後三時、お茶を持ってきた森川が、心配そうな表情をしている。

「日本語の通じる病院を探しましょうか？」

「いらない。疲労感があるとか、夜中に目が覚めるとかじゃなくて、ただ眠いだけなんだ。そんな説明をされても、医者だって困る。ここで寝ているとき、私はうなされている？」

「いいえ。どちらかというと、安らかな感じでお休みになっています」

「そう。じゃあ、問題ないよ」

「ええ……。いま、お仕事の話をしても、構いませんか？」

「どうぞ。勤務時間中だしね」

「さきほど、副董事長から架電があって、来月のHKプロトコルとの契約締結が遅れるそうです」

「副董事長は、遅れる理由を言っていた？」

「いいえ。先方からの一方的な通知だそうです」

「特許の利用に支障はない？」

「副董事長に、それを伺ったんですが、Jプロトコルから弁護士に相談するそうです」

「まぁ、急に、暗号化方式を使えないと言われても、こちらとしては何十万枚も発行したカードを回収するのは物理的に不可能だ。水道局が一方的に『解約します』と言ってきても、正当な理由がなければ、水道を使えるのと同じだよ」

「そうだといいのですが」

森川は、机を挟んで腑に落ちない顔をしている。ぼくは、二ヶ月前に彼女と初めて会ったときと同じ、芥子《からし》色のスカートだなと思う。この街は、季節の進みが遅い。

「森川は、何か心配事でもある？」

「ええ」

「私からも、副董事長とJプロトコルに問い合わせるから、森川は心配しなくていいよ」

「私が心配なのは、董事長です」

「どうして？」

「なぜ、こんな重要なことが、董事長ではなく、副董事長に先に伝わるんですか？」

森川の言うとおりだ。伴は、東京で何をしているのだろう？　ぼくは、彼女の問いに答える言葉を見つけられない。森川は、ぼくから視線を逸らして、部屋の中を見回す。董事長室とは別の場所、つまり、会話が録音されない場所で話したいときの彼女の合図だ。

「副董事長は、香港にいつ戻るか、言っていた？」

ぼくは、彼女と二人になると、余計なことまで話してしまいそうで、その合図を無視した。

「明後日、金曜日にお戻りになるそうです」

「じゃあ、そのときに、私から副董事長に事情を訊いてみるよ」

森川は、不満そうな表情を隠さないまま、部屋を出ていった。


夕方、ホテルの部屋に戻ると、由記子からも医者に行くことを勧められる。

「ただ眠いだけで、身体に異常があるわけじゃない」

「優一は、自分を眠らせることで、何かから逃げているみたい」

「心配かけて、ごめん。でも、一時的なものだと思う。軽く飲もうよ」

ぼくは、冷蔵庫を開けて、ダイエット・コークとラムをテーブルに置く。

「私は、ワインでもいい？」

由記子は、赤のハウスワインのハーフボトルを持ってくる。ぼくは、由記子がキューバリブレを作ってくれるのを眺めながら、ワインの栓を抜く。

「先週の出張、本当はどこに行っていたの？」

祝福するあてのない乾杯をした後、由記子が唐突に訊いてきた。彼女がそんなふうに訊くのは、何か根拠があってのことだろう。

「どこか、変かな？」

「うん。この四日間、優一じゃない人といるみたいな感じなの。何て言えばいいのかな……。優一に抱かれているときも、違う人の手みたいな感じがする。冷たい感じの手」

ぼくは、何も答えずに、自分の掌を眺めた。

「優一が台北にいた木曜日に、携帯に電話があった。本社の高木さんっていう人。優一の携帯だから勝手に出たら悪いなって思ったけれど、優一と連絡が取れなくて不安だったせいもあったし、三回もかかってきたから……」

「そう。高木は、何か言っていた？」

そう答えながら、携帯電話の着信履歴を確認しなかったのを後悔する。

「優一は、どこにいるのか？　って訊かれた。高木さんって、優一の同期の人でしょ」

「うん。同期で最初に課長になった奴」

「優一が、携帯を忘れて台北に出張していることを告げたら、『本当に台北？』って訊き返された」

「それで？」

「台北のアンバサダ・ホテルにいるから、ホテルに電話すればメッセージを残せるって答えたら、『島田さんは連絡が取れているのか？』って言うの。私が、取れているって答えたら、『それならいい』って、ぶっきら棒に電話を切られちゃった。けれども、電話の後、どうして、台北にいることを確認する必要があったんだろうって不安になった」

由記子は、グラスに注いだ赤ワインを眺めるだけで、ひと口も飲んでいない。ぼくは、彼女に先週の出来事をすべて話してしまいたい衝動に駆られる。けれども、由記子をこの件に捲き込みたくない。ぼくは、慎重に言葉を探した。

「先週、Jプロトコルの井上副社長が亡くなったんだ。それで、連絡を取りたかったんだと思う。ぼくの前任者だしね……」

「知らなかった。どうして？」

「死因は、新聞に載っていなかったから、突然死なのかも」

「そう。お葬式は？」

「件が、昨日から東京に出張している」

「優一は、行かなくていいの？」

「個人的に付き合いがあるわけじゃないし、二週間続けて香港を空けるのも、いろいろと都合が悪いから、伴に代わってもらった」

由記子は、初めて、ワインを口に運ぶ。

「なんだか、心配」

「どうして？」

「優一に心配をかけたくないから言っていなかったけれど、総務では、Jプロトコル香港って、あまりいい話を聞かなかった」

「たとえば？」

「過去に何人か、公金横領があったって」

由記子は、Jプロトコル香港が出口のない会社であることを知らないのだろう。グラスに残っていたキューバリブレを飲み干す。

「Jプロトコルより、経理のチェックが甘いのは事実だよ。副部長クラスに、突然、役員室を与えられて、秘書もつく。仕事で高級レストランに行って、そこの支配人とも顔見知りになる。いつの間にか、自分が偉くなったような気分になるんだろうな」

「優一は、大丈夫？　恐くて訊いていなかったけれど、一泊五千香港ドルのこの部屋は経費で落としているの？」

「二千香港ドルは社宅費として出ているけれど、残りの三千香港ドルは自腹」

「日本円にしたら、毎日、三万円以上も使っているんだよ。そのお金は、どこから出ているの？　それに、社宅費として出ている分だって、一ヶ月にしたら、八十万円近くだよ。東京じゃ、考えられない」

「香港の住宅事情から言ったら、駐在員用レジデンスの相場は月額六十万円程度だから、役員としては妥当な線だ。自分で負担している分は、貯金を切り崩している。いろいろなことがあって、このホテルが安全なんだ」

「安全ってどういう意味？」

　やっぱり、ぼくは、由記子に嘘をつけない。あるいは、由記子に自分の状況を打ち明けたい気持ちが、隙を作ってしまうのだろうか。

「由記子が、総務部に異動したころ、海外出張の際には、パソコンをできるだけ持ち出さないように通達があっただろ。持ち出すときでも、ホテルでは必ずセイフティ・ボックスに入れるようにって」

「うん」

「このホテルなら、その心配がない。もちろんパソコンを立ち上げるときには、スパイウェアのチェックをするし、メールも信頼できる相手からしか受け取らない。でも、他のホテルや、家政婦を雇ったりするよりは、ずっと安全っていう意味」

「それが、毎日、三万円？　優一は、そんなに貯金があるの？」

　Jプロトコル香港の役員報酬と、海外赴任手当のほとんどが、ホテル代に消えている。それでも、無理やりワインを飲まされて、バスタブで水死するよりは安い。

「いまは、その価値があるとしか言えない」

「ねぇ、やっぱり心配だよ。東京に戻ることはできない？　Jプロトコルを辞めたって、二人で働けば、何とかやって行ける」

ぼくは、二杯目のキューバリブレを眺めながら、ふと、森川のことを思い出す。森川なら、ぼくの置かれた状況で、月に九万香港ドルの自己負担が高くないことを、何も言わなくても分かってくれるだろう。ぼくが中井優一としているかぎり、東京だろうがホーチミン・シティだろうが、どこにいても、安全とは言い切れないのだ。それなら、Jプロトコル香港に留まっている方が、いくらかましだ。ここにいれば、危険が迫ったときには、森川が何らかの方法で伝えてくれるに違いない。

ぼくは、由記子の手の中にある赤ワインを眺めながら、心が離れて行くのって、こんなときなんだろうなと思う。

「いつか、そんなに先じゃないときに、由記子にちゃんと話すことができればいいけれど……」

「やっぱり、いまは、私には話せない秘密があるの？」

優しい恋人が離れていく兆しだと分かっていても、ぼくはうなずくしかなかった。

†

翌日、森川が運んできた新聞に封筒が挟まれていた。ぼくは、森川がお茶を淹れて董事長室を出ていくのを待ってから、封を切る。

『董事長へ

伴副董事長とは、二十年来のお付き合いということで、私からの話は聞きたくないということなのだと思いますが、やはり、いまの副董事長に信頼を置くのは危険かと思います

最初にお会いした日にお話ししましたが、Jプロトコル香港には、人を変えてしまう歪んだ力があります。董事長がお気づきかどうか分かりませんが、副董事長は、赴任されたときに比べると、人が変わったように感じます。副董事長は、意識的に董事長から距離を置いているように思えるのです

どうか、董事長ご自身の安全を優先してください

話は変わりますが、今度、体調がよいときに夕食に誘ってください。SOHO《ソーホー》に、気持ちの好さそうなヌーベル・シノワの店を見つけました。残念ながら、接待向きではないので、割り勘です

かしこ

03/12/2009　森川佐和

追伸　私は安全な場所にいます』

ぼくは、手書きの手紙をもらうのは久しぶりだなと思いながら、オフホワイトの便箋に書

かれた森川の字を眺める。走り書きのメモとは違い、癖のない文字が森川らしい。由記子が香港に来てから、森川と夕食をとっても、それは仕事の範囲のみで、二軒目に誘うことがなくなっていた。ぼくは、その手紙をシュレッダーに入れるべきなのだろうと思いながら、そうすることができずに、便箋を封筒に戻し、上着のポケットに入れる。

——追伸　私は安全な場所にいます

森川がぼくに伝えたかったことは、食事の誘いではなく、その一文だろう。

「なぁ……、君の自信は、何を根拠にしているんだ？」

ぼくは、天井の飾りファンに取り付けられた小型マイクに向かって、小さな声で言葉にしてみる。彼女が、会社のパソコンも自宅のパソコンも使わずに、わざわざ手書きの手紙にしたのは、それが、このJプロトコル香港では一番安全な通信手段だからだ。社員の自宅のパソコンをハッキングすることなんて、そんなに難しくない。そして、彼女が伝えたかった一文を裏返せば、ぼくは、まだ安全な場所にたどり着いてはいないことを意味するに違いない。澳門のホテルにいるソフィの言葉が正しければ、旅を続けるために、まだ片付けなくてはならないことが残っているのだ。

「だから、いまは、伴に付いて行くしかないんだよ。あいつを信頼するかは、その途上で考えなきゃならないんだ」

ひとり言の先に、再び、微睡みが覆い被さってくる。

†

伴は、金曜日の夕方にｉｆｃのオフィスに戻ってきた。空港から直接来たのだろう、副董事長室に行くと、見慣れたスーツケースが置かれていた。頼みもしないのに、森川が、お茶を持ってくる。

「副董事長から、お土産に日本の緑茶をもらったので、淹れてみました」

「うん、ありがとう」

森川を苦手だと言っていた伴も、笑顔で彼女に答えている。

「葬儀には出たの？」

ぼくは、当たり障りのない話題から切り出した。

「鎌倉《かまくら》の自宅に香典を届けに行ったけれど、焼香も断られた」

「そうか」

ぼくは、副董事長室のソファに座って緑茶を飲む。伴は、森川が部屋を出て行くのを待って、東京でのＪプロトコルの状況を話す。

「死因は、自殺ということで片付いたみたいだよ」

「うん」

「公金横領も、かなりあったということで、遺族としては、Ｊプロトコルともうかかわりたくないってところだろうな」

「HKプロトコルとの契約が滞《とどこお》るって、森川から聞いたけれど、Jプロトコルの弁護士は何か言っていた？」

「先方から合理的な理由が提示されないかぎり、業務上の支障はないだろうとの判断だ」

副董事長室の会話が録音されているのか、件も判断がつかないのだろう。彼の話は、子会社の役員が知っていてもおかしくない内容だった。

「久しぶりに、東京を往復したら疲れた。今夜あたり、一緒に飯を喰いに行かないか？」

「そうだね。たまには、早めにオフィスを出よう」

ぼくは、ソファを立って、ドアに手をかけてから、「本題のためにね」と唇だけで彼に言った。

「俺は、オフィスに立ち寄っただけだから、すぐに出られるよ。中井は？」

「二、三、メールを書いたら出られるから、下のスターバックスでコーヒーでも飲んでいてくれ」

ぼくは、副董事長室を出て、隣の自室に戻る。森川が、ぼくの机の上を整理していた。

「今日は、副董事長と飯を喰いに行くから、早めに切り上げることにした」

ぼくの言葉に、森川は黙って、広げたままの新聞を畳んでいる。ぼくは、森川と一緒に、机の上に散らかった書類を整理しながら、雑談をするように小さな声で彼女に言う。

「私は、森川が安全な場所にいると言ってくれるから、少しリスクのある橋を渡っても、本当のことを知ろうと思っているんだ」

森川は、新聞を畳む手を止めて、ぼくを見つめる。何かを言いたそうな彼女に、ぼくは、机に視線を落として書類を整えながら、言葉を続けた。

「森川のクライアントはJプロトコル香港だけれど、君は秘書としての仕事を優先していると思っている。その何て言えばいいのかな……。つまり、Jプロトコル香港の利益よりも、私の安全を優先してくれるんだろうって思っている。だから、森川を信頼している」

ぼくは、森川の応えを待たずに机の整理を切り上げて、部屋を出る。

気持ちを言葉で伝えることは大切だなと思う。ぼくは、森川を信頼していると、初めて言葉にしてみて、今夜、伴からどんな話があっても、自分で旅を続けてみようという気持ちが、身体の芯にできたことを自覚した。気に入らない台本ならば、王であるぼくが書き替えればいいのだ。オフィスから、ifcのショッピング・モールに降りるエレベータの中で、携帯電話に伴からメールが入る。

『澳門行きのフェリーピアにいる。一六：三〇のターボ・ジェットのスーパークラスを取った。こないだ、ポルトガル料理を奢《おご》ってもらう約束したのを思い出した』

ぼくは、ifcからフェリーピアまで続く空中回廊を歩きながら、由記子に電話を入れる。彼女とは、水曜日の夜以来、同じ部屋に寝泊まりしているのに、会話を交わしていなかった。予想していたとおり、由記子の携帯電話は留守電になっている。ぼくは、今夜は、伴と澳門で食事をとって、そのまま澳門に泊まる旨を録音した。

伴は、埠頭に行くボーディング・ブリッジの前で、ぼんやりと人の流れを眺めていた。森川に言われなくても、伴は、香港に赴任してから人が変わったと思う。同時に、ふと、ぼくに再会する前の伴に戻っただけかもしれないとも思う。何年か前、新任課長研修の講師として壇上にいた伴が本来の彼で、ぼくと東南アジアでICカードを売り歩いていたときの伴の方が特別だったのかもしれない。ぼくは、ぼんやりと立っている伴に声をかけた。

「待たせたか？」

「中井が、森川嬢に文句を言われる時間を計算に入れていたから、だいたい予想どおりだ」

伴は、笑顔に戻って、フェリーのチケットを渡してくれる。

「四時半のフェリーに間に合うかな？」

「間に合わなくても、十五分後のフェリーに乗せてくれる」

ぼくたちは、予定のフェリーに間に合ったものの、スーパークラスのキャビンでは日本語が聞こえたので、当たり障りのない会話しかできなかった。

「私、カジノで三百万以上儲かったら、仕事辞めちゃおうかな」

「そんなわけないじゃん」

「分かんないよぉ。ビギナーズ・ラックって言葉があるじゃん」

「だいたい、ミユキは、カジノのルールって知っているの？」

「オーシャンズ・イレブンからサーティーンまで全部見ているもん」

「それって、カジノに泥棒に入る話じゃん。だいたい、三百万の単位が違うよ。ミユキの言っている三百万は円でしょ」

二十代の女の子たちの会話を聞きながら、ぼくは、いつの間にか、再び微睡みの中にいた。

「もうすぐ、着くよ」

伴に肩をたたかれて目を覚ますと、フェリーの窓の外には、カジノの電飾の森が広がっていた。行き先を伴に任せて、ぼくたちはフェリーピアからタクシーに乗る。

「伴は、もしかして、この店を気に入っていたの？」

「セナド広場のあたりに比べると静かだし、あのアフリカン・チキンは美味しかった」

店には客がおらず、HKプロトコルの株式を手に入れた夜と同じ老店員が、窓際のテーブルに案内してくれる。伴が白ワインとアフリカン・チキンを注文すると、すぐによく冷えたワインが運ばれてきた。

「とりあえず、ジョージ・クルーニー好きの日本人の女の子が、カジノで勝てることを祈って乾杯しようか？」

伴は、テイスティングを断って、二人分のグラスにワインを注ぎながら笑う。

「勝たない方が、彼女にとっては幸せかもしれない」

「どうかな……。負けて、何かを諦めるより、勝って、やりたいことをやった方がいい」

ぼくたちは、静かな店内で、何かのために乾杯をした。

アフリカン・チキンができるまで時間がかかると言って、老店員がオリーブを持ってきてくれる。

「酔っ払う前に、渡しておくよ」

　ぼくは、真っ白なテーブルクロスの上に、大きさ五センチ程の天星小輪《スターフェリー》の模型を置く。

「何？」

　伴の問いかけに、天星小輪を二つに割って、それがUSBメモリであることを示す。

「鍋島から受け取ったものから、俺宛のメッセージ以外をコピーした。暗号化方式の復号方法と、次の暗号化方式が入っている。俺は、その価値を判断できない」

　伴は、天星小輪の模型を元に戻して、それを掌に乗せる。

「次の暗号化方式？」

「鍋島のメッセージには、現行の暗号化方式の脆弱性を排除した暗号化方式だと書いてあった」

　ぼくは、その言葉が伴への裏切りであることに、できる限り、心を動かさないように努めた。伴を裏切るわけでなく、ただ、伴と同じように知らせるのを遅らせるだけだと、真っ白なテーブルクロスを眺めた。

「もし、俺がこれを独り占めしたらどうする？　仮に鍋島の言うとおりだったら、これは、年間七十億円の価値があるってことだよ」

「お互いに情報を独り占めにしないために、ここに来たんじゃないのか？」

「七十億円って、人を変えるのに十分な額だ」

「知っている。おかげで、井上は自殺した」

「なぁ……、ときどき、俺は中井が分からなくなる。中井は、何を求めているんだ？」

ぼくは、湖に面した一面の窓から、その先のタイパ島を眺めた。

「自分でも分からない。でも、もし件が、それを独り占めすることがあったら、そのうちの少しの金を遣って、流出した画像を消し去る方法を考えてみてくれ」

「それで、中井の取り分は、何なんだ？」

「なんだろうなぁ……、鍋島がどこかで生きているなら、わずかでも楽にしてやりたい」

件は、その夜、ぼくが鍋島から託されたものを差し出すことを知っていたかのように、通帳をテーブルクロスの上に置いた。表紙には、日本の大手証券会社の名前が記されている。記された名義は、ぼくのものだった。

「何の通帳？」

「HKプロトコルの株式を電子化した」

ぼくは、通帳を受け取り、ページをめくる。HKプロトコルの全株式に相当する一万株が記されている。

「俺たちが買った株式は三千株だったはずだよ」

「残りは、井上から譲り受けた」

「井上から？」

「Jプロトコル香港の社宅に行ったら、社印と代表者印が置いてあったからな。ついでに、井上からの譲渡契約書も作ってもらった」

件は、Jプロトコルの社名が入った茶封筒をテーブルクロスに置く。

「死人から？」

「それじゃあ、有印私文書偽造だよ。立派な犯罪だ」

「そうかもね」

「なぁ……、中井に、その程度の犯罪で俺を咎《とが》める資格があるのか？　中井は、人を殺しているんだよ」

ぼくは、返す言葉をなくした。決して、井上を殺したことを忘れたわけではない。むしろ、ふと気を許すたびに、そのことを思い出さずにはいられない。けれども、そこにある罪悪感は、有印私文書偽造よりも希薄だった。

「まぁ、そうだね」

「まぁ、そうだねって……。中井は、鍋島の写真を流出させた報復のためだけに、井上を殺したのか？」

「違う」

ぼくは、伴の言葉を否定する。それが報復だったなら、あのホテルの部屋に隠しカメラを取り付けて、井上と愛人の戯《たわむ》れをインターネットに流せば十分だった。それも犯罪行為に違いないが、偽造パスポートを持って、日本に入国する必要はなかったと思う。

「誰かのための報復なんて、非生産的なことはしない」

「殺人罪に問われたら、どうするつもりなんだ？　中井に報復の意図がなくても、井上は司法を通して罰を与える」

日本語の通ずる店では、到底、話せないような会話をしているうちに、アフリカン・チキンが大きな皿に盛りつけられて運ばれてくる。ぼくたちは、老店員が日本語を理解できないことを知っていても、会話を中断して、彼から料理を食べるためのエプロンを受け取る。

「中井が、何を考えているのか、見当がつかない」

伴は、そう言って、アフリカン・チキンの解体に取りかかった。

フォークとナイフを持って格闘する伴を眺めながら、「じゃあ、伴は、どうして、蓮花に俺を守るように指示を出したんだ？」と言ってしまうかを迷う。それを言えば、蓮花がクライアントとの約束を守らなかったことを、伴本人に伝えてしまうことになる。伴から、ぼくたちが香港に左遷された経緯を聞いたいまとなっては、そのことで、伴が不愉快になるとは思わないが、あの夜の蓮花の悲しそうな顔を思い出して、それを躊躇《ちゅうちょ》していた。「あなたを護りたいと思っている人がいることを知ってほしい」と、いつも冷静な蓮花が、薄闇のホテルの部屋で、いまにも泣き出しそうな目をしていた。

「まぁ、いいや」

伴は、アフリカン・チキンを数片に切り、お互いの皿に取り分けながら言う。

「何が？」

「終わったことを話しても、埒《らち》が明かない。話を先に進めよう」

「うん。HKプロトコルの全株式が俺たちのものになったっていうことは、Jプロトコル香港との契約を遅らせているのは、伴だってことになるのか？」

「そうだよ。契約を変更する。でも、その前に、HKプロトコルの株式は、『俺たち』じゃなくて、中井のものだよ」

「通帳の名義がだろ？」

「株式は中井のものでいい。その代わり、HKプロトコルの法定代表人に、俺を指名してくれ」

「Jプロトコル香港はどうする？」

「取締役の頭数が足りないなら、名前だけ残してくれても構わない。ただ、Jプロトコルは辞めることになるだろうな」

「それで、どうする？」

「HKプロトコルの持つ暗号化方式を、Jプロトコル香港以外にも提供できるように契約を変更する。東亜印刷が必要なのは、自由に使える裏金だから、それを全部掠《かす》め取るようなことはしない。ただ、これまでの半分にするよう提案してきた。つまり、年間七十億円の約半分、三十億はHKプロトコルのものだ。こっちの取り分は、役員報酬と配当金の折半で、手を打ちたい」

「東亜印刷とJプロトコルは、それで納得すると思うか？」

「半分というのは、交渉のスタートのつもりで提案してきたけれど、東亜は納得するしかない」

このUSBメモリの内容次第では、こっちの取り分を増やしても、
件は、ぼくから受け取った天星小輪の小さな模型を掌の上で転がす。

「俺は、十五億もいらない」

「あるに越したことはない」

「十五億円も何に使うつもりなんだ？」

「俺たちは、鍋島を見つけるか、それができないと見切られた時点で、自殺か失踪するはずだったんだよ。逃げ続けるにしても、反撃するにしても、それなりに金がかかる。中井のペニンシュラの宿代だって、馬鹿にならない出費だ」

「まぁ、そうだね」

　ぼくは、うなずいた。

「東亜印刷だって、まさか、俺たちが反撃に出るとは思わなかっただろうな。今回は不意打ちを喰らって、契約変更に応じるしかない。けれども、相手は平気で人を殺す組織だ。指を咥《くわ》えて、俺たちが年間三十億の金を掠め取っていくのを見ているわけがないだろう」

「好きで、捲き込まれたわけじゃないけどね」

「俺もだよ。まぁ、中井を捲き込んだのは、俺だけど」

　会話が途切れて、ぼくは、二本目の白ワインを注文する。

　伴の話は一方的だったが、同時に、忘れようと努めていた戯曲を思い出す。マクベスもバンクォーも、ただ主君に忠実に働いていただけだった。戦場から帰還する荒野で、三人の魔女に出逢ったことが悲劇の始まりで、それを「捲き込まれた」と置き換えるなら、ぼくに伴を責める資格はない。彼は、ぼくよりも少し早く、このアペンディクスに突き落とされただけだ。

「分かったよ。俺からも、条件をつけてもいいか？」

「いいよ」

「由記子を捲き込まないでくれ。彼女は、もうＪプロトコルの社員でもないし、Ｊプロトコル香港のことも、ＨＫプロトコルのことも知らない」

「そんなことは無理だ。相手は、何をするか分からない。彼らだって、田嶋さんと中井が付き合っていることは、もう知っているだろうし、田嶋さんを利用しない手はない。Ｊプロトコルに残っている自殺と失踪の記録は、社員本人のものしかないけれど、それに利用された人たちが、どうなっているかだって、簡単に想像できるだろ」

「高額の口止め料をもらって、幸せに暮らしているんじゃないのか」

「そんなわけないだろう。金で口を閉じる奴は、それ以上の金を払えば、口を開くんだよ。だから、本気で口を封じたい奴に、口止め料なんて払わない」

「十五億を使って守るしかないってことか……」

「だから、金はあるに越したことがないって、さっきも言ったんだ」

「そうだね」

老店員が、追加の注文を訊きにくる。

「たまには、デザートでも食べようか」

ぼくは、どことなく後味の悪い食事の口直しをしたかった。

「それより、河岸《かし》を変えて、バーに行かないか」

「悪くない」

　ぼくは、老店員に会計を依頼する。伴が、ポルトガル料理屋のドアを開けながら振り向く。

そのときの彼は、ぼくが見慣れた笑顔に戻っていた。

†

　翌日、ぼくと伴は、澳門のホテルから早朝のフェリーで香港に戻った。休日のがらんとしたオフィスで、ぼくは、伴の上司として、彼の辞表を受理し、それを東京のJプロトコルに転送する。辞職後の残務処理については、他の社員に任せることにした。

　午前中のうちに戻ると、由記子は部屋にいなかった。ぼくは、話したいことがあるので、早めに部屋に戻ってほしい旨を、由記子の携帯電話の留守電に残す。由記子は、浮かない表情で、三十分後に戻ってきた。

「昨日は、伴さんと一緒だったの？」

「うん。澳門のホテルに泊まった」

「カジノ？」

「違うよ。ポルトガル料理屋で一緒に飲んだ」

　由記子は、薄手のコートをクロゼットにかけている。スーツを着て、ほとんどの時間をオフィスで過ごしていると気がつかないが、香港にも冬が来ているのかもしれない。

「話したいことって、何？」

「少し長い話になるから、ワインでも飲みながら話したい」

「どうぞ」

ぼくは、由記子から赤のハウスワインを受け取って、Jプロトコル香港のこと、自分が暗殺の対象になっていることを話し始めた。ライティング・デスクの抽斗《ひきだし》から高木のメモを出して、由記子に差し出すと、彼女はしばらく黙って、それを眺めていた。

「どうして、いままで、私に話してくれなかったの？」

「話しても、心配をかけるだけで、どうにもならなかったから」

「でも、このメモを持って、日本の警察かマスコミに行けば、問題は解決するでしょう？」

「手書きのメモだよ。きっと、Jプロトコルは、左遷のショックで精神的な疲労が溜まった社員の作り話だと笑って取り合わない。由記子だって、自分が総務部だったら、そうするだろう。取材や捜査を笑いながらかわすうちに、人事部のデータベースはきれいになっている」

由記子は、メモを持つ手を震わせて、目を潤ませる。

「あのとき……、優一がバンコクの出張から東京に戻るときに、私が香港への赴任を止めていたら、こんなことにならなかったのに」

「違うよ。そのときには、もう後戻りできない状況だった。少なくとも、伴は二年前に香港に赴任することが決まっていたんだ。だから、由記子は何も責任を感じなくていい」

「伴さんが決まっていたって、優一は逃げられたかもしれない」

「仮に由記子がそう言っても、ぼくは、伴だけを犠牲にしなかったと思う」

由記子は、並大抵のことではめそめそ泣いたりしない。そのことは、ぼくが一番よく知っていると思う。新入社員のころの彼女がどうだったかはともかく、社会人になってから、彼女と一緒にいる時間が一番長いのは、仕事でもプライベートでもぼくだ。その中で、由記子が泣いたのは、離婚を決めた報告のときくらいだ。

「ブレーキの壊れたバスに、伴が乗ってしまっている。そのバスを見送るか、ぼくも同じバスに乗って伴と状況を解決するか、どちらを選択したかの問題だ」

「同じバスに乗らなくても、伴さんに携帯電話で危険を伝えればいいでしょう」

由記子が真面目な顔で言うので、ぼくは、小さく笑った。

「由記子は、それがぼくでも、そうするか？」

「彼が危険な状況にあったとしても、自分まで捲き込まれる必要はないっていう譬《たと》え話よ」

「分かっている。ついでに、もうひとつ付け加えるなら、ぼくは、伴を助けに行くときに、
由記子の手をひいて、バスに乗っちゃったんだ」

由記子が譬え話を引継いでくれたおかげで、ぼくは、どう切り出せばいいのか迷っていることを、すんなりと彼女に伝えることができた。

「どういうこと？」

「由記子が香港に来る前に、ぼくは、もうJプロトコル香港がアペンディクスであることを

知っていたんだから、由記子を香港に呼ぶべきじゃなかった。直接危害を加えるとは思わないけれど、それでも、弱みを握られて、ぼくの偽装自殺への協力を強要されることは、十分にあり得る」

「私はもうJプロトコルとは関係ないし、優一を裏切らなきゃならない弱みなんか持っていないから安心して」

「Jプロトコルは、そんなに甘くないよ。弱みなんて、ちゃんと作ってくれる。ここに並んだ人たちだって、本当に公金横領があったかどうかなんて分からない。『本社から事情聴取を受けた後』って書いてあるけれど、そんなことは捏《でっ》ち上げかもしれない」

「どうすればいいの？」

「どうしようもない。たとえば、いまぼくが『もし脅迫を受けるようなことがあったら、まずぼくに相談してほしい』って頼んだとしても、相手は、その裏をかいてくる。つまり、ぼくに相談できないような弱みを捏ち上げる。だから、どうしようもない」

「ただ黙って、優一が、いつか自殺するのを待っていろってこと？」

由記子の瞳は、すでに涙で潤むことはなく、ぼくをまっすぐに見ている。

「まぁ……、そうさせるつもりもない」

ぼくは、メモに記された鍋島冬香の名前を眺めた。鍋島との約束を果たすために、ぼくは逃げ出さないのだと、由記子に言うことができなかった。鍋島とは何もなかったのだと、どれだけ言葉を並べても、由記子はそれを認めてくれないだろう。この一昼夜で、伴も由記子も裏切ってしまうんだなと思う。

「優一が嘘をつくと、すぐに分かるよ」

「由記子に話しても、しょうがないことがある」

「もしかして、優一は、井上副社長が自殺したことに関係しているの？」

由記子の質問が、二番目に伝えたくないことだったのを、幸運だと思わなくてはならないのだろうか。ぼくは、高木の字で記された鍋島の名前に問う。

「どうして、副社長の死因が自殺だって知っているの？」

「質問したのは私だよ」

「そうだね」

「インターネットで、井上副社長が亡くなったことを調べたら、亡くなってから三日間、マスコミに副社長の死去は伏せられていた。だから、知り合いに『社内はどうなっているの？』って訊いたら、自殺らしいって噂で持ち切りだって言っていた。でも、優一も、新聞記事や社内の訃報には載っていないことを知っているんだね」

ぼくは、由記子に向けて視線を上げられなかった。

「優一、ちゃんと答えて」

「ぼくが殺した」

夜の終わりさえ逃げ出してしまいそうな、長い沈黙が続いた。どのくらいの時間が経ったのか、由記子が立ち上がったとき、ぼくは、彼女が部屋を出ていくのだろうと思った。公金横領でさえ許せない彼女が、殺人を許せるはずがない。同時に、それが由記子を安全な場所に送り届ける最良の手段だとも思う。由記子がぼくに興味を失ったことを知れば、東亜印刷もＪプロトコルも、利用価値はないと判断するかもしれない。けれども、彼女は、ぼくの前に立つと、そのまま抱きしめてくれる。

「そんなに遠くまで行くなら、私を連れて行けばいいでしょう」

由記子の優しさに感謝しなくてはならないのだろう。その腕の中は心地好く、そのまま眠ってしまいたかった。けれども、ぼくは、すでに由記子に甘える資格を持っていない。

（鍋島……、君の言うとおり、ぼくはひとりになっちゃったよ）

†

伴の辞表は、Ｊプロトコルに受理されて、Ｊプロトコル香港の出向解除と同時に転籍という取扱いになった。ただし、伴自身は、彼の言ったとおり、Ｊプロトコル香港には副董事長として名前を残すだけで、ｉｆｃの副董事長室の荷物を片付けてしまった。その二週間後、ＨＫプロトコルから新しい契約書が届いた。

ぼくは、親会社宛の契約締結伺いの稟議書を作成して、契約書の写しとともにそれをＪプロトコルの法務室にＥＭＳ（国際速達郵便）で発送した。Ｊプロトコルの法務室が契約書の内容を知っていたのは予想の範囲としても、それを発送した夜に法務室長名で、承認の旨を返信してきた。香港の郵便事情は日本並みに整備されているが、いくら何でも、一日で東京への国際郵便は届かない。Jプロトコルが、HKプロトコルとの契約に空白ができることに焦っているとも思えない。ぼくは、EMSを送った翌日に、HKプロトコルとの契約書に代表者印を押印するよう、森川に指示を出した。

「まだ、Jプロトコルから稟議書の決裁が返ってきていませんが、問題ありませんか?」

森川は、腑に落ちない表情で、ぼくの指示に疑問を呈す。

「問題ない。私に一任する言質《げんち》は取っている」

「すでに二週間も遅れているので、四、五日の遅延は大きな問題ではないと思います」

森川の言うことは正しい。

「同感だけれど、このオフィスでの会話がEMSよりも早くJプロトコルに届いているのを、彼らは、もう私に隠す必要性がなくなったんだよ」

ぼくは、やるせない気分で、天井の小型マイクを見上げながら、森川に言う。森川も、同じように天井を見上げた。

「かしこまりました。すぐに、HKプロトコルに契約書を返送します」

「ありがとう。契約書の返送が終わったら、念のため、私に報告してください」

ぼくは、森川が部屋を出ていった後も、しばらく飾りファンの付け根に取り付けられている小型マイクを眺めていた。相手もそんなに浅はかではない。たぶん、あのマイクはフェイクで、本当の監視装置は、巧妙な場所に隠されているに違いない。ぼくは、小型マイクを眺めながら、同じように自分を監視していた件の投げ遣りな表情を思い出す。いつも冷静な蓮花は、あんな表情をする男のために、涙を浮かべるだろうか。ぼくは、個人契約の携帯電話を持って、オフィスのフロアにある共用の喫煙所に行く。伴の携帯電話の呼び出し音は、日本のものだった。

「いまは、東京か？」

「うん。いくつか、事務処理をこなしている。何かあった？」

伴は、東京で何をしているのだろう。電話回線の向こう側は、静かな場所だった。

「ん？　そう言えば、伴は、蓮花と付き合いが長いのかなって」

「リンファ？」

「李清明の秘書のリンファ」

「彼の秘書には会ったことがない」

どうやら、ぼくは、何かを見落としている。蓮花のクライアントは、伴ではなかった。思い返すと、蓮花は、依頼人には自分から連絡が取れないと寂しそうな顔をしていた。

「李清明の秘書が、どうかしたのか？」

「何でもない。忙しいところ、悪かった。香港に帰って来るまで気をつけて」

ぼくは、伴との通話を切って、しばらく携帯電話を眺めていた。伴でも由記子でもない誰かが、ぼくの行動を把握しているのだ。ぼくは、ひとりきりになってしまったわけではなく、誰かを見落としている。

（森川？）

森川なら、ぼくの行動を把握しているかもしれない。けれども、森川と蓮花の接点が見つからない。それに、もし森川が、ぼくの休暇の本当の目的を知っていたとすれば、彼女自身が横浜まで同行した方が手っ取り早い。

（ソフィ？）

ソフィなら蓮花と接点があってもおかしくないが、動機がない。それとも、ソフィは、ぼくを「王」に仕立て上げるために、蓮花に仕事を依頼したのだろうか。そうだとしても、その費用を、どこから捻出するのだろう？　ソフィの仕事に、そんな余裕があるとは思えない。

ぼくは、HKプロトコルのオフィスからなくなっていたカレンダの積み木を思い出す。そのときには、伴が取り替えたものと思い込んだけれども、澳門で食事をともにしたときの様子では、彼はあの空洞になった積み木に気づいていなかった。伴は、鍋島がスマートな復号方法を持っていることを想定していただけで、USBメモリを受け取るまで、その実在を知らなかった。伴が知らなかったとなれば、それを知っているのは、ぼくと鍋島だけだ。彼女の手紙には、澳門で整形手術を受けたとき、ホテルの娼婦に世話になったと書いてあった。そのホテルがあの老人の学校のようなホテルで、その娼婦が蓮花だったのだろうか。

（鍋島、いま、香港にいるのか？　なぜ、わざわざ危険な場所に戻る必要があるんだ？）

けれども、鍋島が香港にいるとすれば、いくつかの辻褄が合う。鍋島ならば、HKプロトコルのオフィスのスペア・キーを持っていたとしても不思議ではない。そして、ぼくがメッセージを受け取ったことを確認して、自分の痕跡を消すために、あのオフィスから細工した積み木を回収することも可能だ。

(四年間も危険を冒していたのに、いまさら?)

それは、自分の痕跡を消すためではなく、ぼくがUSBメモリを手に入れたことを隠すためかもしれない。ぼくは、窓辺に立って、聳《そび》え立つifcの第二期棟を見上げて、凝った背中を伸ばす。

ぼくが王冠を被って旅に出たのを知っているのは、ソフィだけではないということだ。

x Tokyo - Mid Winter

水面下でＪプロトコル香港を取り巻く関係が変わってから一ヶ月半、東亜印刷やＪプロトコルの社内接待が、ほとんどなくなった。森川以外のスタッフがその事情を知っているのかどうかさえ、ぼくには分からない。それは、香港の冬の気配にも似ている。街を歩く女性は、ファッションとしてのコートを着ることはあるけれども、東京で言うスリーシーズンのスーツのジャケットを着ていれば、十分に凌げる気温だ。香港のゆっくりとした冬の訪れのように、Ｊプロトコル香港はアペンディクスの奥へと追い詰められているのかもしれない。

年明けに、ＨＫプロトコルの株式の中間配当が振り込まれた通知が届く。インターネットで、日本にある銀行口座を確認すると、残高が二桁変わっていた。由記子は、ぼくが殺人を犯したことを知った後も、ぼくが感じるかぎり以前と変わらない。彼女は、クリスマス前に英会話学校に入学して、毎日五時間をそこで過ごしていた。彼女によると、香港で広東《カントン》語の語学学校に行くためには、まず英会話ができないと講義に参加できないらしい。週末には、ぼくと散歩かショッピングに出掛け、ときどき、ホテルの従業員と親しげに話している由記子を見ていると、ぼくは、本当に彼女に殺人のことを伝えたのか自信がなくなる。

香港では元旦だけが祝日扱いだが、二〇一〇年は、一月一日がちょうど金曜日だったので三連休となった。新年は旧暦の春節《チョンジッ》に祝うので、ぼくも、その時期に休暇を取ることにする。由記子には正月くらい実家に帰ることを勧めたが、彼女は、ぼくに合わせると言って、それを聞き入れなかった。

「森川は、春節は日本に帰るの？」

彼女の日課となっている午後の茶事の際に訊いてみる。考えてみると、ぼくは、森川のことをほとんど知らなかった。

「いいえ。出勤です」

「休みは？」

「東京は通常どおり営業しているので、誰かが電話番をする必要があるんです。董事長《ドンシィジョン》を除けば、私が、一番遅い入社なので、その役をやることになりました」

ぼくは多くを考えずに休暇を入れてしまったが、森川の言うとおり、親会社は香港の春節など気にしていないだろう。

「森川ひとりで、大丈夫かな。なんなら、私も出勤するけれど」

「問題ありません。Jプロトコルから何か要請があっても、当社は春節であることを伝えるだけです」

「じゃあ、春節が終わったら、休みを取ってください」

「気になさらないでください。私は、休みを取ってもすることがないので、ときどき、オフィスでのんびり過ごせれば十分なんです」

「そう言われても、部下にちゃんと休暇を取らせるのも、上司の仕事なんだ」

「董事長は、どうされるんですか？」

森川は、ぼくの言葉には耳を貸さなかったようで、話題を変えてしまう。

「東京の部屋を引き払ってこようと思っている」

十月に香港に出向したときには、ほとんど時間がなくて、ぼくは、東十条《ひがしじゆうじよう》のマンションをそのまま借りていた。当分、東京に戻ることはなさそうなので、賃貸契約を解約して、荷物を捨ててこようと思っていた。

「東京も、寒そうですね」

（『東京も』って、君は、いま香港が寒いのか……）

「香港よりは寒いだろうね。森川の実家はどこ？」

「鎌倉《かまくら》です」

「全然、日本に帰っていないみたいだけれど、ご両親は心配しない？」

何気ない会話だと思っていたのに、しばらく沈黙が流れる。

「余計なことを訊いたかな？」

森川は、茶器に向かってため息をこぼしている。その沈黙は、彼女と最初に夕食をともにしたときに受けた警告を思い出させる。年間六億香港ドルを横流ししている企業なのだから、社員の素性くらい調べた方がいいと、森川は、陸羽茶室《ロユーチャサッ》でICレコーダを止めて警告してくれた。

「私の両親は、すでに他界しています。実家には妹がいますが、ときどきメールをやり取りすれば、それ以上の干渉はしないので、わざわざ東京に戻る必要もないんです」

「そう……。不躾《ぶしつけ》なことを訊いて申し訳ない」

「いいえ、そんなことはありません。ただ……」

ぼくは、差し出された茉莉花茶《ムッレィファチャ》を受け取りながら、森川の次の言葉をさえぎる。

「もう少し、部下のことにも興味を持たないとね」

「きっと、董事長は、秘書の誕生日も知らないんだろうなと思って、がっかりしているだけです。セクレタリィ・デイと誕生日くらいは、秘書を労《ねぎら》ってもばちは当たりません」

「森川の言うとおりだと思う」

そう応えながら、インターネットで「セクレタリィ・デイ」を検索して、それが四月であることを確認する。あとは、森川の誕生日が、今日や昨日ではないことを祈るだけだ。

帰国の目的は、部屋を引き払う他にもうひとつあった。

ぼくは、鍋島冬香の顔立ちを朧《おぼろ》げにしか思い出せない。それも、二十年前の高校生だった鍋島冬香だ。東京に戻ったら、高校の卒業アルバムを見て、彼女の顔を確かめておきたかった。卒業アルバムに、当時の住所が載っていたかは定かではないが、もし住所が分かれば、鍋島冬香の実家を訪ねて、できるだけ最近の写真を見せてもらおうとも考えていた。顔を整形したといっても、整形前の顔も知らなければ、彼女とすれ違っても素通りしてしまう。ぼくが、鮮明に覚えている鍋島冬香は、高校の陸上部のトラックを走って横切って行く後ろ姿だ。インターネットで検索すれば、四年前の鍋島冬香の顔が確認できるはずだが、それを見たくはない。ぼくは、董事長室を出ていく森川の後ろ姿を見ながら、鍋島を思い出す。

(後ろ姿が似ている女なんて、どこにでもいるんだよな……)

†

春節に帰国する際、由記子は先に実家に顔を出すというので、ぼくは関西国際空港を経由して東京に戻った。

「じゃあ、明後日、東京に行くから、優一の部屋に泊めてもらっていい?」

「うん。羽田まで迎えに行くから、便が決まったら連絡して」

ぼくは、新大阪駅で金沢に向かう由記子と別れてから、キオスクで柿の葉寿司と缶入りのラム・コークを買う。キャセイ・パシフィックの乗務員が作ってくれたキューバリブレに比べると、そのラム・コークは、同じ材料から作られたとは想像もつかない似て非なるものだった。ぼくは、ラム・コークを半分も飲めずに、雪の残る関ヶ原《せきがはら》を通り過ぎるころには微睡《まどろ》みの中に沈む。日本は、春節とは全く関係のない水曜日の夜だったので、ぼくは、ラッシュの京浜東北線《けいひんとうほく》を避けて、東京駅からタクシーで東十条の自宅に向かった。

そして、節分の午後九時、四ヶ月振りに自分の部屋に入って、心底うんざりした。

自宅のドアを開けたときに、玄関に靴や靴クリームが散乱していて、すでに異様な雰囲気を感じたので、靴を脱がずに敷居を跨《また》ぎ、小さなダイニング・ルームのドアを開ける。明かりを点けると、抽斗《ひきだし》はひっくり返されて、本棚の本は、ページに挟んだものまで探したのか、背表紙を上に向けて床に散らばっている。その他、様々な書類とがらくたが、床に散乱した光景が広がっていた。

「他人の部屋に勝手に入るなら、後片付けくらいして行けよな……」

侵入者のクライアントは、大方見当がつく。ぼくは、勤務先の親会社に向かって、ため息と一緒にひとり言を吐き出して、1DKの自分の部屋に入った。ベッドの下の収納スペースまで調べたのか、マットレスは壁に立てかけられていたので、疲れた身体を横にする場所さえない。食卓の椅子の上に散らかった郵便物を床に落とし、灰皿を探して、煙草に火を点ける。そのとき、ぼくが思ったのは、理不尽さではなく、ホテル暮らしをしていてよかったなということだけだった。四ヶ月のホテル暮らしのおかげで、靴を履いたまま部屋に入ることに抵抗を感じないし、部屋が散らかっていても、それを片付けるのはルームキーパーの仕事だと割り切ることができた。食卓のノート・パソコンは、ハードディスクがある辺りにドライバを打ち込むほどの手の込みようだ。

侵入者が、部屋を散らかしてから、だいぶ時間が経っているのだろう。ノート・パソコンのキーボードには、薄い埃の膜ができている。ひと月くらいといったところだろうか。ぼくは、キーボードに刺さったドライバを引き抜いて、ノート・パソコンを閉じる。それが、無意味な行為であることは分かっていても、キーボードに突き刺さったドライバを眺めながら煙草を吸うのは、気が滅入る。

「それで、何か見つかったか？」

ぼくは、煙草の煙を吐き出して、もう一度、ひとり言をつぶやく。

香港のペニンシュラに電話をかけて、東京のホテルに部屋を手配してもらう。コンシェルジュは、成田空港まで迎えを行かせると言ってくれたが、ぼくは適当な理由をつけてそれを断り、東十条の駅前でタクシーを止めて、皇居に面したペニンシュラ東京にチェックインした。

翌朝、立春というには程遠い寒さの中を、有楽町《ゆうらくちょう》駅まで歩いて、スタンドでかき揚げが載った蕎麦を食べる。久しぶりに食べる蕎麦が、やっと身体を温めてくれる。ぼくは、ホテルのビジネス・センタのパソコンを借りて、遺品整理の業者を探した。

東十条の部屋につなぎ姿で現れた遺品整理業者の男は、部屋を見るなり、ため息をつく。

「ご親族の方は、強盗か何かに襲われたんですか？」

「そうかもね」

「それでしたら、先に警察にご連絡した方がよろしいかと……」

見積もり用のチェックリストを挟んだバインダーを手にしながら、彼は、部屋に入るのをためらっている。

「靴は履いたままでいいよ。それから、かかった費用は、後でちゃんと払うから、見積もりを始めてくれて構わない」

「あの……」

ぼくは、財布に入っていた一万円札をすべて出して、彼に渡す。六枚あった。

「探したいものがあって、私が自分でひっくり返したんだ。散らかっていて悪いけれど、引き受けてくれないかな」

業者の男は、渋々といった表情で金を受け取って、部屋に入る。

「すべて、ご廃棄ということでよろしいでしょうか？ こういう状態ですと、たとえばお写真とか大切なものがあっても、なかなか分別が難しいのが現状です」

「そうだね……。高校の卒業アルバムがあったら、それだけ、取っておいてもらいたい」

「ご印鑑とか、他にご必要なものはございませんか？」

「きっと、ないと思う」

「ご卒業アルバムは、どんなものか分かりますか？ お色とか大きさとか……」

何にでも「お」か「ご」を付ければいいというわけでもないだろうと苛立《いらだ》ちながら、高校の卒業アルバムを思い出そうとするが、全く思い出せない。

「うーん……、東京都立青葉台《あおばだい》高等学校とは書いてあると思うけど……。でも、もう捨ててしまったかもしれないから、見つかったら渡してくれる程度でいい」

「かしこまりました。では、明日にでも作業に入らせていただきます」

「じゃあ、作業を始める時間が決まったら、こちらに電話をください」

ぼくは、床に散らかった書類をひとつ取り上げて、裏面に携帯電話の番号を記した。

「それから、お客様の身元をご確認できるものをお見せさせていただけますか？」

（正しくは、『拝見できますか』だよ）

ぼくは、パスポートをホテルのセイフティ・ボックスに入れて来てしまったので、習慣的に持ち歩いている香港の外国人登録の身分証を出す。

「えーと……、外国人の方ですか？」

電話番号が国際地域番号から始まっているのだから、もう少し早く気づいてもいい。

「香港に住んでいるだけで、国籍は日本」

「他に免許証か健康保険証とかは？」

ぼくは、ため息をつきながら、散らかった衣類と本を踏みつけてベッドルームに進み、旅行をしたときの切符や、美術館の入場券を入れた書類箱があった棚の辺りを、靴先で捌《さば》いてみる。有効期限が切れたパスポートも、その書類箱に入れていたように思う。すぐに、紺色の表紙のパスポートが二冊見つかった。それを彼に渡すと、不思議そうな顔をする。

「お客様のお部屋ですか？」

「そう。引っ越す前に探し物があったんで、ひっくり返しただけなんだ。だから、警察に届ける必要はないし、君も遠慮せずに仕事をしてくれて構わない」

彼は、見積書にパスポートの発行番号を記している。ぼくは、パスポートが散らかっていた辺りを、もう少し靴で捌いてみた。

「もう三冊、見つかったけれど、これもいる？」

ぼくは、〝VOID（無効）〟の消印で打ち抜かれたパスポートを拾い上げる。

「いえ、十分です」

パスポートを拾い上げたときに、折り畳んだ赤い紙片を見つける。広げてみると、ペコちゃんとポコちゃんが、お互いの顔を突き出してキスをしている。十五歳のバレンタインズ・デイにもらったチョコレートの包装紙を、後生大事に取っておいた自分が、なんだかおかしくなる。そんなことは、すっかり忘れていた。

「これくらい散らかっていると、五営業日はかかります」

業者の言った言葉が、すぐに理解できなかったのは、彼が「営業日」につけた「ご」が、数字の「五」だと判らなかったからだ。

「できれば、一日か二日で片付けてくれないかな」

「追加料金がかかりますが……」

「構わないよ。かかったって、一億とか二億っていうわけじゃないだろうし……」

ぼくは、うんざりして、彼をマンションの下まで送り、部屋に戻る。部屋の中の唯一の居場所となった椅子に座って、五冊のパスポートとチョコレートの包装紙を眺める。煙草を吸いながら、それらを適当な封筒に入れて、部屋を出た。ホテルに戻るタクシーの中で、部屋に鍵をかけるのを忘れたことを思い出すけれど、部屋の状況を考えれば、引き返すほどの必要性も感じなかった。

東京で他にすることも見つからないので、ぼくは、ホテルの部屋で微睡んでいた。昼過ぎに由記子から電話が入る。

「部屋に電話したけれど、出なかったから、香港経由で電話している」

「うん。いろいろあって、日比谷《ひびや》のペニンシュラにいるんだ」

「電気が止められていたとか？」

ぼくは、部屋のライフラインを解約することを思い出す。

「まぁ、そんなところ」

「明日は、十時に羽田に着く便で行くね」

「ごめん。もしかすると、羽田に迎えに行けないかもしれない」

「うん、いいよ。じゃあ、直接、優一の部屋に行く」

「了解」

ぼくは、多くを考えずに、由記子に返事をしていた。電話が切れた後、あの部屋を見たら、余計な心配をかけそうだなと思いながら、他の事情を繕《つくろ》って、由記子に説明するのが億劫《おっくう》になる。その後、遺品整理業者から電話があり、翌日の作業開始を十時にしたい旨の連絡が入る。どうでもよくなって、その時間には部屋にいることを伝えた。携帯電話を手にしたついでに、伴に電話をかける。

「Jプロトコル香港は、春節で休みじゃなかったのか?」

電話回線から、どこかの街の喧噪が聞こえる。

「休みで東京に戻っているよ。伴は?」

「俺は、正月に休んだからね。マニラで、ICカードの営業をやっている」

「そう。ところで、高校の卒業アルバムって、どんなのだったか覚えている? 表紙の色とか、大きさとか」

「深緑の布張りで、青葉台高校って金箔が押されている。正確には、東京都立青葉台高等学校」

「よく覚えているね。ありがとう」

たいていの人は、高校の卒業アルバムをときどき眺めたりしているのかもしれない。

「久しぶりの電話の用件は、それだけ? なんで、高校の卒業アルバムを思い出したんだ?」

「鍋島の顔を確認しておこうと思ってさ。部屋で探してみたんだけれど、見つからない」

「それなら、インターネットを検索すれば……」

伴は、言いかけた言葉を、電話回線の中に引き戻す。

「余計なことを言いかけた。ごめん」

「いや、いいよ。俺も、それを少し考えたから」

「見つかるといいね」

「うん。じゃあ、また」

「東京にいるんだったら、ラジオ・デイズに行ってみたらいいよ。こないだ、東京に戻ったときに行ったら、中井は元気なのかって心配していた」

「了解」

「じゃあ、また」

電話を切って、マニラは暑そうだなと思う。蓮花は相変わらず澳門《マカオ》のホテルで姿勢よく立っているのだろうか。森川は、ｉｆｃのオフィスで、スターバックスのコーヒーをのんびり飲んでいるのだろうか。この四ヶ月に起きたことを思い返していると、再び、微睡みが覆い被さってきた。午後六時過ぎに目が覚めて、水道局と東京電力、東京ガスに電話をかけるけれども、どこも営業時間は終了している旨のアナウンスを聞かされるだけだった。ぼくは、ホテルから出掛けるのも億劫になって、ルームサービスでサンドウィッチを頼んで、赤ワインと一緒に軽食をとって、そのまま寝てしまった。

†

翌日十一時過ぎ、東十条のマンションにスーツケースを持って現れた由記子は、呆れた顔を隠さなかった。

「どうしたの？　いったい何？」

「一昨日、部屋に帰ったら、この状態だった」

ぼくは、業者が家具を運び出すのを眺めながら言う。

「警察には届けた？」

「ぼくが警察に届けるのを知っていたら、部屋を散らかした相手だって、原状回復をしたと思う」

由記子は、ぼくの言葉で、侵入者が普通の強盗ではないことに気がついたのだろう。

「香港のホテルは大丈夫かな？」

「問題ないと思う。そのためのホテルなんだから」

ぼくは、もうひとつの椅子の上に散らかった書類を床に払い落として、由記子に勧める。

「優一は、こういう状況で、よく平然としていられるね」

「ぼくだって、呆れている。でも、どうしようもない。それより、ちょっと留守番をお願いしてもいいかな？」

「いいよ。どこかに行くの？」

「髪を切りに行きたい」

由記子は、「この状況で？」というような顔をしている。

「どうも、ホテルの理容室が合わなくて、髪を切るのを我慢していたんだ」

「そう言われると、優一は、香港であまり髪を切っていないね」

「もう少し広東語が話せるようになればいいんだけれど……」

「そうだね。いってらっしゃい。何か、この部屋でしておくことはある？」

「高校の卒業アルバムがあったら、捨てないように頼んである。業者の人に訊かれたら、確認してほしい」

「高校の卒業アルバム？　あったら、中を見てもいい？」

「いいよ」

「高校生の優一って、どんな感じだったのか楽しみ」

由記子の表情がほころぶ。ぼくは、遺品整理業者のチーフらしき男に、一時間程、立ち会いを彼女に代わってもらうことを告げて、以前の行きつけだった美容室に向かった。

久しぶりに会う美容師の女性は、ぼくの髪を触って、だいぶ傷んでいるからヘッドスパもした方がいいと勧めたが、人を待たせているのを理由に断って、手短に髪を切ってもらった。

小一時間で部屋に戻ると、由記子は、深緑色の卒業アルバムをめくっていた。

「よかった。ちゃんと残っていたんだ」

由記子は、ぼくの言葉に、アルバムのページを広げたまま渡してくれる。ぼくのクラスの集合写真が載っていたであろうページが、雑に破り取られていた。

「なんだかね……」

ぼくは、心からそう思った。

「でも、陸上部の写真は残っているよ」

由記子は、ぼくが持つ卒業アルバムのページをめくってくれる。

「結構、速そう」

「そんなこともない。国体もインハイも、関東ブロック予選にさえ出られなかった」

「女子ばかりの陸上部だったんだね」

由記子は、荒らされた部屋には不釣り合いな穏やかな表情で、陸上部の集合写真を指差す。

「うん。男子は、水泳部とサッカー部が人気だったんだ」

「もてた？」

「どうかな……」

ぼくは、部活動のページをめくって、再び、破り取られたページを見つける。きっと、そこには鍋島が所属していた書道部の写真が載っていたのだろう。反対側のページは山岳部の写真だった。

「これ、伴だよ」

ぼくは、アルバムを由記子に向けて、写真の中の伴を指差す。

「ふーん。なんだか、いまよりも、ずっと自信に満ちた感じだね」

「成績も良かったし、いつも日に焼けていたからなぁ」

由記子の言うとおり、高校生の伴は、別人のように朗《ほが》らかな笑顔をしている。この男なら、将来、世界を動かすかもしれないと思わせる力強さが、その伴にはあった。

「優一は、高校生のときから、あまり変わらないね」

「そうかな……」

「うん。喰えない奴って感じが、全然しない」

「こないだね、仕事の引継ぎのとき、高木から『悪いけど、喰えない奴には見えない』って、済まなそうに言われたよ」

「どういう意味？」

「三十八の男は、『喰えない奴』って言われた方が、褒め言葉だっていうこと」

「そうかな……。私は、『喰えない奴』じゃない男の方がいいけど」

「まぁ、だから、こうやって一緒にいる」

「うん。でも、付き合ってみると、優一は、決して喰いやすくもないけどね」

由記子は、笑顔でアルバムを返してくれる。ぼくは、ページを最後までめくって、鍋島冬香が載っていそうなページがないことを確かめてから、アルバムを閉じた。

「お腹減ったね。実家で朝ご飯を食べてから、何も食べていない。優一は？」

「すっかり忘れていた。コンビニでおにぎりでも買ってこようか」

時計を見ると、二時を過ぎている。

「それより、外に食べに行かない？」

「そうだね。業者の人に断って、一緒に行こう」

普段と変わらない会話を続けていても、由記子は、その部屋にいることに気が滅入っていたのだろう。ぼくたちは、近所の中華料理屋でチャーハンと餃子を食べた。食事から戻った後も、業者の作業は六時まで続いた。ぼくは、由記子に先にホテルで休んでいればいいと言ったが、彼女はひとりでいるのをいやがった。

ホテルの部屋に入ると、由記子は、やっと落ち着いた表情に戻る。

「最初は、ホテル暮らしなんて贅沢だって思ったけれど、ここの方が落ち着く」

ぼくは、どんな言葉を返せばいいのか、迷ってしまう。

「由記子まで捲き込んじゃって、申し訳ない」

「そんな意味で言ったんじゃないよ」

由記子は、コートを着たまま、ぼくの背中に腕を回す。

「私が心配なのは、優一をひとりにすること。昨夕、不安じゃなかった？」

「別に……」

「だって、何をしてくるか、分からないよ」

「相手だって、警察に介入されたら困るんだから、殺傷沙汰はない」

「本当に？　どうして、そう言い切れるの？」

王冠を持っているのは、ぼくなのだ。

「ただ、警告を受けているだけだよ」

ぼくは、それだけ言って、由記子を抱きしめる。値踏みされているだけだ。入社以来、毎年続けられているメンタルヘルス・チェックの結果を見れば、ぼくの性格くらい把握できそうなものだが、あのアセスメントは、こういった状況には役に立たないのかもしれない。

「そう言えばね、実家に、大学のときの友だちから葉書が転送されていた。会社勤めを辞めて、香水を調合するブティークを開業したんだって」

「独身？」

「ううん、共働きだったけど、独立して開業。明日、一緒に行ける？」

「ごめん、明日も、部屋の片付けに立ち会わなきゃならない。明後日なら、行けると思う」

「じゃあ、明後日、一緒に行こう」


翌日、ぼくたちは、散らかった部屋の食卓で、のんびり本を読んで過ごした。午後四時過ぎに、業者の男が、ぼくたちの座っている椅子を指して「それが最後です」と言い、ぼくたちは、立ち上がって、空っぽになった部屋を見渡した。

「寂しいね」

由記子が言う。

「でも、これで、すっきりした」

正直なところ、ぼくは、寂しくも悲しくもなく、言葉どおり、すっきりした気分だった。

†

由記子の友人が開業したブティークは、青山《あおやま》学院大学の裏手にある小さな店だった。ぼくたちが店に入ると、店長であろう由記子の友人は、大袈裟なくらい驚いてみせる。

「住所を知っている知り合いに、全部、葉書を出したけど、ゼミの人で来てくれたの、田嶋さんが初めてだよ」

ぼくは、彼女たちの会話を聞きながら、この店が商業的に成功するのは難しいだろうなと思う。だいたい、日本人は、香水に無頓着だ。もともと、体臭を気にせずに済む体質なのだろう。ハリウッドやモナコならともかく、自分の体臭に合った香水を調合してもらい、そのレシピを維持する費用をリーズナブルと感じない。由記子も、ときどき市販のオードトワレをつけているが、パフィームと呼ばれる類《たぐ》いのものには、お金をかける感覚がないようだ。香水の調合師として自信があるなら、一等地に店舗を構えて客が来るのを待つよりは、HSBCやUBSの行員に知り合いを作って、一千万円程度の出費を気にしない資産家を紹介してもらった方がいい。

ぼくは、棚に並べられた薬瓶のようなボトルのラベルを見ながら、彼女たちの会話が早めに途切れるのを待った。

店長よりも若い三十歳前後の女性店員が、ぼくに付き添って、商品を説明してくれる。

「こちらは、ユニセックスの調合なので、男性でもお使いいただけます」

「どんな香り?」

「ごく淡い香りです。いまはリキッドになっていますが、ペーストに染み込ませて、クリームとしてお使いいただくタイプのものです」

ぼくは、由記子の顔を立てるために、勧められた香水を栞《しおり》の先にスポイトで落としてもらう。彼女が言うとおり、ほとんど香りを感じない香水だった。社交辞令として、薬瓶を手に取り、ラベルを眺める。

〝Scent of Winter〟

偶然に立ち寄った店だったならば、ぼくは違うことを考えたかもしれない。そのラベルを見て、ぼくが思い出したのは、何かの目的で破り取られた卒業アルバムのページだった。

「手前味噌ですけれど、『冬の香り』って、この香水にぴったりだと思いませんか？」

店員の説明が白々しく聞こえる。

「君がつけたの？」

「いえ、店長が、クリスマスのころに調合して……。でも、この香水を使う人は少ないだろうな、とか自信なさげに言っていたから、『それなら、香りのないものの名前にしてみるのは？』って、私が提案したんです」

（人は、嘘をつくと、饒舌《じょうぜつ》になるんだよ）

「〝Lost Photographs〟とかでも、いいよね」

「は？」

「なくしちゃった写真」

「えーと……」

「香りのないもののイメージとして言ってみただけだから、気にしないで」

「そうですね」

戸惑っている店員を見兼ねたのか、店長が、由記子との会話を中断して、ぼくのところに来る。

「トップノートは、ほとんど香りがないんです」

彼女は、ぼくたちが話していた香水をたいして確かめもせずに、会話を切り出した。ぼくは、下手な芝居にうんざりする。

「ラストノートは、どんなイメージなんですか？」

ぼくは、香水の雫《しずく》を落とした栞を、鼻に当てて言う。

「お使いになられたお客様だけの秘密です」

「そんなふうに言われると、買ってみたくなりますね」

ぼくは、「結末は秘密です」というシナリオに乗ってみることにした。伴なら「そんなものは、つまらないって喧伝しているようなものだ」と言うのだろう。

「ええ、是非。よろしかったら、三十分程でペーストにできます」

「じゃあ、お願いしようかな」

「ありがとうございます。いま、お茶をご用意しますね」

「そこらへんのカフェに行くから、お構いなく」

会計をして店の外に出ると、由記子が済まなそうな顔をしている。

「無理して、買わなくてもよかったのに……」

「無理はしてないよ。三十分程かかるって言うから、お茶でも飲みに行こう」

ぼくは、由記子の手を取って、青山通りに向かう。

「あの店、大丈夫かな？」

「どうだろうなぁ。ロサンジェルスとかニューヨークで、ラベルを漢字一文字とかにしたら、案外、行けるかもしれないけれど」

「私もそう思った。それで、店員さんが着物とか着ていたら、ちょっと話題になるよね」

「着物は、やりすぎじゃないかな」

「それくらいインパクトがあった方がいいと思うけどなぁ」

目についたスターバックスに入ろうとすると、由記子は、ぼくの手を握ったまま立ち止まる。

「あっちのドトールなら、煙草を吸えるよ」

そう言われるまで、カフェで煙草を吸うという習慣をすっかり忘れていた。

「そうだよね」

「うん。東京に住んでいたころは、スターバックスを毛嫌いしていたのに」

由記子は、ドトール・コーヒーに向かいながら、ぼくに笑顔を向ける。

「ところで、さっきの店長さん、由記子のどれくらいの友だち？」

「どれくらいって？」

「仲が好い方か、付き合い程度とか、旦那さんも知り合いとか……っていう意味」

「年賀状のやり取り程度かな。結婚式にも呼ばれていないし。どうして？」

「ううん、何でもない。それより、今日の夕ご飯は、伴とよく行っていたバーにしていい？このまま青山通りを歩いて、渋谷《しぶや》駅を通り過ぎたところにある」

「何て言う店だっけ？　何度か誘ってもらったのに、行っていないのが気になっていた」

「ラジオ・デイズ」

「うん、賛成」

ぼくたちは、ドトール・コーヒーで時間を潰して、香水を受け取ってから、ラジオ・デイズに向かった。入り口には、相変わらずスナフキンが〝Everything but the Girl〟のプレートを首から下げている。ぼくの顔を見つけると、店長の男性が「久しぶり」と声をかけてくれる。ぼくと由記子は、ハートランドという名前のビールで乾杯した。

「九〇年代の忘れ物みたいな店だね」

由記子が店内を見回して言う。店の中に流れているのは、ロキシィ・ミュージックの〝More Than This〟だったので、九〇年代というよりは八〇年代だろう。

「高校から渋谷まで歩いて帰るときに、ときどき、この店の前を通っていたんだ」

「じゃあ、二十年来の付き合いの店ってこと？」

ぼくは、プレーン・オムレツとソーセージの盛り合わせを注文してから、由記子の言葉を否定する。

「この店を知ったのは二十年前だけれど、初めて入ったのは、新任課長研修で伴とばったり再会したときだった」

「ふーん。東京は進んでいるから、高校のときからお酒を飲んでいるのかと思った」

「陸上部が禁酒・禁煙だったから飲まなかっただけで、飲んでいる奴は飲んでいたよ。『二日酔いだよ』とか、学校で言っている奴もいた」

「それは、金沢も同じ。本当の二日酔いなんて知らないくせに、不良を気取っていたんだよね。ハルシオンとかも、無理して噛んで飲んでみたりね」

「ハルシオン？」

「睡眠導入剤」

「ふーん。金沢の高校生の方が進んでいそうだね」

「中島《なかじま》らもとかに傾倒していた、ごく一部の人だけ」

ぼくは、二杯目からは、ダイエット・コークのキューバリブレを注文する。

「そう言えば、優一って、仕事以外で飲みに行った話をあまりしないね」

「伴とはよく飲んでいるけどね」

「伴さんとは、出張先の夜とかでしょ」

「ぼくには、友だちがいないんだろうな」

大学の四年間、サークルやクラブに属さなかったせいもあるだろう。ぼくは、講義の時間以外は、アルバイトと読書、ジョギングくらいしかしていなかった。ぼくの卒業した大学は二期制だったので冬休みがほとんどなく、夏休みと春休みは、アルバイトで貯めた資金で旅行をしていた。でも、普段の生活から講義とアルバイトがなくなっただけで、旅先の安宿で本を読んでいることが多かった。

「私もそうかな……」

由記子は、赤ワインのカラフェを注文して、ぽつりと言う。

「仕事を辞めて分かったんだけど、仕事に関しては信頼している同僚や上司もいるし、自分も信頼されているなって感じることがあった。でも、仕事を辞めたら、優一以外で、信用できる友だちはいないんだなって、ときどき寂しくなる」

「いまは、急に環境が変わったから、そう感じるだけだよ」

「もちろん、私だって、そういうふうに考えてみようってときもある。でも、それを差し引いても、友だちはいない」

「きっと、四十歳前後って、仕事や、家族との生活に精一杯で、目的もないのに飲みに行ったりすることが少ないんだと思う。結婚しているとか、子どもがいるかどうかで、生活のリズムもばらばらだしさ」

「優一は、寂しくなることはない？」

「ぼくは、どっちかっていうと、ずっとひとりだったからなぁ……。むしろ、ここ五年間くらいの方が、由記子と伴がいてくれて、寂しさを感じない期間だった」

「優一は、下手だなぁ……」

うつむきがちだった由記子が、顔を上げて微笑む。

「何が？」

「私と伴さんがいるから、じゃなくて、私がいるからって言ってくれれば、今夜はご馳走しちゃいたくなるのに」

「そうだね……残念」

けれども、自分の言葉が無意識のうちに過去形だったことに気がつく。

その日は、穏やかな夜を過ごしたように思う。部屋は、きれいさっぱりと片付き、馴染みのバーで適度に酔っ払って、ホテルの部屋に戻ってから、時間をかけて由記子を抱いた。真夜中に目が覚めて、ぼくは、ライティング・デスクに置き放しだった香水屋の紙袋の中を確かめる。ペーストに練り込ませたという香水の包装を解くと、カードが挟まっていた。

『中井様
気がついてくれてありがとう。伴君の友人の鍋島冬香です。

どうすれば、あなたに気がついてもらえるのだろうと思いながら、ずっと待っていました。

HKプロトコルの件で、中井君に話したいことがあります。

事情があって、直接、会えませんが、あなた方に渡したものを返してほしいのです。

以下に連絡をください。

+8190-12xx-22xx
こんな形でしか、連絡を取ることができずに、ごめんなさい。でも、いまとても困っているのです。

連絡を待っています。

2009.12.28　鍋島冬香』

ぼくは、ライティング・デスクのランプの明かりの中で、印刷されたカードを眺めた。

(伴と鍋島は、友人と称するような関係だったの？　それくらい調べておけよな)

ぼくは、カードと包装紙を纏めて破いてからゴミ箱に捨てる。机の上に残ったクリームの瓶は、洗面所で中を水に流して捨てた。

――ラストノートは秘密です

由記子の知人の店長の言葉を思い出す。伴の言うとおり、結末の分かった物語に付き合うのは時間の無駄だ。

†

東京に滞在する残りの三日間、部屋の賃貸契約とライフラインの解約手続きをして、自分の住民票を実家に移した。由記子は、ぼくが実家に顔を出さないことを心配したが、ぼくは、端《はな》からその気がなかったので、家族には東京に戻ることさえ伝えていなかった。ぼくたちは、行くあてもなく都内を散歩して時間を潰した。買い物をするにしても、東京と香港では品揃えにたいした差はないし、ひと昔前なら、日本語の本をまとめて買うこともあったのだろうが、香港からでもインターネットで本を取り寄せられるので、とくに日本でしかできないことは見つけられなかった。東京にしかないものと言えば、ハリウッドから輸入された映画に付いている日本語の字幕くらいだ。

「なんだか、東京にいるっていう感じがしないね」

映画館を出て、由記子がぽつりと言う。

「蕎麦が美味しいくらいかな」

「東京タワーにでも上ってみようか？」

「うん。悪くないね」

ぼくたちは、東京タワーの特別展望台まで上った。ぼくの住んでいた東十条の方角を眺めると、建設中の東京スカイツリーが見えた。

「来月には、東京タワーよりもスカイツリーの方が高くなるんだって。新聞に書いてあった」

由記子は、はしゃいだような口調で言う。

「じゃあ、今度、東京に来るときには、スカイツリーに上ることになるのかな」

「開業は、再来年だよ」

何気ない会話を、由記子の携帯電話がさえぎる。ぼくは、由記子が電話に出ている間、ぼんやりと何もなくなった自分の部屋の辺りを眺めていた。

「香水屋の彼女が、優一に伝えたいことがあるって。代わってもらえる？」

由記子が、携帯電話を差し出す。ぼくは、断る理由を説明できなくて、それを受け取った。

「せっかくのお休み中に、申し訳ありません」

「構いません。用件は、何ですか？」

「カードは、読んでいただけましたか？」

「ええ、拝見しました。けれども、人違いじゃありませんか。用件に覚えがない」

ぼくの反応は、彼女にとって予想外のものだったのだろう。次の言葉が返ってこなかった。

「本当に困っているみたいなんです」

彼女が強引に話題を引き戻す。

「誰がですか？」

「その……、鍋島冬香さんの代理の方が。もし、由記子ちゃんと一緒にいるときに話しにくい内容なら、後程でも結構なので、必ず連絡をもらえませんか？」

〝Scent of Winter〟、青山のブティークにあっても、おかしくない名前の香水だと思う。けれども、帰国してからの出来事で、ぼくの警戒心は、それが仕組まれた話だと直感的に判断できた。ぼくがJプロトコルか東亜印刷の社員だったら、嫌がらせやブービー・トラップを同時に仕掛けるだろうか。ぼくは、それらが別々の組織あるいは個人によって仕組まれたものかもしれないと考え始める。

「由記子がいても問題ありません。用件があるなら、この電話で伝えてください」

由記子は、ぼくの隣で、展望台のガラスに背を向けて、不安そうな顔をしている。

「あなたにお会いして、話したいことがあるそうなんです」

「用件さえ定かではないのに、代理人が私に会わなくては話せない内容がある、というのも失礼な話ですよね。それに、カードに書いてあった『あなた方に渡したもの』というのに、思い当たる節がない」

「あの……。本当に困っているようなんです。あなたから連絡を取ってもらうことはできませんか？」

彼女も、そろそろ引き下がってほしい。一方的に通話を切っても、彼女は由記子の電話番号を知っているかぎり、何度でもかけてくるだろう。ぼくは、話を変えてみる。

「困っているのは、あなたですよね？　あなたは、私がその代理人と会うことを条件に、何かの代償を受け取ってしまった。だから、代理人が私に会えなくて困るのは、あなたなんじゃないですか？」

たぶん、ぼくの言ったことは間違っていないのだろう。電話の向こう側で沈黙が続いた。

「あなたのクライアントは、こんな回りくどいことをしなくても、私の連絡先を知っているはずです。私は、渡されたものが何かを教えてもらってから、その代理人に会うかどうかを決めます。そう、クライアントに伝えてください」

「でも……」

「もうこれ以上話しても埒《らち》が明かないようなので、電話を切ります。必要なら、由記子ではなく、私に直接連絡をください。メモは取れますか？」

「ええ」

ぼくは、自分の携帯電話の番号を伝えて、電話を切った。

「何の話だったの？」

由記子は、電話が切れるのと同時に、ぼくに尋ねてきた。

「何でもないって言っても、納得しないよね」

由記子がうなずく。

「こないだ、殺傷沙汰にならないって言ったけれど、それは、ぼくが相手にとってのワイルド・カードを持っているからなんだ」

「ワイルド・カード？」

「有《あ》り体《てい》に言えば、相手の弱み。ぼくが、由記子の友だちの店で見つけた香水の名前は、そのワイルド・カードを連想させるものだった。だから、ぼくは、由記子の友だちには悪いけれど、それを相手にしなかっただけだ」

「それで、あのとき、私に『どれくらいの友だち？』って訊いたの？　もし彼女が私の親友だったら、優一は違う対応を考えたってこと？」

「まぁ、そういうこと」

ぼくたちは、作りかけのスカイツリーを眺めながら、静かに話した。

「なんだか、ごめんね」

由記子が小さな声で言う。

「由記子が謝る必要はない。むしろ、謝らなきゃならないのは、ぼくの方だ」

「でも、私は優一の状況を考えないで、無防備に、優一を罠に嵌《は》めようとしている人のところに連れて行っちゃったんだもの」

「ううん。ぼくの方こそ、由記子の友だちを減らしちゃって、ごめんなさい」

せっかくの休暇の最後の日、ぼくたちは後味の悪い気分で、東京タワーから喧噪の街へと降りた。

「優一は、いったい誰を敵に回しているの？」

芝公園からホテルに戻る道で、由記子が言う。

「分からない」

そのうちのひとりは、伴なのかもしれない。鍋島から受け取った六つのファイルの半分しか渡さなかったことを、伴は知っているのかもしれない。そうだとすれば、ぼくの部屋を荒らしたのは伴だろう。由記子の友人を介して渡されたカードは、伴が考えた文面とは思えない。

「由記子……」

「何？」

「悪いけれど、今夜の便で香港に戻りたい」

二十四時前に羽田を発って、香港には四時ごろに着くキャセイ・パシフィックの便があったはずだ。由記子がうなずくのを確かめて、ぼくは、日比谷公園の脇を歩きながら、キャセイ・パシフィックの東京支社に電話をかけて、二人分のチケットを手配する。

「あいにく、ビジネスクラスの空席はひとつしかご用意できません」

オペレータの女性が、済まなそうに言う。

「それなら、エコノミークラスで三人並んで座れる席は空いていますか？」

「ええ、すぐにご用意できます」

「それで、お願いします」

「かしこまりました。念のため、ビジネスクラスの並び席もウェイティング・リストにご登録します。ご搭乗をお待ちしております」

ぼくたちは、ホテルの部屋に戻って、手早く荷物をまとめた。ホテルのフロントは、滞在を早く切り上げることを快く了解して、香港ではお馴染みの深緑のロールス・ロイスで、ぼくたちを空港まで送ってくれる。東京での最後の夕食は、羽田空港の滑走路を眺めるカフェテリアになってしまった。離れてから半年も経っていないのに、東京にぼくの居場所はなくなってしまったなと思う。

†

日曜日の午前六時、ぼくは、香港国際空港から直接、ｉｆｃのオフィスに向かった。由記子は、ひとりでホテルに戻ることを拒んで、仕方なく彼女とともにオフィスに入る。Ｊプロトコルは、ぼくが由記子を連れてオフィスに入ったことを、監視カメラで確認するはずだが、もうそれを気にする必要もないかもしれない。

「ふーん、なんだか立派な部屋だね」

由記子は、董事長室を見回しながら言う。ぼくは、デスクのパソコンを起動して、社員情報のデータベースから伴のカードを検索した。
『平成七年　入社　東北大学　大学院工学研究科　修士課程　修了
平成七年四月一日　御殿場研究開発センタ　配属
平成十年十月一日　御殿場研究開発センタ　画像圧縮開発班　技術主任
平成十三年四月一日　御殿場研究開発センタ　ＲＳＡ応用開発班　技術主任
平成十七年七月一日　交通系ＩＣカード事業本部　東南アジア営業担当　技術主任
平成二十一年十月一日　Ｊプロトコル香港　出向
平成二十一年十二月三十一日　Ｊプロトコル香港　出向復帰
平成二十一年十二月三十一日　自己都合により退職』
ぼくは、伴の業務経歴を見ながら、パソコンの画面をスクロールさせていく。「ＲＳＡ」というのは、暗号化方式のひとつだ。伴がその担当になったのは、ＨＫプロトコルが設立された時期と重なる。そのころ、ぼくと伴は、月に一回程度、渋谷のラジオ・デイズで飲んでいた。ぼくには何も言わなかったけれど、伴は、鍋島と関連の高い業務を担当していたことになる。
『家族構成　妻　伴　千絵
実父　他界（平成五年　実家火災により焼死）
実母　他界（平成五年　実家火災により焼死）
兄弟　なし

緊急時連絡先　妻　伴　千絵（ばん　ちえ）

賞罰　なし
健康状態　D』

画面のスクロールを止めて、煙草に火を点ける。

ぼくは、伴のことを知らなすぎた。Jプロトコルでは、半期に一回、部下の社員と面談をすることになっていたが、ぼくは、それを部下の課長に任せきっていた。伴の両親が亡くなったのは入社前のことなので、その課長に報告義務はないが、健康状態が「D」というのは、報告義務を怠《おこた》っている。男子社員であれば、通常、健康状態は「優」か「良」のいずれかだ。「D」は、社内の隠語で「デフォルト」の頭文字を当てている。つまり就業が困難な状態を意味する。課長かぼくが、伴を病気休職させる義務があるのに、それがされてこなかったということだ。

「オフィスで煙草を吸うの？」

部屋をひと通り見回した由記子は、咎《とが》めるような口調で言う。

「オフィスでは吸わない。董事長室でだけだよ」

「董事長室だって、オフィスのうちだと思うけれど」

由記子とオフィスで言い争いをしても仕方がないので、ぼくは、煙草を消して、パソコンをシャットダウンする。

「用件は片付いたから、ホテルに戻ろう」

「灰皿、そのままでいいの？」

ぼくは、無駄な抵抗をやめて、オフィス内の小さな給湯スペースに灰皿を持って行く。空になった灰皿を持って、オフィスの中を通り過ぎるときに、森川の机を見ると、ぼく宛の封書が未整理のまま置かれていた。普段であれば、ぼく宛の郵送物は、森川が事前に中身を確認し、必要と思われるものだけを渡してくれる。何の気なしに視線を向けた先に、宛先の住所がなく〝To the President of JP-HKG〟と書かれた封書がある。封筒を窓に向けて透かしてみると、中身は銃弾のような形をしていた。

「どうしたの？」

ぼくを待っていた由記子が、オフィスの入り口で首をかしげる。

「何でもない」

その封筒を森川の机に戻して、由記子とともにオフィスを出る。

ぼくたちは、スーツケースを引いて天星小輪《スターフェリー》に乗り、冬の朝の維多利亞港《ビクトリア・ハーバー》を眺めた。靄《もや》のかかった九龍《カオルーン》半島には、インターコンチネンタル・ホテルと香港文化中心《ホンコン・カルチュアル・センタ》に隠れるようにペニンシュラ・ホテルが見える。そこは風水では良好な場所だと聞いたことがある。けれども、啓徳空港《カイダック》がなくなり、ビルの高度規制がなくなった九龍半島では、風水の気の流れを阻《はば》むかのように、ペニンシュラ・ホテルの後ろに高層ビルが建設されている。

ぼくは、その朝の光景を眺めながら、銃弾の入った封書のことを考えていた。住所のない宛先なら、送り主がｉｆｃのメール・センタに直接持ち込んだということだろう。ぼくは、由記子の友人への依頼人と、自分の部屋を荒らした人物のことを考える。そして、伴のことを考えた。彼の健康状態がどういったものなのか、データベースには記録されていなかった。精神的なものなのか、あるいはフィジカルなものなのかも見当がつかない。それが報告されなかったのは、ぼくの管理者としての怠慢《たいまん》なのか、誰かの意図なのかも分からない。とにかく、伴は、何かの問題を抱えているということだ。

天星小輪から見る香港島は、樹々が太陽の光と雨だけで育つように、何も生産しないまま世界中の情報と金を流通させるだけで生い茂る森のようでもあった。

伴は、まるで何かから逃げるように東南アジアを飛び回って、Ｊプロトコルが独占的に使用していたＩＣカードの暗号化方式の特許利用権を売り捌《さば》いていた。そのおかげで、ぼくと伴がＨＫプロトコルを手中にしてから半年後には、新たに六都市の交通系ＩＣカードで、その暗号化方式の採用が決定された。他にも、いくつかの企業が社員のＩＤカードに採用して、ＨＫプロトコルは、何も生産しないまま、売上高を倍増させている。伴の希望で、Ｊプロトコル香港の社員だった陳霊が、ＨＫプロトコルに転職した。伴は、さらに知的財産権に精通した二人の弁護士と、数人の語学に堪能な事務員を雇い、わずかな期間で、幽霊会社を新興ＩＴ企業に変身させた。

伴は、現地のＩＴ企業に開発を賄う能力があれば、その企業と特許利用契約だけを結び、結果、それが相手側の採用障壁を低くした。それができなかった二つの都市では、ＩＣカードの発行をＪプロトコル香港経由で、Ｊプロトコルに再委託し、Ｊプロトコル・グループとしてもマーケット・シェアが拡大した。二〇〇九年度の三月期決算の営業利益にこそ反映できなかったものの、Jプロトコルの受注残はその株価を押し上げた。そういった意味では、東亜印刷にICカードの製造を独占させてきたJプロトコルの販売戦略は、自身でマーケット・シェアの拡大を阻害していたことになる。HKプロトコルの利益拡大に応じて、株主への配当、つまりぼくへの支払いも、当初、伴と約束した年間十五億円から、六月の時点では四十億円に跳ね上がった。そのうちの四十パーセント近くは、翌年の税金として消えることになるが、それでも、ぼくと由記子が二人で遣うにはあり余る金額が、通帳に記されている。

†

春節《チョンジッ》の休暇中に拳銃の実弾が届いたことと、Jプロトコル香港の利益が拡大したことを理由に、森川はオフィスの移転を提案し、ぼくはそれを承認した。新しいオフィスは、ifcの第二期棟の七十九階に、そのフロアの半分を占める区画を契約した。ぼくも含めて六人の社員には広すぎるスペースに、董事長室《ドンシィジョン》の前室として秘書室兼文書保管室を設けることになる。そして、秘書室と董事長室には、それぞれ生体認証と金属探知機によるセキュリティ・チェックを設置して、ぼくと森川以外は、董事長室への入室ができなくなった。ぼくは、さして気にしなかったが、森川は、新しいオフィスの工事と調度品の搬入に立ち会い、董事長室内に隠しマイクと監視カメラが設置される隙を作らなかった。七十九階のオフィスからは、晴れた日には九龍《カオルーン》半島の向こうに深圳《サンザム》の高層ビルを見渡すことができる。

役員の社内接待ばかりか、取引先を接待することもなくなり、ぼくは森川を伴ってレストランに顔を売る必要もなくなった。代わりに、伴が獲得してきた契約書にサインをする仕事が増えたが、ほとんどの時間をぼんやりと董事長室で過ごしていた。それが、澳門《マカオ》の古びたホテルにいた娼婦が言う「王」の仕事だというならば、そのとおりかもしれない。マクベスだって、世界の覇者になったわけではない。イングランドとスカンジナビア半島に挟まれ、痩せた大地しかない小国の王になっただけだ。ロンドンで暮らすシェイクスピアにしてみれば、『マクベス』は、「昔、スコットランドではこんな騒ぎがあったんですよ」程度の話なのだろう。

変わったことと言えば、森川が珍しく風邪をひいたくらいだ。春先、と言っても、香港ではすでに暑く感じる日もある季節に、ぼくの携帯電話に連絡が入り、風邪をひいたので休みたいと言う。

「申し訳ありません」

森川は、電話口で済まなそうに言う。

「構わない。今日は木曜日だし、ついでに明日も休んで、四連休にすればいい」

「今日中に治ると思うので、明日は、ちゃんと出社します」

「気にしなくていいよ。それに、君は、私が赴任してから、ずっと休暇を取っていない」

「董事長がお休みのときに、休みをいただいています」

ぼくは、本当にそうかなとも思う。

「まぁ、明朝、様子を見て、具合が悪かったら、気にせずに四連休にしなさい」

「ありがとうございます」

ぼくは、電話を切った後、彼女はぼくの人事情報を見ているはずなのに、誕生日は覚えていなかったんだなと思う。森川が風邪をひいた日、ぼくは三十九歳になった。

†

六月に入り、Jプロトコル香港は形ばかりの株主総会を、オフィスの会議室で開いた。唯一の株主である親会社からは、委任状を持った高木が来訪した。

「久しぶり」

ぼくは、ひとりしかいない株主には広すぎる会議室に、高木を迎え入れる。彼は、四月一日付の人事で、バンコクに新設した支店のゼネラル・マネージャに抜擢されていた。高木は、よほどバンコクに馴染んでいるのか、七ヶ月ぶりに見る彼は、日本企業の駐在社員というよりは、タイの青年実業家という感じの男になっていた。

「総務部の誰かが来るものと思った」

「他の子会社ならそうだろうな。俺も、まさか自分が仰せつかるとは思わなかった」

「バンコクのデモは、沈静化した？」

政権派と反政権派のデモは、ここのところ、毎年のように繰り返されている。

「まだ、ごちゃごちゃやっているけれど、とりあえず空港はちゃんと機能している。もう年中行事みたいなもんだな」

高木は、「股東《グートン》（株主）」と書かれた札を置いた側の席に、勝手に座ってしまう。森川が、彼に抑揚のない声で言う。

「申し訳ありませんが、Jプロトコルの法定代表人からの委任状を拝見できますか？」

「はぁ？」

高木がため息をつく。

「本日、この会議室にお入りになられるのは、弊社の株主だけですので」

「Jプロトコルの総務部長からは、高木に委任状を渡した旨のメールをもらっているよ」

ぼくが、不機嫌な森川をなだめるのと、ほぼ同時に、高木が森川に応戦する。

「君は、ボスに届くメールはチェックしているんじゃなかったの？」

「いまどき、メールの送信元を誤魔化すくらい、小学生でもできます」

ぼくは、Jプロトコル香港の代表者席に座り、両手で顔を覆ってみせた。高木は、渋々といった感じの表情で、ブリーフケースの中からクリアケースを取り出して、それを会議卓越しにこちらに放る。森川は、それを受け取りはしたものの文書の内容は確認しなかった。

「どうぞ、おくつろぎください」

二人のやりとりが一段落したのを確かめてから、ぼくは、高木に訊く。

「東京に戻る途中？」

「このためだけに香港くんだりまで来た。総務部に『そんなに暇じゃない』って言ったら、本部長からメールが返ってきた。何て書いてあったと思う?」

隣に座る森川が、パソコンに議事録を書き始めるので、ぼくは、それを止める。

「まだ総会は始まっていないから、議事録はいいよ」

もっとも、その場で議事録を作らなくても、この会議室の天井には、発言者を自動的に捉える指向性の高いマイクが三つ設置されている。

「それで、何て書いてあった?」

「子会社の業績を伸ばしたくらいで、同期トップが交代したわけじゃないことを、ちゃんと示して来い、だってさ。つまり、中井の人事権は、俺が持っているってことだ」

高木は、ぼくが社内の出世競争に興味がないことを知っているので、冗談まじりに言ったつもりだったのだろう。けれども、森川が不快感を募らせていることは、隣に座っているだけで伝わる。

「と、親会社の本部長が言っているだけで、高木GMが、そう考えているわけじゃないよ」

ぼくは、森川をなだめた。

「中井の言うとおりだから、安心してくれ。ところで、数百人もいる株主総会ってわけじゃないんだから、株主様に冷たいコーヒーくらい出てこないの?」

「すでに、開会の定刻を過ぎています」

森川は、高木の要求を無視して、棘のある口調で言う。

「株主総会なのに、副董事長は?」

「今日は欠席ということにしてくれ。議事録上は出席にするけど、目をつぶってほしい」

「了解。じゃあ、株主総会を始めてください」

高木は、森川の不機嫌を相手にせずに、議案が書かれた資料を手にする。どうも、森川と高木の間には、和解という言葉が存在しないらしい。

「では、Jプロトコル香港、第五回定期株主総会を始めます。議案第一号は、平成二十一年度業績報告です」

森川がぶっきら棒に言うのをさえぎるように、高木は、議案が書かれた資料を会議卓に投げ出す。

「貴社の提示した議案は、すべて異議がありません。議案八号に従い、中井優一氏を、Jプロトコル香港の代表取締役社長に再任します」

広い会議室のテーブルを挟んだ向こうで、高木は、業績報告書をめくりもしなかった。

「承《うけたまわ》ります」

ぼくは、株主代表である高木に敬語で答える。

「もう閉会してくれて構わない」

高木は、議事録を取っていた森川に言う。森川は、高木の言葉にうなずいて、パソコンのキーボードを打つ手を止める。

「秘書の方は、席を外してくれるかな？　二、三、中井に話したいことがあるんだ」

森川は、高木の言葉に、ぼくの諾否を確かめるように横を向くので、「相手は筆頭株主だよ。下で、コーヒーを買ってきてくれるかな」と小声で言った。彼女が会議室を出て行くと、高木は革張りの椅子に踏ん反《ぞ》り返る。

「なぁ……、もうちょっとましな秘書を雇えないのか？」

「ましって？」

　くつろいだ会話の第一声が、森川への批判だったので、今度は、ぼくが不愉快な思いをする。相変わらず、高木は遠慮というものを知らない。ぼくは、高木に指向性の高いマイクが向けられていることを知らせる機会を失った。

「さっき、オフィスを見せてもらったけれど、俺の感想じゃ、彼女は、ここの社員の中で最も秘書に向いていない」

「容姿で秘書を選んでいるわけじゃない」

「容姿のことなんか言っていない。株主対応なんだから、愛想ってもんがあるだろ」

　その株主が高木だったせいだと言いたいところだが、今日だけは、ぼくも、株主に文句を言える立場ではない。

「森川は、秘書として十分に優秀だよ。それに、他の社員は、広東《カントン》語と英語は話せても、日本語は挨拶程度だ」

「中井が言わなくても、コーヒーくらい出すのが普通だろう？」

「社員教育が行き届いていなくて悪いね」

　ぼくは、この株主総会で一度も使われなかった資料を、会議卓の上で揃え直した。

「本社では、佐竹本部長が、副社長に昇格だ」

「香港でも日経をリアルタイムに読めるから、知っている」

「井上副社長が自殺して、一番、利があったのは佐竹本部長だったな」

「副社長は自殺だったのか？」

高木は、ぼくの問いかけに、しばらく黙っていた。

「中井は、その日、台北《タイペイ》で何をしていた？」

「息抜きの休暇。たまには鉄道の旅もいいなと思って、台湾を一周してきた」

「同棲中の彼女に出張と偽ったうえで、たまたま、香港に携帯電話を忘れて？」

高木は、「たまたま」にアクセントをつけて言う。ぼくが返す言葉を探していると、森川が、トレイにスターバックスの紙カップと灰皿を載せて、会議室に入ってくる。

「株主様にコーヒーも出さずに、たいへん申し訳ありませんでした。弊社の中井は煙草でも何でも自分で買いに行ってしまうものですから、そういったことが小職の仕事であることを失念していました。どうかお許しください」

森川は、紙カップを高木の前に差し出す。高木が蓋を取ると、コーヒーの上にはホイップクリームが載せられ、さらにチョコレート・チップまで振りかけられている。紙カップということは、アイスコーヒーではなく、普通のコーヒーということだろう。

「何がお好みなのか分からないので、バニラ・シロップとキャラメル・シロップとヘーゼルナッツ・シロップを追加してみました」

森川は、うんざりした表情の高木を無視して、ぼくにクリスタルの灰皿を差し出す。高木に聞こえるような小さな声で、「九十蚊《マン》（ＨＫＤ）もしました。きっと、スターバックスのコーヒーでは一番高いオーダーです」と言う。

「普通のアイスコーヒーでよかったんじゃないかな……」

ぼくは、冷たい表情で隣に座る森川にため息を漏らした。

「バンコクからのお客様には、香港は寒いかなと思いまして」

「客人にだけコーヒーを出されても、なかなか飲みにくい。それに、Ｊプロトコルの会議室は禁煙だ」

高木は、紙カップを手に取ってみるものの、それを会議卓に戻して言う。

「ここは、Ｊプロトコル香港の会議室です」

「まぁ、非喫煙者の株主様の前で煙草を吸うかどうかは、董事長の常識に任せるよ」

ぼくは、子どもじみた応酬に終止符を打つための言葉を探す。

「バンコクには、いつ戻るんだ？　今夜、香港に泊まるなら、軽く飲みに行かないか？」

「仮に、いま持っているチケットが明日の便のものでも、夕方の便でバンコクに戻る」

「じゃあ、空港まで送るよ」

高木は、スターバックスで一番高いオーダーの組み合わせのコーヒーには口をつけず、席を立つ。

「言い忘れた。今年のグループ会社ＣＥＯ会議は、沖縄のＫ島でやるそうだ」

高木は、振り向いて、ぼくに言う。Jプロトコルでは、毎年、株主総会後の七月初旬に、グループ会社と重要下請け先のCEO職を集めた会議を開催していた。Jプロトコルのコスト・センタの新任管理職が、その会議の世話役として駆り出されるのが慣例だ。ぼくは、経営企画部だったので、新任のときだけではなく、三年間、その手伝いをやらされた。

「また、辺鄙《へんぴ》なところでやるね」

「K島が、全島的にJプロトコルの電子マネーを採用してくれたんで、そのお返しだろうな。夏休み前で、リゾート・ホテルは閑散期だ」

「経企《けいき》の下っ端管理職は、たいへんだろうな」

ぼくは、高木の次の言葉を聞くまで、その会議に自分が出席することを考えてもみなかった。

「そう思うんだったら、中井だけでも、我が儘を言わない招待客になればいい」

「俺が？」

「そりゃそうだろ。子会社の中では売上高トップの立派なCEOだ」

「出なきゃならないのかな？」

「俺も手伝わされたけれど、一番面倒だったのは、子会社では踏ん反り返っているくせに、親会社の新任課長の言うことは聞きたくないって奴じゃなかったか？」

高木の言うとおりだ。心の中では「どうせ片道切符で出向したくせに……」と思いながら、なだめすかして出席の約束を取り付けるのが、その会議にかかるホスト側の厄介な仕事だった。そういう子会社の役員にかぎって、ホテルはどこがいいだの、羽田空港から都心に出るのにもハイヤーを用意しろだのと言う。

「俺は、踏ん反り返っていないけどね」

「踏ん反り返っていなくても、中井は、そういうけちな役員になるな」

「そうだね」

ぼくは、高木と一緒に会議室を出て、エレベータ・ホールに向かう。森川は、ぼくたちの後ろを歩きながら、携帯電話を手にして、広東語で社用車の手配を始める。

「車はいいよ」

ぼくは、森川を止める。

「でも……」

「下でタクシーを拾って、私が空港まで送る」

社用車の運転手は日本語を理解しないが、車内には、運転手の会話をチェックするためのマイクを、森川が仕込んでいる。ぼくは、機場快線《エアポート・エクスプレス》の香港站《ザアン》前でタクシーを拾って、高木との途切れた会話を再開する用意をした。

「空港までお願いします」

タクシーの運転手が日本語を理解できないのを確かめてから、広東語で空港まで行ってくれるように依頼する。

「唔該《ンゴィ》、車我去機場《チェゴオホイゲイチョン》」

「好《ホウ》」

ぼくと運転手のやりとりを聞いて、高木がため息とともに話し始める。

「秘書嬢は、なんで、あんなにぴりぴりしているんだ？」

「彼女は、ここがアペンディクスであることを知って、何とかしようとしているんだ」

「本社から来る奴は、みんな、中井を殺すつもりだとでも思っているのか？」

ぼくは、タクシーに乗る前に煙草を吸わなかったことを後悔する。

「森川だって、高木が暗殺者だとは思っていない。それ以前に、その『本社』が気に障るみたいだよ」

「本社の何が？」

「正しくは『親会社』だろ」

「なるほど。小池も、東亜印刷の社員から『本社』って言われるのを愚痴っていたな」

「コイケ？」

「小池さゆりだ」

聞いたことのあるような名前だ。

「忘れたのか？」

「聞いたかもしれない」

「元副社長の秘書だ」

高木にそう言われて、ぼくは、社宅の使用者を思い出す。彼女は、何も関係ないJプロトコル香港の社宅に、まだ居座っているのだろうか。

「思い出した」

「なぁ……、中井は本当に関係ないのか？」

「何に？」

「小池は、元副社長が自殺した次の日に警察から任意で事情聴取を受けて、翌週までは自宅にいたことが分かっている。その後、行方不明だ」

タクシーは、維多利亞港《ビクトリア・ハーバー》の海底トンネルを抜けて、空港方面の高速道路に入る。

「初めて聞いた」

「正確に言えば、行方不明になった週の火曜日の夜に、俺と話している。『あの夜は、ホテルに突然、副社長の奥さんが来て、そろそろ手を引けって、五十万円を渡された。そのまま家に戻ったから、事件とは何も関係ない』って言い張っていた」

「親しかったんだ？」

「瓜田《かでん》を調べに行けば、電話番号くらいは訊く。その程度で、滅入るタイプじゃなかった」

ぼくは、井上が死亡した翌週、伴が駒込《こまごめ》の社宅を訪れたことを思い出す。あのとき、伴が香港を発ったのは火曜日だったから、小池さゆりにも会っている可能性が高い。しばらく、タクシーのエンジン音だけが聞こえた。

「なぁ……、K島のCEO会議、身辺警護をつけろ」

タクシーが青衣《チェンイィ》の貨物ターミナルを通り過ぎて、青馬大橋《チェンマダイキュ》に差しかかるころ、高木が言う。

「愛人を連れてきた子会社の役員は何人かいたけれど、俺の知るかぎり、ボディガードを連れてきた役員はいなかったな」

「当たり前だ。でも、中井が香港に赴任して九ヶ月の間に、すでに二人がいなくなっているんだ。それに、中井が絡んでいれば、当然、その報復はある」

「絡んでいないよ」

ぼくは、馬湾海峡《マーワンホイハッ》を渡る橋の上で、タクシーの窓を細く開けて、新鮮な風を浴びる。

「仮に、中井が絡んでいなかったと信じてやろう。それならそれで、二人を消した奴にとって、次のターゲットが中井の可能性は高いと考えるのが自然だ」

「二人がいなくなったのは、偶然ってこともある」

「そういう状況か？」

高木は、苛立《いらだ》った口調で言い捨てる。

「心配してくれるのはありがたいけれど、人を殺したり、行方不明にしたりする奴は、どんなことをやっても、そうする。俺があと一、二週間で探せるセキュリティ・サービスなんて、相手はとっくに買収済みだろうな」

「じゃあ、俺に、会議場の爆破予告のメールでも送れって言うのか？」

「はぁ？」

「そうすれば、日本の警察は、会議場に張り付いてくれる」

「考えてもみなかった。でも、それじゃ、高木は偽計《ぎけい》業務妨害罪だ」

「だから、そう言っていられる状況か？」

タクシーは、ランタオ島の内海沿いの高速道路に入り、スピードを上げる。

「身辺警護が嫌なら、せめて、他人が運んできた皿には手をつけるな。それから、できるだけ、HKプロトコルの伴社長と一緒にいろ」

「伴も呼ばれるのか？　俺が経企にいたときは、HKプロトコルは名前も出てこない取引先だったけどな」

「インドシナ半島から西はJプロトコルに譲るから、東からは手を引けっていう取引に、中井は絡んでいないのか？」

「初耳だ」

隣を見ると、高木が呆れた顔をする。

「おまえ、本当にあのオフィスで踏ん反り返って、煙草をふかしているだけだな」

「踏ん反り返ってはいないけれど、知らなかった」

「仕事に対するそういう姿勢を、世間一般では『踏ん反り返っている』と言う。物理的な姿勢のことを言っているわけじゃない」

「それで、その裏取引に応じたのか？」

「下手に争うより、応じるのが得策だろう。もちろん、本社は、そんな話を知らない。表向き、ジャカルタだろうがマニラだろうが、RFPが来れば、俺も応札する。でも、HKプロトコルよりいい条件は出さない」

「世間では、それをカルテルと呼ぶんだよ」

「失礼なことを言うな。関連企業間の棲み分けに過ぎない。それに、インドシナ半島から西なら、クアラルンプールとホーチミン・シティは取れる」

「ハノイが微妙だな」

「いまは、そんな話をしているわけじゃない。中井の姿勢の話をしている」

「そうだったね。それで、どうして伴と一緒にいる方がいいんだ？」

「あのな、人をひとり殺すのと、二人同時に殺すのと、手間は単純に倍じゃないだろ。二人同時に片付けようと思えば、それなりの人数がいる」

香港国際空港に到着する飛行機が高速道路の上を低く掠《かす》めていく。

「高木は、人を殺したことがあるの？」

「なぁ……」

「ん？」

「あると思うか？」

ぼくは、首を横に振った。

†

高木は、本当にバンコクと香港を日帰りで往復する予定だったようだ。タイ・エアの上客向けチェックイン・カウンターでの手続きを済ませると、そのまま出発ゲートに向かおうとする。

「香港で、何もてなせなかったから、飯でも奢《おご》ろうか？」

ぼくは、背中を向けた高木を呼び止めた。

「さっき、九十香港ドルもするコーヒーをご馳走になりかけたから十分だ。九十香港ドルもあれば、バンコクなら一週間分の昼飯が喰える」

「香港でも、たいして変わらないよ。そこにスタンドがあって、この空港の中では、一番、香港らしい麵ものを食べられる」

ぼくは、出発ゲートの並びにあるスタンドを指して言った。

「出発ラウンジに軽食のビュッフェがあるし、離陸すれば機内食も出る。タイ・エアのトムヤムクンはなかなか美味しいよ」

ぼくは、まぁそうだなと思う。三十香港ドルの雲呑麵《わんたんめん》もなかなか美味しいが、タイ・エアのトムヤムクンには勝てそうもない。ぼくは、出発ゲートの前で言葉を探した。

「まだ、何か言いたいことがあるのか？」

「慌ただしいな、と思ってさ」

「仕事なんて、そんなもんだろ。ノートPCと着替えを持ち歩いて、香港の狭いホテルに泊まるより、フライト中に昼寝をして、バンコクのレジデンスで寝る方が、ずっと休める」

「じゃあ、また、そのうち……」

ぼくが顔を上げると、高木は、チェックイン・カウンターが並ぶ先を眺めていた。

「あの秘書嬢は、本当に、俺が中井を殺しにきたと心配しているんだな」

「森川？」

ぼくは、高木の言葉に、彼が眺めていた方を振り返った。

「俺と目が合ったら、車寄せの方に出て行った。身辺警護をつけて会議に出るのが嫌なら、秘書嬢を連れて行くのが安全かもしれない」

「なぁ……。俺は、Jプロトコル香港のことで、もうこれ以上、誰も捲き込みたくない」

「気持ちは分かるけど、どこかでけりを付けなきゃ、何も解決しない。俺も、これ以上、同僚を疑うような事態が起こるのは、気が滅入る。だったら、一度、自分の安全を確保してから、相手の攻撃をかわして、警察に引き渡すのが、最善策だと思う」

それが、ただの裏金捻出の帳尻合わせであれば、高木の言うとおりだろう。けれども、暗号化方式の復号方法が存在するかぎり、解決策は、それを知っている関係者をすべて抹殺するか、復号方法を公《おおやけ》にしてしまうかの、いずれかしか思いつかない。そのどちらもできないなら、いつ崩れるか分からない均衡の上にいるのが、ぼくの考える最善策だった。均衡さえ崩さなければいいのだ。

「高木には話せないけれど、HKプロトコルとJプロトコルは、そんなに簡単な関係じゃないんだ」

「じゃあ、話せるときが来たら、ホーチミン・シティのブリーズ・スカイ・バーにでも招待してくれ。そろそろ行く」

高木は、ぼくの中途半端な回答に、不愉快な表情を見せることもなく、踵《きびす》を返す。

「うん、じゃあまた」

ぼくは、セキュリティ・チェックに向かう高木を見送って、出発ロビーの車寄せに向かった。

「お帰りの際、車が必要かと思って……」

森川は、ふてくされた子どものような顔をしている。

「ありがとう。よかったら、このまま、飯を喰いに行かないか？」

「ええ、ありがとうございます」

ぼくたちは、空港から程近い東涌《ドンチョン》の餐 廳《ツアンテエン》に入った。MTRの駅周辺には、どこにでもありそうな店で、観光客の姿はなかった。

「董事長は、本当に、JプロトコルのCEO会議にご出席されるつもりですか？」

広東語だけが行き交う店内で、鮮蝦雲呑麵《シンハァワンタンミン》とビールを頼んで、森川が言う。

「そのつもりだよ」

「それでしたら、セキュリティ・サービスを手配します」

「何のために？」

「高木GMは、董事長が出席を断れないように、誘導尋問をしたと思いませんか？　だったら、何か罠があると思うのが自然です」

ぼくは、二人分の箸を茉莉花茶《ムツレイファチャ》で洗う森川を眺めた。

「さっき、タクシーの中で、高木からも身辺警護をつけろって言われた」

森川は、不思議そうな顔をする。

「高木は、罠をかけるような性格じゃない。森川と同じように、Jプロトコル香港がアペンディクスであることを知っていて、私を心配してくれている」

「でも、彼は、いつも攻撃的だから……。今日だって、ご自分のことを『株主様』なんて言って……」

「攻撃的なわけじゃなくて、遠慮をしないだけだ。それに、株主に『様』をつけるのは、株主総会の日だけの日本のビジネス・コードなんだ。彼は、それを茶化していただけだ」

「知りませんでした」

「だから、森川は、そんなに心配そうな顔をしなくてもいい」

彼女は、次の言葉を探すように、うつむいている。

「董事長は、いまの状況を甘く見ていませんか？　オフィスに実弾を送りつけるなんて、尋常ではありません」

ぼくは、森川に言葉を返す前に、グラスに注がれたビールを飲み干す。

「これは、ぼくの推測だけれど、あの実弾の送り主は、森川だよね？」

ぼくは、森川と対等に話をしたくて、意図的に、自分を「ぼく」と称した。彼女は、うつむいて黙っている。

「話さなかったけれど、春節を東京で過ごしている間に、ぼくは、二つの嫌がらせを受けた。

それが警告なら、オフィスに実弾を送りつけるのは余計だ」

「どんな嫌がらせですか？」

「言ってもしょうがない。ただ、三つ目は余計だっていうことなんだ。ぼくか森川が、それを警察に届けて、ifcのメール・センタの監視ヴィデオを解析したら、相手は尻尾《しっぽ》を残しちゃっているかもしれない」

「だったら、監視ヴィデオを解析してみれば……」

「あの実弾は、森川がメール・センタを介さずに、自分の鞄に入れて持ってきたんだから、監視ヴィデオの解析は無駄だと思う。オフィスを移転して、董事長室にセキュリティ・チェックを設置するための、森川の口実だと考えたんだけれど、間違っているかな？」

うつむいている森川の返事がないのを確かめて、ぼくは言葉を続ける。

「そのことで、森川を責める気はない。ぼく自身も、いい口実だったと思う。おかげで、親会社は何も言えない」

「それが分かっているなら、もう少し、ご自分の安全を優先してください」

森川が、やっと顔を上げる。

「いまは、何もしないのが、安全だと思う。相手は、春節に警告をして、それ以降、何もしてこない。黙って、Jプロトコル香港の業績を拡大して、親会社にも利益を還元するのは、相手の意向に反していないものだと思っている」

「私は、いまの董事長は、バカラのテーブルでベットを吊り上げているような気がします。

カジノは、利益を十分に確保するのを待っているだけです。それに、ベットを吊り上げているのは、董事長の意向ですか？　副董事長が勝手に動き回っているんじゃないんですか？」

森川は、鮮蝦雲呑麵に箸をつけることもなく、言葉を続けた。

「董事長は静観しているだけでも、副董事長は、どんどん、董事長を危険な場所に連れて行こうとしていませんか？」

春節が明けて以来、森川は不安を溜め込んでいたのかもしれない。周囲の客が、ぼくたちの会話に聞き耳を立てているのが伝わる。日本語が通じなくても、男女の諍《いさか》いが伝わってしまうのは万国共通だ。

「伴には、伴なりの考えがあるんだと思う。それに、彼だって、あれだけ海外を飛び回っていて、何か危害を加えられた話を聞かない」

「Jプロトコルは、副董事長にわざわざ手をかける必要がないと思っているのかもしれません」

ぼくは、森川の言葉の意図を、すぐに理解できなかった。

「董事長は、副董事長の社員情報をご覧になりましたよね」

その言葉で、森川が社員情報のアクセス・ログをチェックしたことを知る。

「そんなふうに言われるから、社員情報を調べるのが嫌なんだ」

「ごめんなさい。非難しているわけじゃないんです。ただ、私なら、誰を調べたか分からないように、ひとりだけを検索するようなことはしません」

「次からはそうする、と言いたいところだけれど、もう二度と社員情報にはアクセスしない」

ぼくは、手酌《てじゃく》でビールを注ぎ足して、それをひと口で飲み干す。

「ごめんなさい」

「森川は、神経質になりすぎだよ」

しょんぼりしてしまった森川のグラスにも、ビールを注ぎ足した。今日の森川は、感情の起伏が大きいような気がする。

「伴とは、高校からの付き合いなんだ。手をかける必要がないなんて、縁起の悪いことは言わないでくれ」

そう言いながら、自分の科白《せりふ》に微かな違和感を持つ。

「Jプロトコル香港から生きて東京に戻った方がいないのも、事実です」

「ぼくも伴も、仕事が終わったら、ちゃんと戻るよ」

(何が違和感だったのだろう?)

「香港から戻るとき、どんな役職になるか分からないけれど、秘書がつく役職だったら、森川にぼくの秘書を続けてほしいと思っている」

それはぼくの本心だったが、森川は、その言葉を受け流して、話を逸らさなかった。

「董事長は、どうして、そう言い切れるんですか?」

「自分でも分からない。森川の『安全な場所にいる』って言うのと同じだと思う」

――追伸　私は安全な場所にいます

ぼくが井上を殺し、伴が香港と東京を往復した後、森川から受け取った手紙に書いてあった言葉だ。ぼくは、その手紙をホテルの自室に持ち帰り、ときどき読み返していた。森川が、ぼくを安全な場所に送り届けようとしているように、ぼくも、彼女に安全な場所にいてほしかった。森川の「安全な場所にいる」という自信が、違和感の原因だろうか。

ぼくは、何度か読み返した手紙の文面を思い出そうとする。

「どうかされましたか?」

急に黙り込んでしまったぼくに、森川が声をかける。

(違う。森川は、何かのミスを犯している)

ぼくの違和感は、手紙の冒頭だ。それは、『伴副董事長とは二十年来のお付き合いということで』という言葉で始まっていた。

「あのさ……」

「はい」

「どうして、ぼくと伴が『二十年来の付き合い』であることを、森川は知っているんだ?」

香港に赴任したころのぼくたちの会話を聞いていれば、ぼくと伴に、仕事以外の付き合いがあるのは容易に想像がつくだろう。けれども、その会話から『二十年来の付き合い』であることを想像するには、かなりの飛躍がある。森川が社員情報を調べたとしても、そこには伴の最終学歴しか記録されていない。伴が、彼女にぼくとの関係を話したとも思えない。

「それは……」

言葉に詰まる森川を見て、ぼくは、自分からそれを彼女に話していないことを確信する。もし、ぼくから聞いたことであれば、彼女は、すぐにそれを言うだろう。

「森川……、君は、ぼくのことをどこまで調べたんだ？」

森川は、ぼくの問いには答えずに、席を立って、混雑した店を出て行ってしまう。テーブルには、箸をつけないままの鮮蝦雲呑麵が残されていた。ぼくは、森川の表情を思い出しながらビールを飲んで、広東語のざわめきの中に溺れていく。溺れてしまえば、誰かを疑うことから解放されるかもしれない。

ビールを飲み終わって、店の外に出ると森川がいた。彼女が待っているとは思わなかったので、少し驚かされた。彼女は、二十分近く、そこに立っていたのだろう。

「どうしたの？」

「あの……」

うつむいた森川の気持ちが、夜風に乗って伝わってくる。

「うん。ぼくも、ときどき伴を疑うことがある。でも、そうしたくないんだ。そうしたくないのは、いまの状況を見過ごしたいからじゃない」

ぼくは、うつむいた森川に言葉を続けた。

「伴には、バンコーというあだ名がある。シェイクスピアの『マクベス』は知っている？」

「ええ」

「高校の入学式の日に、英語の教師が、伴をバンコーと呼んだせいで、高校の同級生のほとんどは、彼をバンコーって呼んでいた。『マクベス』に出てくる、スコットランド・スチュアート王朝の始祖となるバンクォーだ。伴を疑ってしまったら、ぼくはマクベスになってしまうかもしれないし、そうなれば、ぼくは伴を暗殺してしまうことになる」

「それは、戯曲の中の……」

「分かっている。でも、そうなるのが怖いんだ。だから、伴を疑いたくない」

「だから、董事長は、副董事長のことを、バンコーと呼ばないんですか？」

ぼくは、首を横に振った。

「ただ、あだ名で呼ぶのが苦手だっただけだよ」

「だったら、気にしなくてもいいんじゃないですか？」

「いまは違う。伴をバンクォーと呼ぶと、ぼくは暗殺者を仕向ける役になってしまいそうで怖いんだ」

ぼくは、東京と同じ星のない夜空を見上げた。

「森川は、車で帰りなよ。ぼくは、適当に頭を冷やしてから、MTRで帰る」

彼女の返事を待たずに、駅に向かって歩き始めた。

ぼくには、バンクォーを暗殺したマクベスの気持ちが分からない。実在のマクベス王には夫人の連れ子がいたが、戯曲の中では、マクベス夫人に「私には子どもがいたことがあります」という科白があるだけで、夫妻の王位継承者は明示されない。マクベスは、三人の魔女からバンクォーが王にならないという予言を聞いても、自分には血の繋がった子どもがいない。その状況で、戦友であるバンクォーに暗殺者を仕向けることに、いったい、どれほどの価値があるのだろう。

三人の魔女の予言を聞いた後、暗殺者を仕向ける動機を植え付けられるのは、マクベスではなく、むしろバンクォーにあるという方が、物語として筋が通る。バンクォーには、自分の子どものために、王位についたマクベスを殺す理由がある。

†

沖縄のK島で行われるJプロトコルのCEO会議への出席について、由記子も反対をしたが、ぼくは、それを押し切る形で、親会社から届いたメールに出席の旨を返信した。香港から沖縄の離島へ行くには、最も短い旅程でも、台北《タイペイ》と那覇でフライトを乗り換えなくてはならない。伴から、香港から那覇まではプライベート・ジェットを手配したので、一緒に行かないかと誘いがあったが、森川が頑なに反対した。

「五百人の乗客を乗せた民間機と、二人しか乗客がいないプライベート・ジェットとでは、どちらが簡単に爆破できると思いますか？」

「まぁ、そうだね」

ぼくは、高木と同じようなことを言う森川に、K島への出張の手配を任せた。

「念のため、董事長の携帯電話に、GPSの発信ソフトをインストールしてもいいですか？」

　出張の前日、森川が済まなそうな顔で言う。

「伴が、私の携帯電話にすでにインストールしているから、その情報を共有すればいい」

「副董事長が？　何のために？」

「森川と同じ理由じゃないかな」

「董事長は、気にならないんですか？」

「気にしてもしょうがないし、アンインストールの方法も知らない」

　森川は、呆れた表情を隠さない。

「携帯電話を貸してください」

　ぼくは、素直に携帯電話を渡した。森川は、それを持って隣室に行き、三十分程で、董事長室に戻ってくる。

「すでに入っていたGPSの発信ソフトは削除しておきました」

「ありがとう」

「董事長は、自殺願望でもあるんですか？」

　ぼくは、首を横に振った。

「さっきも言ったけれど、気にしていないだけだよ。居場所を調べようと思えば、スーツケースの底にでも、ネクタイの織り目の中にでも、どこにでも仕込める」

「ときどき、董事長が分からなくなります」

「森川は、この前、私の置かれている状況をカジノに譬《たと》えたよね。それに倣《なら》うなら、私は、相手がいかさまをしているからといって、自分もいかさまをすることが得策だとは考えない。もともと、カジノのテーブルなんて、多かれ少なかれいかさまをしているんだから、それを承知でゲームに参加すればいい。何も、自ら、囚人のジレンマに堕ちることはない」

森川は、腑に落ちない表情のままだったが、ぼくに携帯電話を返してくれる。

「気をつけて、お出掛けください。それから、必ず香港に戻ってきてください」

「うん、ありがとう」

†

香港国際空港を深夜の便で発ち、台北の桃園《タオユアン》国際空港と那覇空港を経由して、K島のホテルに着いたのは現地時間で午前十一時過ぎだった。森川は、Jプロトコルの会議が行われるホテルとは別のリゾート・ホテルを予約してくれていた。会議が始まるのは午後四時だったので、ぼくは、スーツのままベッドに身体を投げ出す。K島は、香港と同じように蒸し暑かったが、高層ビル街とのんびりした島とでは、蒸し暑さの質が違う。ホテルの部屋から見える海は、霧雨にぼやけて水平線がどこにあるのか分からなかった。「梅雨は明けたはずなんですけど」と、フロントの従業員は申し訳なさそうに言っていた。

携帯電話に伴から連絡が入ったのは、微睡《まどろ》みかけた正午過ぎだった。

「久しぶり。もうホテルに着いているのか?」

沖縄と香港を往復する国際電話回線の向こうで伴が言う。

「うん。ベッドの上でぼんやりしていた」

「島の東側に、海に突き出た砂洲があるっていうから、船をチャーターした。一緒に行ってみないか?」

「いいよ」

「じゃあ、東港で三十分後に落ち合おう」

ぼくは、携帯電話を持って行くべきか迷ったけれども、森川に余計な心配をかけないために、それを上着のポケットに入れてホテルを出た。伴の指定した港までは、ホテルからタクシーで十分とかからなかった。小さな漁港に着くと、陳が、ぼくを待っていた。彼女とは仕事の都合で、HKプロトコルに転籍後も、月に一度は会っている。彼女は、いつもと同じように、ツーピースのスーツを着ていて、丁寧に挨拶をする。

「こんにちは。お待ちしておりました」

「伴は?」

「砂洲まで、片道十五分ということなので、先におひとりで行かれました」

ぼくと陳は、小型クルーザーで、島の東に向かって三つに連なる砂洲の突端の浜に向かった。伴に訊きたいことはたくさんあった。行方不明になった井上の秘書のこと、荒らされた東京の部屋のこと、鍋島の写真だけが破り取られた卒業アルバムのこと、これからのHKプロトコルのこと、そして、伴の健康状態のこと。それなのに、いざ会うとなると、何から話せばいいのか緒《いとぐち》を摑めない。ぼくは、空と海の境界を曖昧にする霧雨を、ぼんやりと眺めた。細長い砂洲に近づくと、そこにひとりで立っている伴の姿が見える。ダークスーツに、ピンクのストライプのシャツを着て、両手をパンツのポケットに入れていた。船の上から見るその姿は、なんだか海の上に立っているように思えた。

小型クルーザーは、船首を砂浜に乗り上げるようにして止まり、ぼくと陳は、操舵手たちを残して砂浜に降りる。社交辞令のひとつとして、船から降りる彼女の手を取ると、その掌《あや》が冷たい。それまで、気にしたこともなかったけれど、陳は、ぼくと同じように、誰かを殺めることを厭《いと》わない側の人間なのだろう。周囲の景色を見渡している彼女を残して、ぼくは、伴のいる方へ砂浜を歩いた。細かく、白く、美しい砂浜だった。

「やぁ……」

伴は、砂浜から島の方を眺めていた。

「久しぶり」

「本当に、久しぶりだね」

ぼくは、伴の隣に足を進めて、同じように島を眺める。霧雨にぼやける島は、遠いようでもあり、すぐそこにあるようでもあった。波の音さえ、どこから聞こえて来るのか、定かではないような感覚に襲われる。

「十二月の澳門以来かな……」

伴がつぶやく。

「こんなところに、ひとりで立っていて、伴は寂しくならないのか？」

「死んだら、天国に行くとか、星になるとか言うけれど、意外とこんな感じかもな。歩いて行こうと思えば行けそうな所なのに、ただ眺めることしかできない」

「身体に何か問題があるのか？」

「膵臓癌《すいぞうがん》のステージⅣだ。医者の言うとおりなら、あと半年かな……」

ぼくは、伴を見る勇気がなくて、うつむいて、革靴の先で白い砂をつつく。貝殻や珊瑚が散らばっていて、死骸でできた島みたいだと思う。

「だったら、こんな所にいる場合じゃないだろ」

「ホスピスにいたって、結果が変わるわけじゃない」

しばらく波の音だけが聞こえた。

「中井は、俺のことをバンコーって呼ばないね」

伴の唐突な言葉に、ぼくは何を応えればいいのか分からない。

「なぁ……」

言葉が続かない。ぼくは、もう一度、同じ科白を言い、続く言葉を探した。

「なぁ……、これって、『マクベス』なのか？」

「そうだろうな」

「伴が、そうしたのか？」

「違う。そう気がついたときから、俺は、マクベスから逃げ出すことをずっと考えていた」

「いつから？」

「高校の入学式の日に、俺がバンコーと呼ばれてから」

「そんなわけないだろう？」

想像もしていなかった件の言葉に、行方不明になった井上の秘書のことも、卒業アルバムの鍋島の写真も、どうでもよくなっていく。

「中井は気がつかなかっただけだよ。あのとき、俺を振り向いただろ」

「いつ？」

「だから、高校の入学式のときにさ」

「二十年以上も前の話だ」

「そのとき俺は、『あぁ、こいつらに、いつか潰されるな』って思った」

「こいつら、って誰だ？」

「中井と鍋島冬香だ」

「高校生だったんだよ。潰されるなんて、普通、考えるか？」

「俺だって、どうして、そんなことを思ったのか、いまだに分からない。でも、中井と鍋島を見下ろしているはずなのに、顔を合わせて小声で何かを話している二人を見ていると、キンタマを握り潰されたような恐怖感に襲われたんだ」

あのとき振り向いたぼくに、件が気づいていたのは意外だった。ぼくは、鍋島と件と自分の三人以外のことを思い返そうとする。使い古された教室、初老の女性教師、真新しい制服、春の柔らかい陽射し……まだ、誰も三十九歳の自分を想像できなかった日。もしかすると、四十人程のクラスメイトの中で、伴の声に惹き付けられたのは、ぼくだけだったのだろうか。

「あのとき、俺は、鍋島とたいしたことを話していない。正確には、会話にもなっていない」

「やっぱり、そのときのことを覚えているじゃないか。大半の奴は、高校の入学式の自己紹介のことなんか、覚えていない。でも、中井は、こうやって、それを覚えている。だから、あのとき、何かが始まったんだ」

霧雨がさらに細かくなっていくような気がした。

「何を根拠に、そんなふうに考えたのか、本当に分からない。天啓だと言えば、そのとおりなんだと思う。俺は、入学式の後、すぐに『マクベス』を読んで、あの英語教師の言葉は、自分の未来に対する予言なんだと悟った。そして、ずっと、中井と鍋島に怯《おび》えていた。だから、大学も東大はやめた。そうすれば、おまえらから離れられると思ったからだ」

「俺が東大に入れるような成績じゃないことくらい、すぐに分かるだろう」

「どうかな。中井が、自分に蓋をしているだけだよ。事実、俺はビリヤードで負け続けた」

「なぁ、俺は、伴とビリヤードをやったときの結果を覚えていないし、スヌーカーでは、伴が勝ったんだろ。ナインボールよりも、スヌーカーの方がずっと難しい」

「スヌーカーで勝った話は、千絵に見栄を張っただけの作り話だ。中井はね……、俺とのビリヤードの結果なんか気にしないくらい、俺を相手にしなかったんだよ」

「考えすぎだ」

「俺だって、何度も、自分にそう言い聞かせた。思い込みに過ぎないって、何度も。でも、俺が東京から逃げている間に、実家は放火にあって……」

ぼくは、堪《たま》らなくなって伴の言葉をさえぎる。

「俺が、おまえの家に放火したとでも言うのか？」

「放火犯はちゃんと捕まったし、中井とは何の関係もない。でも、王様って、そんなもんだろ。王様が何かを指示しなくたって、周囲は王様を気遣って、邪魔な奴を排除していく。代議士の秘書は有罪でも、代議士が裁かれないのと同じだ」

「いまどきの日本で、王様なんて時代錯誤だ」

「そして、研究室の教授の推薦で、たまたま就職した先には、ちゃんと、中井がいる」

「俺が経企から事業部に戻るとき、伴と同じ部署になったのは、ただの偶然だ」

ぼくが冷静さを失うのに反して、伴は淡々と言葉を続けた。

「偶然を偶然としか考えない立場と、偶然にさえ、そこに隠された必然に怯える立場の違いが、俺が中井に勝てない、何よりの証左なんだ」

「なぁ……、正気で、こんな話をしているのか？」

「呆れるか？」

「誰だって、こんな話を聞かされたら、呆れる。客観性の欠片《かけら》も感じない」

「中井は、自分を客観的に見ないから、俺の話に客観性を見い出せないだけだ。千絵は、すぐに気がついた。中井といるのは危険だよって、初めて三人で飲んだ夜に、そう警告した。そして、その警告に耳を貸さなかった俺から逃げ出した」

「なんでもかんでも、俺のせいにするなっ」

自分でも気がつかないうちに声を荒らげていた。

「中井が、そんなしゃべり方をするなんて、珍しいね。でもさ、北極星に意思があったとすれば、自分は、他の星と同じように銀河の中をくるくる廻っていると思っていて、地球という小さな惑星で、不動の星になっているなんて考えてもみないと思う。中井は北極星で、俺は地球なんだよ。中井は、自分を客観視できない」

「伴だって同じだろう。俺から見れば、伴は、いつも快活で、威風堂々とした高校生だった。成績優秀で、スポーツマンで、いつも日焼けしていて、みんなから信頼されていた」

「それで？」

こんな場面でなければ、照れくさくなるような言葉を、伴は簡単に突き放した。

「それで、十分じゃないのか？」

「中井には、決定的に欠けている感情がある」

「何？」

「俺は、成績優秀で、スポーツマンで、みんなから信頼されていた。その俺を、中井は羨ましいと思っていたか？」

ぼくは、高校生の自分を思い出そうとする。伴の問いかけに、うなずくことも否定することもできない。

「中井には、誰かを羨ましいと思う感情が欠けているんだ。だから、おまえは恐ろしい。俺は、中井が恐くて、虚勢を張っていただけだ」

「たまたま、伴に対して羨ましいと思う機会がなかっただけだ」

「じゃあ、俺以外の誰かを羨ましいと思ったことはあるか？　たとえば、同期入社の高木副部長でもいい」

「会社の中の出世競争に興味がない」

「それもたまたまか？　中井は、誰に対してもそうなんだ。羨望とか妬《ねた》みとか、そういった感情で、中井は動かない」

「俺だって、誰かを羨ましいと思うことはある」

「じゃあ、羨ましく思う相手を、具体的に挙げられるか？　バーで飲んでいて、他の男の連れがいい女だとか、フェラーリやアストン・マーチンに乗っている男に、自分もそうなりたいと思ったことがあるか？」

ぼくは、返す言葉を失う。

「中井は、それに興味がないと言うかもしれない。でも、それは興味がないんじゃなくて、自分も手に入れられると思っているから、羨望を感じないんだと思う」

「王様じゃあるまいし、何でも叶うなんて考えてない」

「でも、その具体的な何かを答えられない。だから、王様なんだよ」

伴は、静かに言う。ぼくは、何を答えればよいのか分からずに、腕時計を確かめた。午後二時、砂洲に着いてから三十分も経っていないのに、ぼくは、すでに長い時間をそこで過ごした気分だった。

「そうかと言って、中井を恨んでいるわけでもない」

伴は、一歩だけ足を進めて、砂浜と海の境界に近づいて、ぼくを振り向く。余命半年を宣告された男とは思えない清々《すがすが》しい表情だった。

「不思議なことに、中井と一緒にいるときの方が、俺は、前向きな気持ちでいられる」

「俺と一緒にいないときの伴を知らないから、何とも言えない」

「そうだろうね。でも、中井がいないときの俺は、退屈な男だよ。誰かから信頼を寄せられるようなこともないし、快活な性格でもない。たぶん、俺を威風堂々だなんて評する大学の知人は、ひとりもいない。ほとんどの奴は、俺を覚えてもいないだろうな」

「大学生の伴を知らないけれど、千絵さんみたいな彼女がいたんだから、そんなこともないだろう」

「千絵は、中井と職場で再会してからの俺に驚いていた。人が変わったってさ」

「じゃあ、千絵さんは、伴のどこに惹かれて、学生のときから付き合って、結婚したんだ？　俺から見れば、結婚の理想的な関係だと思うけど」

「千絵は、他人との付き合いが悪くて、ひとりでのんびり旅をしている男が好みなんだ」

「俺は、自分がそういうタイプだと思う」

伴は、ぼくを振り向いたまま、小さく笑う。

「中井は自分自身を客観視できないって言っただろ。俺みたいな奴から見れば、中井は恐ろしいんだよ。だから、中井と一緒に仕事をすることを選んだ俺から、千絵は離れていった」

「もし、そうなら、仕事を辞めて、東京に戻ればいい。いまなら、仕事をしなくたって、十分に生活できるだけの金がある」

ぼくは、伴に対する腹立たしさをなくしていた。

「俺は、自分が好きになれない。千絵と二人でいたときは忘れていたけれど、中井と仕事をするようになって、こっちの自分の方がいいと思った。正確に言うなら、中井と一緒にいると、自分が妬んでいたタイプの男になれたような気がする」

「でも、それが、伴を蝕《むしば》んでいるなら、元に戻ればいい。もう誰かを妬む必要もない」

伴は、ぼくの言葉を聞いて、振り向いた姿勢を正して、再び海を眺めた。

「普通の人間は、妬みとか羨望とか、そういった感情をコントロールできないんだ。それをできると思っているのは、中井にその感情が欠けているからだ。俺が元に戻れば、また中井と一緒にいたときの自分みたいなタイプの男を妬む」

「やってみなきゃ、分からない」

「この半年くらいがそうだったから、もう十分だ」

「幽霊会社を立派な会社にして、さんざん利益を挙げたのに？」

「そうだよ。その原動力が妬みだ。『俺ひとりでもできるんだ』と、中井から逃げ回るネガティブな感情を原動力にして仕事をしただけだ」

「なぁ、それを妬みだと言ったら、業績を挙げている奴は、みんな、そう言ってしまえる」

「中井は、変わらないね。そして、何も理解できない」

「他人を理解できるなんて思っていない。ただ、誤解はされたくない」

「人を殺しても、部屋を荒らされても、大金を手に入れても、変わらない」

ぼくは、雨雲を見上げて、息を吐き出した。

「俺の部屋に探し物でもあったのか？」

「中井の大切にしているものを、ひとつくらい壊してみたかった」

「鍋島の写真？」

「……かな？　十二月に澳門で食事したときに、中井は、まだ鍋島のことを思っているんだって確信したから」

「じゃあ、伴は見落としたね」

「部屋の中は、探したつもりだったけどな。トイレのタンクにでも入れていたのか？」

「そんなわけないだろ」

ぼくと伴は、笑った。笑ったけれど、ぼくは、その正解を答えなかった。大切だったのは、不二家のチョコレートの包装紙だ。伴は、ポケットから左手を出して、腕時計を確かめる。

「中井は、そろそろホテルに戻る時間だよ」

「ああ。この霧雨じゃ、会議の前に着替えた方がいい」

ぼくの提案は、伴の耳には届かなかった。

「中井は、いつ、『マクベス』に飲み込まれていることに気づいた？」

「気がついたときには、あの戯曲をなぞっている自分がいた。思い返せば、初めて澳門に着いた夜、娼婦から占いを聞いたときかもしれない」

伴が、皮肉っぽく笑う。

「俺にとっては、彼女たちの予言は営業トークの茶番にしか聞こえなかった。俺にとっての予言は、高校の入学式だ。あの英語教師こそ、物語の始まりを知らせる魔女だった」

「彼女は、俺には何も言わなかったよ」

「そうだね。脇役にとっては、幕が上がるまでが長いんだ。幕が上がったと確信したのは、おまえが井上を自分の手で殺したときだった。娼婦から予言を聞いたって、中井には、王になろうという野心が欠けているかもしれないし、事実、そのとおりだった。でも、人を殺すことは違う。それだけは、取り返しがつかない。だから、井上の訃報を聞いたとき、やっと、マクベスが舞台に上がってきて、俺は、二十年間の苦しみから解放されたんだ」

ぼくは、白い砂浜に視線を落とした。伴の話は、その言葉だけを聞けば理路整然としている。けれども、すべてが砂上の楼閣《ろうかく》だ。

「島に戻ろう。さすがに身体が冷えてきた」

霧雨を吸い込んだスーツが、重たく感じられる。

「マクベスを読んだなら、知っているだろ？」

「何を？」

「バンクォーは、その会議に出ない。晩餐《ばんさん》までに戻ると言って、どこかに出掛ける」

「これは、戯曲じゃない。事実、俺は、伴を殺すこともないし、その動機もない」

ぼくは、こんな話は切り上げて、伴を引きずってでも、早く島に戻りたかった。

「中井に動機なんて必要ない。ただ、台本にそう書かれているだけだ」

伴が、ぽつりと言う。

「それに、中井が俺を殺すんじゃなくて、中井の雇った三人の暗殺者が殺すんだよ」

「暗殺者を雇っているのは、Jプロトコルで、俺じゃない」

「あの話で、どうしても腑に落ちないのが、バンクォーが殺されるシーンだ。バンクォーは、自分の子どもが、いずれ王になることを知っている。ならば、おとなしく、マクベスの忠実な臣下である振りをしていれば十分だったはずだ」

ぼくは、伴の言葉を聞きたくなかった。

「もうマクベスの話は終わりにして、一緒に船で戻ろう」

「俺は、バンクォーは、別の予言を聞いていたんじゃないかと思う。マクベスが再び魔女に予言を求めたように、バンクォーも舞台の裏で魔女に助言を求めていたんじゃないかと思うんだ。つまり、自分の子どもを王にするために、自分はマクベスに殺される必要があると、魔女にささやかれていたんじゃないかと」

「伴、おまえが、シェイクスピアの戯曲にどんな解釈を加えても、俺はおまえを殺さない。

それに、伴に子どもはいないだろう」

「そうだね。だから、ここらへんで、バンクォーを演じ続けるのも終わりにしたい」

「誰も、伴をバンクォーにしようとは考えていないよ」

そう言っている間に、上着のポケットの中で、携帯電話が着信を知らせる。ぼくは、伴がこの馬鹿げたマクベスを終わりにしたいと言ったことに安心して、携帯電話を取り出す。発信元の電話番号は、香港の地域コードから始まっていた。

「喂《ワェイ》？」

「森川です。いま、K島の東側の沖合にいらっしゃいますか？」

「うん」

「この三十分、位置情報が動かないので、心配になりました。海の上で、何をされているんですか？」

「海の上じゃなくて、砂洲があって、そこで伴と観光をしている」

ぼくが伴から視線を逸らすと、ぼくたちのすぐ背後に陳が立っていた。そして、彼女の手にはクロスボウが握られている。

「悪い。後からかけ直す」

ぼくは、森川との通話を一方的に切って、携帯電話を持ったまま手を下げた。それと交差するように、陳がクロスボウを持つ手を上げていく。彼女の持つクロスボウの先は、ぼくではなく、まっすぐに伴に向けられる。

「陳、待ってくれ」

「じゃあ、中井が自分で引き金を引くか？　それなら、この話はマクベスじゃなくなるかもしれない」

ぼくの言葉に応えたのは、陳ではなく伴だった。ぼくは、陳と伴の間に割って入る。手にしたままの携帯電話のバイブレータが、再び着信を知らせる。

「もう十分だっ」

ぼくは、背中にいる伴に言った。

「何が？」

「俺は、マクベスになりたくない。伴を殺すこともないし、由記子もマクベス夫人にしたくない」

「由記子？　田嶋さんのこと？」

「そうだよ。俺が、マクベスになったら、由記子が無事に東京に帰れないだろう。どうしても、俺をマクベスに仕立て上げたいなら、ここで俺を殺して、この馬鹿げた芝居は終わりにすればいい」

「中井……。おまえは、レディ・マクベスを勘違いしているよ」

それが、伴の最後の言葉だった。

伴は、陳との間に立っていたぼくを右腕で突き飛ばし、陳は、それが合図だったかのように、表情を変えずにクロスボウの引き金を引く。白い砂浜に倒れて失った視界から、伴を確かめたときには、仰向けに倒れた伴の眉間《みけん》にクロスボウの矢が突き刺さっていた。

「中井董事長は、ご安心ください」

ぼくは、後ろ手に尻餅をついて、砂浜から立ち上がることができない。砂の上に転がった携帯電話が着信を知らせている。

「安心？　何に安心しろって言うんだ？」

「矢は、ひとつしか用意していません。どうか、立ち上がって、渡船にお乗りください」

ぼくは、砂浜に両手をついたまま、しばらく陳を見上げた。彼女の黒髪は、霧雨に濡れて、白い肌を際立たせている。

「陳、君は何をしたか、分かっているのか？」

「伴董事長の指示に従っただけです」

「指示があれば、自分のボスでも殺すのか？」

陳は、何も言わずにうなずいた。再び伴に視線を向けると、白い砂の上に、黒い血が広がっている。伴の目は、じっと雨雲を見つめている。涙なのか、降り注いだ雨なのか、目尻から溢れる雫《しずく》が、黒い血に染まる砂に落ちていった。砂浜に吸い込まれなかった血が、ぼくの手に近づいてくる。

「中井董事長の手を汚す前に、お立ちになってください」

ぼくは、立ち上がって、砂の上に落ちた携帯電話を拾い上げた。陳は、クロスボウを左手に持ち替えて、ぼくのスーツについた砂を払い落としてくれる。

「船に、着替えを用意しています。すぐに、会議に向かってください」

「そういう状況か？」

やっと、陳に言葉を返した。

「私は、もともと、伴董事長とあなたを殺すために、Jプロトコルに雇われていました」

「だったら、俺も殺せばいい」

「伴董事長は、あなたがそう言うだろうと、おっしゃっていました。そして、あなたを殺すなとも」

「でも、俺を殺すのが、君に与えられた仕事なんだろう？」

「そのときのクライアントは、すでにあなたに殺されて、私はJプロトコルを解雇されています。いまの私のクライアントは、伴董事長です」

砂浜に乗り上げたままだった小型クルーザーから、二人の男が走ってきて、死体となった伴を持ち上げる。港を出るときに気づけばよかったのだろうが、彼らは広東語を話していた。伴を仰向けのまま、それぞれが腕を持ち上げて、足を砂浜に引きずって船に向かって運ぶ。

伴の両目は、雨雲を見上げたまま、閉じられることもなかった。

「伴をどうする？」

「中井董事長を港までお送りした後、こちらで処分します」

「処分？　いま、警察に通報する」

「どうぞ」

陳は、表情を変えることもなく、ポケットから携帯電話を出して、ぼくに差し出す。

「警察に通報することが、あなたにとって有益であれば、そうなさっても構いません。それも、私が受け取った報酬に含まれています」

「殺人罪として裁かれることも？」

「自殺幇助《ほうじょ》に過ぎません」

「そんなことは、誰も証明できない」

「日本と香港のそれぞれの弁護士が、伴董事長の遺言書を預かっています」

陳の冷たい表情から、何を言っても無駄なことが分かった。陳は、伴の死体を運ぶ男たちとともに、小型クルーザーに向かって歩き始める。

ぼくは、伴の頭蓋骨から滴《した》り落ちる血をたどるように、彼らの後を歩いた。港に着くまでの十数分の間、ぼくは、陳の言うとおりに、新しいスーツに着替える。着信を知らせ続けていた携帯電話は途中で電池が切れたのか、気持ちに余裕ができたときには静かになっていた。その横で、陳は、クロスボウを海に投げ捨てる。

「中井董事長」

港に着いて、船を降りると、陳に呼び止められる。ぼくは、黙って、船上の彼女を振り返った。

「会議後の懇親会には間に合いますので、それまで、ご自身で、お気をつけください。Jプロトコルは、私を解雇した後、新しい暗殺者を雇っているかもしれません」

「君に言われたくない」

「なぜですか？」

陳は、本当にぼくの言葉を理解しなかったのだろう。不思議そうな顔をする。

「自分を殺そうとしていた女に、気をつけろと言われて、はいそうですかと言う馬鹿もいないだろう」

「あなたを殺すなという指示は、あなたを護れということです。だから、私が戻るまで、お気をつけください」

「勝手にしてくれ。俺は、君に護衛を頼むつもりはない」

ぼくは、陳の返事を待たずに、港で客待ちをしていたタクシーの窓をたたいた。陳は、与えられた仕事に忠実であることしか知らないのだろう。それが、自分のボスの殺害であろうが、以前のターゲットの護衛であろうが、彼女にとっては、事務仕事と何ら変わらない仕事に過ぎないのだ。ぼくが行き先を告げると、タクシーの運転手は素性を隠すこともなく、広東語で「好《ホウ》」と応えた。

†

宿泊先とは別のリゾート・ホテルの会議場に着くと、レセプションの女性社員が、秘書から至急連絡をほしい旨の言付けを預かっていた。ぼくは、彼女から電話を借りて、香港のオフィスを呼び出した。

「何かあったんですか？」

電話回線の向こうの森川の声は、明らかに動揺している。

「もう片付いた。これから会議に出席する」

「それじゃあ、分かりません。董事長は、ご無事ですか？」

「無事じゃなきゃ、会議に出席したりしないだろう」

「そんな投げ遣りな言い方をされても……。そちらで、何が起こっているのか、ちゃんと説明してください」

ぼくは、レセプションを通り過ぎる顔見知りの役員たちに会釈をしながら、森川の声を聞いた。

「会議が終わったら、ちゃんと説明する。そのときは、携帯電話の方にかけるから、少しの間、〝Take Me Home〟を聞かせてくれ。会議は一時間で終わる」

「その会議にご出席されることが、安全だと確信できますか？」

森川が、落ち着きを取り戻した口調で言う。

「台本どおりならね」

「台本？」

「四百年前に書かれた台本のとおりなら、会議も、その後の晩餐も、私がそこで殺されることはない」

森川は、それで何かを察したのだろう。

「伴副董事長は、ご一緒ですか？」

「台本どおり、どこかに出掛けた」

「分かりました。会議が終わったら、懇親会場に移動する前に、必ず電話をください」

「約束する」

ぼくは、レセプションの固定電話を切って、そこにいた中堅社員に、会議の間に、携帯電話を充電しておいてくれるように依頼する。そのくらいの我が儘であれば、高木に非難されることもないだろう。ロの字に組まれた机の決められた席に座り、ぼくは、退屈な会議を過ごした。伴の座るはずだった席はぼくとは反対側に用意されていた。

ぼくは、発言の必要がない会議の間、その空席を眺めながら、戯曲を思い返していた。マクベスは、会議の間に、バンクォーを自城の手前で殺すように三人の暗殺者に命ずる。バンクォーの暗殺は成功するが、会議後の晩餐で、マクベスはバンクォーの亡霊を見て取り乱してしまう。マクベス夫人は、夫に代わって、その晩餐を気丈に取り仕切る。けれども、マクベス同様、マクベス夫人もすでに精神を病んでいた。その後の場面で、マクベス夫人は、深夜に夢遊病者のように手を洗い続ける。伴が最後に言ったように、もしも由記子がマクベス夫人でなければ、それは蓮花かもしれない。ぼくが井上を殺すのに手を貸したのは、蓮花だ。けれども、蓮花が、会議後の晩餐に現れることはないだろう。蓮花は澳門にいるはずだし、由記子は香港にいる。仮に、ぼくが戯曲を倣った現実の中にいるとしても、マクベス夫人は不在なのだ。

ぼくは、そこで、『マクベス』のことを考えるのをやめた。そして、眉間に矢を刺されて人が殺された現場に居合わせたというのに、平静を保っている自分に呆れる。友人だと思っていた伴から、自分は友人ではなかったと告白されたせいかもしれない。

（伴、おまえは勘違いしているよ。ぼくは、誰かを妬む感情が欠けているわけではなくて、高校生のときに、手に入れたかったものを、自分の手違いで失ってしまったんだ。ときどき、そこからやり直したいと思っている。ただ、それだけなんだ）

すでに思考を停止しているであろう伴に話しかける。死者に話しかけることが、亡霊を呼ぶのかもしれない。気がつくと、会議は終わっていた。

「伴君が欠席だったが、何か聞いているか？」

副社長となった佐竹が、ぼくの脇に来て問いかける。

「ご無沙汰しています。伴の予定は聞いていないので、後程確認させます」

ぼくは、佐竹の部下であることを装う。

「確認させます、か……。君も、ずいぶん、社長が板についてきたな」

（上席の前では『確認します』だよな……）

高木の嫌味を思い出す。

「ありがとうございます」

彼に頭を下げて、その場を外した。レセプションに預けていた携帯電話を受け取り、森川に電話をかける。彼女は、ぼくの希望どおり、しばらくの間、携帯電話の保留音を聞かせてくれる。ぼくは、フィル・コリンズの〝Take Me Home〟を聞きながら、自分はどこに帰りたくて、森川には帰る場所があるのだろうかと考えた。

「もういいですか？」

さびの部分の途中で、突然、音楽が切れて、森川の声に変わる。

「うん、ありがとう」

ぼくは、もう少しフィル・コリンズを聞いていたかった。

「会議は、無事に終わりましたか？」

「終わった。三十分後から懇親会だ」

「安心しました」

維多利亞港《ビクトリア・ハーバー》に面したｉｆｃのオフィスでは、広大なユーラシア大陸に太陽が沈んでいくのが見える時間だ。ぼくは、レセプションを離れて、ホテルのロビーから芝生の庭に出る。会議の間に霧雨は上がっていて、雲の切れ間から夕陽が見える。

「はての浜で、何かあったんですか？」

ぼくが何も言わずに煙草に火を点けると、森川は、控えめな口調で言う。彼女は、会議の間に、ぼくと伴がいた場所を調べたのだろう。

「伴が殺された」

ぼくは、何から話せばいいのか分からず、事の結末だけを彼女に伝えた。

「そうですか……」

「何を話せばいいのか、分からない」

「私は、董事長がご無事なら、それで十分です」

森川は、今日、件が殺されることを知っていたかのように冷静だった。ぼくは、携帯電話を耳にあてたまま、リゾート・ホテルの庭を歩いた。雨を吸った芝生が、砂浜の感触を思い出させる。

「私に、何かできることはありますか？」

携帯電話を通す森川の声が、すぐ近くにいるように聞こえる。

「何も思いつかない」

「何かありましたら、時間を気にせず、おっしゃってください。今夜は、携帯電話の着信音を鳴らすようにしておきます」

「ありがとう」

ぼくは、それだけを言って、電話を切る。自分の国だというのに、どこか遠くを旅しているような気分だった。

†

自分が裏方として働いたときにも同じ感想を持ったが、懇親会は必要以上に華やかだった。都内のホテルで催したときは、和装の女性が給仕をしていたが、その夜は琉装《りゅうそう》の女性だった。ぼくは、子会社の社長たちと当たり障りのない会話をして、その時間を遣り過ごす。雨に濡れたスーツを着替えた陳が、ぼくから付かず離れずの場所に立っている。彼女は、三、四時間前に人を殺したとは思えないような穏やかな表情をしていた。

ぼくが、煙草を吸うためにテラスに出ると、陳がついてくる。

「中井董事長は、冷静ですね」

煙草に火を点ける隣で、彼女は夜の庭を眺めながら言う。

「君が言うべきことじゃない」

「私は、それが職業だからです。中井董事長とは違います」

ぼくは、煙草を吸いながら、陳を眺める。きれいな形の鼻と、大きすぎない唇、切れ長の目。身体のラインを強調しないスーツを着ていても、彼女のスタイルが良いことは誰でも想像できる。そして、彼女の魅力を際立たせているのは、その美貌にもかかわらず、どこかに隙を残しているところだ。本来の仕事中には見せない隙が、いまの彼女にはある。そういった訓練をしているのかもしれない。日本人の男なら、十中八九、彼女を美人だと評するだろう。

高木から受け取ったメモでは、彼女と愛人関係になるはずだったのを思い出して、おかしくなる。どう考えても、ぼくには不釣り合いだ。

「君くらいの美人なら、そんなことを職業にしなくても、もっと適した仕事があると思う」

改めて彼女を眺めた素直な感想だった。

「美人すぎるということですか？」

陳の返事には、謙遜の欠片も感じられない。美人だと褒めて、初めて聞く返事だった。

「どうして?」

「指導教官から、当初、私はハニートラップくらいしかできないと馬鹿にされました」

「素直に、美人だと褒めたつもりだった。映画女優とか、ニュース・キャスターとか、別の選択肢はなかったのか、という意味だ」

「そんな不安定な職業につくことが、得策とも思いません」

「人殺しよりは、ましだろう」

「中国には、現役の軍人が二百万人以上います。小国の台湾でさえ、三十万人以上の軍人がいます。たいていの経済大国において、最大の組織は、自国民を守ることを目的に殺人の教育を受けています。私のように、軍に属さず仕事をする者も含めて、紀元前から需要が途絶えることはありません」

「それと、実際に人を殺すことは違う」

「指示があれば殺人を行うことに対して報酬を得ているという意味です」

ぼくは、夜の奥へと煙草の煙を吐き出す。陳の言うことは正しいのだろう。

「陳は、指示があれば、自分の友人や家族でも殺すのか?」

「軍人も同じです。個人的な意見を述べれば、自国民に銃口を向ける軍隊は、クライアントを見失っているという点で失格だと思いますが」

ぼくは、噛み合わない会話にうんざりして、しばらく口をつぐんだ。けれども、徐々に変わっていく自分に気づく。陳とは違う側にいた自分は、いつの間にか彼女の言葉を理解できるようになり、以前は見えなかった境界を越えている。

「伴は？」

「伴董事長の何ですか？」

「その……、彼の遺体は？」

「ご本人の指示で、海上で処分しました。葬儀等は不要とのことです」

ぼくは、雨雲が切れて行く夜空を眺めた。

「ここに来たときの荷物は、陳が持って帰るのか？」

「ええ。もともと、香港にお帰りになる予定はなかったので、荷物はほとんどありません」

「そう」

夜空を見上げて、その日が七夕だったことを思い出す。

「陳の次のクライアントは決まっているのか？」

陳は、ぼくの問いに首をかしげた。

「それを指名するのは、ＨＫプロトコルのオーナーであるあなたです。もちろん、私を解雇することもできます」

ぼくは、腕時計で時間を確かめてから、森川の個人用携帯電話を呼び出す。

「中井です」

「お疲れさま。何か、ございましたか？」

「伴が死んだことは、誰にも口外しないでほしい。Jプロトコル香港の登記簿も変更しない」

「かしこまりました。他には、ありますか？」

「いまは、何も思いつかない」

「分かりました。気をつけてお帰りになってください」

ぼくは、短い電話を切って、陳を振り返る。

「HKプロトコルも同様にしてくれ。決裁が必要なことは、君から直接、私に伝えてくれればいい。つまり、君のクライアントは、伴の亡霊ということだ」

「かしこまりました」

うなずく陳を見ながら、ぼくは、自分自身がバンクォーの亡霊を作ってしまったことに気づく。

伴の最後の言葉に反して、由記子はマクベス夫人になってしまったかもしれない。

八月の熱帯夜、ホテルの部屋にはエアコンが効いていたのに、ぼくは寝苦しくて目を覚まし、手の甲に温かいものを感じる。何だろうと思って身体を起こすと、由記子がぼくの両手を握っていた。白いバスローブが、暗い部屋の中に亡霊のように浮かび、由記子はベッドの脇にひざまずいて、ぼくの両手を握っていたのだ。

「由記子？」

何かの悪夢でも見たのだろうかと思い、ぼくは暗闇の中で問いかける。彼女は、別の世界にいるように無反応だった。どうすればいいのか分からず、エアコンの温度を下げることも忘れて、由記子を眺める。起きているのか、寝ているのかも判別がつかない。しばらく、そのままでいると、彼女は微かな声で呪文か何かを唱えている。

ぼくは、彼女の掌の中から両手を抜き取り、彼女を抱きかかえるようにして、隣のベッドに横たわらせた。そのとき、由記子が呪文のように唱えていた言葉が聞き取れる。

「優一の手、冷たいよ。私が温めてあげなきゃ」

その間、由記子は、同じ科白《せりふ》を三回繰り返した。ベッドサイドに置いてあるデジタル時計は、緑色の数字で午前三時を示している。ぼくは、横たわらせた由記子に毛布をかけ、しばらく彼女を見つめていた。十分もしないうちに穏やかな眠りに戻ったことを確かめて、ぼくは、エアコンの設定温度を下げ、自分のベッドに横になった。


翌朝、ぼくたちは、ホテルのザ・ロビーと呼ばれるグランドフロアで朝食をとった。

「昨夕、悪い夢でも見た？」

クロワッサンを食べる由記子に訊く。

「何も。どうして？」

「それなら、いいんだけど、夜中に目を覚ましていたみたいだったから」

由記子と一緒にザ・ロビーで朝食をとるのは、三日に一度くらいだ。着替えるのが億劫《おっくう》なときは、バスローブのまま、ルームサービスで朝食を済ませる。出社までに時間があって、ぼくがスーツに着替えているときは、由記子もジーンズか室内着のスカートに着替えて、パブリック・スペースでの朝食に付き合う。

「そうかな……。わりとよく眠れたような気がする。優一は、夜中に起きたの？」

「うん、部屋の温度が上がって、少し寝苦しかった」

「そう、珍しいね」

会話は、それで終わってしまう。ぼくたちは、数日前に諍《いさか》いがあって、それ以来、ほとんど会話をしていなかった。

八月の土曜日、ぼくは青衣《チェンイ》にある伴の部屋を片付けた。

†

陳の言葉は信じたくなかったが、K島でのCEO会議の様子を見るかぎり、伴を殺したのは東亜印刷でもJプロトコルでもなく、伴本人なのだろう。見つかるはずのない死体の件を警察に届けて、HKプロトコルとJプロトコル香港のことを根掘り葉掘り調べられるのは、得策とも思えない。当然、井上とその秘書のことも調べられるだろうし、一年の間に三人も不審死や失踪を繰り返していれば、Jプロトコル香港のこれまでの自殺者にも疑いを持たれることは確実だ。

伴の部屋は、Jプロトコル香港の社宅扱いだったので、ぼくは部屋の鍵を森川から預かり、Jプロトコル香港とは関係のない業者を使って、遺品を片付けることにした。ほとんどの家具は備え付けのもので、片付けるものはたいした量ではなかった。ぼくは、まず、冷蔵庫の中にあったものを、すべて台所のディスポーザに流す。衣類と寝具、それから、いつか話していたルームランナーを廃棄業者に渡すと、残ったものは、ライティング・デスクの抽斗《ひきだし》の中のものとパソコンだけになった。

ぼくは、廃棄業者が部屋を出て行った後、窓に面したライティング・デスクの椅子に座って、しばらく、ぼんやりと青衣の港を眺めていた。どんな情報が入っているか分からないパソコンは廃棄業者に渡せないので、オフィスに送るダンボール箱に入れる。

机の抽斗を開けると、一番上には、東京逓信《ていしん》病院の名前が入った茶封筒が置いてある。中身は、四枚のレントゲン写真だった。身体の前面から撮影されたそれには、右の肋骨の下に、赤いマジックペンで丸印が記されている。たぶん、それが伴の身体を蝕《むしば》んでいた癌細胞なのだろう。写真の端には、二〇〇七年八月十五日の日付が記されている。その時点で、適切な治療をすれば、それを除去することはできたのではないだろうか。K島での伴の告白が偽りのない気持ちであったなら、その丸印の中に写ったものが、ぼくと鍋島冬香の影に見えたのかもしれない。ひとつを消し去っても、またどこかに出現する小さな影に、伴は治療を諦めてしまったのではないだろうか。

ぼくは、レントゲン写真を茶封筒に戻し、パソコンと同じように、ダンボール箱の中に投げ込む。

それから、抽斗の中の書類に目を通しながら、ダンボール箱に投げ込んで行く。その中には、離婚届のコピーも含まれていた。ぼくは、ダンボール箱に入れた書類を、もう一度、確認したが、そこには離婚届の原本はなかった。伴は、片付けるべきことを片付けて、香港から帰国の途についたのだろう。

一番下の抽斗に、クリア・フォルダーに挟まれた高校の卒業アルバムから破り取られたページを見つける。クラスの集合写真と、書道部の写真。ぼくは、二十一年ぶりに、鍋島冬香と再会した。集合写真の中の彼女は、少し困ったような顔をしている。

（二十年って長いな……）

卒業写真の中の鍋島冬香を眺めながら思う。二十年ぶりに見た高校生の鍋島冬香の印象は、それほどの美人でもないな、というものだった。二十年間で、ぼくは、彼女を美化していたのかもしれない。当時の女子高生としては平均的な背丈の彼女は、大人びた顔立ちをしているものの、高校生らしい可憐さに欠けている。ぼくは、上着のポケットから携帯灰皿を取り出して、煙草に火を点けた。

入学式の日に、伴を振り向いて、偶然に目が合ったときの印象がなければ、ぼくは鍋島冬香に特別な感情を持たなかっただろうか。破り取られた二ページの卒業写真を机の上に並べて、ぼくは、十八歳の鍋島冬香を眺めながら自問する。

意識下から返ってきた答えは、「違う」だった。

たとえ、入学式の日に鍋島冬香の魅力に気がつかなくても、ぼくは、いつか彼女に惹かれていたに違いない。あるいは、ぼくと彼女が、三年間、並んだ出席番号ではなくても、彼女はぼくを選んでくれたような気がする。何を根拠にそんな自信があるのか分からないが、ぼくが持っているかもしれない魅力は鍋島冬香のためにあって、彼女は的確にそれを探し出してくれたのだろう。伴が、ぼくの中の何かを恐れ続けたように。

ぼんやりしていると、突然、あるはずのない来客を知らせるチャイムが鳴る。マンションのエントランスとつながっているモニタを見ると、由記子が映っていた。今日、伴の部屋を片付けることは、森川しか知らない。オフィスは休みなので、由記子が森川に問い合わせたとも思えない。

一回目のチャイムは無視したが、由記子は、ぼくがここにいるのを知っているかのように、二回目のチャイムを鳴らした。

「由記子です。優一、そこにいるんでしょ？」

エントランスからは、部屋の様子が分からないはずだ。

「どうしてここに？」

「それを訊きたいのは私の方。土曜日に出社するなんて、見え透いた嘘をついて、他人の部屋で何をしているの？」

モニタ越しに話しても埒《らち》が明きそうもないので、エントランスの解錠ボタンを押した。由記子を部屋に通して、ダイニング・ルームのテーブルに向き合って座る。

「嘘をついたのは謝るけれど、どうして、ぼくが伴の部屋にいるって分かったの？」

「一回目のチャイムで伴さんが出れば、優一の所在だけ訊いて、おとなしくホテルに帰るつもりだった」

「そっか……」

やはり居留守を使うべきだった。この部屋の住人は、もうどこにもいない。

「伴さんは？」

「この部屋にはいない」

「じゃあ、どこにいるの？」

ぼくは、何も答えられなかった。

「優一は、CEO会議から帰ってきて一週間、何かに落ち込んでいる」

「落ち込んでいるつもりはないけれど、そう見えるなら、そうなんだろうなぁ」

「沖縄で何があったの？」

ぼくは、うつむいて、ダイニング・テーブルの木目を眺めた。

「私は、優一と一緒に逃げているつもりだよ。でも、優一は、私を置いて、ひとりでどこかに行っちゃうつもり？」

「ちゃんと話すから、その前に煙草を吸いたい」

ぼくは、携帯灰皿の中を台所のシンクに流して、新しい煙草に火を点けた。

「K島で、伴は殺された」

「Jプロトコルに？」

「違うよ。伴が自分で雇った暗殺者に殺された」

「それじゃあ、話の筋が分からない。ちゃんと説明して」

主《あるじ》を失った部屋に、由記子の声が冷たく響く。

「伴は、暗殺者を雇って、自分を殺させた。話の筋なんかない」

四百年前の戯曲に呑み込まれそうになっているのを伝えられない。

「じゃあ、優一は、伴さんが殺されたのを知って、どうして警察に届けないの?」

「伴が殺されたとき、そこにいたのは、伴を殺した女と、遺体を運ぶための二人の男と、ぼくだけだった。伴を殺したのは、Jプロトコル香港の元社員だ。その状況で警察を呼んで、何を説明をすればいい?」

「それでも、優一が伴さんを殺したわけじゃないなら、警察を呼ぶのが最善だと思う」

「伴を殺した女は、ぼくが元副社長を殺したことを知っている。そして、たぶん、伴も別の女をひとり殺している。つまり、ぼくと伴の周りでは、すでに二人が殺されていた。その中で、生き残っているぼくが、何を言えばいい?」

今度は、由記子が沈黙を作った。

「伴は、末期癌だった。殺される直前に打ち明けられたけれど、保っても半年だと言っていた。その状況で、わざわざ暗殺者を雇うなんて話を、誰が信じてくれる?」

伴は、最後に、由記子はマクベス夫人ではないと言ったが、この「話の筋」が四百年前の戯曲をなぞっていると伝えれば、由記子は容易に自分の未来を想像してしまうだろう。

「ぼくが、伴を殺していないことを信じるか信じないかは、由記子に任せる。信じてほしいけれど、何も証拠がない。伴の遺体も、伴を殺したクロスボウも、もう東シナ海の底だ」

「優一を信じているつもりよ」

けれども、その声は弱々しかった。

「ありがとう」

「でも……、優一の話を信じようと思っても、断片的で、整理がつかない。いったい、優一に何が起きているの？」

「アペンディクスの中で足掻《あが》いている」

「私と一緒に逃げようよ」

ぼくは、澳門《マカオ》にある老人たちの学校のような古いホテルの部屋を思い出す。

「由記子は、逃げるっていうことが、どういうことか分かっている？」

「香港を出て、どこか、静かな島で暮らそう」

「そんなことができるなら、とっくにそうしているよ」

「じゃあ、どうしろっていうの？」

ずっと静かにぼくの話を聞いていた由記子が、語気を荒くする。

「パスポートを捨てて、名前も変えて、家族と連絡も取れなくて、顔も整形して、指紋も潰して……」

「だって、それしか、逃げる方法がないんでしょっ」

「ぼくは、それでもいいんだ。自分で蒔《ま》いた種だから。でも、由記子は違う」

「どうして違うの？　私だって、自分の意思で香港に来たんだよ。そうしなきゃならないなら、整形だってするし、両親だって捨てる」

「少し冷静になってくれ。言葉にするより、それは、ずっとつらいことだよ」

「じゃあ、優一が殺されるのを、待ってろとでも言うの？　それで、私だけが、日本に帰れと言うの？」

由記子が、うつむいて涙を流している。以前の由記子は、こんなことで泣いたりするような性格ではなかった。ぼくが人を殺《あや》めたことを告白してから、彼女は確実に脆《もろ》くなっている。

「そういうことかもしれない」

「私を見捨てるってこと？」

「違うよ。由記子を、安全な場所に送り届けたいんだ」

「そんなの私を捨てるための詭弁《きべん》よ。どうして、優一は殺されるのを待っているの？　私から離れたいから？」

「違う」

ぼくは、泣いている由記子のそばに行くこともできなかった。

由記子が何も言わずに部屋を出て行った後、ぼくは、伴の最後の言葉が事実であることにすがるしかなかった。

†

香港大学のメディカル・センタにあるその一室は、ぼくの想像していた殺風景な空間とは違って、落ち着いたクリーム色の壁に、天窓から陽差しが降り注ぐ居心地の好い空間だった。バッハの無伴奏チェロ・ソナタが、どこからともなく静かに流れている。

ぼくは、ホテルのコンシェルジュに日本語が通ずる精神科医を紹介してもらい、長い夏休み中のキャンパスをゆっくりと歩いて、メディカル・センタに向かった。菩提樹の木陰を歩きながら、いつの間にか、上着を着たまま香港の夏を過ごせる自分に気づく。トランジットで立ち寄るだけのころは、八月の香港でスーツを着て歩くビジネスマンの体質が信じられなかったのに、いまでは汗ばむ程度だ。

メディカル・センタのレセプションで、外国人登録証を提示して、香港行政区の公的医療の適用外であることを説明する。レセプションの女性は、コンシェルジュから事前に説明を受けていたのだろうか、ぼくが公的医療の適用外であることには触れずに、診察前のアセスメントを挟んだバインダーを差し出す。ぼくは、待合室のソファに座って、由記子の症状を記入した。しばらくして、三つある診察室のひとつに案内される。

「はじめまして、中井さん。松田《まつだ》と申します」

五十歳前後というところだろうか、適度に日焼けした顔と、中年太りとは無縁の体格は、高級乗用車の宣伝に出てきそうだ。ぼくがアセスメントを挟んだバインダーを差し出すと、彼は、無伴奏チェロ・ソナタを聴いているのか、アセスメントを読んでいるのか分からない表情で、その書面を眺めていた。

「最初に事務的なことを申しますが、よろしいですか?」

「どうぞ」

「風邪や怪我と違って、精神科の治療は期間が長くなることが往々にしてあります。治療費は、帰国後に一部が返還されますが、それまでは保険が適用されないので、相応の費用が必要になります。費用面のことを考えると、日本に帰国して治療されるのが得策です」

「費用のことは、気にしなくて結構です。必要ならば、デポジットを用意します」

「デポジットは不要ですが、後程、受付でクレジットカードの番号を確認させてください」

「分かりました」

それから、またしばらく沈黙が、正確には無伴奏チェロ・ソナタだけが流れた。

「どうして、中井さんは夢遊病だと気がつかれたんですか?」

彼は、パソコンに何かを入力しながら、ぼくに視線を向ける。

「記入する欄がなかったのですが、そこに書いた症状は、私のパートナーのものです」

「中井さんではなく?」

「そうです」

「パートナーは、男性ですか?」

「いいえ、女性です。結婚をしていないだけです。去年の冬から、ホテルで一緒に暮らしています」

「その方と一緒に来院することは可能ですか?」

「まず、私が松田さんに相談したいのは、彼女にその自覚がないので、どうやって、ここに連れてくればいいのかを知りたい」

「なるほど。では、彼女の具体的な症状を話してもらえますか?」

ぼくは、この十日ばかりの間に繰り返された由記子の行動を、できるだけ客観的に話した。

「夢遊病、医学的には、睡眠時遊行症と言いますが、これには睡眠薬の副作用が原因として考えられます。その方は、睡眠導入剤は服用されていますか？」

「たぶん、していません。香港で医者にかかっている様子がないので」

「他の薬は？　薬というのは、イリーガルなものも含めてです」

「たぶん、ありません」

「そうですか？　となると、極度のストレスがかかっている懸念がありますが、中井さんに思い当たる節はありますか？」

「あります」

ぼくが断定的に答えたせいだろうか、医師は驚いたような顔をした。

「具体的に、おっしゃってもらうことは可能ですか？」

「私の仕事に関することなので、具体的には言えません。ただ、彼女にとって、極度のストレスになり得ることは確かです」

「ここで、私が伺ったことは、守秘義務があるので、中井さんの仕事にご迷惑がかかることはありません」

医師と押し問答をしても仕方がないので、ぼくは、その話題を切り上げる言葉を探した。

「医師の守秘義務とは関係なく、それを知ったことで、松田さんの命が狙われることがあっても構いませんか？」

「物騒ですね」

「それが、治療の妨《さまた》げになるなら、残念ですが、他を当たります」

医師は、何かを考えるように、ぼくから視線を逸らして、ブラインドの下りた窓を眺めた。

「まぁ、いいでしょう。患者である彼女は、中井さんの仕事に関して、極度のストレスを感じている可能性がある、ということに留めておきます」

彼は、「可能性がある」という部分にアクセントを付けた。

「ありがとうございます」

「ただ、中井さんにとっては口外できない仕事の内容であっても、医者からすると、それほどのことではないかもしれません。これは、私の印象ですが、中井さんは、麻薬取引や人身売買にかかわっているようには見えない。お勤め先も、門外漢の私でも知っているような大企業だ。株価の違法な操作程度なら、せいぜい罰金刑と日本への強制送還で済む。失業するかもしれないし、日本で起訴されることもあるかもしれない。けれども、それが一番の治療ということもあり得ます」

医師の言うことは正しい。罰金刑と国外退去命令だけであれば、ぼくも、同じ選択をするだろう。

「私も同感です。ただ、私にも事情があって、ここに来ています」

ぼくは、医師の言葉に賛同してからため息をついた。

「分かりました。それで本題ですが、中井さんは、パートナーの方に睡眠時遊行症の症状があることをお話ししていますか？」

「いいえ」

「それも、事情があるから？」

「どう伝えればいいのか、分からないだけです」

「パートナーの方に、正直にお話しして、ここに連れてきてもらう他ありません」

そんなことができれば、最初からそうしているだろう。

「たとえば、処方箋だけもらうことは可能ですか？」

「睡眠時遊行症の可能性があると、医者ではない中井さんが言っているだけで、処方箋をお出しすることはできません。風邪薬だって、同じですよ。それに、睡眠時遊行症に有効な薬はありません。睡眠導入剤を投薬する手もあるかもしれませんが、それが原因で、症状が悪化することもある」

「それなら、ご迷惑は承知のうえで、彼女がそういった行動を取っているときに、松田さんにホテルの部屋へ来てもらうことはできませんか？」

「私が、その現場にいても何もできません。睡眠時遊行症を気づかせるために、患者を押さえつけたりする行為は危険です。これは、中井さん自身も同じです。たとえば、パートナーの方が、ナイフを持っていたら、どうしますか？」

「なるほど」

ぼくは、医師が代案を出してくれるのを待って、無伴奏チェロ・ソナタを聴いていた。けれども、ぼくの期待は、あっさりと裏切られた。

「幸い、この季節は、クリニークもそんなに忙しくない。中井さんが、パートナーの方にお話しできたら、また来院してください。予約は、直前で構いません」

「分かりました。ありがとうございます」

ぼくは、席を立ち、上着のボタンをかける。

「中井さん……」

診察室を出ようとしたぼくは、背後から呼び止められた。

「中井さんの自信は何ですか？」

「自信？」

「あなた自身が、ひどく現実的な夢を見ているだけかもしれない。ここまでの話を伺っていると、あなた自身も、極度のストレスを受けている可能性は十分にあります」

ぼくは、ドアノブに手をかけて、医師を振り返った。

「残念ながら、私はストレスを感じていません」

失望を表情に出したつもりだが、彼はそれを無視して言葉を返す。

「自分はストレスを感じていない。それが、危険な状況です」

「申し訳ありません。いまの言葉の意図が理解できません」

「人は誰でも、多かれ少なかれストレスを感じている。それに気がついている患者は、軽い睡眠薬でも服用すれば十分なんです。いまの睡眠薬はほとんど副作用もないから、医療事故のリスクも小さい。にもかかわらず、守秘義務がある私にさえ話せない事情を持つ中井さんは、即座に、ストレスを感じていないと言う。あなた自身が、危険な状況だと思いませんか？」

ぼくは、診察室のドアを半分開けたまま、回答を言うべきか迷った。

「こんなことを言うと、松田さんの疑惑を増長させてしまうことを承知で言いますが……」

「どうぞ。疑惑を増長するか否かを判断するのは、医者の仕事です」

「私が王だからです」

「オウ？」

「キングの『王』です」

医師が答える言葉を失ったことが伝わる。ぼくは、診察室のドアを閉めて、レセプションの会計処理を待った。

†

香港大学のメディカル・センタから戻った夜も、由記子は、深夜にぼくの手を握って、いつもと同じ科白をつぶやいていた。夢遊病患者を、その発症中に無理に起こしたり、行動を制止したりするのが危険なことは、インターネットにも同じ記事があった。それでも、ぼくは、彼女を揺り起こしてしまいたい衝動に駆られる。由記子は、ぼくが伴を殺したと思っているのだろう。彼女自身はそれを否定しようとしても、一度、事実だと思ってしまったことを覆《くつがえ》すには、それなりの根拠がなければ、無意識の葛藤に決着をつけられない。

あるいは、いつでもぼくの嘘を見抜く由記子がぼくの言葉を受け容れないということは、伴が暗殺者に殺されたと思っている自分が間違っているのだろうか。ぼくは、暗い部屋の中で、白いバスローブに身を包んだ由記子を眺めながら、彼女がひとりでベッドに戻るのを待つことしかできない。

十五分程で由記子が自然にベッドに入ってから、バスルームの由記子が使っている方の洗面台の蛇口を開けて、自分のベッドに戻る。結局、ぼくは、戯曲の中の出来事に倣《なら》うことしかできなかった。

翌朝、目を覚ますと、由記子はベッドの上で、ぼくを眺めていた。

「優一、夜中に起きた？」

ぼくは、首を横に振る。

「どうして？」

「私の洗面台の蛇口が開けたままになっていた。優一が、夜中に締め忘れたのかなと思って」

由記子は、ぼくの嘘をどこで見抜いているのだろう？　ぼくは、寝付くまで聞き続けた耳障りな水音を思い出しながら、言葉を選んだ。

「昨夕は知らないけれど、由記子は、ときどき、夜中に起きて手を洗っている」

「私が？　何のために？」

「何のためかは知らないけれど、何かをつぶやきながら手を洗っている。ぼくも目が覚めたときには、蛇口を締めているけれど、昨夕はぼくが起きなかったんだね」

「全然、覚えていない」

「そう」

彼女が芝居に気がつく前に、ぼくはベッドを出てシャワーを浴びた。バスルームから戻っても、由記子は、ぼんやりとベッドの上に座っている。

「実は、昨日、そのことで、仕事を抜け出して、病院に行った」

「優一が？」

「うん。コンシェルジュの馬《マァ》さんにお願いして、香港大学の日本語が通じる医師を予約してもらった。由記子の症状のことで、どうしたらいいか相談に行った」

事実を話しているかぎり、ぼくは、言葉を選ぶ必要がない。

「それで？」

「本人が来ないかぎりは、何とも言えないってさ」

ぼくは、冷蔵庫からミネラル・ウォーターを出して、二人分のグラスに注ぐ。

「ひとりで行くのが嫌だったら、今日の午後にでも、一緒に行こう」

「ううん」

由記子は、首を横に振り、ぼくからグラスを受け取る。

「二日も続けて仕事をさぼったら、他の社員の士気に悪影響だよ。ひとりで行けるから大丈夫」

「じゃあ、昼までに予約だけしておく」

「ありがとう」

ぼくは、ホテルの車寄せに社用車を待たせて、前日に訪れた精神科に、由記子の広東語《カントン》学校を終える時間に合わせた予約を入れた。

その日の午前中、新聞を持ってきて、いつものように普洱茶《プォーレイ》を淹れてくれる森川に、ぼくは気になっていたことを訊いてみる。

「森川は、CEO会議の後、伴について何も訊かないけれど……」

彼女は、ソファに座って茶器を温める所作の手を止めることも、ぼくの方に視線を向けることもなく応える。

「私は、董事長《ドンシィジション》が無事にお戻りになれば、それで十分です」

その言葉は、余計なことは知りたくないという雰囲気でもあったし、すべてを知っていて、改めて説明を受ける必要もないという意味にも受け取れる。

「私が伴を殺したと考えているのか？」

「いいえ」

森川の返事は、間髪を容れずに返ってくる。

「なぜ、私を疑わない？　私は『伴が殺された』とは言ったけれど、誰に殺されたのかは言わなかった。もしかしたら、その誰かは、私自身かもしれない」

「それでしたら、董事長は『殺した』とおっしゃったはずです」

「根拠は、それだけ？」

森川は、その質問にはすぐに応じず、ソファを立って、茶器を机に置く。

「董事長には、副董事長を殺す動機がありません」

「君に言っていないことだって、たくさんある」

彼女は、二杯目のお茶を淹れるためにソファに戻り、小さな急須で茶葉を蒸らしながら、ぼくに視線を向ける。

「董事長は、動機もなく人を殺したり、傷つけたりするタイプではありません。仮に、董事長が副董事長を殺していたとしても、それは董事長にとって必要なことだったのだと思います。そうであれば、私は結果を気にしません」

ぼくは、普洱茶を飲み干して、森川を眺めた。

「付け加えるなら、それに私が捲き込まれたとしても、何も後悔しないと思います」

「森川が、殺人に加担することになっても？」

「そうです。董事長が、陳小姐《シウツェ》ではなく、私を秘書に選んでくれた夜に、そう覚悟したんです」

森川は、そう言うと、二杯目以降の普洱茶をカラフェに移して、ぼくの机に置き、部屋を出て行く。森川を見送った後、ぼくは、机に背を向けて、椅子に深く身体を預け、広大なユーラシア大陸を眺めながら微睡《まどろ》んだ。

気がつくと、森川が、ぼくの机に郵便物を置いていた。ぼくは、椅子を回転させて、目頭を押さえる。

「起こしてしまいましたか？　申し訳ありません」

「勤務中に居眠りをしている上司を起こすのも、君の仕事だ」

時計を見ると、午後三時過ぎだ。ぼくは、五時間近くも寝ていたことになる。

「お昼に部屋に来たときは、お休みだったので、ひとりで昼食をとってきました。何か、買ってきましょうか？」

「ありがとう。でも、いまはいらない」

「それなら、お茶を用意しますね」

これじゃあ、高木に「社長の椅子に踏ん反《ぞ》り返っているだけだ」と揶揄《やゆ》されても文句を言えないと思いながら、ぼくは、机の上に置かれた郵便物を確認する。自分宛に届けられる郵便物は、森川がチェックのために封を切っている。その中に、ひとつだけ封の切られていない封筒があった。差出人を確かめると、バンコクの高木からのものだった。

「これは？」

ぼくは、部屋を出て行こうとする森川に、封筒を手にして訊く。

「表に〝Confidential（親展）〟と書かれていたので、メール・センタで、X線検査のみしてもらいました。紙片が一枚入っているだけです」

ぼくは、ちょうど高木のことを思い出したところだったので、意外な気分で封を切る。

「仕事をしろ」とでも書いてあるのかと思ったら、中には英字新聞の小さな切り抜きが入っているだけだった。ぼくは、もう一度、封筒の中身を確かめたが、他には何も見つからない。切り抜きの端に、高木の自筆であろう文字で〝The Nation, 04/08/2010〟と書かれている。バンコクの外国人向け英字新聞で、二日前の記事だ。

『フロッグ・カードで、不正入金が発覚した模様。不正入金額は千バーツ。現在、市警が調査中』

フロッグ・カードは、海外でJプロトコルの暗号化方式を初めて採用したICカードだ。その仕事を受注できたので、ぼくと伴は香港に左遷された。バンコクには、もともとスカイ・トレインを運用するBTS（バンコク大量輸送システム社）の交通系ICカードがあったが、MRTとのICカード統一化を目指して、暗号化方式を変更することになった。高木が、ぼくたちの仕事を引継いだ後、Jプロトコルの暗号化方式を一部で試験的に導入している。

「千バーツ……」

ぼくは、森川が出ていった部屋で、ひとり言をつぶやく。出張で繰り返し訪れているときは、都度、気にしていた為替レートも、一年近く経ってしまうと、すぐに円に換算できなくなっている。このところの円安基調でも、二千円程度のものだろう。ICカードを持つような人にとっては、それが円でもタイ・バーツでも、たいした額ではない。

ICカードの不正入金は、基幹サーバーに接続された入金機があれば、誰でもできる。紙幣を偽造するよりは、ずっと簡単に、誰でも自分の現金を増やすことが可能だ。けれども、紙幣偽造と電子マネーの不正入金との大きな違いは、中央銀行は、概算でしか自身の流通紙幣量を把握していないのに対して、電子マネーの発行元は、最小単位までその発行残高を把握していることだ。定期的なバランス・チェックで、インバランスが生ずれば、多寡にかかわらず、発行元にアラームが挙がる。もっとも、不正入金が発覚しても、余程のことがないかぎり、警察当局に通報することは少なく、職員の内部処分で事を済ませる。千バーツ程度なら、自社の信用を傷つけるよりは、職員の懲戒で片付ける方が得策だ。それを警察当局に届け出たのは、それなりの事情があったのだろうし、だからこそ、高木は、小さな新聞記事を、わざわざぼくに知らせる必要があったのだろう。

「どうか、なさいましたか？」

気がつくと、茶器を取って戻ってきた森川が、不思議そうな顔をしている。

「何でもない」

なぜ、高木は、この切り抜きを郵送する必要があったのだろう。高木がマネージャを務めるバンコク支店にも書類をスキャニングする複合機はあるだろうし、それでイメージ画像をパソコンに取り込めばメールで送れる。森川に内容を知られたくなかったのなら、画像は暗号化すればいい。第一、この程度の記事なら、携帯電話で伝えれば十分だ。高木は、記事の内容以上の何かを伝えたいのだ。

（裏面？）

ぼくは、小さな切り抜きを裏返してみたが、そこは銀行の広告の一部のようで、とても意味があるとは思えない。ぼくは、切り抜きを封筒に戻し、それを上着の内ポケットに入れた。

「森川と高木は、似ているね」

ぼくは、お茶を差し出す森川に言う。

「バンコクの高木GMのことですか？」

「うん。二人とも、安全な場所にいるのに、Jプロトコル香港から逃げ出さない」

「私と高木GMを一緒にするなんて、董事長は失礼千万です」

森川は、不服そうな顔をして、茶器を片付けることもなく、部屋を出ていってしまう。

（そうやって、愛想がないところも似ているんだよ）

結局、森川は、ぼくが帰宅するときも、自席に座って、不服そうな表情のまま「お疲れさまでした」としか言わなかった。いつもは、席を立って礼をしながら、ぼくを見送ってくれるのに。

†

精神科の初診を済ませた由記子は、近所のデリカテッセンで惣菜を買って、ホテルの部屋でぼくを待っていた。

「どうだった？」

ぼくは、スーツから室内着に着替えて、白のハウスワインを開ける。

「うーん……。とりあえずは、カウンセリングを受けることになった。それと、松田さんって先生が言うには、一旦、日本に帰ったらどうかということだった」

　そう言う由記子は、件の部屋での諍い以来、久しぶりに穏やかな表情になっている。由記子自身も、ぼくに対しては否定しながら、無意識のうちに一時帰国を考えていて、それを指摘されたことが治療になったのかもしれない。正しそうなことは間違っていて、間違っていそうなことは正しくても、人は自分が信じたい方を正しいと思うのだろう。

「そう」

「初めての海外生活でストレスが溜まるのは、職場で日本語を話している人よりも、その付き添いで来た家族の方が、ずっと大きいし、それが原因なのかどうかを確かめるうえでも、消去法の一種として日本に帰るのがいいです、って」

「まぁ、すぐにではなくても、次のヴィザ更新で、一旦、金沢に帰るのがいいかもしれない」

「優一も、一緒に日本に帰ろうよ」

　ぼくは、惣菜の中からポテトサラダを選んで、しばらく答えに迷った。

「それも、悪くないのかな」

　ぼくがそう言うと、由記子は、久しぶりに見せる笑顔で、日本でやりたいことを話し始める。ぼくは、なんだかほっとしながら、ハウスワインで酔っ払って、ベッドに入った。けれども、役者が体調を崩したので、今夜の芝居は中断しますと言っても、観客は許してくれないだろう。幕を下ろすためには、まず、マクベス夫人が死ななくてはならない。

由記子の症状が寛解《かんかい》したのを確認して、ぼくは、陳と澳門で会う約束をする。

†

「中井董事長から、ご連絡があるのは珍しいですね」

陳は、相変わらず仕立ての良さそうなダークスーツを着ていた。白亜の灯台と青い空に、彼女の出で立ちが映える。

「そうだね。伴の亡霊として、仕事の依頼があるんだ」

ギア灯台の近くにある聖母マリアを祀《まつ》る教会まで、タクシーで登り、ぼくたちは人気《ひとけ》のないベンチに並んで腰掛けた。

「仕事の内容を説明してください」

「日本人女性の死体を二つ用意する準備をしてほしい。ひとつはバンコクで、もうひとつは、どこでもいいんだけれど、日本人女性がイリーガルに滞在していそうな場所で」

「死体を用意するというのは、人を殺すということですか？」

澳門のカジノ街を眺める丘の上で、彼女は顔色を変えずに言う。

「これから提示する条件に合った死体が見つからなければ、必然的にそういうことになるね」

ぼくは、上着の内ポケットから、由記子の写真と卒業アルバムの破り取られたページを出して、彼女に渡す。

「こっちの女性は、四十一歳。身長は一六五センチ。体型は、写真のとおり。バンコクで探してほしい」

ぼくは、由記子の写真から説明した。

「もうひとりは、まだ高校生のときの写真だけれど、いまは三十九歳になっている。身長は一六〇センチ前後だと思う。体型は分からないけれど、まぁ、日本人の平均的な体型で構わない」

ぼくは、卒業写真に写る鍋島冬香を指差した。

「かしこまりました」

人を殺す指示を与えるには、おおよそ不釣り合いな場所だなと思いながら、ぼくは、携帯灰皿を取り出して煙草に火を点ける。

「私も準備することがあるから、それができたら、できるだけ短期間に片付けたい」

「だいたいで構いませんので、中井董事長の準備が整うのはいつごろですか?」

陳は、写真を見つめながら言う。

「バンコクの方は、一ヶ月以内だと思う。もうひとつもそれくらいかな……。時間が必要なら、二ヶ月くらいは待てる。実行する二週間前には、ターゲットの名前、日本での戸籍を連絡してほしい。それに合わせた書類を作る必要がある」

「一ヶ月あれば十分です」

「それから、どちらの死体も、顔と指紋を分からないようにしてほしい」

「水死体とか？」

「どうすると顔と指紋が分からなくなるのか、素人の私は知らないので、君に任せるよ。必要なのは死体だ」

「分かりました。私が検討します」

陳が二つの写真を確認する間、ぼくは、澳門のカジノ街を眺めた。スモッグの中に、李の滞在する高層ホテルが、ちょうど目の高さに見える。

「この二人は、似ていなくもありませんが、ターゲット本人たちの入れ替えでも構いませんか？」

「この二人ではないことが条件だ」

「了解しました」

ぼくは、携帯灰皿で煙草を揉み消す。

「報酬は、どのくらいを用意すればいい？」

ぼくの質問に、陳は不思議そうな顔をした。

「私は、そのためにHKプロトコルに雇われているので、追加のギャランティは発生しません。むしろ、いまの事務仕事の方が、本来の契約とは別の仕事をしているので、追加のギャランティをいただきたいくらいです」

陳の返事に、ぼくは寂しい気分になる。まだ三十歳にもならない彼女は、報酬を要求しないくらい、無感情に人を殺めるのだ。

「そうだとしても、何の罪悪感もなしに人を殺すわけでもないだろう？　その精神的な苦痛に対する報酬は要求した方がいい」

「クライアントの指示であれば、精神的な苦痛はありません。苦痛を味わうのならば、それは軍人でもない中井董事長が、人を殺せと指示することの方ではありませんか？」

「私は、指示を出すだけだ」

「その苦痛を、追加のギャランティという名目で、私に押し付けないでください」

そういうものかもしれない。ただ、ぼくには、陳に殺人を依頼することに対する、精神的な苦痛が希薄だった。

陳は、ベンチに腰掛けたまま、両足を揃えて伸ばし、うつむいて自分のパンプスを眺める。

「中井董事長は、誤解されていませんか？　あるいは、私に同情しているとか？」

「同情と言っていいかどうかは分からないけれど……」

続く言葉を探しているうちに、陳は、ぼくの言葉をさえぎる。

「私は、高等教育の後、この職業を選んで、その専門教育を受けています。決して、誰かから押し付けられたとか、この職業しか選択肢がなかったわけではありません」

ぼくは、返す言葉を失う。陳が言葉を続ける。

「私は、上官の指示もなく、戦争だからと言って、民間人を殺したり、略奪をしたりする軍人の気持ちが分かりません。上官の指示の範囲であれば罪はないのに、わざわざ罪悪感を背負うのは、どんな気分なんですか？」

「私は、軍人ではないから分からない」

「でも、いま、中井董事長は、ご自分の意思で、私に指示を出しています。同情に値するのは、あなたです」

ぼくは、澳門の街に投げ出されたように見える彼女の足を眺めた。

「君の言うとおりなのかな……。私は、人を殺す指示を出す報酬を、すでに受け取ってしまったのかもしれない」

陳は、返事をしなかった。彼女は自分の仕事をするだけで、人を殺めるのは、ぼくなのだ。銃を使って人を殺しても、銃に罪がないのと同じだ。ぼくは、教会の脇のベンチから立ち上がった。

「写真の方は、持っていていい。写真集のページの方は、あとからコピーを送る」

「顔を分からなくするなら、どちらも不要です。それに……」

ベンチに座ったままの陳は、由記子の写真と卒業写真のページを差し出す。

「それに？」

「何でもありません」

「でも、君は、いま何かを言いかけた」

ぼくは、振り向いて陳を見下ろした。彼女の表情から、不用意な発言をしてしまったことが読み取れる。

「この仕事とは、何も関係ないことです」

「陳は、その集合写真に写っている女性を知っているのか？」

彼女は、何も答えなかった。答えないことが、ぼくへの回答だった。

「じゃあ、質問を変えよう。私が、いま君に依頼した仕事の片方は、もう終わっているのか？」

「中井董事長とは関係ありません」

「複数のクライアントの仕事を並行して片付けるのは、私の感覚ではプロトコル違反だ」

ぼくは、聖母マリア教会を背にした陳から、写真を受け取り、彼女をまっすぐに見た。陳は、下唇を嚙んでいる。

「まだ終わっていません」

「君の性格なら、やりかけた仕事を完遂していないのが気になるんだろうけれど、その過去の依頼は忘れろ。君のクライアントは、伴の亡霊である私だ」

「かしこまりました」

ぼくは、陳が立ち上がって頭を下げるのを確かめてから、カジノ街に通ずる坂道を降りた。

李との約束まで、まだ時間があったので、ぼくは、先にホテルにチェックインする。カジノに興味はないし、階下で仕事をしているソフィは、まだ休んでいる時間だろう。だいたい、ソフィに占ってほしいことが、いまのぼくにはない。ぼくは、ベッドに身体を投げ出して、ぼんやりと天井を眺めた。

(陳は、鍋島を殺すことを、本当にやめるだろうか？)

いまのぼくには、陳が差し出す死体が、整形後の鍋島冬香なのか確認できない。しかも、顔を潰してくれと指示した。陳は、素知らぬ顔で、鍋島本人の死体を差し出すことだってできる。ぼくは、携帯電話を取り出して、陳に電話をかけた。

「喂《ワェィ》」

「中井です」

「こんにちは。陳です」

「さっきの話で、条件をひとつ忘れた。香港ではない場所で、片付けてくれ」

「了解しました」

ぼくの憶測が正しければ、鍋島は、いま香港にいる。そして、陳は、鍋島冬香が香港のどこにいるかを知っている。陳が、未だに鍋島冬香を暗殺していないのは、その最終指示が出ていなかったからだろう。Jプロトコルにいた井上は、鍋島冬香が殺されたときに、復号方法が流出しないことを確認する必要があったはずだ。彼は、それを確認できないうちに、横浜のホテルで自殺しなくてはならなかった。陳は、井上から鍋島冬香をいつでも暗殺できるように準備する指示を受けたまま、クライアントを失ってしまったに違いない。そして、今日、たまたま、井上の後任であるぼくから、その指示が出た。だからこそ、わざわざ「ターゲットは本人たちの入れ替えでもいいか？」と、ぼくに確認したのだ。

ぼくは、隠されていたシナリオを組み立て終わって、ベッドから起き上がり、李のいるホテルに向かった。

台北《タイペイ》の桃園《タオユアン》国際空港で別れて以来、久しぶりに会う呉蓮花は、以前に比べると和《なご》やかな表情でぼくを待っていた。それが、彼女自身の変化なのか、二泊三日とは言え、ぼくと二人で旅行をしたことによるものなのかは分からない。

「ナカイ様、お久しぶりです」

「久しぶり。蓮花は、元気だった？」

「ええ。ナカイ様は、お変わりありませんか？」

差し障りのない会話をしながら、ぼくは蓮花に携帯電話を渡して、ホテルのセキュリティ・チェックを通る。李も、以前と同じように、穏やかにぼくの依頼を受けてくれる。変わったことと言えば、蓮花は李の秘書であることを偽らずに、ぼくを招き入れた部屋のドアの脇に立っていた。

「ナカイさんは、お変わりになりましたね」

李は、ぼくの依頼を快諾した後、ソファに身体を預けて微笑む。

「そうですか？　自分では分かりません」

「以前、お会いしたときには、まだ、ご自分のすべきことと、人の命を天秤にかけていらっしゃった。いまは、そんなことを気にする弱さがなくなったようにお見受けします。私の勝手な印象なので、間違っていたら、申し訳ありません」

「いいえ。李さんのおっしゃるとおりかもしれません」

ぼくは、彼の言葉を素直に受け容れた。彼の言うとおり、去年の秋にこの部屋を訪れたとき、ぼくは、ただ闇雲に、鍋島冬香を救いたいと思っていただけで、そのために自分がすべきことのシナリオを持っていなかった。けれども、いまは違う。ぼくは、マクベス夫人を死に追いやり、自分の死ぬ場所を探さなくてはならない。そして、この男は、いつかぼくを殺すことになるのだろう。インターネットで調べた李清明、つまり、いまローテーブルを挟んで座っている男は、父親ははっきりしているが、母親は定かではない。彼が七月生まれであることは確かだ。けれども、それだけで、伴に対して自らを「カイザー」と名乗っただろうか。「ユリウス」ではなく、あえて「カイザー」と名乗ったのは、たぶん、自分の出生に関する非公表の情報を知っているからに違いない。たとえ、いまは、ぼくと友好的な関係を築いているとしても、彼もまた、四百年前の戯曲に呑み込まれて、ぼくを殺すことになるのだろう。

ぼくは、依頼の費用として百万香港ドルを彼に渡し、ソファを立った。以前と同じように、彼は封筒の中身を確かめることもなく、契約が成立したことの握手を求める。

「では、ご依頼のパスポートと書類に記す内容が確定したら、呉に連絡をください」

「ええ、分かりました。よろしくお願いします」

ぼくは、蓮花に案内されて、ホテルを出た。

その蓮花から、携帯電話に連絡があったのは、夕食のためにポルトガル料理屋に向かって歩いているときだった。

「喂」

「蓮花です。いま、お電話をしても構いませんか？」

「どうぞ」

李のホテルから出て一時間も経っていない。ぼくは、マカオタワーを見上げて、彼女の電話を受けた。

「お話ししたいことがあるのですが、夕食は、もう召し上がりましたか？」

「いまから、食べにいくところだよ」

「おひとりですか？」

「うん。マカオタワーの近くのポルトガル料理屋に向かって散歩しているところだ」

「ご一緒できませんか？」

「どうぞ」

ぼくは、件と訪れたポルトガル料理屋の名前を告げた。

蓮花は、店の前でぼくを待っていた。ホテルの制服を着替えて、ジーンズにカット・アンド・ソーンというカジュアルな出で立ちだ。きっと、タクシーで来て、どこかでぼくを追い越したのだろう。

「暑いから、先に入っていればよかったのに」

ぼくは、彼女のために、店のドアを開けた。

「エスコートしてもらう男性を追い越したうえに、先にテーブルについたりしたら、嫌われてしまいます」

「ぼくは、そういったことを気にしない」

案内されたのは、偶然なのか、伴に暗号の復号方法を渡したときと同じテーブルだった。店に入らずに待っていた蓮花に敬意を表して、ぼくは、湖を見渡す席を彼女に譲る。

「李先生《シインサン》への依頼で、何か不備でもあった？」

白ワインを注文して、蓮花に訊く。

「いいえ。リーとは関係なく、ナカイさんにお願いがあって、お時間をいただきました」

「そう。でも、まず乾杯しよう」

ぼくは、テイスティングを断って、二人のグラスにワインを注いでもらう。

「ええ、チアーズ」

彼女が持ち上げたワイングラスに、ぼくは、軽く自分のグラスをあてた。相変わらず、水のように飲みやすいワインだ。蓮花は、何かを話し始めたいのに、それをためらっているような表情だった。ぼくは、ありきたりな話をすることにした。

「蓮花は、結婚しているの？」

「いいえ。私みたいな女と結婚してくれる方なんかいません」

「そんなことないと思うけどな。君は十分に魅力的だし、こんなふうに食事に誘われると、男としては、不要な期待を持つ」

彼女の表情が、幾分解《ほぐ》れるような気がする。

「ナカイさんこそ、どうして結婚されないんですか？」

「面倒なことが嫌いなんだ」

ぼくは、伴と一緒に食べたアフリカン・チキンを注文するつもりだったが、女性と食べる料理ではないなと思い、シーフード・グリルの盛り合わせとシーザーサラダを注文する。突き出しのオリーブをつまみながら、蓮花を眺めると、彼女はカジノ開発の進むコタイを眺めている。香港の英字新聞に拠れば、澳門のカジノの売上は、中国経済の発展に伴って、すでにラスベガスを上回っているとのことだった。

「さっきの写真を、見せてもらえますか？」

蓮花は、窓の向こうに話しかけるように言う。ぼくは、やはり、李に依頼した仕事の話だったのかと残念に思いながら、上着の内ポケットから由記子の写真を取り出した。思わせぶりに、ぼくを食事に誘ったのも、李の指示だろうか。

「もうひとつの方です」

「もうひとつ？」

「制服を着た中学の集合写真の切り抜きの方を、見たいのです」

ぼくは、破り取られた卒業アルバムのページをテーブル越しに蓮花に渡した。彼女は、しばらく、黙ってそれを眺めている。

「日本の中学は三年制なんだ。だから、これはハイスクールの卒業写真」

「ナカイさんは、海軍の士官候補生だったのですか？」

蓮花の誤解も仕方がない。卒業写真のなかの高校生は皆、男子生徒は詰め襟を着ているし、女子生徒はセーラー服を着ている。蓮花が疑問を持つように、どちらも軍服であることに違いない。

「うーん……。どう説明したらいいか分からないけれど、日本のトラディショナルなハイスクールでは、昔の軍服を制服にしているんだ。最近は、変わってきているけれどね」

「初めて知りました」

「徴兵制度もない国なのに、不思議な慣習だよね」

蓮花は、ぼくの言葉にも、運ばれて来たシーザーサラダにも興味を示すことなく、ぼくの卒業写真をほほえましそうに眺めている。

「フューカは、ナカイさんと手を繋ぎたかったみたい。困った顔をしている」

「フューカ?」

ぼくは、ひとり言のような蓮花の言葉を理解するのに、しばらく時間を要した。蓮花が、集合写真の中で見つめていたのは、十八歳のぼくではなく、ぼくの隣に立つ鍋島冬香だった。

「蓮花は、鍋島冬香を知っているの?」

蓮花は、小さくうなずいて、ポシェットから赤い表紙のパスポートを取り出して、テーブルに置く。ページをめくると、そこに三十歳前後の鍋島冬香の写真があった。

「フューカは、私の日本語の先生です」

ぼくは、黙って煙草に火を点けた。

「ＨＩＶの陽性反応が出て、仕事を続けるのも躊躇《ちゅうちょ》したし、かと言って、澳門への入境を手配したブローカーへの借金も返し切れていない私を、フューカが雇ってくれました。そのパスポートの写真は、私が持っているたったひとつの彼女の写真です」

ぼくたちは、白いテーブルクロスに置かれた、鍋島冬香の写真に視線を落とした。

「そして、君に、鍋島冬香が澳門を出国した後に使うという条件で、多額の残高がある銀行口座のキャッシュカードを渡した？」

「そうです。私が、ブローカーと手を切ってから澳門に永住する書類を偽造して、エイズの発症を抑止する治療を受けても、まだ遣い切れないだけのお金を、私に託したのです。そして、フューカの言うとおりの額がキャッシュカードから引き出せたら、残りのお金は、ナカイ・ユウイチという男性が澳門にたどりついたときに、その男性を護ることに遣うと約束しました」

「ぼくが、澳門に現れなかったら？」

蓮花は、テーブルの上から視線を上げて、まっすぐにぼくを見た。

「あなたは、必ずここに来ると言って、他の条件は何も言いませんでした。たぶん、フューカが、このカジノの街でたったひとつだけベットしたギャンブルだったんだと思います」

蓮花は、そう言って、再びテーブルクロスに置かれた集合写真に視線を落とす。彼女は、カジノで最後の賭けが的中したときのように、嬉しそうに微笑んでいた。

「横浜に同行してくれたとき、蓮花は、どうやって鍋島と連絡を取れたの？」

そう、それさえ分かれば、ぼくは鍋島冬香との三つの約束のうちのひとつを果たすことができる。

「フューカを最後に見たのは、彼女が隠れていたホテルの車寄せです。私は、ナカイさんを守るという約束を履行しただけです」

ぼくの淡い期待は、至極、短時間で裏切られる。やっとたどり着いた最後の扉を前に、鍵を開けられなかったときの失望感を味わう。

「蓮花は、鍋島冬香はまだ生きていると思う?」

「きっと、ナカイさんと同じです。そう信じているから、この街で、あなたを待っていたのです。フューカは、まだギャンブルを続けていると信じているから、あなたも、香港に留まっているのではないですか?」

「そうだね」

ぼくは、二人分のグラスに新しいワインを注いだ。

「蓮花は、鍋島の整形後の写真は持っていないの?」

彼女は、首を横に振る。

「フューカが新しいパスポートを作るために撮った写真は、コピーをされないように、フィルム・カメラで撮影して、すぐにネガと一緒に彼女が処分しました。私といるときも、包帯が取れた後はサングラスをかけて、マスクをしていたから、私は、整形後のフューカをほとんど覚えていません」

もしれません」

「私は寂しかったけれど……。でも、フューカがギャンブルで勝つには、必要なことなのかもしれません」

「必要なことって？」

「誰も信じないこと。ディーラーも、いかさまのバディも、誰も信じないことです。お金は、人を変えてしまうから」

「でも、君は、鍋島冬香を裏切らない」

蓮花は、ぼくの言葉に、笑顔を見せる。

「ナカイさんは、私の情敵《チェンデェ》だから」

「チェンデェ……、恋敵《こいがたき》のこと？」

「フューカは、私の初恋の人です。きっと最後の恋人だと思う。だから、ビジネスのバランスが崩れたんです」

蓮花の意外な告白にも、ぼくは戸惑わなかった。それは、きっと、ぼく自身が、蓮花と同じだからだろう。

「それなら、ぼくを助けることもなかった」

ぼくは、笑いながら言う。

「情敵には、最後に勝てば、それで十分です。ナカイさんが死んでしまったら、私は、永遠にあなたに勝てない」

シーフード・グリルが運ばれてくると、蓮花は、笑顔のまま、卒業アルバムのページを窓辺に立てかけた。ぼくは、なんだか、三人で食事をとっているような気分になる。

ぼくたちは、ブラック・タイガーや小さめの蟹やイカが山盛りにされたグリルを、好き好きに取り分ける。船員用のレシピがもとになっているせいだろうか、この店の料理はどれも味付けが濃くて、ワインが進む。

「ナカイさんは、リーに似てきましたね」

「李先生に？」

「ええ。王になる資格がある人は、そういう素質を持って生まれて来るのかもしれません」

「彼は、亡命者だよ。国に戻る気はないと言っていた」

「リーが母国に戻らないのは、彼が、本物の王になってしまうからです。あの国は、それを望んでいません」

「ふーん……」

ぼくは、ワインの酔いに浸《ひた》りながら、蓮花の言葉を聞いていた。

「蓮花は、李が母国に戻ることになったら、どうするの？」

「何も変わりません。フューカとの約束を守るだけです」

ぼくはデザートにバニラ・アイスクリームとエスプレッソを頼み、蓮花はマンゴー・プリンを頼んだ。

「このフューカの写真と、パスポートを交換してくれませんか？」

ぼくが、アイスクリームにエスプレッソをかけ、アフォガートを作っていると、蓮花が唐突に言う。食事の間、蓮花はその提案を言い出すのを迷っていたのだろう。

「君の大切なものなんじゃないの？」

「こっちのフューカの方が幸せそうな顔をしています」

ぼくは、しばらく迷って、上着のポケットから、卒業アルバムの書道部のページを取り出す。

「どうぞ。集合写真のおまけ」

「でも……」

「ぼくは、ハイスクールの制服を着た鍋島冬香を、この二つの写真で思い出したから、もう必要ない」

「ナカイさんは、寂しくなりませんか？」

「ぼくは、きっと、いつでも鍋島冬香を思い出せるから寂しくない。代わりに、ひとつ約束してほしいんだ」

ぼくは、いまでも、高校の陸上部のトラックを横切って行く鍋島の後ろ姿を、鮮明に思い出せる。彼女と交わした、そんなに多くない言葉も思い出せる。思い出せなかったのは、鍋島の顔立ちだけだったかもしれない。それも、蓮花が見せてくれたパスポートの証明写真で思い出せる。ぼくは、赤い表紙に菊の紋章が印刷されたパスポートを受け取った。

「内容によります」

「もし、ぼくが、鍋島冬香を見つけたら、君に連絡するから彼女を幸せにしてほしい」

蓮花はうつむいてしまう。

「フューカはレズビアンではありません。フューカを幸せにするのは……」

「分かっている。でも、いま、ぼくには恋人がいる。ぼくが、鍋島冬香を探し出したときにできるのは、彼女を安全な場所に送り届けることだけなんだ」

ぼくは、店員にチェックアウトを頼む。席を立ち、蓮花のために店の外でタクシーを呼び止める。

「ナカイさんとフューカと三人で、食事をする機会があるといいです」

蓮花は、タクシーのドアを開けて、ぼくを振り向いた。

「今度は、写真の彼女じゃなくてね」

蓮花の言葉が叶うか否かは、ぼくが、このカジノの街で最後に賭けるギャンブルだ。

件の最後の言葉は、鍋島冬香こそレディ・マクベスだと言いたかったのだろう。ぼくは、マカオタワーを背にして、繁華街に戻る道を歩きながら、校舎が桜色の中学校を見上げる。

誰でも、叶わなかった恋を、二十年も抱えているものなのだろうか。そして、その恋にたどり着いたとき、どんな気持ちになるのだろう。それは最初の二、三ページしか読まなかった本のことを思い出させる。物語は、扉を閉じられていた間、何をしていたのだろう？　どこかで、その物語の最後の数ページを読むことができれば、ハッピーエンドであってほしいと思う。その物語の主人公だったぼくが、死んでいたとしても。

老人たちの学校のような古いホテルに戻ると、待ち伏せされたかのように、エレベータ・ホールでソフィに遭う。

†

そのホテルの娼婦たちが歩き廻るグランドフロアには見えない壁があって、彼女たちは客を連れていないかぎり、エレベータ・ホールには現れない。ぼくは、ソフィに会う用件がなかったので、娼婦たちが通り抜けられない壁の反対側の入り口からホテルに入った。ソフィに会わなくても、彼女がぼくに言うことは分かっている。

―女の股から生まれた者は、ぼくを殺すことはできない

―バーナムの森が動かないかぎり、王城が陥落することはない

ソフィが言うのは、大方、そんな科白だ。だから、ぼくは、彼女に会う必要がなかった。けれども、彼女は、娼婦には見えない藍色のワンピースに白のカーディガンを羽織って、エレベータ・ホールにいた。

「你好《ネイホウ》」

いつもは「チュマ」と何語なのか分からない言葉で客を呼び止める彼女が、広東語で声をかける。

「やぁ……」

ぼくは、気のない返事をする。

「この前のおつりを返さなきゃならないから、あなたを待っていた」

「おつりはいいよ。チップだと思ってくれればいい」

去年の冬にソフィを訪ねたときに受け取らなかったおつりは、二百パタカ程度だ。そのときには、まだJプロトコルの管理職としての収入しかなかったが、いまとなっては、道端に座り、何の芸もしない物乞いの前の茶碗に入れても惜しくない金額だ。

「冷淡《ランタアン》」

ソフィは、たぶん「つれないね」というような意味の広東語を口にして、ぼくと同じエレベータに乗る。

「君の部屋は、何階？」

ぼくは、自分の部屋の階のボタンを押してから訊く。聡明なソフィになら、ぼくがひとりで過ごしたいことが伝わるだろう。

「あの仕事は終わったから、もうこのホテルには部屋を取っていないの」

「じゃあ、何のために、まだこの街にいる？」

「だから、あなたにおつりを返すためよ」

ぼくがため息をつく間に、エレベータは部屋のある階に着いてしまう。ぼくは、扉の「開《ホイ》」ボタンを押しながら、彼女を振り向いた。

「悪いけれど、今夜はひとりで過ごしたいんだ。君に占ってほしいこともない」

「うん、そんな顔をしている」

ソフィは、ぼくの横を通り抜け、エレベータ・ホールに出て振り返る。ぼくは、彼女をエレベータの外に残して、「開」ボタンから手を離し、近所のバーにでも逃げようかと迷うが、結局、エレベータを下りた。ぼくが、四百年前の戯曲で変えたい節は、ひとつだけだ。それなら、他の些事《さじ》は、オリジナルのままでもいい。

「優しいんだね。でも、あなたは王なのだから、小姐の我が儘くらい許してくれると思っていた」

「部屋に入ったら、君を押し倒すかもしれない」

「そんなの慣れっこよ」

（そりゃ、そうだったな）

ぼくは、部屋のドアを開けて、明かりを点ける挿入口にカードキーを差し込み、彼女を先に通した。

「何か飲む？」

ぼくは、冷蔵庫を開けて、ダイエット・コークとバカルディのボトルを取り出しながら、彼女に訊く。

「あなたと同じものを飲みたいな」

ぼくは、二つのグラスにアイスボックスから氷を移して、テーブルに並べた。ソファに並んで座って、キューバリブレを作る。

「大陸に帰らないの？」

「帰っても、できることなんかない」

「君は、聡明だし、英語も話せる。仕事なら、いくらでもあるだろうし、結婚すれば、きっと大切にしてもらえる」

「私が住んでいた村を知っている？」

ぼくは、首を横に振る。レースのカーテンの向こうで、ラスベガス資本のホテルの噴水ショーが始まる。ぼくたちは、黙って、その音楽を聴いた。

「で、君は、おつりの代わりに、ぼくが殺されずに済む条件でも占ってくれるの？」

「それ、何の話？」

「じゃあ、テレビをつけると、そこに、ぼくの友人にそっくりの男たちが、王冠を持って並んでいるとか……」

ソフィは、口に手を当てて微笑みながら、ぼくに寄りかかる。

「酔っ払っている？」

「少しね」

「あなたに占うことは、何も残っていない。あなたは、自分の旅の行き先を知って、そこにまっすぐ向かおうとしている」

「君は、これからどうするの？」

向かいのホテルの噴水ショーが終わるまでの時間、ソフィは何も応えなかった。

「私を雇わない？　何かの役に立つかもしれない」

「ヴィザは？」

「愚問。契約金代わりに作って」

彼女をJプロトコル香港で雇うのは簡単なことだった。この街では、数万香港ドルで、香港で生まれ育った過去を手に入れられる。ただ、森川はいい顔をしないだろう。それなら、HKプロトコルで雇うこともできる。

「いいよ」

「ありがとう。何か、お礼をしなきゃ」

ソフィは、寄りかかっていた身体を起こして、ぼくの顔を覗き込むようにする。

「ちゃんと働いてくれれば、それでいい」

「ううん。こんな女を雇う経理《ゲンレイ》なんていない。学歴もないし、コンピュータだってほとんど使ったことがない。もしかすれば、感染症にかかっているかもしれないんだよ」

「ぼくの部下に、パスポートを手配するように伝える。明日の正午以降に、ここに電話してくれ」

ぼくは、彼女をソファの元の位置に押し戻して、ベッドサイドのメモに陳の携帯電話の番号を記す。

「お礼を受け取って」

「残念だけれど、いま、君にしてほしいことを思いつかない」

彼女は、ぼくの言葉を聞かなかったのか、キスをしてくる。

「私がこのホテルにいたとき、私の使っていた部屋に残っていた夢をあげる」

そう言って、ソフィは、カーディガンを羽織ったままの格好で、ぼくが使っていなかった方のベッドにもぐり込んでしまった。ぼくは、彼女を追い返す気力もなく、シャワーを浴びながら歯を磨く。バスルームから出ると、ソフィは静かな寝息を立てている。商売っ気のない化粧の顔には、まだあどけなささえ残っている。それでも、何度か見た彼女の表情の中で、一番、きれいな顔をしていた。

その夜、夢を見た。

†

「ねぇ、6と9が非対称の世界で積み木カレンダを作るとしたら、中井は、0、1、2のどれかを犠牲にするんだよね」

教師が風邪をひいて自習になった教室で、ぼんやり教科書を開いていたぼくの背中を、鍋島冬香がつついて言う。

「何の話？」

ぼくは、鍋島冬香を振り向く。クラスの半分以上の生徒は、自習には応じず、教室からいなくなっていたし、残った生徒も、受験勉強の疲れからか、机に腕を組んで頭を沈めていて、教室の中は意外に静かだった。

「一年のときの数Iで、中井が作った問題。もう忘れたの？」

「覚えているけど……」

「じゃあ、0、1、2のどれ？」

鍋島は、ノートのページに01から31までの数字を書いている。

「どれでもいいよ」

「大事な話をしているときに、そんな中途半端なこと言わないでよ」

鍋島が怒ったように言う。

「じゃあ、1を犠牲にする」

ぼくがそう言って、身体の向きを直すと、彼女はぼくの後頭部に消しゴムを投げつける。

「痛いなぁ。何なんだよ」

ぼくは、席を立って、床に転がった消しゴムを拾いあげてから、彼女の机の横に立った。

「じゃあ、とか、適当な言い方しないでって、言っているでしょ」

「そんなことで、怒ることないだろ」

「だって、11がなかったら、私は、中井に誕生日プレゼントを渡せないじゃない。だいたい、1を犠牲にすれば、大の月は三十一日まで表現できなくなるんだから非効率でしょ」

ぼくは、消しゴムを彼女の机に置いて、鍋島はそんなことを悩んでいたのかと思う。ぼくの誕生日は、彼女が言うように三月十一日で、彼女の誕生日は十一月二十二日だ。

「2を犠牲にしたら、鍋島が歳を取れなくなる」

「それって、私の誕生日を知っているってこと？」

　ぼくは、消しゴムをぶつけられた頭の後ろの辺りをかく。まだ、個人情報という言葉が一般的ではなかったころのことだ。クラスメイトの誕生日くらい、調べようと思えば、簡単に知ることができた。

「普通、女子の誕生日を知っていたら、プレゼントくらい用意するのが礼儀じゃないの？」

「そう言うけどさ、鍋島だって、俺に誕生日プレゼントなんてくれたことない」

「そんなの中井が気づいていないだけでしょ」

「まぁ……」

　ぼくは、高校に入ってからの二回の誕生日を思い出してみる。一年生のときは、陸上部の先輩からお祝いの言葉をかけられただけだったし、二年生のときは、小川理恵からSHIPS《シップス》のマフラーをもらっただけで、鍋島からはお祝いの言葉さえかけられたことがない。だいたい、彼女は、去年のぼくの誕生日、期末試験の直前にもかかわらず、風邪をひいたとかで休んでいた。おかげで、ぼくは、放課後にガールフレンドの自宅に呼ばれて誕生日祝いをしてもらっている間も、鍋島の具合が気になって上《うわ》の空《そら》だったのだ。あのとき、そんなことを気にしていなければ、ガールフレンドの胸に触るくらいまでは、事が進んだかもしれない。

　違うか……。一年生のときの誕生日だって、彼女は風邪をひいたとかで休んでいた。

「俺の代わりに、風邪をひいてくれるのが、鍋島の誕生日プレゼント？」

「馬鹿。中井が健康でいられますようにって、明治神宮にお参りに行ってあげているのに、そんな言い方はないでしょ」

ぼくは、返す言葉をなくして、自席に戻る。そんな誕生日プレゼントで喜ぶ高校生がどこにいるのだろう。

「ねぇ、犠牲にするのは2にしてよ。女子は歳なんて取らなくていいんだから」

鍋島は、ぼくの背中に、追い打ちをかけるように言う。

「1でいいよ。だから、今年からは、授業をさぼったりしないで、いつもどおり、後ろの席に座ってくれていた方がいい」

「絶対、いや」

ぼくは、もう一度、鍋島を振り向いた。けれども、そこに座っていたのは、セーラー服を着て、顔に包帯を巻いた森川佐和だった。包帯の隙間から、怒っているのか泣き出しそうなのか分からない瞳を、ぼくに向けている。

「俺だって、鍋島の誕生日がなくなったら寂しいよ」

ぼくは、そこに森川がいることにも、顔に包帯を巻いていることにも違和感を持たず、彼女に言う。

「どうせ、何もしないんだから、なくてもいいじゃない」

「今年は、十一月二十二日に風邪をひくことにする」

「そんなことをしてもらっても、嬉しくない。誕生日に中井の背中を見れなかったら寂しい」

（おっしゃるとおり）

心の中で相槌を打つ。

「とにかく、犠牲にするのは2だからね。約束して」

「しないよ」

ぼくは、半ば呆れて、身体の向きを直すと、他の生徒と同じように、机の上に組んだ腕に頭を埋めた。自習が終わるチャイムが鳴り、目を覚ますと、老人たちの学校のようなホテルの天井が目に映る。ぼくは、隣のベッドで穏やかに眠っているソフィを残して、香港行きのフェリーピアに向かった。

バンコクという街は、地図の上にしか存在しない。

正しくは、「インドラがヴィシュヌカルマ神に命じてお作りになった、神が権化としてお住みになる、多くの大宮殿を持ち、九宝《きゅうほう》のように楽しい王の都。最高にして偉大なる土地、インドラの戦争のない平和な、インドラの不滅の宝石のような、偉大な天使の都」という長い名前の街がある。そこに住む人々も、その街を「クルンテープ（天使の都）」と呼ぶ。

雲が切れて、眼下にチャオプラヤ川が見えると、窓側に座る由記子は、横になって微睡《まどろ》んでいたぼくの肩をつつく。ぼくは、彼女の方に身体を寄せて、小さな窓から茶色に染まるチャオプラヤ川を眺めた。タイ語に続く英語のアナウンスが、十五分後にベルト着用サインが点灯することを伝える。ぼくは、水平に近い状態に倒していたリクライニング・シートを元に戻すと同時にくしゃみをした。身体を起こしてみて、血の流れが普通に戻ると頭痛を感じる。

「だから、寝るんだったら、毛布を借りた方がいいって言ったのに」

由記子が、自分の忠告に従わなかったぼくを責める。タイ・エアの旅客機はバンコクの街を大きく旋回するようにタイランド湾に出て、南からスワンナプーム国際空港に進入する。ぼくは、そこが本当に「天使の都」であればいいと願った。

もっとも、マクベス夫人の死に場所としてバンコクを選んだのは、そこが「天使の都」と呼ばれるからではない。ひと月前、香港大学の精神科医が、由記子にしばらく転地療養を勧めて、クアラルンプール、シンガポールと並べて、バンコクの名前を挙げたからだ。それらの都市であれば、比較的安価に専属の看護師をつけた入院治療が可能であり、設備も日本以上に整っていると言う。ぼくは、医師が示した三都市の中からバンコクを選び、紹介状と診断書を書いてもらった。ちょうど、バンコクには、他にも用件がある。

由記子は、当初、ぼくを残して香港を離れることを嫌がった。けれども、ぼくが、香港が国慶節《ゴッヘンジッ》の間はバンコクに滞在できることと、そこで症状が緩和するようならば、Jプロトコル香港を退職して香港を離れることを条件に、それを受け容れた。ぼくは、由記子の転地療養に向けて、李とは繋がりのなさそうな香港の欧州系ブローカーから偽造パスポートを購入した。ぼくは、会ったこともない人物のパスポートでバンコクに行くことになったが、由記子は、フライト中もパスポート・コントロールでも、ぼくのパスポートに興味を示さなかった。

†

香港大学の医師が紹介した病院は、バンコクの繁華街からは距離を置いた、チャオプラヤ川沿いの高級ホテルが並ぶ地区にあった。ぼくが、くしゃみをしながら由記子の入院手続きをしていると、受付のタイ人女性からマスクを渡される。病室に向かうと、由記子は、窓から外を眺めていた。ぼくの希望どおり、高層階の個室からは、バンコクの街を眺めることができる。

「なんだか、ホテルみたいな部屋だね」

部屋着に着替えていた由記子が、ぼくを振り向いて言う。

「どうしたの？」

「くしゃみをしていたら、受付の人から、院内ではマスクをするように言われた」

ぼくは、マスクを外しながら笑う。外国人がくしゃみをしていれば、病院としては当然の心配かもしれないが、個室の中まで注意しに来ることはないだろう。

「ついでに、風邪薬ももらってくれれば？」

「そんなことをしたら、SARS《サーズ》（新型肺炎）の検査で強制入院させられそうだ」

ぼくは、しばらく、病室でフライトの疲れを取ってから、近くのホテルに移動することを告げる。

「来客用のベッドがあるんだから、そこに泊まればいいのに。バスルームだって、ホテルと変わらないよ」

　由記子が、不満そうに言う。

「ここで煙草を吸えると思う？」

「ついでに、禁煙治療もしてもらうとか……」

　由記子は、ぼくに全くその気がないことを知りながら言う。彼女は、香港にいるときよりも、ずっと明るい表情だし、軽口を聞くのも久しぶりだった。

「すぐ隣のホテルだから、夕ご飯のときには、こっちに来るよ」

「ペニンシュラ・バンコクじゃないの？」

「病院に近い方がいいと思って、グランド・ハイアットにした」

　ぼくは、スーツケースを転がして、病室を出た。由記子の言うとおり、ぼくが自分のパスポートで移動していれば、ペニンシュラ・バンコクか、出張で常宿にしていたデュシッ・タニに泊まりたいところだった。ぼくは、USドルでデポジットを払い、上客向けとは言い難い部屋にチェックインする。クレジットカードがないと、何かと不便だ。煙草に火を点けて、同じホテルに泊まっているはずの陳に電話をかける。

「喂《ワェイ》」

「中井です。空港で借りた携帯電話なので、バンコクにいる間は、この番号にかけてくれ」

「了解しました」

「陳の準備は、終わった？」

「先日の指示は、すべて整っています」

陳は、二週間前にバンコクに着いて、すでに仕事に取りかかっていた。

「ありがとう」

「ただ、あまり長くは彼女を拘束できません」

「どのくらいなら、待てる？」

「長くて四日です」

「了解」

「もうひとつの件は、予定どおり明日十一時に、ロビーで待ち合わせということで、変わりありませんか？」

「変更ない」

「では、明日、ロビーでお待ちしております」

「再見《ソイギン》」

ぼくは、電話を切って、風邪薬を買いに行くかどうかを迷ったが、少し寝れば治るだろうと思い、そのまま昼寝をした。旅行者としての経験則で、風邪薬にしろ整腸剤にしろ、それに罹《かか》った現地のものを買うのが得策だ。原因がタイ・エアにあるなら、客室乗務員に薬をもらうのがいい。それに、陳の言葉に従うならば、四日後の木曜日までに、ぼくは、由記子を東京に向かうフライトに乗せなくてはならない。その説明をどう始めればいいのかを、ぼくは思いつけないままだった。バンコク市内で薬を買っても、さしたる効果は期待できそうもないし、由記子と過ごす最後の時間を、風邪薬で頭痛以外の苦痛まで誤魔化されたくなかった。

†

翌日、ぼくは、ロビーで陳と待ち合わせた。香港の暑さには慣れたつもりでもバンコクの蒸し暑さには耐えられず、ぼくは、ホテルを出てタクシーを待つ間に上着を脱いだが、陳は相変わらずスーツを着ている。

「暑くないのか？」

「香港よりは暑いです」

「上着、脱いでもいいよ」

上司の前では上着を着用するように教育されたのかもしれないと思い、ぼくは念のために言った。

「お気遣い、ありがとうございます」

陳は、そう答えるだけで、タクシーを降りても上着を脱ぐことはなく、二人で日本人向けのパブが並ぶ通りを歩く。月曜日の正午前ということもあり、通りはまだ閑散としていた。

「上着の下に、拳銃でも持っているの？」

「まさか……。そんなことは、映画の中だけです」

「そういうもの？」

「軍人や警察官以外の市民が、つまり非合法に拳銃で人を殺すのは、リスクが大きすぎます。仮に拳銃を分解しても、セキュリティ・チェックは部品だけで所持を特定できます。それに、一番大きなリスクは、銃弾には必ず薬莢《やっきょう》がついていることです」

「薬莢が、どうしてリスクになるの？」

「いまは、リボルバはほとんど使用しません。リボルバというのは、ご存じですか？」

「それくらいはね」

並んで歩いている間にも、シャツの中が汗で気持ち悪くなる。吹き出す汗とは対照的に、ぼくはくしゃみをする。

「風邪ですか？」

「たぶん……」

頭痛を押さえ込みながら、陳の説明の続きを待つ。

「オートマチックを使って、飛び散った薬莢を探せば、現場に長くいるリスクを負うことになるし、残しておけば、拳銃の製造元、その流通経路、そして、使用された時点の所有者を割り出すことが容易です」

「なるほどね」

「マフィアや蛇頭《じゃとう》が拳銃を使って人を殺すのは、犯人を分かりやすくするためです」

「分かりやすく？」

「警察にとっては、事件を早く片付けられれば、犯人は誰だっていいんです。拳銃を持っている人間が犯人で、トリガを引いた人間は、どこにいてもいいということです」

ぼくは、暗殺者の講義を受けながら、バンコクで馴染みのブローカーがいるビルの階段を上がった。日本人向けのパブが並ぶ通りでは、珍しく健全なバーだ。健全な分だけ利益率が低いので、別の仕事をしている。開店前のドアの前に立って呼び鈴を押そうとすると、陳は、ぼくの腕を摑んでそれを止める。

「不用心です。これを使ってください」

陳は、胸もとからポケット・チーフを取り出して言う。ぼくは、それを親指に巻いて、呼び鈴を五回鳴らした。そのブローカーが、店の営業時間外に客のためにドアを開けるのは、呼び鈴が淀《よど》みなく五回鳴らされたときだけだ。

「中井さん。お久しぶりです」

ドアが開くとともに、四十代半ばの無精髭を伸ばした男が、ぼくに言う。

「お久しぶり」

彼は、ぼくと陳を店に招き入れ、ドアを閉める。

「コークでいいですか？」

「ありがとう」

ぼくと陳は、店のカウンターに座り、彼は、冷蔵庫からコカ・コーラの缶を二つ取り出す。

「まだ、仕事は続けている？」

「内容によりけりですね。去年と比べると、軍部とのパイプは細くなっています」

「うん。今回は、軍とは関係なさそうだ」

ぼくは、高木から郵便で送られてきた新聞記事の切り抜きをカウンターに置いた。

「依頼は二つ。ひとつ目は、この記事に載っている事件の犯人と、その犯人の背景をできるだけ詳しく調べてほしい」

彼は、小さな切り抜きに目を通して、首を横に振る。

「残念だけれど、これは受けられない」

「どうして？」

「私にも、一応、流儀があって、その依頼は、別から受けてしまっている」

ぼくは、新聞の切り抜きを返してもらい、しばらく、無精髭の男を眺めた。彼がどういう経緯でバンコクに来たのかは知らないが、まともなヴィザは、すでに切れていることだろう。

ぼくは、HSBCの帯封がついた百USドル紙幣の札束を二つ、カウンターに置いた。これまで、彼に依頼してきた仕事の感覚からすれば、二万USドルは半年分の儲けになるはずだ。鞄を開けたときに、そこに札束があることを彼に見えるようにして、二万USドルは一件目の依頼に対するギャランティであることを伝えた。

「そんなことは言わずに、ひとつの調査で二つの依頼に応えれば、上がりもいいんじゃないかな」

「中井さんは、ずいぶん羽振りがよくなりましたね」

彼が、カウンターに置かれたUSドルを受け取るまで、ほとんど時間はかからなかった。

「実働はBTSの駅員だけど、それを依頼したのは、日系企業のバンコク駐在のプログラマです」

「もしかすると、Jプロトコル？」

「まさか。そうだったら、最初からそう言いますよ」

彼は、ぼくの質問に、日本人なら誰でも知っているような大企業の名前を言う。

「そんな大企業の社員が千バーツに困っているとは思えないけどな」

「ハッカー気取りの三十代前半の男でしたよ。大方、中井さんの会社に仕事を取られた腹癒《はらい》せに、ICカードを改竄《かいざん》したんでしょう」

その大企業が有するスーパー・コンピュータでも使えば、それも可能かもしれない。けれども、一介のプログラマが、バンコクから日本のスーパー・コンピュータを使っていたとすれば、企業ぐるみでもないかぎり不可能な話だ。どこかで、HKプロトコルの関係者と接触していると考えた方が理に適《かな》う。

「ふーん。そいつの経歴は分かる？　大学、職歴、留学経験とか」

「そこまでは、ちょっと調べていません」

「そうか……。で、彼は、いま、どうしているの？」

「さぁ……」

彼の目が泳ぐ。ぼくは、その表情から、すでに男と接触できないことを察する。

「交通事故か何か？」

彼は、首を横に振るだけで、それ以上は答えられないと小さな声で言った。

「まぁ、いいや。ありがとう」

ぼくは、カウンターに並べられたコカ・コーラの缶には手を触れずに、席を立った。自分のハンカチを取り出して、ドアの取手を押す。

「依頼は二つ、って言っていませんでしたか？」

彼は、ぼくの背中に問いかける。ぼくは、振り向いて、彼に笑った。

「そうだったね」

「そっちも、聞きますよ」

「この件について、調査依頼があったことも含めて口外しないこと、だったんだけどね。もう済んだみたいだ」

（あんたの仕事の流儀とやらは、金で買えることが分かっちゃったからさ）

ぼくは、陳を残して店を出る。あとは、彼女が始末してくれる。

陳の仕事が終わるまでの間、ぼくは、先にタクシーでホテルに戻り、ロビー・ラウンジで、ダイエット・コークとラムを頼んで、キューバリブレを飲んでいた。三十分程遅れて、陳がホテルに戻ってくる。

「お疲れさま。ずいぶん、早かったね」

「ええ」

陳は、顔に汗を浮かべることもなく、涼しげにうなずいて、ぼくの前に座る。

「アルコールだと身体に廻るのに時間がかかるので、一時間程と申しましたが、冷蔵庫を開けたら、アイスがあったので、簡単に片付きました」

「そう……」

彼女は、アイスティーを頼んで、ショルダーバッグから茶封筒を取り出す。

「香典代わりに置いてきてよかったのに……」

「HSBCの帯封から足が付くので、回収しました」

陳は、ぼくの不用心さに呆れた表情を覗かせる。ボーナスだと言っても、陳はそれを受け取らないだろう。ぼくは、仕方なく、茶封筒を受け取った。ブローカーも、ぼくの調査依頼にすぐ応えたりせずに、しばらく調べる振りでもすれば、この金で遊ぶことができたのにと思う。

「ところで、彼のもうひとりの依頼人が分かりました」

「高木だろ」

陳は、アイスティーを飲みながら、黙ってうなずく。

「伴は、バンコクで高木と会っている。あのブローカーは、私の馴染みだから、当然、伴も知っている。伴が、高木に彼を紹介していたとしても、不思議じゃない」

ぼくは、自分でステアしたキューバリブレを飲み干す。

「そして、君も、彼とは初対面ではなかった。違う？」

「どうしてですか？」

「君くらいの美人を連れていると、たいていの男は、まずは社交辞令を言うものなんだ。でも、彼は、私が君と二人でいることに、何も疑問を感じていなかった。Jプロトコルの社員だと思ったんだろうね」

陳は黙っていた。少しは、ぼくのことを見直したかもしれない。

「君もミスをしている。君なら、私が仕事の指示を出したときに、あの時間帯に店にいるのは、彼ひとりなのかを確かめるだろう。でも、君は、私に何も訊かなかった」

「今後、気をつけます」

「何を？」

彼女が反省することは何もなかった。ただ、ミスを指摘されたので、陳は反射的にそう言ったのだろう。トレーニングとはそういうものだ。短い沈黙があった。

「董事長《ドンシィジョン》に背中を向けるのは、リスキィだということです。たいていの男性は、私の身体に見とれて、注意力が散漫になるんですが……」

「私も、君の前を歩きたくない」

ぼくは、チェックアウトして、席を立つ。

「今日は、お疲れさま」

「ありがとうございます」

陳は、一度、席を立って、ぼくに挨拶をする。冷房の効いたホテルを出ると、汗が噴き出すような暑さだった。エントランスの脇にある灰皿の前で一服する。伴が行方不明にしたであろう井上の愛人も加えれば、これで四人目かと、煙草を吸いながら指を折って数える。

ぼくは、何番目の死体になるのだろう?

†

ホテルから歩いて、由記子の入院先に向かう。高級ブティークが並ぶ通りを眺めながら、フロッグ・カードの暗号化方式が解かれた経緯を想像する。ハッカー気取りのプログラマが、仕事の合間に興味本位で復号できるほど簡単な作業ではない。カード側に入っている公開鍵を読み出すことはできるかもしれないが、そこから基幹サーバー側で厳重に管理されている秘密鍵を見つけるのは不可能に近い。何年かかけて、秘密鍵を得ることはできたとしても、フロッグ・カードに、Jプロトコルの暗号化方式が採用されたのは、つい九ヶ月前だ。鍋島冬香が残した中途半端な復号方法が漏れていたとしても、優に二年はかかる。

(偶然?)

暗号文には、必ず復号する鍵があり、それを偶然に探り当ててしまうことも、「絶対にない」とは言い切れない。けれども、もしそうなら、千バーツを得るよりも、それをネタにJプロトコルに金銭を要求した方が得るものが大きい。Jプロトコルとしても、出回ってしまったICカードを書き換えるより、二、三千万円の出費の方を選ぶはずだ。あるいは、自分の能力を誇示することが目的で、ICカードを改竄したとも考えられるが、それなら、その方法をインターネットに流す方が、彼の自己顕示欲は満たされるに違いない。残されたのは、効率的な復号方法を知っている人間が、ハッカー気取りのプログラマを利用して、何かを警告しているという可能性だ。

病院からは、患者の家族ということで病室階行きのエレベータを使うICカードを渡されていた。ぼくは、どこもかしこもICカードだなと思いながら、病室のドアを静かに開ける。

由記子は、ベッドでうたた寝をしていた。ぼくは、小一時間、由記子の寝顔を眺めた。

「いつ来たの？」

気がつくと、ぼくも微睡んでいたらしい。由記子に声をかけられた。

「正午過ぎかな」

腕時計を見ると、午後三時だった。

「お昼ご飯は？」

「食べていない。食べに行こうか？」

「うーん……、朝から寝ていて、まだお腹が減っていない。優一、ひとりで食べに行ってもいいよ」

由記子は、気怠《けだる》そうに身体を起こす。

「その前に話したいことがあるんだ」

明日か、明後日の早い時間のフライトに、由記子を乗せなければならない。ぼくは、バッグから茶封筒に入れたパスポートを出して、由記子に渡す。

「これ、何？」

「橋本理恵《はしもとりえ》という人のパスポート」

「誰？」

「バンコクのゲストハウスに、二年前から不法滞在している。仕事は、旅行でタイに来る日本人女性に、旅先での偶然の出逢いを紹介している」

「その人のパスポートを、どうして、優一が持っているの？」

ぼくは、由記子の手からパスポートを取って、写真の載ったページをめくる。

「私？」

「そう。由記子のパスポートと、これを交換してほしい」

「どういう意味？」

「由記子のパスポートは、ずっとバンコクに留まる。つまり、田嶋由記子は、バンコクで亡命するということ」

そこまで話すと、由記子は事情を理解したようだ。

「優一は？」

「いくつか仕事を片付けたら、日本に帰る。年内には帰れると思う」

「本当に？」

「うん」

由記子に嘘を見抜かれないために、ぼくは、日本に帰るのだと、心の中で自分に言い聞かせた。

「日本に帰っても、由記子の両親とも、友人とも連絡は取らないでほしい。もちろん、ぼくとも。それが、由記子とぼくが、日本で安全に生きて行くための手段なんだ」

「それは分かる。でも、優一はどうやって日本に戻るの？」

「同じように、どこかの国で、帰国する気のない日本人男性を探す」

「約束できる？」

「約束する」

守れそうもない約束を交わすのは、つらい。

「日本でどうするの？」

ぼくは、偽造パスポートを入れていた茶封筒から、ＨＳＢＣの橋本理恵名義の通帳を取り出す。

「この橋本理恵っていう人は、残念なことに、年金も国民健康保険も払っていない。でも、この通帳に円建てで二十億入っている。普通のサラリーマンの生涯収入の十倍はあるから、何とかやっていけると思う」

それから、封筒の中に残っていた橋本理恵の住民票を出して、通帳とともに由記子に渡した。

「住民票は、来月の一日から二週間以内が有効期間になっているから、その間に転入届を出してもらえれば、由記子はこの橋本理恵という人物になれる」

「うん。でも、彼女はどうなるの？」

「バンコクで不法滞在を続けるだけだよ。何も変わらない」

この女は、病室の上階に、陳が拘束している。

「今度、由記子と会うときに、ぼくは、顔も声も変わっているかもしれない」

「えっ?」

ぼくは、バッグから、香港郵政局の紙袋を取り出す。中身は、いつか買った積み木カレンダだった。

「普通の積み木カレンダは、1と2が、二つの積み木の両方にあるんだけれど、これには1が片方の積み木にしかない」

「どういう意味?」

「つまり、十一日から十五日までを表現できない」

「優一の誕生日がないってこと?」

「うん、でも、ある方法で11を表現する解答がある。それを示すのが、顔や声は違っても、中井優一だ」

ぼくは、その解答を由記子に説明した。

「なんだか、とんち話みたいだね」

ぼくの解答を聞くと、由記子は笑う。

「でも、間違ってはいない」

「優一は、いつから、そんなこと考えていたの?」

「高校のころから考えて、大学の教養課程で代数の講義を無駄に履修した」

そのとき、鍋島冬香に連絡を取っていれば、こんなことにはならなかったかもしれないと思う。けれども、ぼくには、ソフィが澳門《マカオ》のホテルで見せてくれた夢の記憶がない。鍋島と交わした言葉は、ほとんどを覚えているような気がしていたのに、積み木カレンダについて話したことも、彼女に消しゴムを投げつけられたことも、実体験としての記憶が残っていない。だから、鍋島が、積み木カレンダの6と9が偶然に点対称であることを、そんなに気にしているとは、幽霊会社だったHKプロトコルのオフィスで、彼女からの手紙を受け取るまで知らなかったのだ。

「でも、声が変わっちゃったら、優一の嘘を見抜けないかも……」

由記子が、微笑みながら言う。

(そんな簡単なことだったのか……)

バンコクに来るフライトで風邪をひいたのは、「天使の都」に棲む天使の計らいだったのだろうか。いずれにしても、由記子と過ごす最後の日に、ずっと不思議に思っていたことがひとつ減って、よかったと思う。

「じゃあ、今夜、東京に発つフライトを予約しよう」

「そんな急に?」

「こういうことは、迷わないうちにね」

そう、ぼくの風邪が治る前に。

ナース・ステーションに、夕食を一緒に取りたいことを理由に、由記子の外出許可をもらう。ぼくは、一旦、ホテルに戻り、できるだけ早く日本に戻るフライトの予約をする。幸い、JALの深夜発の東京便に席が取れる。ぼくは、空港に向かう支度をしてから、陳に電話をかける。

「今夜、橋本理恵が東京に戻ることになった」

「了解しました」

「明日、田嶋由記子の件を片付けてほしい」

「橋本理恵がバンコクを発ったことを確認してから、また連絡をください」

陳が、素っ気なく言う。

「もうすぐ、私と一緒に空港に向かうから、間違いなく、東京に戻ると思う」

「董事長……」

陳は、電話の向こうで呼びかけてから、ひと呼吸を置く。

「私は、田嶋由記子という人物をよく知りませんので、その女が偽名で出国することを確認してください。董事長が『思う』だけでは、仕事に取り掛かれません」

「分かったよ」

陳の言うことも、もっともだったが、ぼくは不愉快な気持ちで電話を切った。陳が受けたトレーニングを、自分は受けていないのだと納得するしかない。スワンナプーム国際空港に着いたのは、午後八時過ぎだった。ぼくは、由記子がチェックイン・カウンターに橋本理恵のパスポートを出すのを眺める。ぼくが、蓮花とともに台北《タイペイ》の桃園《タオユアン》国際空港で味わったような気持ちを、由記子も同じように感じているのだろうか。けれども、彼女は、何の迷いもない表情で、手続きをこなしている。

「夕ご飯、何がいい？」

ぼくは、チェックインを済ませた由記子に訊く。

「優一が、伴さんと出張に来たときに、二つもタイカレーを食べたって店がいいな」

「普通のカフェテリアだよ。しばらく、一緒にご飯を食べられないんだから、もうちょっと落ち着いた店にしない？」

「最後の晩餐《ばんさん》みたいな言われ方をすると不安になる」

ぼくは、空港の二階にあるレストラン街のカフェテリアに由記子を誘い、香草で炒めた鶏のひき肉を載せたガッパオという料理と、シンハ（タイ産のビール）を注文する。

「優一と再会したときの暗号は決めたけれど、日本で、どうやって落ち合うの？」

考えてみれば、当然の質問を投げかけられる。けれども、ぼくは、マクベスとマクベス夫人が再会するシナリオを知らなかった。

「そうだなぁ……由記子は、どこに住みたい？」

ぼくは、ビールを飲みながら、シェイクスピアが書かなかったシナリオの続きを考える時間を稼ぐ。

「金沢に帰ることができないんだったら、東京かなぁ」

「じゃあ、春節《チョンジツ》のときに行ったラジオ・デイズで、毎月十一日の夜に飲んでいることにする。そして、積み木カレンダの話題で、由記子に話しかける」

「今度は、優一から口説いてくれる？」

ぼくは、由記子の笑顔を眺めて、黙ってうなずいた。

本当は、ぼくのことを忘れてほしいと思う。由記子なら、まだいくらでも恋をして、再婚だってできることだろう。二十歳のころは、四十代になったら、恋愛感情なんてなくなると思っていた。結婚して、もしかすると子どももいて、浮気くらいはするかもしれないと、何の根拠もなく想像していたけれど、恋をすることは考えてもいなかった。ぼくは、すでに、他人の名前になってしまった由記子を眺めた。

「どうしたの？」

由記子が首をかしげる。

「何でもないよ。そろそろ、行こうか？」

ぼくは、席を立つ支度をする。そのときになって、由記子は、初めて寂しそうな顔をする。

「私たちが、最後に、セックスしたのっていつだった？」

「うーん、六月ごろかなぁ……」

K島で行われたJプロトコルのCEO会議から香港に戻って以来、ぼくたちは、ろくな会話をしていなかった。

「女にだって、性欲はあるんだよ」

「知っている」

「早く、東京に迎えに来てくれないと、浮気しちゃうかも……」

セックスだって、キスだって、食事だって、これが最後だと思って、それに臨むわけではない。日記をつける習慣のないぼくにとっては、あるとき、ふと思い返して、あれが最後のセックスだったんだと知ることができるだけだ。

「もし、十一日にラジオ・デイズで飲んでいて由記子が来なかったら、別の男と幸せに暮らしているんだなと思うことにする」

「そんなこと言わないで。開店から閉店まで、ずっと、ひとりで飲んでいるなんてできないから、三回くらいトライしてよ」

「そうだね」

「その夜は、ちゃんと抱いてほしい」

ぼくは、うなずいて席を立った。深夜便の出発客で混み合う空港の中を、出国ゲートに向かう。ぼくは、あの病室だったら、由記子を抱くこともできたなと後悔する。出国ゲートの前で立ち止まり、由記子の手を取って、彼女を抱き寄せる。

「優一……」

「何?」

「恥ずかしい」

由記子の声が耳元に響く。

「うん」

ぼくは、由記子を抱きしめていた腕を解く。

出国ゲートの向こうは、パーティションに区切られていて、由記子はすぐに見えなくなってしまう。由記子が最後にどんな顔をしていたのかを、ぼくは知らない。鍋島冬香が高校の陸上部のトラックを横切っていく後ろ姿と同じように、ぼくは、ただ由記子の後ろ姿を覚えているだけだろう。そして、自分を信じていると言ってくれる後ろ姿を、また裏切ることになる。

ぼくは、ひとりになって、空港ビルの外に出て、煙草に火を点ける。ベンチに腰掛けて、膝に両腕をついて、しばらく泣いた。

「成田行きのJL七八四便は、オンタイムで離陸しました」

どれくらいの時間、ベンチで泣いていたのか分からない。気がつくと、目の前に陳が立っていた。

「橋本理恵が、そのフライトに乗っていることも確認済みです」

「いつから、空港に？」

ぼくは、涙を拭って、陳を見上げた。

「答える必要がありますか？」

うつむいて、首を横に振る。

「答えなくていい」

答えの代わりに紙片を渡される。二時間後に香港に向けて発つタイ・エアのチケット引換証だった。

「明日、田嶋由記子が病院から投身自殺するので、董事長は香港にお戻りください」

「ホテルをチェックアウトしていない」

ぼくの言葉に、陳が右手を差し出す。

「カードキーを貸してください。私がチェックアウトしておきます」

「荷物は？　田嶋由記子のパスポートもホテルのセイフティ・ボックスの中だ」

「そんな顔で、ホテルにお戻りになれば、新米のドアボーイでも、印象に残ります。荷物は、私が処分します」

ぼくは、陳の進言に従って、上着のポケットから、ホテルのカードキーを出した。

「偽造パスポートを持って、田嶋由記子の死体を受け取りに行くつもりだったんですか？」

「そうだよ」

陳の冷たい表情には、呆れた感情が見え隠れしていた。

「田嶋由記子の恋人なんだ。遺体くらい、受け取りに行く」

「病院に確認しましたが、田嶋由記子の緊急連絡先は、董事長ではなく、田嶋惣子《そうこ》という方でした。董事長は、その方から連絡が届くのを香港でお待ちください。もし、田嶋由記子の死体を確認したいのであれば、ご遺族から連絡を受けたら、正規のパスポートでバンコクにいらっしゃってください」

田嶋惣子というのは、彼女の母親か姉だろう。

「連絡がなかったら？」

「仕方ありません」

陳は、相変わらず、事も無げに言う。陳と話していると、わずかに残っている真っ当な感情が消えていく。ぼくは、陳が用意してくれたタイ・エアのフライトにチェックインして、ほんの二、三時間前に由記子が通り過ぎた出国ゲートに向かう。陳は、そのぼくを出国ゲートの前まで見送ってくれた。

「董事長、死体は死体です。放っておく方が、リスクは小さくて済みます」

「リスクの大小だけで動いているわけでもない」

「それが命取りになることを、忘れないでください」

ぼくは、陳を振り向かずに、出国ゲートに向かった。陳が何と言おうと、顔の形がなくなった死体を、ぼくではなく、由記子の家族に見せるのはつらい。ぼくならば、それが目を覆いたくなる死体であろうと、由記子ではないことを知っている。ぼくは、由記子の家族に罵《のの》られることを覚悟で、彼らが来る前に、由記子をバンコクで荼毘《だび》に付すつもりだった。そして、そのためのバンコク市警発行のＤＮＡ鑑定書の偽造品も用意していたのだ。香港までの夜間飛行の間、ぼくは、久しぶりに眠れずに過ごす。どんなに考えても、彼女の家族にかける言葉を、ぼくは思いつかなかった。

早朝の香港国際空港から、タクシーを拾ってホテルに戻る。一週間の休暇を取っていたので、出勤する必要もなかったが、ひとりきりになってしまったホテルの部屋にいるのもやり切れず、ぼくは、出勤の支度を始める。董事長室でならば、少し眠れるかもしれない。髭を剃るのも億劫《おっくう》で、ホテルの理容室で剃ってもらって、久しぶりに天星小輪《スターフェリー》で維多利亞港《ビクトリア・ハーバー》を渡った。使い古された板張りの椅子に座って、低い雲に上階の部分を覆われたｉｆｃを眺める。ヘッジ・ファンドや、ねずみ講紛いの金融業者、リスクを取らない投資顧問や、まだ何も作っていない宇宙開発のベンチャー企業、そんな団体ばかりが入居する高層ビルだ。そして、ぼく自身のオフィスも、何も生み出していないにもかかわらず、過剰とも言えるセキュリティ・チェックを設置して、ひとりで使うには広すぎる董事長室を有している。そこへ行くことに対して、急に嫌気が差す。

ぼくは、天星小輪の香港島側のフェリーピアから、皇后大通《クイーンズ・ロード》のトラムの停車場まで歩き、銅鑼湾《コーズウェイベイ》のＨＫプロトコルの古いビルに向かう。伴がいなくなって三ヶ月近く、ＨＫプロトコルの弁護士たちは逃げ出して、そのオフィスは再び静けさを取り戻している。幸い、陳はバンコクにいるので、Ｊプロトコル香港の董事長室の椅子よりは落ちるが、睡眠を取るには十分な環境だ。ぼくは、古びたエレベータで四階まで上がり、オフィスの鍵を開ける。鍵を開けたつもりが、ドアは逆に施錠されてしまう。再び、鍵を差し込んで、中に入ると、ソフィがいた。

「早晨《ゾウサン》……」

彼女は、不審者を警戒した顔で言う。考えてみれば、彼女は先週からHKプロトコルの社員だ。そのオフィスにいることに何の不思議もない。彼女は、ツーピースのスーツを着て、スチール机にExcel《エクセル》の参考書を広げている。

「早晨。香港の生活には慣れた？」

ぼくは、いまは座るべき社員がいなくなった彼女の隣の席に腰を下ろす。

「まだ何も……。地下鉄だって、トラムだって、香港に来て初めて乗るんだもの」

澳門の公共交通機関はバスとタクシーだけだ。居眠りをするつもりで立ち寄ったHKプロトコルの本社で、ソフィの相手をするとは思っていなかった。

「陳経理《ゲンレイ》からは、仕事を指示されている？」

「伴董事長の指示があるまで、留守番をしているように言われている。でも、董事長であるあなたの友だちは……」

陳が、ソフィを持て余しているのは、当然かもしれない。陳は、ひとりで仕事を片付けることを好むし、誰かの助けを必要としても、その場限りの助っ人を雇うのだろう。

「そうだね。伴は、もうここには来ない」

「そのボスを待って、私は、何をすればいいの？」

「ソフィは、退屈が嫌い？」

彼女は、Excelの参考書を閉じて、ぼくに向かって頬杖をつく。

「ただ、不安なだけ。このまま、古いビルの部屋で、来るはずのないボスを待っているうちに、私は消えてしまいそうな気分になる」

澳門でのソフィには、同業者がいて、良否はともかく、彼女を管理するブローカーがいたはずだ。それが、突然、知らない都会でひとりになってしまったのだから、ソフィの不安が分からないこともなかった。

「あなたは、どうして、この公司《ゴンシィ》に私を送り込んだの？」

ぼくは、部屋の中を見回す。Jプロトコルが仕込んだ盗聴器は、伴がクレンジングしている。伴がいなくなった後も、陳がこのオフィスを使っているから、新たなものを仕込まれるようなへまはしないだろう。

「ぼくが、この公司のオーナーなんだ。そして、伴の亡霊として、陳に仕事を指示している」

しばらく、沈黙があった。ソフィは、頬杖を解いて、ぼくの隣に立ち上がる。

「あなたがボスだったなんて知らなかった。失礼なことを言って、ごめんなさい」

「構わない。いまは、君の友人として、ここに座っている。もっとも、君がぼくを友人だと思ってくれていればの話だけれど」

「あなたは、私が澳門から逃げ出すのを手伝ってくれただけで、だから、あなたの公司には、雇ってくれないんだと思っていた」

ソフィは、姿勢を正したまま言葉を続ける。

「ぼくが勤めている公司は、日本の現地法人で、ぼくは、その公司の株を持っていない」

「ごめんなさい。あなたは、私を厄介払いしたいだけだと思っていた」

「ソフィが謝ることなんて、何もないよ。だから、座って、楽にすればいい」

ぼくは、席を立って、給湯器からカップにお湯を注いで、香片茶《ホンピン》のティーバッグを浮かせる。誰のかは知らないけれど、二つのマグカップと灰皿を持って、ソフィの隣に戻った。

「この公司は、あの暗殺者を雇って何をしているの？」

ぼくは、ティーバッグをゴミ箱に捨てて、ソフィに答える言葉を探した。伴が死んでいることも、陳が暗殺者であることも知っているのならば、彼女は、まだ特別な能力を持っているに違いない。

「誰にも言えない秘密を守っている」

「社員にも言えない秘密？」

「うん。陳経理にも、秘密の中身は教えていない」

伴が、陳にそれを伝えていたとしても、彼女は、たいして興味を持たないだろう。

「話は変わるけれど、陳が用意した君の名前は何て言うの？」

「宋心馨《ソンサムヘン》。英文名は、自分で決めなさいって言われている。あなたの名前は？」

「そっか……言っていなかったね。中井優一」

ぼくたちは、お互いの名前を、メモパッドに記した。

「私の英文名のゴッド・ファーザーになってほしい」

ぼくは、彼女の机のパソコンの検索ボックスに〝heart girl name〟と入力する。いくつかの女性の名前が出てくる中で、ぼくの目に留まった単語を指差す。

「コーデリアは?」

「コーデリア・ソン……。うん、悪くないね」

彼女は、メモパッドに〝Cordelia〟と筆記体で記している。ぼくは、ぼんやりとコーデリアについて考えた。ソフィは、その名前の王女が、隣国の王妃となり、最後に王を救う戯曲を知らないだろう。陳は、それを知っていて、ソフィに「宋心馨」という名前を探してきたのだろうか。架空の人物を作るよりは、誰も気にかけない行方不明者や、税金を払ったりしない人物を探して、身分証やパスポートを偽造する方が、手間もかからないし、偽造発覚のリスクも小さい。そうそう都合好く、やがて王妃となる名前の人物は見つけられない。ぼくは、ただの偶然だと結論づけて、煙草に火を点ける。

「ぼんやりして、どうしたの?」

「なんでもないよ」

ぼくは、伴の消失とともに、再び幽霊会社に戻ったオフィスを眺めていた。壁にかかった古い時計を見ると、もうすぐ、バンコクにいる「田嶋由記子」が自殺する時間だった。

「で、私は何をすればいいの?」

「陳には、君の学歴を中学卒業(日本では高校卒業に該当)にしてくれと指示したんだけれど、それで合っている?」

「うん」

「じゃあ、どこかの大学を受験して、デジタル画像処理を専攻してほしい。それから、コンピュータのハッキング技術を身につけてほしい」

「大学？　コンピュータのハッキング？　ねぇ、私の素性を知っているでしょ？」

「君なら、できそうだ」

「それと、この公司の仕事が関係あるの？」

「あるよ。秘密は、誰かに知られる前に消し去る必要があるんだ」

伴は、インターネットに流出した画像を消し去ることは不可能だと言っていた。けれども、ぼくは、何年をかけても、鍋島冬香を自由にしたかった。

「ぼくは、もうすぐ四十歳になる。そして、君なら気がついていそうだけれど、もう生きているうちにできることも限られてきた」

「寂しいことを言うね」

「事実って、そんなものじゃないかな。だから、君は、ぼくに『もう占うことは何もない』と言ったんだろ」

ソフィは、再び頬杖をついて、黙ってぼくを眺めている。ぼくが煙草を勧めると、彼女は首を横に振る。

「もう、必要なくなっちゃった」

そう答えるソフィの表情は、ぼくを少しだけ幸せな気分にしてくれる。

「君は、ぼくがなくしたものを、まだたくさん持っている。大学に行くのは、来年じゃなくてもいい。再来年でも、三年後でも。それが、君の香港での生活のすべてでなくてもいい。好きな服を買ったり、恋をしたり、旅行をしたり、いましかできないことを優先してくれて構わない。でも、この公司に勤め続けるなら、ぼくができなかったことを、代わりにしてほしいんだ」

「うん」

彼女は、頬杖の上でうなずく。

上着のポケットの中で、携帯電話が震えて着信を知らせる。

「喂。中井です」

「陳です」

壁の時計を見ると、午前十一時半だった。

「オンタイムで、田嶋由記子が亡くなりました。いま、市警が死亡を確認中ですが、窓から飛び降りる際には死亡していたので、市警の判断は即死で間違いありません」

「お疲れさま」

ぼくは、短い電話を切って席を立った。ドアに向かうぼくを、ソフィが呼び止める。

「嫌な報《しら》せ？」

「そんなこともない」

「じゃあ、ちゃんと背筋を伸ばして、旅を続けないと」

「そうだね」

「あなたは、最初に会ったときに感じたよりも、ずっと力強く旅を続けられる人だった」

「旅を続ける力って、何だろう？」

ぼくのために、ドアを開けてくれたソフィに訊く。

「疲れ果てて、たとえ目的地にたどり着けなくても、旅を始めた場所に戻ること」

「なるほど。再見《ゾイギン》、コーデリア」

ぼくは、古びた雑居ビルを出て、国慶節《ゴッヘンジッ》が近づいて浮き足立つ銅鑼湾の人混みを眺めた。

ソフィは、ぼくにはもう戻る場所がないことを知ったうえで励ましてくれたのだろう。ぼくは、もうすぐ旅を降りる。

†

予定していた一週間の休暇の残りを、ぼくは、ホテルの部屋でぼんやりと過ごした。朝、従業員が日本語の新聞を届けてくれて、ぼくは、グランドフロアのザ・ロビーでのんびりと新聞を読みながら朝食をとり、ときどき気紛れに天星小輪で、九龍《カオルーン》半島と香港島をただ往復する。昼食はとったりとらなかったりで、夕食はホテルの近所の粥麵専家《ゾッミンジュンガ》で食べるか、デリカテッセンで買ってきたサンドウィッチをハウスワインとともに流し込む。その後、気が向けば、一階のザ・バーでフェイク・リバティを二、三杯飲む。香港に戻った水曜日から日曜日までの間、ぼくは、そんなふうに過ごした。

日本の新聞には、由記子の自殺も、バンコクのブローカーの事故死も（たぶん、陳はバスタブでの溺死《できし》を選んだはずだ）、記事に載っていなかった。インターネットで「田嶋由記子」を検索しても、同姓同名の女性のフェイスブックのページが表示されるだけだ。

由記子の家族からも、ついに連絡は来なかった。由記子に対して、何の責任も取らなかったぼくに、話すことは何もないのかもしれない。あるいは、罵声を浴びせるよりも、ぼくに焼香をする機会を与えることすら許せないのかもしれない。いずれにしろ、娘を持ったことのないぼくには、人の親としての感情を察する想像力が足りなかった。由記子の家族からの連絡を待つために、携帯電話の電源を切らなかったので、森川は、ぼくの位置情報を把握しているはずだった。けれども、森川からも何の連絡もないまま五日間が過ぎる。その間に電話が鳴ったのは、木曜日の午前中に、陳が香港に戻った旨の連絡だけだった。

月曜日の朝七時、いつもは八時に来る社用車が、頼みもしないのに、一時間早く、ホテルに迎えに来る。きっと、森川が、ぼくの休暇明けの習慣を気遣って手配したのだろう。休暇明けの気分になれなかったぼくは、ｉｆｃのキオスクでサンドウィッチとカプチーノを買ってから、オフィスに向かった。

「おはようございます」

いつもと同じように、森川は、董事長室の前室にいて、席から立ち上がって挨拶をする。

「おはよう」

自席で朝食を済ませていると、森川が、新聞と郵便物、茶器を持って入ってくる。サンドウィッチを食べているぼくに、不思議そうな顔をする。

「今日は、早く来る気がなかったんだ」

ぼくは、不要な言い訳をしながら、紙カップのカプチーノを飲む。

「それでしたら、朝食の間、車を待たせても構いませんでしたのに。余計なことをして、申し訳ありません」

「三百蚊《マン》の朝食を食べながら、早起きをしてくれた運転手を待たせるのも気が引ける。お茶は、カラフェに入れておいてくれればいいよ」

「いいえ、後程、また支度します」

森川が董事長室を出て行った後、ぼくは、一週間分の新聞と郵便物を横目に見ながら、サンドウィッチを食べた。日経新聞のひとつに付箋《ふせん》が貼られている。この一週間、ぼくは、由記子の自殺に関するニュースが載り、バンコクに行く理由を作るために、日本の全国紙に目を通していた。けれども、森川が付箋を付けるような記事はなかったはずだ。ぼくは、紙カップを片手に、付箋のあるページを捲った。

『タイとマレーシアで、合成麻薬所持に絡む邦人の殺害相次ぐ』

九月十八日付の記事で、十二日のバンコクに続き、十七日にもクアラルンプールで、合成麻薬を所持した日本人が殺されたことを伝えている。記事によると、クアラルンプールで殺害されたのは、バンコクの事件とは別の大手IT企業の現地駐在の日本人社員で、バンコクと同様に拳銃で撃たれており、合成麻薬を所持していたという。IT企業の現地駐在員に、過剰なストレスがかかり、安易に違法薬物に手を出してしまうことを危惧している。

由記子のニュースが日経新聞の社会面に載るとは思わなかったので、その記事には見覚えがなかった。目を通していたとしても、九月十二日は、バンコクに着いた日だ。バンコクのブローカーに会った月曜日に、ICカードを改竄したIT企業の駐在員の所在を訊いた際、ブローカーが返事を濁したのは、この事実を知っていたからだろう。

森川は、なぜ、この記事に付箋を貼ったのだろう。GPSで追跡される携帯電話は、香港のホテルに置いたままだったので、森川は、ぼくがバンコクにいたことを知らないはずだ。ぼくは、一瞬、陳を警戒するように伝えているのかと考えたが、陳は拳銃を使うのはリスキィだと言っていた。第一、彼女は指示もなく人を殺さない。

ぼくは、その新聞を持って、董事長室を出る。森川は、自席で新しく届いた新聞を読んでいるところだった。

「どうかなさいましたか？」

「うん。どうして、この記事に付箋を貼る必要があったのか知りたい。Jプロトコル香港とは、関係なさそうだけれど……」

ぼくは、彼女の前のレセプション用のハイカウンターに新聞を広げた。

「その記事を董事長にご覧になっていただくように、匿名の電話があったんです」

「匿名の電話？」

「匿名と言っても、Jプロトコルの高木GMなのは、ばればれでしたけれど」

また高木か、とぼくは思う。

「高木は、何か言っていた？」

「日曜日の早朝四時の留守電に録音されていました。発信元は、マレーシアの国番号です。新聞のページと記事の位置だけを、おっしゃっていました」

「そのメッセージは、まだ残っている？」

「ええ」

森川は、手許の電話機を操作して、受話器をぼくに渡す。

『日経新聞の海外配信版、九月十八日の三十三面、中段右だ』

受話器にハンカチか何かをあてているのだろう。その声はくぐもっていたが、森川の言うとおり、ぶっきらぼうな口調は高木そのものだった。

「もう一度、再生しますか？」

ぼくは、首を横に振って、受話器を森川に返す。

「マレーシアのどこから発信されているか、番号は残っている？」

「公衆電話ということしか、分かりません。こんな失礼な電話をする人は高木GMくらいなのに、私たちを馬鹿にしていますよね」

相変わらず、森川は、高木の話題になると不機嫌な表情を隠さない。

「そうだね……」

「私たちだったら、せめて、カフェの店員にでも代わりに話してもらって、匿名性を確保します。それに、月曜日の朝を待ったって、何も変わらないのに、わざわざ、オフィスに人がいない時間に電話するなんて……」

　ぼくが黙っていると、森川は、あと十五分くらい、高木に対する苦言を並べそうだ。

「もしかすると、君は、『高木に似ている』と言われたのを、まだ根に持っている？」

「ええ、もちろん」

（ボスが謝罪する機会を求めているのに、『ええ、もちろん』と答える秘書も、高木と同じくらい珍しいよ）

　新聞を持ったまま自室に戻ろうとするぼくに、森川が言う。

「何か？」

「何でもないよ」

「高木ＧＭの携帯電話に連絡を取りますか？」

「マレーシアにいるなら、まだ月曜日の七時前だ。そんな時間に、携帯電話を呼び出すのは、日曜日の早朝にヴォイス・メッセージを残すのと、あまり変わらないと思う」

　森川から高木に電話をかけて、それをぼくに取り次ぐことになったら、ひと悶着あるに違いない。

「私たちと違って、高木ＧＭなら、あまり気になさらないんじゃないかしら？」

「必要なら、向こうからかけてくるだろうから、森川は何もしなくていい」

　いつの間にか、高木を非難する側に、ぼくまで捲き込まれている。

　ぼくは、董事長室のドアを閉めて、自席に戻った。一週間のうちに届いた郵便物に目を通す。取引先と親会社からの連絡は、いずれもたいした内容のものではなかったし、すでに社員が用件を済ませた旨のメモがクリップ留めされている。ぼくは、社員がパソコンで回付した電子稟議書に、了解した旨の電子署名を入力する。一時間もしないうちに、一週間の休暇中の仕事が片付いてしまう。

高木は、ぼくに何を伝えたかったのだろう。ぼくは、仕事を片付けて、日本の全国紙のニュースサイトを検索する。バンコクでIT企業の現地駐在員が殺害された件は、翌日の九月十三日に第一報が掲載されていた。高木が、ICカード改竄の件が片付いたことを知らせたかったのであれば、その時点でメッセージを送ってもいいようなものだ。ぼくは、携帯電話の着信履歴を調べて、この一週間、高木から着信がないことを再確認する。それとも、クアラルンプールの事件を伝えたかったのだろうか。新聞には、大手IT企業としか載っていないが、その企業がJプロトコルなのかもしれない。クアラルンプールの企業とHKプロトコルの暗号化方式の利用契約を結んだ覚えはないが、多国籍企業の支店がある可能性は否定できない。そして、高木はマレーシアにいる。

（また偶然か？）

ぼくは、クアラルンプールで知り合いのブローカーの連絡先を、携帯電話のアドレス・ブックの中から探す。この手の情報提供は現金取引が基本だが、日本でも報じられているニュースの被害者が、Jプロトコルの社員かどうかくらいは教えてもらえるだろう。ブローカーは、ぼくが最近仕事を回さないことに不満を漏らしたが、それがJプロトコルとは関係のないことを教えてくれた。ぼくは、携帯電話を机に放り出して、しばらく高木の意図を考える。

机の上で携帯電話が震えて着信を知らせる。高木かと思ったが、HKプロトコルのオフィスからだった。

「你好《ネイホウ》。陳です」

「你好」

「残った仕事の件で、目処《めど》が立ったので、一両日中にお会いする時間をいただけませんか？」

「今日の午後三時に、HKプロトコルに行ける」

ちょうど高木のことを考えるのも煮詰まっていたので、二つ返事で陳に答える。

「分かりました。オフィスで、お待ちしております」

陳は、素っ気なく電話を切る。午後三時まで五時間以上あることに気づき、ぼくは後悔した。椅子を窓に向けて、九龍半島を眺めながら、微睡みに甘んじた。陳が、仕事の準備を整えたということは、もうすぐ、幕が下りる。そのときに、ぼくは、微睡みではなく本当の眠りを手に入れるのだろう。二時過ぎに目を覚ますと、カラフェに移した茉莉花茶《ムッレイファチャ》が、ワイン・クーラーに入っていた。部屋のエアコンを少し緩めにしてくれていたのかもしれない、冷たい茉莉花茶が美味しい。部屋を出ると、森川は、退屈そうな表情で自席にいた。

「お食事は、どうなさいますか？」

「適当に、そこら辺で食べるよ。そのまま、HKプロトコルに行く」

「それでしたら、お車を用意します」

董事長室には、森川がマイクを仕込んでいるので、ぼくがＨＫプロトコルに行くことは彼女も承知のうえだ。

「車はいらない。森川は、昼食はまだ？」

「ええ、董事長がお休み中だったので」

「そうか……」

森川とゆっくり食事をとってからでは、陳との約束に遅れてしまう。起こしてくれればいいのにと思いながら、反面、森川は、ぼくがＨＫプロトコルに行くのを快く思っていないことを感じる。彼女にしてみれば、ぼくとどこかで遅い昼食をとって、ＨＫプロトコルに行くのを延期させたいのかもしれない。

「今夜、時間ある？」

「いきなり、何ですか？」

森川が、驚いた顔を向ける。

「以前、手紙に書いてあったＳＯＨＯ《ソーホー》のヌーベル・シノワに行ってみないか？」

「経費で落ちるような店ではありませんけど……」

「たまには仕事を忘れて、ゆっくり飲みたい。都合が悪ければ、今度でもいいけれど」

「そんな、突然……」

いつもの森川なら快諾すると思っていたのに、ぼくは、肩透かしを喰らった気分だった。

「うん、じゃあ、また今度にしよう」

「いえ、ご一緒します」

「無理しなくていいよ。仕事が終わった後まで、私の秘書でいる必要はない」

「突然、誘われて、驚いただけです」

「そう。じゃあ、五時に下のスターバックスで待ち合わせよう」

「六時でもいいですか？」

「了解。いってきます」

ぼくは、なんだか腑に落ちない気分でオフィスを出て、七十九階から地上に降りる長いエレベータに乗った。

皇后大通までの空中回廊を歩いて、混んだトラムで銅鑼湾に向かう。トラムの細い螺旋階段を上って二階に行き、運良く一番前の席が空いていたので、窓を下ろして、風を浴びる。

HKプロトコルのオフィスには、陳がひとりでいた。

「你好。宋は？」

「董事長にだけお話しする内容かと思いまして、早退させました」

「まぁ、そうだね」

ぼくは、ソフィの椅子に座る。Excelの参考書は読み終わってしまったらしい。机には、画像圧縮の専門書が置かれている。ぼくは、陳が話し始めるまでの間、その数ページを捲ってみたけれども、全く理解できなかった。

「何が目的で、宋を雇ったんですか?」

陳は、冷たい表情で訊く。

「今度の仕事が終われば、私が香港にいる必要がなくなることくらい、君にだって予測がつくだろう」

「ええ」

「でも、この公司のオーナーは私だ。ひとつくらい、自分で決めた仕事を残しておくのも悪くない」

「私は解雇ですか?」

「君を解雇する気はないし、これから指示したい仕事もある。それが、君の職業と合わなければ、雇用契約が成立しないだけだ」

「宋に殺人の指導をしてくれ、なんていう指示なら、お断りします」

陳は、即座に、答えた。余程、ぼくがそう言い出すのを警戒していたのだろう。

「違うよ。君が、教育者に向いていないことくらい、私だって了解済みだ」

ぼくは、陳がうなずくのを確認して、言葉を続けた。

「護衛は、君の職務の範疇《はんちゅう》か?」

「ええ。事実、あなたを護衛しています」

彼女は、当然という表情で答える。ぼくは陳に護られている自覚はなかったが、陳としてみれば、ぼくに由記子の遺体を引き受けに行かせないことも、厚意からではなく、職務のひとつなのだろう。

「ならば、鍋島冬香と宋心馨を護衛してくれ」

それが、陳に、鍋島冬香を葬る指示を解除させる、最も有効な手段だった。

「期間は、この会社の資金が底を突いて、君に報酬を払えなくなるまでだ」

「付帯条件があれば、先に言ってください」

「彼女たちに、この指示を知られないこと。それ以外は、手段を問わない」

「かしこまりました」

陳の様子を確かめると、意外なことに、安心したような表情をしている。ぼくは、彼女を見誤っていたかもしれない。彼女は、鍋島冬香暗殺の指示を待っていたのではなく、後任の命令権者であるぼくが、中途半端な指示しか出さないことにストレスを感じていたのだろう。

彼女は、席を立つと、マグカップに入ったアイスティーとともに、ぼくの前に茶封筒を置く。

「ホーチミン・シティで、再来週以降に、腐乱死体が見つかります」

「そう」

ぼくは、陳から受け取った茶封筒の中を確かめる。水を張ったバスタブに左手を入れた女性の写真だった。彼女の右手には果物ナイフが握られていて、バスタブの水は赤く染まっている。ちょうど、陳が持ってきたアイスティーのような透き通った赤色だ。

「伴董事長がJプロトコルから預かった、鍋島冬香の頭髪と歯科医の診療記録は、私が破棄しました。こちらの封筒に入っているものが、ホーチミン・シティの『鍋島冬香』のもので件がそんなものを持っていたのは、初耳だった。それを知っていれば、もう少し早く、鍋島を見つけられたかもしれないが、いまのぼくには、陳の言葉どおり不要だ。

「了解。ところで、一週間で、人間の身体っていうのは、見分けがつかなくなるもの？」

「ホーチミン・シティの平均気温は三十度です。念のため、バスルームのドアを閉めて、鼠《ねずみ》を数匹入れてあります。彼女の部屋にHKプロトコルの古い社員証を置いてきたので、ホーチミン・シティの警察か日本領事館から、このオフィスに連絡が入るはずです」

夕食の後に聞けばよかったと、後悔する。

「私は、昨日までホーチミン・シティにいたので、他の社員が引受人になってください」

「鼠の食べ残しなんて、あまり見たくないけどね」

「董事長は行かない方が得策です。宋にでも行かせるのが適切かと思います」

ぼくは、首を横に振った。

「私が行くから、連絡が入ったら、Jプロトコル香港の董事長室に電話をくれ」

「かしこまりました。その写真はお返しください。こちらでシュレッダーに入れます」

陳に、中年女性がバスルームで自殺した写真を返す。

「他に、何か注意することはある？」

ぼくは、マグカップの中の赤く透き通ったアイスティーを眺めながら言う。

「差し出がましいことを申しますが……」

「どうぞ」

「董事長は、この鍋島冬香がどんな女かをご存じですか？」

「君よりは知っている」

「日本領事館からは、東京のＪプロトコルにも同じ連絡が行くはずです」

「パンドーラの匣《はこ》を開けるようなものだからね」

「そうです。だから、董事長は、香港に留まっているのが得策です」

ぼくは、ため息をつく。

「董事長は、暢気《のんき》に『香港にいる必要がなくなる』とおっしゃいましたが、必要のない人間を生かしておくほど、私の元クライアントは甘くありません」

「ホーチミン・シティには行くな、と？」

「そうされた方がリスクを小さくできます。いま、Ｊプロトコルが雇っている私の後任は、仕事が雑です」

「どんな奴？」

「会ったことはありませんが、ドラッグの取引に見せかけて、拳銃を使うような仕事をする素人です」

「バンコクのこと？」

「ええ、そうです。前にも申しましたが、拳銃を使うのはリスキィです。つまり、私の後任者は、そういった経験が浅いか、あるいは蜥蜴《とかげ》の尻尾《しっぽ》を簡単に切り捨てる組織です」

「たぶん、後者だろうな」

「私も同感です。董事長に、二、三人のセキュリティ・サービスをつけたところで、雑に仕事を片付けます」

ぼくは、アイスティーをひと口飲んだ。なんだか、バスタブの水で薄まった血の味がした。

「ところで、クアラルンプールでも、バンコクと似たような事件が起きているんだけれど、陳は知っている？」

「いいえ。調べますか？」

ぼくは、うなずいた。

「ホーチミン・シティから帰ってきたばかりのところ、申し訳ないんだけれど、現地でこれを調べてもらえないかな」

ぼくは、日経新聞の付箋のついたページを彼女に渡す。

「董事長は、どうして、この事件が、当社と関係すると疑っているんですか？」

記事に目を通した陳が言う。

「この記事を知らせてきたのが、高木だからだ。しかも、昨日の朝の時点で、高木はマレーシアにいる」

今度は、陳がため息をつく。

「それでも、董事長はホーチミン・シティに行くとおっしゃるんですか？　すでに、パンドーラの匣が開きかけているのかもしれません」

「パンドーラの匣を開けるなら、そこに残されたものを取りに行かなきゃならない」

(君なら分かっているだろうけれど、匣に残った『希望』が逃げ出さないうちに、蓋を閉めなきゃならないんだ)

「もし、董事長が、プライドとか義理で、ホーチミン・シティに行くのなら馬鹿げています」

「陳……、私は、そのどちらも持ち合わせていない」

ぼくは、入れ替えたとはいえ、偽物の頭髪と歯科医の診療記録を持って、ホーチミン・シティに行き、「鍋島冬香」の死亡をJプロトコルと東亜印刷に伝えなくてはならない。そうすることでしか、パンドーラの匣の蓋を閉める方法を思いつかない。陳は、しばらく黙っていた後に口を開いた。

「私が受けた教育には、ひとつだけ犯してはならない過ちがあります」

「どんなこと？」

「私自身が殺されることも含めて、殺人事件を起こしてはならないということです。殺人事件があれば、必ず警察が動いて、クライアントに迷惑がかかります」

ぼくは、ドアの前で、陳を振り向く。彼女は、間違いなく優秀だ。できれば、違う場所で、違う仕事を一緒にしたかったと思う。

「ありがとう」

それでも、ぼくは、そこに行く必要があった。

†

HKプロトコルのオフィスから、トラムを使って中環《セントラル》に戻る。ifcのオフィスには戻らずに、ぼくは、グランドフロアのスターバックスでアイスティーを飲みながら、森川を待つことにした。バスタブに広がっていた血の色はきれいだったなと思うと同時に、真っ白な砂洲の上に広がっていった伴の血の色を思い出す。それは、赤いというよりも黒く、溶けかけたアイスクリームのような粘り気を感じた。その違いの理由は分からないけれど、きっと、自分は伴のような血を流すのだろうと思う。

気がつくと、二人がけのテーブルの前に森川が立っていた。紅白の千鳥格子のフレアスカートを穿《は》いている。

「お待たせしましたか？」

「用件が早めに片付いたけど、オフィスに戻るのが億劫で、仕事をさぼっていた」

ぼくは、プラスティックのカップを持って立ち上がる。

「朝は、パンツスーツじゃなかった？」

「ええ」

「着替えたの？」

ぼくは、車寄せで待っている社用車に向かって歩きながら、森川に訊く。

「董事長は、休暇明けは早めにお帰りになるので、気を抜いていました」

「それと、わざわざ部屋に戻って着替えるのと、何か関係があるの？」

「せっかく董事長から誘われたのに、色気のない服だと失礼じゃないですか？」

「そんなこともないけれど……」

千鳥格子のスカートは、仕立ては好さそうだが、色気とは関係ないように思う。むしろ、ダークカラーのパンツスーツの方が、スーツを着ているぼくには合っているんじゃないだろうか。どうも、森川の色彩感覚は、ぼくとずれている。森川は、運転手に上山覧梯《ミッドレベル・エスカレータ》の下まで行くように指示する。そこまでは、五百メートルもなかったので、仕事が終わる時間で混み合った道を車で行くよりは、歩けばよかったと思う。

森川が勧めてくれた店は、上山覧梯の中腹から、路地に少し入ったところにあった。彼女が勧めるだけあって、落ち着いた店だった。ぼくたちは、通りに面したテーブルに案内される。

「乾杯」

運ばれてきたスパークリング・ワインで乾杯をした。

「董事長が、香港に赴任されてから、もうすぐ一年ですね」

「長かったようで、あっという間だったような気もする」

森川が予約を入れてくれていたのだろう、ホタテの貝柱をカルパッチョ風に仕上げた前菜が運ばれてくる。

「コースでいいですか？」

「うん。森川に任せるよ」

その朝、オフィスで見た彼女よりも、ずっと柔らかい表情になっている。ぼくは、エスコート役を彼女に譲った。

「午後、高木から連絡はあった？」

「いいえ」

「そうか……。もうすぐ、香港での仕事も終わりそうだ」

森川は、穏やかな表情を崩して、うつむいてしまう。ぼくは、食事を進めてから切り出せばよかったと後悔した。

「森川は、日本に戻る気はない？」

「董事長は、まだ香港にいらっしゃると思っていたので、何も考えていませんでした」

「森川が、いつも言うように、Jプロトコル香港は、いい会社とは言えない。早めに辞めた方がいい」

「董事長は、日本に帰ったら、どうされるんですか？」

「うーん……、Jプロトコルは辞職して、このまま旅に出ようと思っている」

店には、ベイ・シューの歌声が、会話を邪魔しない程度に流れている。英語と日本語、そして中国語が混ざった、透き通って力強い声だ。

「それは、董事長にとって、安全な場所ですか？」

「安全な場所に行けそうだから、仕事を辞めるんだ」

「本当に？ 根拠はありますか？」

ぼくは、うなずいて、運ばれてきた干しアワビのステーキを食べる。

「パートナーの方と一緒に？」

「彼女は、いろいろあって、日本に帰った」

しばらく、沈黙があって、ぼくは店内の音楽を聴いていた。

「私も、また旅に出ようかな……」

「森川は、日本を離れて、どれくらい経つの？」

「今年の夏で、十五年経ちました」

「ぼくが言うことじゃないのは承知だけど、もう十分、長い旅だよ」

「日本に帰っても、何もすることがないんです」

「大学にでも行けばいい」

森川は、少し驚いた顔をする。

「今日の董事長は、唐突ですね」

「なんとなくさ。森川なら、きっと新しいことを始められるよ」

そう、彼女なら、また新しい暗号化方式を考案できるだろうし、五年前に、この街で犯したミスを繰り返すこともないだろう。

店に入ってきた若いカップルが、広東語《カントン》で店員に話しかけている。広東語を習得したとは言えないけれど、「月曜日に店を開けるなんて珍しいね」というような会話だった。

「ぼくは、香港に赴任する前に、偶然に出逢った占い師から、旅を続けることになるけれど、旅を続ける力を持っているかは分からないって言われた」

「それを試すために、董事長は旅に出るんですか？」

「どうかな……。いまが旅の途中みたいな気がしている」

「董事長にとって、日本が安全な場所でなければ、香港で旅をやめてもいいと思います」

「どうして？」

「小さな会社でも作って、私を秘書として雇ってください」

彼女は、真面目な顔で言う。

「ぼくに負けないくらい、森川も唐突だね」

「もし、董事長がＪプロトコル香港を離れることがあったら、ずっとお願いしてみようと思っていました」

ぼくは、真剣な表情の森川に対して、答えをはぐらかすことしかできない。

「旅を続けることって、多かれ少なかれ、何かを失い続けることだと思う。森川は、最初に海外旅行をしたときのことを覚えている？」

「ええ。学生のときの夏休みに、フランスに行きました」

「ぼくも学生のときに、マチュ・ピチュに行ったのが初めての海外旅行だった。ロス経由だった。そこで、初めて自分が有色人種なんだって知った」

食事が進み、ぼくは、店員に、ダイエット・コークでキューバリブレを作ってもらえるかを確かめる。残念なことに、ダイエット・コークは置いていなかったので、普通のキューバリブレを注文する。

「それから、仕事も含めて、いくつかの国を廻っているうちに、人種差別に遭うことにも、貧しい人を見ることにも、そんなもんなんだって、だんだん無頓着になった。最初のうちはさ、パスポートを盗られないかとか、財布がなくならないかとか、タクシーでぼったくりに遭わないかとか、いろいろ心配するだろ」

「そうですね」

「でも、いつの間にか、そんなことは心配しなくなる。自分だけは大丈夫だ、みたいな根拠のない自信や、財布がなくなったって、スーツケースには、別のクレジットカードがあるからとか……」

「それは、旅に慣れたからじゃないですか？」

「けれども、旅に一番不要なものは『慣れ』だと思わないか？」

森川は、スパークリング・ワインの入ったグラスを持ちながら、首をかしげる。

「貧しい人を見て、ひとときの哀れみを感じることもなくなる。あるいは、指が四本しかない子どもを抱えた老婆を見ても、この街では物乞いもビジネスなんだな、なんて、知ったようなことを考えてしまう。それと同じように、きれいな景色を見ても、ああこんなものか、としか思わなくなる」

「董事長のおっしゃることは、なんとなく分かります」

「だから、長い旅はしない方がいい。旅に慣れてしまう前に、一旦、自分の元いた場所に帰ることは、必要だと思うんだ」

「もし、私が東京に戻ったら、いつか、董事長は旅をやめて、東京に戻ってきますか？」

「そうできるといいなと思っている」

ぼくは、頬杖をついて、森川を眺めた。

「ちょっと、席を外します」

森川がトイレに行っている間に、ぼくは店員を呼ぶ。

「キューバリブレをもう一杯。それと、ベイ・シューが、ジェイムズ・ブラントの〝You're Beautiful〟をカバーしたCDはある？」

「ええ」

「それを聴きたいな」

「分かりました」

彼に、リクエスト代として十香港ドルのチップを渡す。

「あっ、この店の名前の『収音機《ソウインゲイ》』って、どんな機械のこと？」

彼は、笑いながら、その答えを言う。森川がテーブルに戻って、キューバリブレが運ばれて来るのと同時に、〝You're Beautiful〟のカバーが店の中を満たす。

「この曲、私、好きなんです。誰がカバーしているんですか？」

「ベイ・シュー」

「チャイニーズ？」

「そう。重慶《チョンヘン》出身のジャズ・シンガー」

「今度、iPod《アイポッド》に入れておこうっと。どんな綴りですか？」

森川は、高校生みたいな表情で言う。

「〝Bei Xu〟だったと思う。中文は知らない」

ぼくは、『収音機時代《ソウイエンゲイ・シーディ》』と書かれたコースタに、その綴りを書いて森川に渡した。

「董事長が、Jプロトコル香港をお辞めになったら、私も退職します。東京に戻るかどうかは、それから決めることにします」

「うん」

ぼくは、うなずいて、キューバリブレを空ける。

「約束してほしいことがあるんだ」

「何ですか？」

「森川は、安全な場所にいてほしい」

「分かりました」

森川がうなずくだけで、ぼくは、幸せな気分になれた。

その夜の森川は、珍しく酔っ払った。ぼくが、スパークリング・ワインをほとんど飲まなくて、彼女がボトルを空けてしまったせいかもしれない。上山覧梯の脇の階段を並んで下りながら、松任谷由実《まっとうやゆみ》の『最後の春休み』を口遊《くちずさ》んでいる。

──目立たなかった私となんて、交わした言葉数えるほど
──アルファベットの名前順さえ、あなたはひどくはなれてた
「高校生の森川は、目立たなかった？」

「メイビー」

「そんなこともないような気がするけれどな」

「また、今夜の董事長は適当なことばかり言いますね」

「でも、森川と中井だったら、MとNだから、名前順は近かったな」

歩幅の広い階段を、ときどき一歩では跨《また》ぎきれずに、ゆっくりと降りた。

「きっと、董事長は私の後ろ姿なんか、気にも留めなかったと思いますよ」

(ぼくが覚えているのは、君の後ろ姿だけだったんだ。君は、ぼくを振り向くこともなかった)

ぼくは、森川を振り向かせたくて、階段を降りる足を止める。

「どうしたんですか？」

「何でもない」

(やっと、君は振り向いてくれた)

「董事長は、女子にもてた感じですね」

「どうかなぁ……。好きな女の子がいても、何も伝えられなかった」

もし、高校の席順が五十音順ではなくアルファベット順で、鍋島冬香が中井優一の前に座

っていたら、ぼくたちは、どんな大人になっていただろう。君は、いまではなく二十年前に、ぼくを振り向いてくれただろうか。入学式の後の教室で振り向いたとき、君と目が合わなければ、怯えた『マクベス』は永遠に幕を開けなかったかもしれない。

「その彼女とは、『交わした言葉数えるほど』でしたか?」

「そうだった」

「きっと、董事長のガールフレンドが、他の女子と親しくならないように堅くガードしていたんですね」

ぼくは、笑った。

「女の子って、そんなことをするの?」

「しますよ。私だって、董事長室のセキュリティ・チェックを強化したじゃないですか」

(あれって、暗殺者からぼくを護衛するためのものじゃなかったのか)

緩く長い坂が終わると、社用車が待っていた。

「今夜は、森川が乗って帰りなよ」

「董事長は、どうされるんですか?」

「中環まで戻って、ホテルの車を呼ぶ」

「歩けますか?」

「森川よりは、まっすぐ歩ける」

「あっ、今夜の食事代を払っていませんでした」

ドアを開けた運転手を待たせて、森川が言う。

「気にしなくていいよ。早すぎるけれど、誕生日プレゼント」

「董事長は、私の誕生日を知っているんですか？」

「メイビー」

ぼくは、森川の口調を真似した。

「ふーん……」

「今夜じゃないことは知っているけれど、来月には、香港を離れているかもしれない」

「来月？　私の誕生日は六月です」

（いまの君の誕生日は、そうなんだろうね）

「じゃあ、ぼくの勘違いだ。十一月だと思っていた」

ぼくは、森川を社用車の後部座席に押し込む。

「董事長が勘違いした私の誕生日に、また、ちゃんとお祝いをしてください」

「うん」

「今夜は、ご馳走さま。誕生日には、秘書を家まで送ったって、罪はないと思いますよ」

「うん」

「おやすみなさい」

「おやすみ。気をつけて」

ぼくは、黒のＢＭＷが渋滞に捲き込まれるのを見送って、中環のフェリーピアまで歩く。

ホテルの車を呼ぶことはなく、天星小輪で維多利亞港を渡る。東京も、十月の夜風は気持ち好かったなと思う。そろそろ、天星小輪からの夜景も見納めだ。

ホテルの部屋に戻ると、テーブルの上に見慣れない紙袋が置いてあった。添えられたホテルのメッセージを見ると、陳からの届け物だと記されている。中身は、白い化繊《かせん》の下着だった。何だろうと思い、紙袋をひっくり返すと、カードが入っている。

『明朝の便で、クアラルンプールに向かいます。

HTMC《ホーチミン・シティイ》での護衛は、別の者に依頼しました。これは現在、入手可能な最も薄いケブラー製の防弾ベストです。念のため、こちらを着用してください。

暑苦しいと思いますが、シャツだと透けてしまいますので、上着をお召しください

Ray Chane』

xiv Saigon - Early Autumn

　ホーチミン・シティの戦争証跡博物館で、ベトナム戦争の写真を眺めていると、スーツ姿の男が視界の隅に映る。十月とは言え、三十度はある平日の昼下がりにスーツを着て、ここに来る客は珍しい。ぼくは、沢田教一《さわだきょういち》がピューリッツァ賞を受賞した写真の前で立ち止まった。

「やぁ……」

　その男から日本語で声をかけられて、ぼくは煩《わずら》わしさを感じる。広東語《カントン》ではぐらかそうと思って振り向いた先にいたのは高木だった。

「なんだ、高木か……」

「株主総会以来だっていうのに、『なんだ』っていう挨拶もないだろう」

　ぼくは、両手をパンツのポケットに突っ込んでいる高木を眺めた。

「そうだね。久しぶり……」

「ご無沙汰」

「出張か？」

「そうだよ。本社から、急に指示された。中井は？」

「ＨＫプロトコルの元社員の死体が見つかって、領事館から身元引受人として呼び出された」

高木は、「ふーん」といった顔で、ぼくの横に立つ。鍋島冬香の死体が見つかったとなれば、Ｊプロトコルか東亜印刷から、誰かがぼくを監視するために派遣されるのは想定していたが、それが高木だとは考えていなかった。

†

ホーチミン・シティの日本領事館から、ＨＫプロトコルのオフィスに、鍋島冬香のパスポートを所持した変死体が発見された旨の連絡が入ったのは、十月も半ばを過ぎた週だった。ぼくは、その報《しら》せを受け取った翌日のフライトでホーチミン・シティに入り、領事館の小さな会議室で変死者の部屋にあったというパスポートを見せられる。二十代後半といった感じの職員は、自分がエリート官僚であることに自信を持っているのだろう。扇子を広げたら「こんな雑用は、早めに切り上げたい」と書いてありそうな雰囲気だった。

「なぜ、ＨＫプロトコルの方が来ないのですか？」

彼は、ぼくの名刺を見るなり、不愉快そうに言う。

「HKプロトコルは、当社の重要取引先で人事交流もしている企業です。亡くなった女性は、一時、当社に在籍していた関係で、私がお邪魔することになりました」

「名刺以外に、何か、御社の社員であることを示せるものはお持ちですか？」

ぼくは、Jプロトコル香港の社員証を提示した。彼は、そんなもので納得できたのか、比較的新しい「鍋島冬香」のパスポートをテーブルに置く。

「その従業員だった方ですか？」

「私が現地法人に赴任する前なので、写真でしか知りませんが、違う方のような気もします。ただ、数年前の写真なので、違うとも言い切れません」

十日程前に、陳が自殺で処理した女性の顔写真を見ながら、ぼくは首をかしげた。

「でしょうね。こちらの旅券は、本省が発行したものではありません」

「はぁ……」

職員は、市警のマークが入った不透明のビニール袋から、もうひとつのパスポートを取り出して、顔写真が写るページをめくる。

「こちらの女性は？」

「ああ……、こちらの写真は社員証に使われていたものと同じなので、当社の鍋島だと思います」

「分かりました」

職員は、二つのパスポートの顔写真のページを閉じて、ビニール袋に戻す。

「どうして、二つもパスポートがあるんですか？」

「それを調べるのは、私どもの仕事ではありません。ただ、ひとつ目の旅券は、安物の偽造品です。二つ目にお見せした旅券は、ＩＣチップが入る前のもので、有効期限も切れていますが、本省が発行したもので、ほぼ間違いありません」

「他に、免許証とかクレジットカードとか、鍋島冬香であることを証明できそうなものはありませんでしたか？」

「どちらも市警が保管していて、私が確認しておきました」

彼が、恩着せがましく言う。

「ご遺体を確認することはできますか？」

「遺体は、市警の霊安室に保管しています。写真を見ましたが、腐乱しているうえに、鼠が部屋にいたようで、民間の方は見ない方がいいですよ」

ぼくは、首を横に振って、職員に「鍋島冬香」の頭髪と歯科医の診療記録を渡す。

「五年前に彼女が行方不明になったときに、当社が保管していたものです。これで、この女性が、当社の社員かどうかを確認してもらえませんか？」

「本省が発行した旅券を所持していたんですよ」

職員は、「民間の方」の追及に慣れていないのか、あからさまに不愉快な表情を見せる。

ぼくは、自分が呼び出されたのが市警ではなく、領事館であったことに感謝する。たどたどしい英語しか話さない警察官だったら、ここまでやり合えなかった。

「先程は、ほぼ間違いないとおっしゃっていましたが……。顔が違う写真のパスポートを持っていたんですよね。同姓同名の違う女性かもしれない」

「訂正します。正規の旅券です。近所の方に問い合わせたところ、偽造旅券の方の顔に見覚えがあるとのことでしたが、何かの都合で整形でもしたのでしょう」

「領事館の方が『思っていました』とか『何々でしょう、と言っていました』なんていう報告書を、会社宛に書くわけにはいかないんです」

(君だって、キャリア官僚の中間管理職なんだから、そのくらい分かるだろう)

「私どもから、市警に鍋島冬香さんであることを確認したと報告しますので、後程、その内容の死亡通知書の写しをお送りします」

「念のために、そちらも確認してもらえるように、警察にお願いしていただけませんか？」

ぼくは、彼に渡した頭髪と歯科医の診断記録を指差す。

「まぁ、訊くだけ訊いてみます。でも、DNA鑑定にどれくらい時間がかかるのか、分かりませんよ」

「ありがとうございます」

「他の遺品は、どうされますか？」

「処分してもらうことができないなら、私が処分する業者を探します」

「そちらで、処理してもらえると助かります。何分、こちらは、皆さんの税金で処理しているわけですから……」

(その皆さんに、ぼくが含まれているのを知っているか。来年の納税額は十億円以上なんだから、日本円で二、三万円くらい使ったって、誰も文句は言わないと思うけどね)

「分かりました。では、遺体の身元がはっきりしたら、当社の社員に手配をさせます」

「ええ、そのために、わざわざベトナムまでお越しいただいたんですから」

ぼくは、この職員も納税者に対して「お越しいただく」なんていう敬語を遣えたのかと思って、席を立った。

†

「ここに来るのは二度目だ」

高木は、枯れ葉剤の被害者の写真の前で言う。

「一度見れば、十分だと思う」

「一度目は、伴君とだったよ」

「ふーん」

胴体が繋がった二人の乳児の写真や、目が異常に寄って片目が白くなった老女の写真を眺めながら、ぼくたちはゆっくりと歩いた。

「この写真の前で、伴君は『中井はジェノサイドをしないタイプの王だ』と言っていた」

「それで?」

「俺が、『王になったとしてもジェノサイドはしないタイプだろ』って訂正したら、彼は

『すでに中井は王だ』と言っていた」

「高木のことは、どっちだって言っていた？」

「さぁ……。俺のことは話題にならなかった。きっと、彼の見立てでは、俺は王とは関係ないタイプなんだろうな」

ぼくは、写真をひととおり見終わって、ベンチに腰掛ける。

「クアラルンプールの記事は、何か関係があったのか？」

「日系企業が採用した社員IDカードで、ICチップの内容が改竄《かいざん》された」

「Jプロトコルの顧客か？」

「そうじゃなきゃ、気にすることもないだろう」

ぼくは、膝に腕をついてうつむいた。

「だからって、人を殺す必要があったのか？」

「中井みたいに、しゃあしゃあと『偶然だろ』と言いたいところだが、本社には、その必要があった。バンコクの件と同じで、想定外の短期間で暗号を解いている」

「それこそ、偶然に秘密鍵を見つけたのかもしれない」

「ところが、バンコクとクアラルンプールの二人には共通点がある」

「日本の大手IT企業の社員ってことだろ」

「なぁ……、俺が本社には伝わらないように事件を知らせてやったのに、おまえは何も調べなかったのか？」

「いま、調べさせているよ」

「踏ん反《ぞ》り返っていないで、たまには自分で調べろ。だから、おまえは肝心な情報を取り逃す。殺された二人は、都立青葉台《あおばだい》高校の卒業生だ」

ぼくは、軽口を並べる余裕をなくした。高木は、ぼくと伴のどちらかが復号方式を漏らしていると伝えたかったのだ。

「伴君は、いま、どこにいる」

「行方不明だ」

「伴君が、クアラルンプールに行ったのは、半年前だ。バンコクを最後に訪れているのは八ヶ月前。そして、七月に日本に帰国して、そのまま出国の記録がない。正確には、K島から伴浩輔という名前の男性が空路で移動した記録がない。彼の秘書の出国記録はあるけどな」

「そんなことを、よく調べられるな」

「外務省とか航空会社のサーバーをハッキングするなんて、中国からなら百万円もかからない。それに、行方不明じゃなくて、もう死んでいるんだろ」

「そこまで知っているなら、俺に訊く必要もないだろう」

「まぁ、そうだな。伴君が、七月から四ヶ月、K島でバカンスを楽しんでいるとも思えないし、あの小さな島で行方不明になるのも難しい。東シナ海に沈んだと考えるのが順当だ。当然、Jプロトコルは、次の都立青葉台高校卒業の社員を探す」

「俺か……」

「おまえと一緒で、スタッフの奴らは、自分で調べるということを知らない。踏ん反り返って、『いま、調べさせている』なんて宣《のたま》うだけだ。だから、本社は、おまえが都立青葉台高校を卒業していることを知らない」

「はぁ？」

「いまのところ、それを知っているのは、俺くらいだろうな」

高木の言っていることを、うまく飲み込めない。

「なぜ？」

「本社のデータベースでは、中井は、都立鷹之台高校の卒業生ということになっている」

「そのタカノダイ高校って、何？」

「偶然にも、俺が卒業した高校だ。俺たちが高校のころには、八学区で二番目の進学校だった。毎年、東大に数名合格している」

「都立高校に、八つも学区があったのか」

高木がため息をつく。

「東京都は二十三区だけで、国立《くにたち》市は神奈川県だと思っている小学生レベルだ」

「興味がなかっただけだ」

「本社の人事部に電話をかけて、中井は学歴詐称をしているって言いたくなった」

「構わないよ。携帯、貸そうか？」

再び、高木がため息を漏らす。

「伴君は、中井とは高校が一緒だったと言っていた。そのときは、どこの高校かは訊かなかったけどな」

「隠しても仕方がなさそうだから言うけれど、伴とは一年のときに同じクラスだった」

「だから、もう一度、中井のデータベースを調べたんだよ。どうして、おまえが学歴を詐称する必要があったのかを調べた」

「悪いが、学歴を詐称したことなんかない。だいたい、学歴詐称っていうのは、たいてい、最終学歴だろ。聞いたこともないアメリカの大学のMBAを持っているとかさ」

「俺も同感だ。自分で言うのもなんだが、わざわざ、詐称するほどの高校じゃない。だから、おまえの採用時の履歴書のファイルを調べた。あれは手書きだったからな。そこには『平成元年三月　東京都立青葉台高等学校　卒業』って、ちゃんと書かれていたよ」

「そんなことを調べる暇があるなら、俺に電話すればいいのに」

「卒業した高校の名前を誤魔化しているか？　って、本人に問い合わせる馬鹿がいるか」

「まぁ、訊き方っていうのはあるけどな。それより、外に出ないか？　煙草を吸いたい」

ぼくたちは、ベンチを立ち上がって、博物館の庭に出る。喫煙所は、ベトナム戦争当時の戦闘機の横にあった。ぼくは、ついでに、博物館の門の外にいるリヤカーをひいた男から、椰子《やし》の実を二つ買ってストローを差してもらう。

「なんだかなぁ……。古い戦闘機の横で、暢気《のんき》にココナッツ・ジュースを飲みながら、スーツを着て学歴詐称について話し合う」

高木は、呆れた顔で言いながら、木陰のベンチに腰を下ろす。

「バンコクのより美味しいよ」

「味の話をしているんじゃない」

四月に〝White Christmas〟を聞かされたアメリカ人だっていたんだから、椰子の実のジュースを飲みながら殺人事件のことを話す日本人がいてもおかしくない。

「誰も、高木が、バンコクとクアラルンプールの日本人の殺人事件について話しているとは思わないだろうな」

「俺に言える立場か？」

「高木が自分で言ったことだろ。偶然じゃなくて必要があったってさ」

「バンコクで馴染みのバーの店長が、先月、風呂場で溺死した。あの愛想のない秘書嬢と話すのは気が滅入るから、Jプロトコル香港の代表番号にかけて、社長はいるかって訊いたら、中井は休暇中だった。どこで休暇を取っていた？」

「香港のホテルでごろごろしていたよ」

「田嶋由記子が、スワンナプーム国際空港からタイに入国しているのに？　中井が休暇を取ると、よく人が死ぬな」

（由記子のことまで調べたのか……）

「風呂場で溺死する奴なんて、世界中に毎日いる。薬をやって風呂場で溺死する奴と、俺の休暇に因果関係があったら、俺の休暇申請は、インターポールにでもしなきゃならない」

「珍しく口が滑ったな。なんで、薬をやっていたって知っている?」

高木が笑う。

「風呂場で溺死する奴なんて、そんなもんだ」と言おうと思ったが、高木に譲歩することにした。いまホーチミン・シティにいて、Jプロトコルは簡単に人を殺す企業だと知っているなら、高木は、鍋島冬香の件に捲き込まれてしまっているのだ。

「たまには、風呂場の溺死と俺の休暇に因果関係があるってことだ」

「やっと、俺に譲歩する気になったか?」

ぼくは、煙草に火を点けて、うなずいた。

「高木は、どこまで捲き込まれたんだ?」

「俺が知りたいよ」

「五年前、鍋島冬香という技術者が、Jプロトコル香港から失踪した。俺たちが売り捌《さば》いているICカードの暗号化方式の開発者だ。それは知っているか?」

「聞いた。その技術者は、津田塾《つだじゅく》の数学科を卒業した後、香港大学の博士号を取った、暗号方式論ではそこそこの有名人だ。その技術者が、失踪する前に、公開鍵が記録されたカードが複数あれば、秘密鍵を予測する解法があることを社員に漏らしている。当時、Jプロトコル香港を仕切っていた井上は、その女性を監禁して、解法を聞き出した」

「そこまで知っていれば、どっぷり捲き込まれているね。でも、その技術者をすぐに殺さなかったのは、その女性の身に何かがあったときに、自動的に解法が流出しないか確かめたかったから、っていうのが、俺の予想なんだが、合っているか？」

「俺も、中井と同じ想像はしたが、それは分からない。井上は、そのことを、五年前の時点で、本社にも東亜にも報告していない、ということだけだ。さらに、その技術者に逃げられるというへままで犯した」

椰子の実のジュースと木陰のおかげで、そのベンチは居心地が好く、学生のころの思い出話をしているみたいな気分になる。違うことといえば、スーツを着ていて、シャツの下には防弾ベストまでつけていることくらいだ。

「ところが、五年間、鍋島冬香が香港から出境した記録もないし、もちろん香港でも見つからない。井上は、当初、社員以外の人間に、その女性を捜させていたらしいが、埒《らち》が明かないので、高校の同窓だった伴が選ばれた」

「そうみたいだね。伴君だけが選ばれたのは、その時点で、中井は青葉台高校の卒業生じゃなかったからだ。つまり、誰かが、中井にお鉢が回らないように、おまえの学歴を書き換えたということだ」

「ご丁寧に、俺たちが入社したときからのデータベースのバックアップ・データを調べたのか？　だいたい、よくできたな」

「今度は、鍋島冬香のことを調べるっていう大義名分があったからな。時間も、十分にあった。もっとも、十六年分も調べるほど間抜けじゃない」

ぼくは、首をかしげた。

「更新ログか差分バックアップを調べる？」

「あのな、人事情報のデータベースを改竄するような奴が、そんなものを残すと思うか？」

「まぁ、そうだな」

「とにかく、俺が調べたのは五年分で済んだ。その女が失踪した翌年の二〇〇六年の春に、中井の履歴は書き換えられている」

「伴かなぁ……」

「そうだったら、俺に、中井と同じ高校を卒業したなんて言わないだろうな。だいたい、そのデータベースはネットワークに繋がっていない」

高木の言うとおり、伴ではないだろう。伴自身、ぼくが、鍋島冬香の捜索に駆り出されなかったのを不思議に思っていた。消去法でいけば、データベースの改竄は、鍋島の仕業ということになる。蓮花は、澳門《マカオ》のレストランで「フューカは、あなたがここに来ることに賭けたのだ」と言っていた。そうだとすれば、鍋島は、澳門から亡命した後、さらにベットを吊り上げたということになる。

「俺の予想では、やっぱり、おまえが自分で書き換えたんじゃないのか？　経企《けいき》の管理職なら、何かの理由をつけて、人事部のデータベースを操作することも不可能ではない」

黙って鍋島のことを考えていたぼくに、高木が言う。

「違うよ。そのデータベースに、セキュリティ・ホールがあるだけだ。言っていなかったけれど、データベースの俺のレコードに『ＴＢＤ』と書き込んだのは、伴と井上の指図で動いた奴だ。井上が中国にでも依頼したんだろ」

「何のために？」

「アペンディクスに堕ちていることを、俺に知らせるために」

　ぼくは、使い物にならなくなった戦闘機を見上げて、煙草を消してから、椰子の実のジュースをすすった。

「で、高木は、どうして、この件に捲き込まれたんだ？」

「八月に、マニラで、ビル入館用IDカードのICチップが改竄された。その時点では、ビルの管理会社から秘密鍵が漏れたものだと思って、本社も高を括っていた。けれども、続けざまに、今度はバンコクのフロッグ・カードの改竄だ。それで、副社長の佐竹に呼び出された」

「初耳だ。クアラルンプールの件もそうだが、どうして、マニラの件はJプロトコル香港に伝わらない？」

「そりゃ、Jプロトコル香港を疑っているからだろ。それに……」

「それに？」

「この件は、副社長だった井上が殺されるまでは、社内には知られていなかった。けれども、その後、伴君によって、井上が鍋島という技術者から聞き出した内容が東亜印刷に伝えられている。そのうえで、より効率的な解法を渡すことを条件に、HKプロトコルの完全な独立を東亜印刷に迫った。つまり、HKプロトコルをアンタッチャブルにしろとね」

伴は、井上が自殺した翌週、東京に行き、HKプロトコルの株式の譲渡証書を作って帰ってきた後、もう一度、東京に戻っている。けれども、伴が、東亜印刷とそこまで折衝していたとは意外だった。

「念のために訊くけれど、マニラの奴も殺したのか?」

「人聞きの悪いことを言うな。運悪く麻薬取引に捲き込まれただけだ」

「彼も、都立青葉台高校の卒業生?」

「そうだよ。歳はだいぶ若かったけどね」

「伴が仕掛けたパンドーラの匣《はこ》ってことか……」

(そう言えば、伴は、何かで電話をかけたときにマニラにいたな)

伴は、そんな小細工をしてまで、ぼくをマクベスに仕立てたかったのだろう。伴にとっては、自分の死後であっても、戯曲の呪縛から逃れるための唯一の手段だったのかもしれない。

「いま、中井の顔を見ていると、そういうことだろうな。伴君なら、東北大学工学部の卒業生にも、御殿場の研究センタからの転職者にも、IT企業に勤めている奴は、いくらでも知っていただろうけれど、それを避けて、わざわざ、おまえとの接点を作っている」

「けれども、誰かが、俺をタカノダイ高校の卒業生に書き換えたことで、本社と東亜印刷は、俺とそいつらの接点を見つけられないでいる、ってことか?」

「そういうことになるね」

上着の内ポケットで、携帯電話が震えて着信を知らせる。ホーチミン・シティ内からの電話だった。

「シン・チャオ――」

「外務省の五所川原《ごしょがわら》です。中井さんの電話で間違いありませんか?」

「中井です。お世話になっています」

高木に、小声で「領事館からだ」と伝える。

「何度か電話したんですよ」

口調に棘がある。相変わらず、彼は厄介な仕事を押し付けられた気分でいるらしい。

「市警から連絡が入って、歯科医の診療記録と遺体の歯型が一致したそうです」

「そうですか。ありがとうございます。それで、DNA鑑定の方は?」

「この国でそこまでやるには、一ヶ月以上かかるそうです。費用もかかる」

「分かりました。DNA鑑定は結構です。それで、死亡通知書は出ますか?」

一ヶ月の間に、綻《ほころ》びが生じないとも限らない。ここら辺で切り上げるのが得策だろう。陳や李清明の言うとおり、殺人を犯しても、殺人事件は起こさない方がいい。

「市警の外国人向けレセプションで対応してくれます。中井さんが、直接行きますか?」

「ええ。いつごろ、行けばいいですか?」

「もう、できているそうです。じゃあ、中井さんが行ってくれるんですね?」

「ええ、私が行きます」

「じゃあ、それでお願いします。こっちも、いろいろと忙しいんで」

心を亡くすと書いて「忙しい」と読むと、心の中で彼を咎《とが》めて、電話を切った。

「鍋島冬香の死亡通知書ができたそうだ。これから市警に行くけど、高木はどうする？」

ぼくは、携帯電話を上着のポケットに戻して、高木に言った。

「同行するよ。それが、今回の俺の仕事なんだ」

「そうだったね」

ぼくたちは、空になった椰子の実をリヤカーの男に返して、博物館の前で客待ちをしているタクシーに乗る。タクシーは、スクーターをかき分けるように市警に向かう。

「鍋島冬香は、中井が殺したのか？」

スクーターの渋滞を眺めていた高木が、ぽつりと言う。

「そうだよ」

ぼくは、高木とは逆の方向を見ながら言った。

「それがきっかけで、暗号化の解法が公開されたらどうする？」

「じゃあ、本社はどうするつもりだったんだ？」

「それを確認するまで、鍋島冬香を殺すなと言われた」

「どうやって確認する？　本人に『あなたが死んだら、暗号化の解法はインターネットにばらまかれますか？』とでも訊くのか？」

「訊き方っていろいろあるだろ。余計なことを言わせるな」

高木は、そう言ったまま、タクシーが市警に着くまで黙っていた。

市警の外国人向けレセプションは、日本領事館に比べると、ずっと丁寧な対応だった。三十代前半と見える女性警察官は、日本人である領事館の職員よりも、正しい日本語を遣う。

「このたびは、謹んでお悔やみを申し上げます」

パスポートを見せろだの、勤務先を証明しろだのと言う前に、どうして、領事館の職員からは、このひと言が出てこないのだろう。

「こちらこそ、たいへんなご迷惑をおかけしました」

ぼくと高木は、それぞれパスポートと名刺を提示する。

「ご遺体をご覧になりますか？」

高木が素直に「ええ」と答えてしまう。仕方なく、警察官と高木の後について、地下二階にある霊安室に降りる。霊安室は、フィットネス・クラブのロッカー・ルームのようだった。女性警察官は、バインダーに挟んだ書類と、ロッカーの番号を確認してから、そのひとつの鍵を開けて、スライド式の鉄板を引き出す。冷気とともに現れた鉄板の上には、原型を留めていない死体が載せられていた。髪の毛は真っ白になり、ところどころに残った皮膚は青白い部分と黒ずんだ部分が半々だ。髪の毛が長くなければ、それが、男性なのか女性なのか想像もできないだろう。太っていたのか、痩せていたのかも分からない。回収されたときには、臓器が残っていたのだろうか、腹部に白い布が巻かれている。

ぼくは、それを黙って見下ろした。ひどい匂いを覚悟していたが、ロッカーの中は冷蔵されているのだろう、腐った水のような匂いがするだけで、我慢できないほどではなかった。

「近くにトイレは、ありますか？」

隣にいた高木が、口を手で押さえながら言う。女性警察官は、出口を指差して、「出て、右手です」とベトナム語で言う。彼女もまた、自分の発する言葉を、ベトナム語から日本語に変換する余裕がなかったのかもしれない。高木は、口を覆ったまま、霊安室を出て行く。

ぼくは、元の姿を失った死体を見下ろしながら、バンコクで娘の自殺した死体を見つめたであろう由記子の両親のことを考えた。陳に顔を潰すように指示したので、その死体は、目の前のものよりも凄惨だったかもしれない。そのときに、由記子の両親の中にあったものが、ぶつける相手のいない悲痛よりも、ぼくに対する怒りであれば、ぼくは少し救われる。怒りをぶつけられても、ぼくは、その死体が由記子ではないことを知っている。たとえ、真実を伝えられなくても、彼らの気が済むまで罵声を浴びることに耐えられるだろう。けれども、それが行き場のない悲しみであったならば、ぼくは、自分自身を責めることしかできない。

「もう、結構ですか？」

ぼくは、どれくらいの時間、その死体を眺めていたのだろう？　女性警察官の声は、少し呆れたような口調だ。高木は、まだトイレから戻っていなかった。

「ええ、十分です」

ぼくは、霊安室の外にいた高木に声をかけて、西陽が差し込む応接室に案内される。

「こちらが、死亡通知書です」

ぼくは、英語で記された書類に目を通して、それを高木に渡す。

「それから、こちらのパスポートもお返しします」

女性警察官は、通知書とともに「鍋島冬香」のパスポートを茶封筒に入れてくれる。

「もうひとつのパスポートの件は、日本領事館の方から伺っていますか？」

「ええ」

「そちらについては、お恥ずかしい話ですが、当国内で偽造されたもののようなので、お渡しするわけにいきません」

「それで、構いません」

「受領証に署名をいただく必要があります。それから、申し訳ないのですが、代表の方のみで結構ですので、パスポートのコピーを取得しなくてはなりません」

ぼくは、カーボン・コピーになっている受領証にサインをして、彼女にパスポートを渡す。

彼女が一礼をして席を外すと、高木がやっと口を開く。

「よく、あんなものを見ていられるな」

「見たいと言ったのは、高木だよ。だいたい『もの』は失礼だろう」

「そうだろうけどさ……」

ぼくは、応接室に戻ってきた職員からパスポートを受け取り、茶封筒を持って席を立つ。

「この度は、当社の社員がご迷惑をおかけしまして、お詫びいたします」

「お心遣いは無用です。あなた方と同様に、私も、これが仕事です」

彼女には空港利用税と宿泊税くらいしか払っていないことを申し訳なく思いながら、ぼくは、女性警察官に深く頭を下げた。部屋を出ようとしたぼくを、彼女が呼び止める。

「ご遺体は、どうされますか？」

「どうしますか、と言うと？」

「検死はすでに終わっているので、冷凍状態で日本にお届けすることもできます。火葬であれば、ご遺骨にしてお持ち帰りになることも可能です」

「火葬の手続きは、こちらでできますか？」

「ええ、もちろん。こちらの書類に必要事項を記入してください」

ぼくは、ソファに座り直して、書類を受け取る。数ページある英文の書類の一ページ目を読み始めてみるが、専門用語が多くて理解できそうもない。

「内容を確認したいので、明日、また、こちらにお伺いすることはできますか？」

「構いません。いま、火葬場の予約をされますか？」

ぼくは、うなずいて、席を立った。


市警の庁舎を出たときには、すでに、夕方と言っていい時間だった。轍《わだち》の多い道をたくさんのスクーターが往き来して、警察署の前だというのに信号を渡ることも難しそうだ。

「なんだか、長い一日だったな」

高木が、両手を組んで頭の上に挙げ、身体を伸ばしながら言う。

「そうだね。高木は、この件が片付いたら、バンコクに戻るのか？」

「本社に報告しなきゃならないから、一旦、東京に行く。バンコクに戻れるのは、それからだ」

ぼくは、市警で受け取った書類一式が入った茶封筒を高木に渡す。

「俺が受け取るのか？」

「EMSより早そうだ。本社に持って行ってくれ」

「中井の会社の社員だったんだぞ」

「でも、鍋島冬香を捜しているのは、Jプロトコルと東亜印刷だ。代わりに、火葬同意書の内容は、俺が確認しておく」

押し問答を繰り返しても時間の無駄なので、ぼくは、高木に封筒を渡したまま、通りがかりのタクシーに手を挙げる。ひとりになりたかったが、高木はタクシーに乗り込んできてしまう。ぼくたちは、黙って、スクーターの渋滞の中に捲き込まれた。

「なぁ……、高木はどっちだ？」

「何のどっちだ？」

「アペンディクスに堕ちて足掻《あが》いているのか？　それとも、高みの見物か？」

「もう、とっくに堕ちているよ」

高木は、「そんなことも分からないのか」と言いたげな口調だった。

「それなら、鍋島冬香の死亡通知書を確認して、俺を殺すように指示されているってわけか？」

「あのな、俺に中井を殺す指示が出るわけないだろう」

「どうして？」

高木が、タクシーの窓にため息をぶつける。

「それは、次は俺の番だって言っているのと、同じ意味だ。部下のモチベーションを下げるようなことを言うほど、佐竹も馬鹿じゃない」

「まぁ、そうか」

「中井は、それでよく管理職試験を通ったな」

ぼくは、声にしないで「高木とは、試験を受けた年次が違うんだよ」と悪態をつく。


ホテルの部屋に戻り、ぼくは、陳にクアラルンプールの調査が不要になった旨のメールを送ってから、シャワーを浴びた。ぼんやりしていると、自分のデータベースを書き換えた鍋島のことが気になって、蓮花に電話をかけた。

「你好《ネイホウ》。中井です」

「你好」

ぼくは、澳門にいるだろう蓮花の姿を想像する。

「教えてほしいことがあるんだ。いまは、電話していても大丈夫？」

「どうぞ、構いません」

「ビルの隔離された部屋の中にあって、ネットワークに繋がっていない状態のコンピュータを、ハッキングすることはできる？」

ぼくの質問に、国際電話回線の中を沈黙が流れる。

「喂《ワェイ》？」

「聞こえています」

「答えられないなら、そう言ってくれればいい」

「いいえ、方法を考えていただけです。そのコンピュータが多功能複印機《ドゥコンナン・フォッヤンゲイ》に繫がっていれば、ケースによっては可能です」

「どうして、複印機《フォッヤンゲイ》が問題なの？」

「メーカーのサービスで、複印機のトラブルを遠隔監視するために、ネットワークに繫げる場合があるからです」

「なるほど」

「その場合は、複印機メーカーのサーバーに入り込んでしまえば、あとは簡単です」

「ありがとう。お礼に、今度、夕ご飯でもご馳走する」

「お気遣い、ありがとうございます」

「こちらこそ」

「おやすみ」

電話を切ると、違和感が残る。いまの電話は、何かが違っていた。

火葬場は、市街地の外れにあった。

質素な棺桶に移された遺体は、市警の護送車のような車に載せられる。「同乗しますか?」と、英語を話す警察官から訊かれたが、高木がそれを断り、ぼくたちはタクシーでその車両を追いかけることになった。火葬場では、僧侶からベトナム語で何かを言われたが、ぼくはそれを理解できなかった。

「仏教の何とかという宗派の方法でいいか、と言っている」

高木が、ぼくに向かって翻訳してくれる。

「他にどんな宗派があるんだ?」

「知るかよ。知りたいなら、自分で訊け」

ベトナム仏教にどんな宗派があるのか、知るはずもないし、宗派によって何が違うのかも知らない。ぼくは、黙って僧侶にうなずいた。

茶毘《だび》の前に棺桶を開けることになると、気がつかないうちに、高木は席を外していた。ぼくも、そうしたかったが、仕方なく、念仏が唱えられる間、腐乱した死体を見下ろすことになった。僧侶は、たぶん、目を閉じるように言ったのだろうが、目を閉じると、再び、バンコクでの由記子の両親のことを考えてしまう。それよりは、腐乱した死体を眺めている方がましだった。茶毘は、二時間程かかった。

†

ぼくと高木は、その間、火葬場の外のベンチでぼんやりと過ごした。さすがに、火葬場には椰子の実を売るリヤカーの姿は見られない。ぼくは、上着のポケットから、天星小輪《スターフェリー》を象《かたど》ったUSBメモリを出して、高木に渡す。件の部屋を片付けたときに回収したものだ。

「何？」

「香港土産のUSBメモリだ。中には、三つのプログラム・コードが記録されている。ひとつ目は、いまJプロトコルが使っている暗号化方式。二つ目は、それを復号するコードだ」

「三つ目は？」

「ひとつ目の暗号化方式を強化したコード」

「どこで手に入れた？　それを、俺に渡してどうする？」

「一度に、いくつも質問をされても困る」

短い沈黙がある。

「中井は、自分が何を持っているのか知っていて、そんな暢気な言い方をしているのか？」

「知っている。このおかげで、高木も俺も、何人かの人を殺さなきゃならなかった」

「ポケットに入れて持ち歩くような代物か？」

「プログラム・コードは、暗号化している。鍋島冬香と一緒に荼毘に付そうかと思って持ってきたけど、死体を眺めているうちに気が変わった」

高木は、受け取った天星小輪の模型を、二つに割ってみて、それがUSBメモリであることを確かめる。ぼくは、煙草に火を点けた。

「Jプロトコルが使っている暗号化方式を、二つ目のものに替えれば、この騒動は収まる。鍋島冬香の部屋で見つけたことにして、死亡通知書と一緒に、東京に持っていけばいい」

「プログラム・コードの暗号化のパスワードは？」

「あおばだい。すべてアルファベットの小文字だ」

「伴君は、偶然、この街で鍋島冬香を見つけて、暗号化方式の解法を聞き出したってわけか？」

（高木、おまえは、俺を馬鹿にできないよ。その頭の回転の速さのおかげで、それ以上の追及を俺にしない）

「まぁ、そんなところで幕引きになるんじゃないかな……」

サイゴンの青い空に向かって、煙草の煙を吐き出す。煙は、すぐに十月の熱気を帯びた空に溶け込んでしまう。どうして、火葬場の煙突から上る煙は、すぐ空に溶け込まないのだろう。

「どうして、死体と一緒に燃やそうと思ったんだ？」

ぼくは、しばらく考える振りをしてから、でまかせを言った。

「カエサルのものはカエサルに、ということだ」

「その前にある文句を知っているか？」

「神のものは神に」

「神には、何を渡す？」

「俺は、特定の神様を信じていない。仏陀《ブッダ》も、キリストも……」

でまかせの言葉に、高木が絡んできたので、ぼくはその意味を自問自答する。

もし、神様がいて、ぼくに与えたものがあるとしたら、それは、由記子と鍋島に対する、ぼくの気持ちだけだろう。彼女たちが、これから幸せに旅を終わらせることができるなら、ぼくは、神様から与えられたこの気持ちを、素直に返上する。

「でも、神様に渡すものは、神様にしか言わない」

「中井の口から『神様』とはね……。その聖書の言葉は、都合のいい解釈がいろいろあるけれど、『税金は払っても、信仰心は失うな』ということだ」

「だから、このUSBメモリの中身は、税金みたいなものだ。鍋島冬香がHKプロトコルに在職中に考案したものなら、著作権はHKプロトコルにある」

「中井は、思いの外、喰えない奴だね」

「それって、褒め言葉か？」

「そうだよ」

ぼくは、ベンチから立ち上がって、青空を眺めながら、新しい煙草に火を点けた。

ふと、でまかせに言った「カエサル」という言葉が気になる。どうして、ぼくは、こんなところでカエサルのことを思い出したのだろう。

「なぁ……、突然で悪いが、高木は帝王切開で産まれたか？」

「はぁ？」

「いや……。カエサルは、帝王切開の語源だから、なんとなく訊いてみた」

「今度、母親に訊いておく」

火葬場の建物から、若い僧侶が出てきて、癖のあるベトナム語で何かを言う。たぶん、茶毘が終わったと言っているのだろう。今度は、高木も建物の中についてきた。石の台の上に置かれた骨は、肉が半分ついた死体よりも、ずっと人間らしく思えた。菜箸のような長い箸を渡されて、ぼくたちは、その骨を拾い、骨壺に運ぶ。徐々に崩れて平たくなる白い骨を見つめていると、伴と最後に言葉を交わした砂洲を思い出す。伴の遺体も、海に捨てたりせずに、あの砂洲の上で茶毘に付せば、珊瑚の欠片《かけら》や貝殻と見分けがつかなくなったのだろうか。そうすれば、伴はあの寂しい砂洲から、雨の夜には島の小さな町の灯りを眺めて過ごしていたかもしれない。

十分程、骨を骨壺に移したところで、若い僧侶が何かを告げる。

「何て言っているんだ?」

「俺も分からないが、そろそろ、こちらで処理します、っていうことじゃないか」

高木が箸を置いてみると、僧侶は、自分の言葉が外国人に通じたことに満足したらしく、僧侶らしい微笑みを浮かべて合掌をする。ぼくたちが待合室に案内されて十分程経つと、骨壺が風呂敷に包まれて運ばれてくる。僧侶に並んでいた職員が「こちらが火葬証明書です」と言って、書類を渡してくれた。ぼくは、英語が通じる職員に、タクシーを呼んでくれるように頼む。

ぼくが骨壺の入った風呂敷を手に提げて外に出ると、高木が眉を顰《ひそ》める。

「たいてい、そういったものは、両手で胸元に持つものだ。買い物袋でもあるまいし……」

変なところで信心深い男だなと思う。ぼくは、高木の忠告に従って、骨壺を胸元に抱え、タクシーに乗り込んだ。

「中井は、いつ香港に戻るんだ？」

「まだ決めていない。しばらく、ベトナムで休もうと思っている」

「気楽だな」

「そうでもない」と言いたいところだが、高木に口答えをしても無駄だ。

「俺は、明日の便で、東京に行かないとならない」

「相変わらず、慌ただしいね」

「今夜、軽く飲まないか？　Ｊプロトコル香港の内情を話すときが来たら、ブリーズ・スカイ・バーで奢《おご》ってもらう約束だ」

株主総会のときに、そんなことを言ったのを思い出す。

「いいよ。部屋に戻って、シャワーを浴びたら、飲みに行こう」

タクシーは、ぼくの泊まるホテルに先に着いた。

「じゃあ、また後で」

高木は、後部座席で手を挙げる。

「七時に、バーで待ち合わせでいいか？」

「了解」

ぼくは、骨壺を空いた席に静かに置いて、タクシーのドアを閉めた。七時まで、まだ三時間ほどある。ぼくは、コンシェルジュ・デスクで便箋をもらって、部屋に戻った。

†

森川へ

この手紙は、中井優一が、二〇一〇年十月二十五日に、サイゴンのホテル・マジェスティックの一室で書いている。

今日の午後、鍋島冬香を荼毘に付して、社員証、パスポート、死亡通知書と遺骨をJプロトコルの本社に運んでもらうように、高木に託した。余談だけれど、その偽造パスポートは、精巧なものと安っぽいものを二つ作らないとならなかったので、ちょっと高かった。

これで、香港での仕事が終わったので、ぼくは、この街から旅に出ようと思う。いつ、東京に戻るかは決めていない。

ひとつ目の約束について

ぼくは、誰も信じないでいることはできなかった。伴のことは、彼が死ぬ直前まで信じていたし、君が嫌いな高木のことも、たぶん信頼している。ぼくと君を殺そうとしていた陳のことも、仕事の正確さについて信頼している。それから、蓮花（君が五年前に澳門で雇った女性は、いま、呉蓮花という名前で、亡命王子の秘書として働いている）のことも、疑うことができない。ぼくは、君ほど痛めつけられていないのかもしれないし、ぼく自身の弱さによるものなのかもしれない。それが、いつか命取りになるなら、それでもいいと諦めている。何より、君を信頼している。

二つ目の約束について

いま、君のことを、どんなふうに呼べばいいのか分からない。いまのぼくにとって、君は森川佐和で、オフィスで、いつもスターバックスの紙カップを机に置いている印象の方が大きくなっている。ただ、こんなふうに手紙を書く機会が二十年前にもあればよかったと、この二ヶ月、ずっと考えていた。不思議なもんだよね。もし、二十年前に携帯電話やPCがあって、簡単にメールを書ければ、何も伝わらないメールになったかもしれない。何かを伝えたいという、強い気持ちがいまのぼくにはあって、それは、こうやってペンを取って書くことでしかできないような気がする。

それにしても、君は大胆なことをするなぁ。香港を訪れたＪプロトコルの誰かが、君に気がついたらどうするつもりだったの？

ぼくの予想だけれど、君はＪプロトコルが保有しているデータベースの自分の生体認証情報を他人のものに書き換えて、Ｊプロトコル香港の採用をすり抜けたんだろう。そして、ぼくたち（というのは、ＩＴ企業）は、一旦、セキュリティ・チェックを通ってしまった人物を、なかなか疑わないという思い込みの裏をかいたんだと思う。でも、それが「安全な場所」とは限らないよ。事実、陳は君に気がついている。たぶん、彼女は、職業柄、何か別の部分で君が鍋島冬香であることを確信していたのだと思う。

そして、ぼくも君に気がついていた。初めて君に出会った夜、陸羽茶室《ロユーチャサッ》でトイレに立った後ろ姿を見て、君が鍋島冬香であることに、意識下では間違いなく気づいていたんだと思う。けれども、その夜には、まだ君が名前を変えて、顔を整形していることも知らなくて、君が鍋島冬香であることを無意識で気づいたのに、うまくリンケージできなかった。それに、ぼくは、森川である君に二十年前と同じ恋愛感情に似た気持ちを抱いて、でも、付き合っている恋人がいたから、無意識のリンケージを自ら切ってしまったんだとも思う。

ぼくのそばに、いつもいてくれて、ぼくを護っていてくれたのに、それに気がつくのに一年もかかったことについては、君に二回も恋をしたことで相殺してほしい。二回とも叶わなかったけれど（君とぼくは、いつもタイミングが悪い）、二回目にこうやって君に伝えることができてよかった。

それから、今年のぼくの誕生日も、風邪をひいていたけれど、どこかにお参りしてくれたんだろうか。だとすれば、ありがとう。そのおかげかは別にして、ぼくは、二十年間、たいした病気にもかからずに、君にもう一度会うことができた。

三つ目の約束のことを書く前に

伴は、ぼくがいる現実をシェイクスピアの戯曲「マクベス」だと言っていた。

もちろん、それを鵜呑《うの》みにしているわけではない。ここで経緯を書き始めると、とても時間が足りないので端折《はしょ》るけれど、伴にとっての「マクベス」は、ぼくたちの高校の入学式の日に、彼がバンコーと呼ばれたときから始まっていた。彼にとって、ぼくはマクベスで、君はレディ・マクベスだったということになる。こう書いてしまうと、君からの手紙にそそのかされて、前任の井上を殺したことになってしまうけれど、そんなことはない。ぼくは、ただ君を守りたかっただけで、王になりたかったわけでもない。

けれども、その後、ぼくは、Jプロトコルが得るべき利益の何割かを得て、伴は、暗殺者に殺された。その暗殺者である陳を雇ったのは彼自身だから、些細な違いはあるけれども、ぼくは、やっぱり四百年前の戯曲に呑み込まれてしまったらしい。

ぼくは、伴の思い込みで始まった戯曲の幕を下ろすために、鍋島冬香、つまりレディ・マクベスを荼毘に付してきた。だから、君は、レディ・マクベスとは関係なく、安全な場所で幸せに暮らしてほしい。

幕を下ろすために、ぼくの死体が必要だというのならば、それに甘んじてもいい。

閑話休題　三つ目の約束について

Everything but the Girl こと Radio Days に、君をエスコートすることについては、君が、ぼくよりも先に約束を実現してくれたんだよね。

SOHO《ソーホー》の一緒に行ったヌーベル・シノワの店は、当然、君は知っていたんだろうし、ぼくは気がつかない振りをしていたけれど、『収音機時代《ソウイエンゲイ・シードイ》』という店名だった。君が席を外している間に、ウェイターに店名の意味を聞いた。渋谷の Radio Days と同じくらい素敵な店だった。

突然、君を誘ったりして申し訳なかった。それにしても、君とぼくはタイミングが悪いなぁと思う。あの後、ぼくが勘違いしていた（勘違いはしていないけれど）君の誕生日に予約を入れたら、十一月二十二日は月曜日で定休日だと言われた。君は、ぼくが無計画に夕食に誘ったものだから、無理矢理にあの店を開けてもらったんだろう？　迷惑な客にもかかわらず、香港らしからぬサービスの好い店だったね。スナフキンがいなかったのは寂しかったけれども、ぼくも君も、それからスナフキンも、旅の途中だったということにしておこう。

あのさ、こんなことを二十年も経ってから伝えても仕方がないけれど、高校を卒業した春休みに、ぼくは小川理恵にRadio Daysで卒業祝いをしようって誘われたんだけれど、それを断っていたんだよ。十八歳だったぼくも、君と二人でRadio Daysに行きたいと思っていた。だから、それを叶えてくれて、ありがとう。Bei Xuの曲は、ささやかだけれど誕生日プレゼントです。

さて、積み木カレンダ問題

答えはちゃんとある。ぼくでも理解できるような問題だから、君なら、そんなに難しくないと思う。ただ、気がつかないだけだよ。答えをここで書いてしまうと、君は、ぼくに再会する必要がなくなるかもしれないから、いまはヒントだけ。

やはり、犠牲にするのは、君の誕生日ではなく、ぼくの誕生日です。

二つ、頼みがある。

ぼくの使っていたペニンシュラの部屋を片付けてほしい。フロントには、ぼくの秘書が行くことを告げてあるし、宿泊代については、年内分を精算したうえで、デポジットも払っているから問題ないと思う。片付けるものもそんなにない。

セイフティ・ボックスの中に、五年前、君が澳門に置いていったパスポートと、HKプロトコルの株式を記録した通帳が入っている。HKプロトコルについては、信頼できるか否かは別として、陳ともうひとりの従業員に業務を任せているので、ぼくのオーナー企業として、資金が底を突くまでは維持してほしい。君がすることはなく、オーナーの代役として、株式を保有してくれればいい。もともと、三分の一は君が持っていた株式のわけだし……

もうひとつ、大切なものが入っているけれど、いま、この手紙で書くのは照れくさい。

それから、本当に我が儘な頼みなんだけれど、ぼくのことを忘れないでほしい。

ぼくを捜し出してほしいとも言わないし、森川には、これから幸せな結末を迎える恋をしてほしいと、心から願っている。君が、これから森川佐和として歳をとっても、マクベスとレディ・マクベスだった中井優一と鍋島冬香のことを忘れないでほしい。

そろそろ、高木と飲みに行く約束の時間が近づいてきた(君は嫌いかもしれないけれど、彼は悪い奴じゃない)。このホテルの屋上にブリーズ・スカイ・バーという居心地の好いバーがあって、そこで久しぶりに飲むことにしている。手紙は、これくらいにしておきます。

25OCT2010 U1

今度、君と会うときは、二人とも安全な場所で　再見《ゾイギン》

†

ぼくは、ホテルの近所にあるポストに香港宛のエアメールを投函して、午後七時に、屋上のブリーズ・スカイ・バーに上がった。防弾ベストを着ようか迷ったが、一日、汗をかいたベストの裏側はまだ湿っていて、ぼくはそれをためらった。結局、シャツを着替えて、防弾ベストはクローゼットにかけて部屋を出た。店は思いの外、空《す》いていて、カウンター席に二、三組の客がいるだけだった。高木は、サイゴン川を見下ろすテーブル席で、すでにビールを飲んでいた。川に面したテーブルには、口元のすぼまったオールドファッションド・グラスに、キャンドルが灯されている。

「悪いが、早めに着いたんで、先に飲んでいる」

「構わない」

ぼくは、高木の正面に座って、地元のビールである333《バーバーバー》を追加注文する。

「オリーブのつまみと、クラブハウス・サンドウィッチもお願いします」

高木は、サイゴンの仕事を引継いでから、何度かこの店を訪れているのだろう。慣れた感じで店員に注文をする。店員が、円錐形を逆さにしたグラスにビールを注ぎ、ぼくの前に置く。

ぼくたちは、静かにグラスを合わせた。

「昨夕、知り合いのハッカーに電話で訊いてみたら、スタンド・アローンのPCでも、複合機に繋がっていれば、そこがセキュリティ・ホールになる可能性が高いとのことだった」

男同士で飲むときは、いつも出だしの会話に迷う。いきなり、仕事の本題に入るのも無粋だし、かと言って、家族の近況というものを、ぼくは持ち合わせていない。

「複合機？」

「プリンタとコピーの機能が両方ついている機械だ」

「それは知っている。どうして、複合機がセキュリティ・ホールになるんだ？」

ぼくは、蓮花から聞いたことを高木に話した。

「それって、かなり問題じゃないか」

「まぁ、そうだろうな。サービスをつけたつもりが、余計なリスクまで背負《しょ》い込むなんて、よくある話だけれど」

「なんだかなぁ……。携帯電話には、本人の了解なくGPS機能がついているし、メールは本社に筒抜けで、監視カメラはそこら中にあって、住みにくい世の中だ」

「全くね。誰が誰を監視しているのかさえ、絡まったスパゲティみたいで分からなくなっている」

ぼくは、高木に同意して、運ばれてきたクラブハウス・サンドウィッチにかぶりつく。

「バンコクで、支社長室を広い部屋に移したときに、分かっただけでも、盗聴機が六つも出てきた」

ぼくは笑った。自分自身が経験していなければ、高木の話に驚いたかもしれないが、いまとなっては、珍しくもない話だった。盗聴機を仕込んだ本人も、誰かに監視されていることだろう。

「コンセントのアダプタとか、ライト・スタンドの裏側とかだろ？」

「そう。寄生植物みたいな感じだ。まぁ、電気代は会社持ちだから、文句も言えない」

「俺の秘書は、香港のオフィスを移転するときに、内装業者がいる間、ずっと立ち会っていたよ」

「それが正解だ。あの秘書嬢、きっと、中井に惚れているんだよ」

高木も笑う。

考えてみると、高木と飲むのは、最初が去年の九月で、この夜が三回目だ。それなのに、この一年間で、二人ともずいぶんと変わってしまった。十六年勤めた企業に監視される対象となり、何人かの人を殺《あや》めた。高木は、もしかすると、殺す前の尋問にも立ち会ったかもしれない。伴が言っていたとおり、たいていのことは後戻りや挽回ができる。何かのミスで誤解が生まれても、気長にそれを解く機会を待つことができるし、忘れることもできる。けれども、人が人を殺すことだけは、後戻りができない。たとえ、刑法に則《のっと》って罪を償ったとしても、自分の手で人を殺した事実だけは忘れることができない。

「高木の秘書は、どんな奴？　男性？　女性？」

「現地採用の女性社員だ。でも、俺が面接したときには、すでに、東京の篩《ふるい》にかけられていたかもしれないし、俺に惚れている感じもないな。どっちの味方なのか、見当がつかない」

　それは、心細いだろうなと思う。

「だったら、替えればいいだろう？」

「現地法人の社長と、一介の支社長とでは、委譲権限が違う。だいたい、勝手に秘書を替えたりしたら、東京から怪しまれるだけだ」

「それも、そうか……」

　ぼくたちは、サイゴン川を見下ろす。電飾に彩られた船が、リバー・クルーズを終えて、ホテルの前にある桟橋に戻ってくる。

「高木は、この先もJプロトコルに勤めるのか？」

「たぶん、そうだろうな。秘密を知ってしまった以上、会社に忠誠を誓う振りをしてアペンディクスから這い上がる機会を待つか、その間に自殺したことにされるかのどっちかだ」

「逃げればいい」

「なぁ……、俺が『逃げろ』と言ったとき、中井は、何て答えたか覚えているか？」

「覚えている。だから、同じ忠告を高木にしている。どんなに考えても、それしか解決策がない」

「あのとき、俺はまだ何も知らなかった。でも、いまは『逃げない』と言い張った中井の気持ちが分かる。家族もいるし、女友だちもいる。逃げるっていうことは、その全部を犠牲にして、ひとりだけ助かるってことなんだって、いまなら分かっている」

「そうだね」

「中井だって、田嶋さんがいたから逃げなかったんだろう？」

ぼくは、その質問には答えずに、リバー・クルーズの客の入れ替えを眺めた。

「田嶋さんは、何でバンコクの病院に入院したんだ？」

「精神的に、かなり弱ったんだ。でも、もういいよ」

「どうして？」

「入院して三日目に、病室から投身自殺した。バンコクでは、ニュースにならなかったのか？」

「知らなかった」

ぼくは、サイゴン川の景色から高木に視線を移した。高木の言葉は、本当らしかった。バンコクとクアラルンプールの秘密鍵漏洩でそれどころではなかったのかもしれない。病院だって、入院患者の自殺は報道されたくないのだろう。

「残念だったね」

ぼくは、黙っていた。

高木の視線が、入り口に向けられる。ぼくは、新しい客が入ってきたのだろうと思ってビールを飲んでいたが、ぼくたちのテーブルで靴音が止まるのが分かる。立ち止まった客の足下を眺める。黒いパンプスとスカイブルーに縁取りされた白いアオザイの裾が目に入り、見上げると、蓮花がいた。

「シン・チャオ」

ぼくは、ビールグラスをテーブルに置いて、蓮花に言った。高木が見とれるだけのことはある美しさだった。

「こんばんは、ナカイさん。偶然ですね。ご一緒してもいい？」

仕事中以外は控えめな蓮花にしては、有無を言わせない口調だった。

「どうぞ」

ぼくは、うなずいて、自分の横の椅子を引いた。

「知り合い？」

「うん。こちらは、高木。勤め先の同僚。彼女は、呉蓮花。えーと……」

ぼくが、紹介の言葉を迷っているうちに、蓮花が自己紹介する。

「呉蓮花です。ナカイさんの友人で、澳門のホテルで働いています。はじめまして、高木さん」

「高木です。はじめまして、ミズ・ン。お会いできて光栄です」

「リンファで構いません」

ぼくは、高木と蓮花の会話を聞きながら、彼女がここにいる理由を探した。鍋島冬香が自殺したニュースが、何らかのルートで蓮花に伝わったとしても、彼女は、その死体の所持していたパスポートが、精巧な偽造品であることを知っている。昨夕、ぼくが、突然に電話をかけたことが引き金になったのだろうか。そのとき、昨夕の蓮花との電話の違和感が解けた。あのときの呼び出し音は、澳門のものではなかった。ぼくは、蓮花が澳門にいるものだと疑わなかったが、呼び出し音が違っているのに気づかなかった。あのとき、蓮花は、すでにこの街にいたのだ。「偶然」なんかであるはずがない。

「人を待っているので、入り口が見える席に座っても構いませんか？」

蓮花が言う。

（人待ち？　これから、李が、このバーを訪れるということだろうか？）

「どうぞ。こちらの席の方が、夜景がきれいですよ」

高木でも、そんな気遣いをするのかと驚く。彼は、立ち上がって、自分が座っていた席を譲ろうとしている。

「お気遣い、ありがとうございます。でも、せっかくの会話を邪魔するのも恐縮ですから、こちらで結構です」

蓮花は、高木の隣の通路側の席に座る。ぼくは、蓮花に、ここにいる理由を訊きたい衝動を抑えるのに精一杯だった。

「何か飲みますか？」

高木は、そう言いながら、店員を呼び止める。

「ヴァージン・カクテルはありますか？」

「ええ。ミス・サイゴンという当店オリジナルのカクテルを、アルコール・フリーでお作りできます」

「では、それをください」

蓮花のカクテルが運ばれてくるまで、ぼくも高木も、ビールを飲む手を休めた。

(李は、やはり帝王切開で産まれたのだろうか?)

ふと、ぼくは、自分が李に殺されることを想像する。けれども、それなら、蓮花は、何かの合図をぼくに出してくれるに違いない。

(ここに蓮花がいることが、その合図なのかもしれない)

「どうした?」

黙り込んでしまったぼくに、高木が呼びかける。

「何でもない……。蓮花に見とれていた」

ぼくは、蓮花を信じすぎているだろうか。けれども、ホテルの制服を着替えて、ポルトガル料理屋で鍋島のことを話していた彼女を、ぼくは疑うことができない。

「ホーチミン・シティは、プライベート?」

ぼくは、蓮花に訊く。

「ええ。休みが取れると、資金の許すかぎり、いろんな一流ホテルに泊まって、ホスピタリティの視察をしているの」

「いままでで、一番良かったホテルはどこ?」

高木が口を挟む。

「どこかなぁ。やっぱり、香港のペニンシュラは、とてもいいホテルです。でも、グランドフロアのハイティーの行列は、何とかしてほしいかな……」

「ふーん。日本では?」

「ごめんなさい。日本には、仕事で一度しか行ったことがないんです。カミコウチという場所にある帝国ホテルには興味があるんだけれど、なかなか予約も取れないし、澳門からだと行くのに時間がかかるから……」

「まぁ、あそこは一年前には予約で一杯だからね」

蓮花と高木は、当たり障りのない会話を続ける。一瞬、蓮花は本当に偶然、ここにいるのかもしれないと考える。そう思えるくらい、彼女の会話は滑らかだ。けれども、それがかえって、不自然だ。ぼくは、自分の状況判断を整理するために、トイレに行こうと思い、半分以上残った煙草を消して、席を外そうとした。その仕草を、蓮花は敏感に捉えて、ぼくの革靴の先を軽く踏む。

「私から離れないで」

蓮花の口許が、隣に座る高木には伝わらないように、静かに動く。

ぼくは、席に座ったまま、店内を見回した。カウンター席にいる客は、全員がアジア系だ。たぶん、韓国人か日本人が、静かにグラスを傾けている。このバーで、欧米人がいない状況は珍しい。

「このホテルはどう？　中井のお気に入りだけど……」

「いいホテルだと思います。内装が少し古くなっているけれど、歴史もあるし、森の都の王城なんて、素敵な名前ですよね」

蓮花の言葉に、ぼくは首をかしげた。マジェスティックは〝Majesty（陛下、王権）〟から派生した単語だけれど、「森の都」という意味はない。

「森の都？」

ぼくは、蓮花に訊き返した。

「知らないのか。サイゴンは、フランス人が植民地時代につけた名前で、クメール語では『プレイノコール』、森の中の都を意味する」

高木が、蓮花の代わりに答える。ぼくは、ため息をついて、前髪をかき上げた。

「森が動くというのか？」

「はぁ？　急に何を言い出すんだ？」

高木が、いぶかしげな表情を浮かべる。

「何でもない。少し疲れたから、今夜は、あと一杯飲んだら、部屋に戻るよ」

ぼくは、店員を呼び止め、ラム・コークを頼んだ。

「そうだね。そろそろ、俺たちは切り上げるか……。その前に言っておくことがある」

「何？」

「うん、俺は逃げないよ」

「さっき、聞いた。次は、どこで飲む？」

「また、ここでいいんじゃないか？」

高木は、笑って、席を立つ。

そのとき、街の明かりが、遠くから消えていくのが見えた。店員が、カウンターの中で、何かを言ったのが聞こえる。ぼくは、当然、それはベトナム語だと思って聞き流そうとしたが、すぐにベトナム語のリズムではなく、韓国語だと気づく。高木も、振り向いて、背中から波のように押し寄せてくる停電を眺めていた。急に経済発展を成し遂げた街では停電も珍しくない。けれども、それは、ぼくには森が動き出したように見えた。

暗闇の森が、ホテルに押し寄せる中、高木がぼくを見下ろす。

「電気が点いているうちに、トイレに行ってくる」

「うん。いってらっしゃい」

ぼくは、やっと蓮花と二人で話ができると思ったが、テーブルの脇に立った高木がそれをさえぎる。

「なぁ……、俺は逃げないことにした」

「もう三回も聞いた」

「逃げなきゃ、闘うしかない。あのＵＳＢメモリがあれば、このアペンディクスをひっくり返せる」

高木の言葉を聞いて、この停電はインシデントなんかではなく、計画的なものだと気づく。

いよいよ、暗闇がホテルの屋上を覆い尽くして、バーの中は薄い月明かりと、テーブルの上に置かれたキャンドルの明かりだけになる。その中で、蓮花の白いアオザイの胸に赤い点が浮かび上がる。高木を見上げると、拳銃を持って、銃口を蓮花に向けている。アオザイの上の赤い点は、銃身の下に付けられたレーザー・ポインターの発するものだった。高木の後ろには、カウンター席に座っていた客のひとりが拳銃を持って立っていて、ぼくの上着の右胸にも同じように、レーザー・ポインターの赤い点が指されていた。

「こんな美人を殺すのは、予定外だったけれど……」

高木の科白《せりふ》が終わらないうちに、蓮花は、グラスやサンドウィッチの皿が載ったままのテーブルを、高木に向けて蹴り上げる。硝子が割れる派手な音と、高木の驚いた声が交錯して、最初の銃声が聞こえる。けれども、二つのレーザー・ポインターの指した先は、すでにぼくと蓮花からは逸れていた。蓮花は、蹴り上げた足を戻しながら、今度は座っていた椅子を後ろに蹴り飛ばし、カウンター席から向かってくる男にぶつける。そのまま、ぼくに覆い被さろうとする蓮花に向かって、利き足を踏み切って飛びかかる。細い蓮花がいくらがんばっても、体重差で跳ね返されて、ぼくが彼女に覆い被さった。床に突いた右の掌にグラスの破片が刺さり、ぼくは、蓮花を抱きしめながら、それを抜き取って、蓮花の頭を胸に抱え込む。血が流れて、彼女の柔らかい髪をべたつかせてしまったけれども、そうも言っていられない状況だった。

「なぜ?」

ぼくの腕の中で、蓮花のくぐもった声が聞こえる。

「大丈夫。こんなこともあろうかと思って、防弾ベストを着ているんだ」

自分は、こんなときでも、意外と冷静だと思ったけれど、次の瞬間、背中に小さな熱の塊を感じる。不思議と痛みはなかった。グラスの破片を無理矢理に抜き取った掌の方が痛い。お灸と同じくらいの刺激だ。小さな熱の塊は、二つ、三つと背中に刺さってきて、数瞬遅れて、乾いた音の銃声と、薬莢《やっきょう》が床に転がる音が耳に響く。四つ目の銃声の後に、初めて背骨に鋭い痛みが走る。

「私の仕事を邪魔しないで」

蓮花は、なおも、ぼくの腕の中で言う。

「この停電は監視カメラを使い物にならなくするための計画的なものだ。少しすれば、停電が回復して、彼らはここにいられなくなる。それまでは、こうしているんだ」

背骨の痛みが、防弾ベストを着ていないことを思い出させる。その間にも、カウンター席の客が寄ってきて、ぼくの背中に向けて銃弾を撃ち込む。最初のうちは、それを数えていたけれども、途中で意味のないことに気がついて、数えるのをやめた。そのうちのひとつが、耳元を掠《かす》めて、右耳から音が消え、生温かい液体が首をつたった。蓮花を抱えている胸の前面にも小さな熱さを感じる。銃弾が、ぼくの身体を貫通して、蓮花の身体に届いてしまったかもしれない。自分の身体が緩衝材になっていればいいと思う。

ぼくは、蓮花を抱えたまま、壁際に逃げ、高木を振り返る。その間にも、硝子の破片が太ももを削り取った。

「悪いな」

高木は、いつもと変わらない表情で、銃口をぼくに向けたまま言った。

「最後にキューバリブレを飲ませてくれるくらいの優しさはあっても、いいんじゃないか？」

ぼくの軽口に、高木は呆れた顔をして、銃口を下げた。蓮花が藻掻《もが》くので、ぼくは両足も使って、彼女の動きを抑え込んだ。蓮花が藻掻けば藻掻くほど、床に散らかった硝子の破片が筋肉に喰い込む。頼むから、静かにしていてほしい。

ぼくは、蓮花の口から「フューカとの約束がある」という科白が漏れるのが恐くて、彼女の頭を抱きかかえて口を胸で塞ぐ。ここまで来て、本物の鍋島冬香が生きていることが知られたら、鍋島を安全な場所に送り届けることができない。

「高木が、いまから俺を殺すけれど、最後にキューバリブレで乾杯しようって言ったら、俺は素直に応じたけどな」

「なぁ……、いま、そんなことを言っている場合か？」

「命乞いを聞くよりは、ましだろ？」

腕や足に喰い込んだ硝子片が、徐々に力を奪っていく。蓮花は、ぼくとの間にできた小さな隙間で、何かをしようとしている。どのくらい、停電の時間が続いたのだろう？　やがて、新市街地の方から、街の明かりが押し寄せてくるのが、視界の隅に映った。ぼくは、もう少しだと思う。この様子なら、蓮花は致命傷を負っていないようだ。バーに明かりが戻れば、高木も、雇われた殺人者たちも、ここを立ち去らなければならない。

高木が、韓国語で男たちに、何かを指示している。右耳が聞こえなくて、その声はやけに遠くに感じた。

蓮花は、まだ、ぼくの腕の中で何かをしようとしている。ぼくは、もう彼女を押さえ込む力が失われていて、ただ覆い被さっているだけだ。バーの明かりが戻り、男たちは、鮮血に染まったアオザイを確かめて、入り口に向かう。そのときになって、蓮花は、ぼくの身体を押しのけて、床に座ったたまま、ぼくに隠れて握っていた何かをエレベータに向かって投げつける。彼女の人差し指には、指輪みたいにリングが残っている。スターバックスのロゴの色に似たそれが手榴弾だと分かったのは、エレベータの入り口で煙が広がってからだ。

†

「私が、防弾ベストを着ていたのに……」

蓮花は、ふらつきながら立ち上がって、ぼくを非常階段に向かって運ぼうとするが、すぐに尻餅をついてしまう。彼女の足からも血が流れていた。たぶん、ぼくが守り切れなかった部分なのだろう。彼女は、仕方なく、ぼくを抱きかかえて、身体を仰向けにしてくれる。

「気が合うね。ぼくも、防弾ベストを着ているつもりだったけれど、部屋でシャワーを浴びた後、それを着なかったのを忘れていた」

胃の中からか、どろりとした液体がこみ上げてきて、口の中に嫌な味が広がる。

「高木は？」

「ごめんなさい。分からない……」

ぼくは、蓮花を見上げながら、「うまく逃げていれば、いいけどな」と声にしないで思った。

「私は、フューカとの約束を守るために、ここに来たのに……」

「あのさ、君は、ぼくとも約束をしている。鍋島を幸せにしてくれる、と」

遠のいてしまいそうな意識を、なんとか引き止めて、ぼくは言葉を続ける。

「早く、ここから逃げてくれ。その血に染まったアオザイは目立つから、三〇六号室のぼくの部屋で着替えて、早く、この街から出て行くんだ」

ぼくは、上着のポケットから、カードキーを出して蓮花に渡す。

「私ひとりで逃げても、フューカに伝える言葉がない」

蓮花は、半べそをかきながら言う。

「君がここにいても、何も解決しない。こんなところで、殺人事件に捲き込まれたら、警察はどこまでも調べて、せっかく死んだことにした鍋島だって、危険に晒《さら》される。そんなことくらい、君だって分かるだろう。鍋島に、ここで起こった事実を伝えてくれれば、それでいい」

「だって、私は、フューカがどこにいるのかも知らない。フューカを見つけるのは、あなたの役目でしょう」

「ぼくの携帯電話で、『PA』という登録先に電話してくれ。そして、『森が動いてマクベスは死んだから、幕は下りたよ』って伝えてほしい」

ぼくは、携帯電話を取り出す力も残っていなくて、ポケットを指差す。

「森が動いてマクベスが死んだって、どういう意味？」

「いいから、そう言ってほしいんだ」

「森が動いてマクベスが死んだって、伝えればいいの？」

口の中に広がっていく血の味が気持ち悪い。ビールとトマトジュースのカクテルは、何て言うんだっけ？ せめてウォッカを飲ませてくれれば、ブラディ・メアリになったのに……。

ぼくは、声にならない悪態をつきながら、蓮花がうなずくのを確かめる。彼女なら、このホテルから、ぼくの痕跡をきれいに消し去ってくれるに違いない。

蓮花が立ち去った後、残されたハンドバッグの中に、深緑色の手榴弾がひとつ残っているのが、ぼやけた視界に入る。彼女は、それを忘れていったわけではないだろう。

「こんなところで、殺人事件に捲き込まれちゃ、駄目だよな」

ぼくは、手榴弾のレバーを握って、安全ピンを抜くのが精一杯だった。

由記子は、東京に戻って、毎月十一日の夜をラジオ・ディズで過ごすために、渋谷《しぶや》のホテルで暮らしていた。年内には東京に戻ると言っていた優一の約束が果たされないことは、薄々感じていたけれども、十一日の夜になると、「もしかすると」と思ってしまう。

クリスマスとバレンタインズ・デイの賑わいが去った翌月の十一日の午後、大きな地震があり、ラジオ・デイズのたくさんのボトルもグラスもレコードも、壊滅的な状態になった。無事だったのは、入り口に座ったスナフキンくらいだった。その夜、ホテルに戻る気になれなかった由記子は、店長の片付けを手伝った。「もう店を畳むしかないかな」という店長の言葉に、由記子は、数日考えてから、ラジオ・デイズへの出資を申し出る。赤字のバーを経営したとしても、通帳に記された残高のゼロをひとつ消すこともできないだろう。それに、そろそろ何かを始めなくてはならないと思っていたところだった。

由記子が申し出た出資の条件は、自分を店員として雇ってくれること、キューバリブレ用のダイエット・コークを用意しておくこと、積み木カレンダをカウンターの隅においてもらうことの三つだった。店長は快く受け容れて、由記子は、バーの共同経営者になった。

東京から震災の影響もなくなった半年後、ラジオ・デイズは、同じように営業再開が困難になっていた駒沢《こまざわ》公園近くのバーを買い取り、由記子は渋谷店の店長になった。おかげで、毎月十一日に、カウンターで酔い潰れることもなくなったし、カクテル・メニューに「フェイク・リバティ」というオリジナル・カクテルを追記した。それから、ときどき入ってくる二十歳未満ふうの客に対して、きっぱりと入店を断る権利を手に入れた。「当店は、未成年はお断りです」と、高校生だった優一が、この店に入るのを遠慮していたように、店のポリシィを変えた。

†

大きな地震のあった年の十二月十一日は、日曜日でラジオ・デイズの定休日だった。

十一日と日曜日が重なるときは、店のドアに〝OPEN〟とも〝CLOSE〟とも札をかけずに、アルバイトの店員も休みにして、由記子は、ひとりで好きな音楽を聴きながら、ボトルを拭いたり、新しいメニューの試作品を作ったりして過ごす。

その女性客が、ドアを開けたのは、午後十時半を廻ったころだった。

「営業中ですか?」

日曜日のこんな時間に、ひとりで訪れる女性客は、正直なところ厄介な相手のことが多い。

だいたいは、デートか結婚式の二次会のあとで、食事もとらないし、すでに飲んでいるから客単価も期待できない。「それでも、お客さんはお客さんだ」と自分に言い聞かせる。

「日曜日は十一時がラスト・オーダーになりますが、それでもよければ」

由記子は、女性客がうなずくのを確かめて、カウンターの席を彼女に勧める。彼女は、メニューをたいして見ることもなく、ダイエット・コークでキューバリブレを作ってほしいと言う。由記子は、新しいダイエット・コークの缶を開けて、「フェイク・リバティ」とともに、試作品として作ったバジルのオムレツを添えて、カウンターに置く。

「こちらは、サービスです。と言っても、試作品ですけれど」

「ありがとう」

透き通った、冬に似合う声だった。女性客の隙のない微笑みを見て、由記子は、「ちょっと甘く見たかな」と反省する。この女性客は、雑誌やインターネットのブログを見て、小洒《こじゃ》落《れ》たバーを探しているようなタイプでもないし、酔っ払ってもいない。そして、バンコクで最後に見た優一が持っていた何とも言えない冷たい気配を纏っている。

ホール・アンド・オーツのベスト盤が終わって、もうすぐクリスマスだからと、由記子は、バンド・エイドの〝Do They Know It's Christmas?〟のCDを取り出そうとする。「A」から始まるCDの棚で、「B」は由記子が手を伸ばしてやっと届く辺りにある。背伸びをしたときに頭を下げてしまったおかげで、彼女が手にしたのは、バンド・エイドではなく、アルバイトの店員は、いつの間にか、アイドルみたいな〝Bei Xu〟と書かれたCDだった。

顔をした女性のＣＤを買っていたんだなと思いながら、再び、客の横でＣＤを探すのも憚《はばか》られて、由記子はそのＣＤをデッキに差し込む。由記子の予想に反して、穏やかな中にも力強さのある歌声が、小さな店を満たした。

女性客は、カウンターから由記子をぼんやりと眺めて、二杯目のキューバリブレを注文する。

「このオムレツ、美味しいですね」

「良かった」

お世辞でも、新作メニューを食べてもらえるのは嬉しい。

「カレンダ、昨日のままだけれど……」

会話のきっかけを作った女性客が、カウンターの隅に置かれた積み木カレンダを指差す。

「今日は、私ひとりだったから、忘れていました」

「今日の日付にしてもいい？」

女性客は、由記子の了解を取る前に、積み木カレンダに手を伸ばしている。由記子は、そのカレンダで11を作れないことを知りながら、それでも、女性客のために、積み木カレンダを彼女の前に引き寄せて、二杯目のフェイク・リバティをカウンターに置く。

†

積み木カレンダで十日から十一日に日付を進めるためには、通常、最初に左右の積み木を入れ替えなくてはならない。鍋島冬香は、右側にある0が入った積み木を手に取って、1を探す。けれども、そこに1はなく、代わりに、アンダーバーのついた6と9があるだけだ。

「どうして？」と、思わず声が出てしまう。

鍋島冬香は、左側にあった積み木に何か仕掛けがあるのかと思い、二つ目の積み木を手に取る。でも、それは何の変哲もない、どこにでもある0から5までの数字が刻まれた積み木だ。彼女は、ダイエット・コークで割ったキューバリブレをひと口飲んでから、再び、カウンターの上で、二つの積み木を並び替えてみる。けれども、どうしても、11を作ることができない。

女性バーテンダは、鍋島冬香が、カウンターの上で積み木を並べる試行錯誤を黙って見ていた。

「あの……、このカレンダは、今日の日付をどうやって作るの？」

鍋島冬香は、堪《たま》らず、女性バーテンダを見上げて訊く。そのときに、初めて、彼女に見覚えがあることに気づく。どこかで彼女に出逢えば、中井が最後に「レディ・マクベス」だと認めたのは自分だと、優越感を持つことを想像していた。それなのに、そのときの素直な気持ちは、彼女が無事であったことの安堵感だった。その気持ちを確かめて、自分は高校生のころから何も大人になっていないと、鍋島冬香は反省した。自分の気持ちを伝えずに、優越感を隠し持っていたって、何も手に入らない。

店に流れるベイ・シューの歌声が、松任谷由実のカバー曲に変わる。

── A Happy New Year. Time Has Gone.

女性バーテンダは、こんな曲をカバーしているのかと言いたげな表情で、一度、スピーカーを見上げる。それから、鍋島冬香の手許に視線を落として言う。

「十一日なんて、永遠に来なくてもいい」

鍋島冬香は、「彼の誕生日だから？」と言うことができない。

「震災の日だから？」

「そんなの関係ない。十一日が来なければ、私は、もう彼を待つ必要もなくなる」

── A Happy New Year. 今日の日は　ああどこから来るの
涙声の女性バーテンダと、店に流れる曲が重なる。

女性バーテンダは、カウンターに手を伸ばして、アンダーバーの付いた9と1を並べて、積み木カレンダに収める。カレンダの左側には、積み木を支えるような突起があって、アンダーバーの一部がそれに隠れる。

「91が、十一日？」

鍋島冬香が、その問題を嫌いになったのは、中学校のときだった。

数学の教師が、小学校の算数のお復習《さら》いにと、「以下」と「未満」の比較の問題を出したときだ。鍋島冬香は、いまでも、その中学校の教師は、数学的センスがないと思う。

「0.9999……は、1以下ですか？　1未満ですか？」

なんて、馬鹿げた問題だろうと思った。「1以下」に決まっている。〝0.9999……〟は1

なのだから。十二歳の鍋島冬香は、「1以下」と答える方に手を挙げた。他に手を挙げたのは、ひと目で算数が苦手そうな男子が二、三人だけだった。彼女は、自分は算数が得意なのだと自覚はしていたが、それでも、他の生徒より飛び抜けて代数のセンスがあることに気づいていなかった。だから、自分が、その二、三人の男子と一緒にされてしまったことに、ひどく傷ついて、家に帰ってから泣きべそをかいた。

それ以来、大学を卒業するまで、鍋島冬香は、数学の講義を真面目に聞いてこなかった。自分よりも、優秀だと思える代数の教師や教授に遭った記憶もない。だから、通常は学期の初めのころに出される循環小数の問題なんて、わざわざ確認する必要も感じなかった。

〝0.9〟は〝.9〟と省略しても問題はないし、その9に循環小数を表す記号をつければ、〝0.9〟の純循環小数になる。積み木カレンダの91を見ると、アンダーバーの左端が途切れていて、アンダーバーだった記号は〝.9999……〟を表している。

鍋島冬香は、二杯分のキューバリブレの代金を払って、店の外に出る。バーのドアを閉めると、チェックアウトを済ます間、我慢していた涙が頰をつたう。匿名の電話で中井が死んだ報《しら》せを受け、遅れて届いた中井からの手紙に従って、ホテルの部屋で古いチョコレートの包装紙を見つけたとき、自分は、もう泣くようなことはないだろうと思った。けれども、涙を止められない。差出人の書かれていない郵便で送られてきた中井のパスポートが悲しかったのか、チョコレートの包装紙と一緒に保管されていた、もう使うことのできない自分の本物のパスポートが悔しかったのか、一年間だけ、片思いのままの恋人と過ごしたことが懐かしかったのか、涙の理由も分からず、星のない冬の夜空を見上げた。
鍋島冬香の背中で、バーの明かりが消えて、『マクベス』の幕が下りる。

――劇終――

参考文献

『マクベス』シェイクスピア／木下順二訳／岩波文庫
『マクベス』ウィリアム・シェイクスピア／小田島雄志訳／白水Uブックス
『対訳マクベス』おぺら読本出版

解説

文芸評論家　北上次郎

最初に書いておくが、恥ずかしながら私、シェイクスピアを読んだことがない。四大悲劇と言われるものが『オセロー』『リア王』『ハムレット』『マクベス』ということは知識として知っていても、実際には読んだことがない。だから本書を新刊書店で見たとき、『未必のマクベス』という書名を見ても、具体的なイメージが湧いてこなかった。マクベスを知らないのだから当然だ。しかも頭に「未必の」と付くのだ。どういう意味なの？

帯には「伝説のデビュー作『グリフォンズ・ガーデン』から22年――運命と犯罪と恋についての長篇第2作」とあったが、そのデビュー作『グリフォンズ・ガーデン』も私は未読であった。つまり「早瀬耕」という作者を、そもそも私は知らないのだ。これでは何の手がかりもない。それでも本書を手に取ったのは、そのたたずまいがあやしかったからに他ならない。読む前から傑作の予感が漂っている本が、年に数冊あるが、これはその一つだ。

で、「ぼく」と伴が、バンコクから香港に向かう飛行機の中で会話しているシーンを読み始めると、もう止められない。予感は裏切られないのだ。どんどん読み進んでいく。マクベスがどういう話であるのかは本書の中で何度も語られるのでご安心。知らなくても全然かまわない。さらに、ミステリーの読者なら「未必の故意」という法律用語を思い出すだろう。ようするに、そうなることを期待していたわけではないが、そうなってもかまわない、というやつだ。つまり「未必のマクベス」とは、「マクベスになりたいわけではないが、なってもかまわない」ということだろう。字面通りに読むならば、そういうことになる。もちろんそれは象徴的な意味にしかすぎないのだが。

読了後、興奮して次のように書いた。

「気持ちのいい文章だ。どこまでも滑らかで、どこか甘く、さらに懐かしさを秘めている。忘れていたことをどんどん思い出す。小説を読むということは文章を読むことなのだ、と改めて感じたりする。こういう小説はストーリーを紹介しても、あるいは犯罪小説、ハードボイルドというジャンル分類をしてもさして意味がない。では、どういうふうに紹介すべきか。本書の語り手である38歳の中井優一が、高校時代を思い出すくだりがある。思い出すのは鍋島冬香という同級生だ。特に何かあったわけではない。だがその後、彼女のことを忘れた日が一度もない、というから尋常ではない。これは本書の冒頭近くに出てくる回顧だが、ここまで書かれるとこの女性が本書に登場してくるのは必然。

問題はどういうかたちで、いつ登場してくるかだが、実に意外なかたちで登場してくる。この構成のうまさが群を抜いている」

本当はこれ以上書くことは何もないのだが、そういうわけにもいかないだろうから、もう少し続ける。冒頭近くにマカオのカジノ・シーンが出てくるので、それで一気に引き込まれたんだろうと知人には言われてしまったが（正直に書くと、このくだりはもっと読みたかった）、いま再読するとそのカジノに関するくだりで感慨深くなる。カジノで大勝ちした中井たちに、カイザー・リーと名乗る一人の男が近づいてくるのだ。中井は気がつかないが、伴は「行方不明になっている、独裁者の長男だ」とすぐにわかる。

「そう言われて、ぼくは、李の本名を知った。李清明《イシンミン》。数年前、成田空港から、第三国の偽造パスポートで入国しようとして、入国管理局に拘束されたニュースを覚えている。カイザーと自称するだけのことはある、紛れもない本物の王子だった」

今となっては、モデルとされた人物のその後の運命を知っているので、感慨深くなる。

「私には、もう国家元首になる意思がない。この街で、亡命者として退屈な余生を送るだけです」と言うカイザー・リーの言葉が残り続ける。

再読して気がついたのは、冒頭近くに次のような記述があったこと。

「ぼくは、これまでの三十八年間を通して、友人と呼べるような相手がいない。クラスに溶け込めないということもないし、大学ではノートの貸し借りもしたし、誘われれば合コンや飲み会にも参加した。けれども、所属する団体や組織が変わった後も交遊を続ける友人はいなかった」

最初のほうにさりげなくこう書かれていたことを初読のときは読み逃がしていた。そうか、そういう男だったのか。この性格設定を基本に置くと、中井優一という男が立体的に浮かび上がる。高校一年のバレンタインデーに、陸上部のトラックを横切っていく鍋島の後ろ姿を見ている中井優一が、すっくと立ち上がってくる。ラムをダイエット・コークで割ったキューバリブレにこだわる優一のダンディズムも、なんとなく理解できそうだ。

問題は後半の展開だろう。これで解決できるのかとか、こんなにうまくいくはずがないとか、いろいろと批判はあるかもしれない。しかしそんなことを気にすることはない、というのが私の意見だ。百歩譲って後半の一部の展開がやや乱暴だとしても、この小説の長所を全部消してしまうものではないのだ。正しくても退屈な小説より、少々問題があっても読むことの喜びにあふれた小説のほうがいい、ということである。いや、あまり「問題」を連発すると誤解されかねない。このセンスあふれる文章は、すべての不満をぶっ飛ばすということだ。

年上の上司にして恋人となる由記子、同級生にして同僚の伴を始めとして、ビジネスとして優一を助けるカイザー・リー、優一のボディガードとなる蓮花のわき役にいたるまで、リアルに描かれていることが第一。過去と現在を巧みに交錯させる構成のうまさが第二。こうして本書の美点を数え上げていくときりがない。

本書は2014年9月に刊行された長篇だが、私はその年のエンターテインメント小説の2位に推した（ちなみに1位は、千早茜『男ともだち』だ）。そのくらい充実感がある。出来れば、次は22年も待たせないでほしい。

とても素敵な小説だ。究極の初恋小説だ。

本書は、二〇一四年九月に早川書房から単行本として
刊行された作品を、改稿のうえ文庫化したものです。

二〇一一年〈さわベス〉第一位

エンドロール

鏑木　蓮

映画監督になる夢破れ、故郷を飛び出した青年・門川は、アパート管理のバイトをしていた。ある日、住人の独居老人・帯屋が亡くなっているのを見つけ、遺品の8ミリフィルムを発見する。帯屋は腕のいい映写技師だったという。門川は老人の人生をドキュメントにしようとその軌跡を辿り、孤独にみえた老人の波瀾の人生を知ることに……人生讃歌の感動作（『しらない町』改題）。解説／田口幹人

第1回アガサ・クリスティー賞受賞作

黒猫の遊歩あるいは美学講義

森 晶麿

でたらめな地図に隠された想い、しゃべる壁に隔てられた青年、川に振りかけられた香水の意味、現れた住職と失踪した研究者、頭蓋骨を探す映画監督、楽器なしで奏でられる音楽……日常に潜む、幻想と現実が交差する瞬間。美学・芸術学を専門とする若き大学教授、通称「黒猫」と、彼の「付き人」をつとめる大学院生は、美学とエドガー・アラン・ポオの講義を通してその謎を解き明かしてゆく。

黒猫の刹那 あるいは卒論指導

森 晶麿

大学の美学科に在籍する「私」は卒論と進路に悩む日々。そんなとき、ゼミで一人の男子学生と出会う。黒いスーツ姿の彼は、本を読み耽るばかりでいつも無愛想。しかし、ある事件をきっかけに彼から美学とポオに関する〝卒論指導〟を受けて以降、その猫のような論理の歩みと鋭い観察眼に気づき始め……。『黒猫の遊歩あるいは美学講義』の三年前、黒猫と付き人の出会いを描くシリーズ学生篇

君を愛したひとりの僕へ

乙野四方字

人々が少しだけ違う並行世界間で日常的に揺れ動いていることが実証された時代――両親の離婚を経て父親と暮らす日高暦は、父の勤める虚質科学研究所で佐藤栞という少女に出会う。たがいにほのかな恋心を抱くふたりだったが、親同士の再婚話がすべてを一変させた。もう結ばれないと思い込んだ暦と栞は、兄妹にならない世界へと跳ぼうとするが……『僕が愛したすべての君へ』と同時刊行

ハヤカワ文庫

リライト

法条　遥

一九九二年夏、未来から来た少年・保彦と出会った中学二年の美雪は、旧校舎崩壊事故から彼を救うため十年後へ跳んだ。二〇〇二年夏、作家となった美雪はその経験を元に小説を上梓する。夏祭り、時を超える薬、突然の別れ……しかしタイムリープ当日になっても十年前の自分は現れない。不審に思い調べる中で、美雪は恐るべき真実に気づく。ＳＦ史上最悪のパラドックスを描くシリーズ第一作

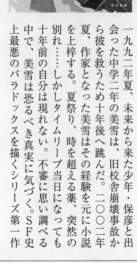

著者略歴　1967年東京生，作家
著書『グリフォンズ・ガーデン』
『プラネタリウムの外側』

HM=Hayakawa Mystery
SF=Science Fiction
JA=Japanese Author
NV=Novel
NF=Nonfiction
FT=Fantasy

未必《みひつ》のマクベス

〈JA1294〉

二〇一七年九月二十五日　発行
二〇二三年十月二十五日　二十三刷
（定価はカバーに表示してあります）

著者　早《はや》瀬《せ》耕《こう》
発行者　早川浩
印刷者　白井肇
発行所　株式会社早川書房

郵便番号　一〇一‐〇〇四六
東京都千代田区神田多町二ノ二
電話　〇三‐三二五二‐三一一一
振替　〇〇一六〇‐三‐四七七九九
https://www.hayakawa-online.co.jp

乱丁・落丁本は小社制作部宛お送り下さい。
送料小社負担にてお取りかえいたします。

印刷・株式会社精興社　製本・株式会社明光社

Printed and bound in Japan
ISBN978-4-15-031294-7 C0193

本書は活字が大きく読みやすい〈トールサイズ〉です。

know

野崎まど

超情報化対策として、人造の脳葉〈電子葉〉の移植が義務化された二〇八一年の日本・京都。情報庁で働く官僚の御野・連レルは、あるコードの中に恩師であり稀代の研究者、道終・常イチが残した暗号を発見する。その啓示に誘われた先で待っていたのは、一人の少女だった。道終の真意もわからぬまま、御野はすべてを知るため彼女と行動をともにする。それは世界が変わる四日間の始まりだった。

ハヤカワ文庫